Double meurtre

Catalogage avant publication de Bibliothèque et Archives nationales du Québec et Bibliothèque et Archives Canada

McClintock, Norah

[Mistaken identity. Français]
Double meurtre

(Best seller)

Traduction de : Mistaken identity; et de The body in the basement
Sommaire : Fausse identité – Cadavre au sous-sol.
Pour les jeunes de 14 ans et plus.
ISBN : 978-2-89647-127-0

I. Vivier, Claudine. II. McClintock, Norah. Body in the basement. Français. III. Titre. IV. Titre : Mistaken identity. Français. V. Titre : Fausse identité. VI. Titre : Cadavre au sous-sol.

PS8575.C62M514 2008 jC813'.54 C2008-941009-2
PS9575.C62M514 2008

Les Éditions Hurtubise HMH bénéficient du soutien financier des institutions suivantes pour leurs activités d'édition :

- Conseil des Arts du Canada ;
- Gouvernement du Canada par l'entremise du Programme d'aide au développement de l'industrie de l'édition (PADIÉ) ;
- Société de développement des entreprises culturelles du Québec (SODEC) ;
- Gouvernement du Québec par l'entremise du programme de crédit d'impôt pour l'édition de livres.

Couverture : Éric Robillard (kinos)

ISBN : 978-2-89647-127-0

Téléphone : (514) 523-1523 • Télécopieur : (514) 523-9969
www.hurtubisehmh.com

Distribution en France
Librairie du Québec/DNM
www.librairieduquebec.fr

Dépôt légal/3e trimestre 2008
Bibliothèque et Archives nationales du Québec
Bibliothèque et Archives du Canada

Imprimé au Canada

Norah McClintock

DOUBLE MEURTRE

Traduit de l'anglais
par Claudine Vivier

AVANT-PROPOS

C'est la faute de ma mère. J'avais neuf ans quand un beau jour, elle rapporta à la maison une grosse boîte pleine de livres. Il s'agissait de la collection complète (à ce moment-là) des enquêtes de Nancy Drew, la série la plus populaire de romans policiers pour adolescentes à l'époque. Dès la fin du premier volume, j'étais devenue une vraie droguée. Je n'en avais jamais assez. Je dévorais tous les romans policiers et les romans à suspense sur lesquels je pouvais mettre la main. J'enviais les personnages de ces histoires, qui menaient des vies remplies d'aventures. Cela semblait si loin de mon existence ennuyeuse dans la banlieue, où il ne se passait jamais rien d'intéressant.

Heureusement pour moi, j'habitais à environ trois minutes de la bibliothèque municipale. Je disposais ainsi d'un approvisionnement régulier en lectures — toutes sortes de livres, et pas seulement des romans policiers — pour m'occuper l'esprit. La bibliothèque se trouvait alors dans ce qui avait été une grande résidence privée située au bord de l'eau. J'adorais me promener dans ces pièces aux plafonds élevés et richement décorés, et caresser des doigts le dos des livres tout en essayant de choisir lesquels emprunter pour deux semaines. Je découvrais des quantités d'univers différents entre les pages de ces romans qui tous m'emportaient loin, très loin de ma vie ordinaire et sans histoires.

Ce n'est donc pas surprenant que mon amour de la lecture m'ait amenée à tenter l'écriture. Et ce n'est pas non plus surprenant que, vu ma passion pour les romans policiers, j'aie essayé d'en écrire moi-même quelques-uns. Les deux titres présentés ici, Fausse Identité et Cadavre au sous-sol, font partie de mes premières tentatives. Voici comment m'est venue l'idée de les écrire.

Comme bien des adolescentes, j'étais tombée amoureuse et avais eu le cœur brisé. Mon père m'emmena un jour faire une longue promenade pour tenter de me consoler. Tout en marchant, il me raconta l'histoire de son premier amour et me parla du chagrin qu'il avait éprouvé quand tout s'était terminé. C'était la première fois que j'entendais parler de cette fille et de la peine d'amour de mon père. En y repensant des années plus tard, je me suis rendu compte que la plupart des enfants ne savent pas grand-chose de leurs parents, et en particulier des expériences qu'ils ont pu vivre avant de devenir parents. J'y ai réfléchi tout un moment, puis j'ai prononcé les deux mots qui, désormais, allaient toujours me permettre d'amorcer les histoires que j'inventais : Et si ?

Et si une adolescente, qui croyait tout savoir de son père ennuyeux, strict et surprotecteur, se trompait ? Et si cet homme n'avait rien de commun avec l'idée qu'elle s'en faisait ? Et si, en réalité, il n'était pas du tout la personne qu'elle croyait? Et si… C'est ainsi que j'ai commencé à tricoter l'intrigue de Fausse Identité, dans laquelle une adolescente doit faire facc à des réalités désagréables pour découvrir la vérité sur son père et son passé secret.

Cadavre au sous-sol prend sa source dans un incident survenu dans mon quartier, à deux coins de rue de chez moi. Au cours de la démolition d'un immeuble dont la construction remontait à plus d'une quarantaine d'années, l'équipe des démolisseurs fit une macabre découverte : un squelette humain complet enterré sous les fondations du bâtiment condamné. Un petit article parut en page deux du quotidien local : comment ce cadavre s'était-il retrouvé là ? Qui était cette personne ? Et pourquoi ces grands trous percés dans son crâne ?

Je n'ai pas pu résister. J'ai commencé à réfléchir à cette histoire. La première pensée qui m'est venue à l'esprit, c'est qu'il existait forcément quelqu'un, quelque part, à qui cette personne avait manqué pendant toutes ces années — une mère, un père, une sœur, un enfant. Nous avons tous au moins une personne qui tient à nous. Par conséquent, il y avait nécessairement eu quelqu'un pour se demander ce qu'il avait bien pu advenir de la personne disparue. Et je me suis posé la question: et si... ? Et si la personne enterrée là — supposons qu'il s'agisse d'une femme — avait été assassinée ? Et si elle avait eu une famille ? Et si elle avait eu une fille ? Et si le dernier souvenir que sa fille avait gardé de sa mère avait été une scène entre ses parents, suivie de la disparition de sa mère le lendemain matin ? Et si... ? Et ce sont tous ces « si » qui ont abouti à Cadavre au sous-sol.

J'espère que vous aurez autant de plaisir à lire ces deux romans policiers que j'en ai eu à les écrire.

Norah McClintock

FAUSSE IDENTITÉ

1

Birks Falls

8 mai

Mitch Dugan froissa le journal du matin en une boule serrée qu'il expédia dans la poubelle de la cuisine. Il empoigna la boîte à œufs.

— As-tu perdu la tête ? Ne vois-tu pas le genre de problème qu'une chose comme ça peut causer ?

Il cassa un œuf sur le rebord de la poêle en fonte si brutalement que la coquille se brisa en mille morceaux qui s'éparpillèrent sur le comptoir et dans la poêle.

— Bon sang ! grogna-t-il, en attrapant un chiffon sous l'évier pour nettoyer les dégâts.

Zanny le regardait, consternée. Pourquoi se mettait-il dans cet état ?

— Mais ce n'est pas comme si j'avais fait quelque chose d'illégal, se défendit-elle. C'était juste une *petite* manif.

— Une *petite* manif ?

Son père cassa un autre œuf dans la poêle, avec précaution cette fois.

— Sais-tu à qui tu ressembles quand tu dis ça ? On jurerait entendre ton amie Lily.

Zanny tressaillit en entendant ce nom. Une vague de tristesse la submergea.

— De la part de Lily, un coup pareil ne m'aurait pas étonné. Mais j'aurais cru que toi, tu avais plus de bon sens.

— Mais je n'ai rien fait, protesta Zanny. Rien que défendre mes idées. Tu ne trouves pas ça grave, toi ? Si les gens continuent à faire ce qu'ils font, à polluer comme ça…

Son père secoua la tête avec impatience.

— Tu ne m'écoutes pas, Zanny. Tu n'écoutes pas ce que je dis. Je n'ai rien contre le fait que tu défendes tes idées et que tu veuilles protéger l'environnement. C'est avec des coups d'éclat comme ça que je ne suis pas d'accord ! Si tu veux plaider ta cause, trouve un meilleur moyen. Ce n'est pas en organisant des manifestations, en bloquant la circulation, en te retrouvant avec ta photo dans les journaux…

— Mais c'était une manif pacifique. Et tout à fait légale. Il y avait des policiers, mais ils n'ont arrêté personne. Ils étaient là pour s'occuper de la circulation. Je n'ai rien fait de mal.

Elle avait l'impression de rabâcher encore et encore le même refrain. Depuis ce matin qu'elle lui répétait la même chose.

Son père lui jeta un regard sévère. Elle était sûre qu'il allait recommencer à crier. Mais non. Il secoua la tête et soupira.

— Je ne veux plus te voir participer à une quelconque manifestation, d'accord ? Plus de photos dans le journal.

Il éteignit le gaz sous les œufs brouillés.

— Tu es sûre que tu n'en veux pas ?

Zanny fronça le nez. Son père avait toujours eu un faible pour les petits déjeuners consistants. Plus jeune, elle l'accompagnait. Mais depuis quelque temps, l'odeur de la nourriture si tôt le matin lui soulevait le cœur. Elle ne pouvait avaler qu'une tasse de thé sucré et une tranche de pain grillé.

Son père se laissa tomber sur une chaise et tendit la main vers la bouteille de ketchup. Zanny se plongea dans la contemplation de sa tasse de thé. Du ketchup sur des œufs ! Toute sa vie elle avait vu son père mettre du ketchup sur ses œufs, et toute sa vie elle avait eu envie de regarder ailleurs. Cela lui faisait penser à de la chair sanguinolente.

— Je veux que tu me donnes ta parole, dit son père. Promets-le-moi. Plus de manifestations.

Zanny fixa la surface sombre de son thé et les deux yeux noirs qui s'y reflétaient. Elle avait cru qu'il avait changé. Elle avait pensé être maintenant assez grande pour qu'il mette enfin un terme à toutes ces absurdités. Mais il lui demandait une fois de plus de lui donner sa parole. Quand il avait dit « Plus de manifestations », elle s'était rappelé toutes les autres promesses qu'elle avait dû lui faire au cours des années : plus de sorties après l'école avec ses amies sans qu'il sache précisément où et avec qui elle était, et à quelle heure elle allait rentrer ; plus de sorties avec des copines ou copains que son père n'avait pas rencontrés — ou plus exactement passés sur le gril, comme des steaks sur le barbecue ; interdiction de parler à des étrangers — entendre par là non pas des gens qu'elle ne connaissait pas, mais des gens que *lui* ne connaissait pas. Il la harcelait tellement sur ce dernier point qu'elle en aurait hurlé. Et elle s'était mise à hurler, plus d'une fois : « Je connais des centaines de personnes que tu ne connais pas. Que vas-tu faire quand je quitterai la maison pour aller à l'université ? Interroger tous les étudiants du campus ? »

— Zanny ?

Il revenait à la charge.

— Je veux que tu promettes. C'est important.

— Mais pourquoi ? Qu'est-ce que j'ai fait de si terrible ?

— Tu veux aller à l'université, n'est-ce pas ?

Zanny hocha la tête. À vrai dire, elle n'en pouvait plus d'attendre. Il ne lui restait qu'une autre année pour terminer son secondaire.

— Et tu n'aimerais pas être étiquetée comme fauteuse de troubles dans ton dossier scolaire, pas vrai ? La compétition est féroce pour entrer dans les bonnes universités. Et pour les bourses, c'est encore pire…

— Mais Papa…

— Plus de manifestations. D'accord ?

Zanny poussa un soupir. Elle aurait pu continuer à discuter, mais elle savait qu'il ne céderait pas d'un pouce. Et il continuerait d'argumenter jusqu'à l'épuisement. Il avait toujours le dernier mot. Il continuerait jusqu'à ce qu'elle accepte ses arguments ou qu'elle lui mente. Elle n'aimait pas mentir, mais parfois, il ne lui laissait pas d'autre choix. Elle se souvint d'une leçon sur l'éthique, quelques mois plus tôt, dans son cours d'éducation civique. Les autres élèves s'étaient ennuyés, mais pas elle. Elle avait trouvé ça passionnant, surtout quand M. Mercer avait expliqué quelque chose qui s'appelait la restriction mentale. Quelle idée géniale ! On peut dire à quelqu'un, par exemple : « Non, je ne crois pas que tu sois le pire des crétins », mais si on ajoute pour soi-même, sans le dire à haute voix, *du moins, pas tout le temps,* on ne peut pas se faire accuser de mentir. Parce qu'en vertu du principe de la restriction mentale, on ne commet pas de mensonge quand on ne se ment pas à soi-même.

— Zanny, as-tu entendu ? Je veux que tu promettes de ne plus jamais participer à une manifestation.

— D'accord, je te le promets. Plus de manif, répondit Zanny. *En tout cas, pas aujourd'hui,* ajouta-t-elle en son for intérieur.

Son père hocha la tête et attaqua ses œufs au ketchup.

— C'est bien.

Il se pencha par-dessus la table pour prendre sa main et elle se sentit soudain coupable d'avoir menti. Elle était en même temps furieuse qu'il l'ait réduite à le faire. Pourquoi ne la laissait-il pas faire ce qu'elle voulait ? Qu'avait-il à la surprotéger ainsi ?

Elle avala le reste de son thé et se leva brusquement.

— Il faut que j'y aille, dit-elle.

Il eut l'air surpris.

— Si tôt ?

— J'ai promis à Sheri que je l'aiderais pour son devoir de chimie.

Zanny enfila son blouson, attrapa son sac d'école et sortit de la maison avant qu'il ait eu le temps d'ajouter quelque chose. Ce n'est qu'après avoir parcouru la moitié de la longue allée de gravier qu'elle se détendit un peu. Elle prit une profonde inspiration, regarda autour d'elle et sentit son estomac commencer à se dénouer. Quand son père la rendait folle avec ses manies de mère poule, il lui suffisait de sortir dehors et de regarder longuement le paysage. Cela la calmait chaque fois.

15 mai

Chuck Benson fit descendre son dernier beigne glacé au sucre avec une gorgée de café — deux crèmes deux sucres — de chez King Donut. Il passa sa langue sur ses lèvres pour effacer les dernières traces de sucre et attira à lui une pile de journaux — des journaux du nord-est du pays. Il s'agissait non pas de grands quotidiens — ceux-là étaient réservés aux agents qui avaient de l'ancienneté dans la boîte — mais de feuilles de chou hebdomadaires ou semi-hebdomadaires publiées dans des trous perdus dont personne n'avait entendu parler, à moins d'y vivre ou d'y être né. Chuck n'avait pas beaucoup d'ancienneté — pas encore. Et s'il avait l'intention d'en acquérir, ce ne serait surtout pas en moisissant ici, dans le sous-sol de la Sous-section des journaux et périodiques de la Division information du Service de renseignements de l'agence.

Chuck Benson épluchait sa pile de journaux locaux avec la précision d'une machine. Il savait exactement quoi lire — tous les articles ou rubriques contenant des noms — et quoi écarter — actualité politique, chroniques sociales (sauf le carnet mondain), articles d'opinion et éditoriaux. Il savait quoi regarder — essentiellement les photographies — et quoi ignorer — annonces publicitaires, bandes dessinées, mots croisés. Personne dans le service ne pouvait passer un journal au peigne fin aussi vite que lui. Il faut dire que personne n'était aussi ambitieux que Chuck Benson. Il allait leur montrer de quelle étoffe il était fait. Du moins, tel était son plan.

Il était arrivé à la Sous-section des journaux et périodiques en pensant bien être promu le mois suivant à un autre poste. Quinze mois plus tard, il retrouvait chaque matin son mètre cube de journaux locaux à éplucher. Ces derniers temps, il lui était arrivé de se poser des questions, tout en mastiquant son beigne et en avalant son café — deux crèmes deux sucres — de chez King Donut : pourquoi me raconter des histoires ? se disait-il. Au rythme où vont les choses, je ne sortirai jamais d'ici. Je vais finir couvert de toiles d'araignée, mes cheveux vont blanchir, et je resterai coincé ici jusqu'à la retraite.

Il parcourut la première page d'un hebdomadaire du centre de l'État de New York, puis attaqua la deuxième en promenant son doigt sur les colonnes imprimées, laissant de côté tout ce qui n'était pas un nom. Son doigt s'arrêta sur la photo d'une poignée de jeunes qui brandissaient des pancartes. Les États-Unis avaient beau être un pays extraordinaire, il fallait toujours qu'il y ait quelque part des jeunes qui protestent contre quelque chose. Cette fois, il s'agissait des emballages en plastique utilisés par une chaîne de hamburgers du coin. Protégeons l'environnement, pouvait-on lire sur les pancartes. Sauvons la planète ! Non à la pollution instantanée !

Un des visages des protestataires attira soudain son attention. Il l'examina soigneusement, puis le chassa de son esprit. C'était impossible. À moins d'un miracle, ce n'est pas dans une feuille de chou locale qu'il allait dénicher son billet gagnant, la clé de sa carrière. Il y avait une chance sur un million.

Il scruta à nouveau la photo et le visage qui l'intéressait. La fille était jeune, quinze ou seize ans peut-être… à peu près l'âge qui correspondait. Ses cheveux semblaient pâles sur la photo en noir et blanc ; elle avait l'air d'une blonde, pas d'une brune. Mais excepté la couleur des cheveux — et comment se fier à ça de nos jours ? —, tout le reste éveillait ses soupçons. Les grands yeux écartés, le petit nez effronté, la bouche généreuse qui, sur la photo, exprimait la désapprobation, et ces pommettes ! Sauf à une autre occasion, jamais auparavant il n'avait vu de telles pommettes.

Chuck fit pivoter sa chaise vers le terminal d'ordinateur et tapa son numéro d'identification et son mot de passe. Avec la souris, il passa d'un fichier à l'autre jusqu'à ce qu'il localise le RPDAO. Il entra son code d'autorisation, un second numéro d'identification et deux autres mots de passe.

C'était étrange de voir ces images sur l'écran. La première fois que Chuck avait vu le fichier, il avait jeté un regard sceptique à Ed Nolan, qui avait suivi sa formation avec lui. Ce n'est pas sérieux, lui avait-il dit. Comment un ordinateur peut-il, à partir de la photo d'un gamin de dix ans, reconstituer la même personne vingt-cinq ans plus tard ? C'était pourtant ce que faisait le logiciel Recherche des personnes disparues assistée par ordinateur (RPDAO).

— Mais comment savoir si ça marche ? Comment peuvent-ils vérifier si l'ordinateur a fait du bon travail ? avait-il demandé à Nolan.

— J'en ai fait le tour, avait répondu celui-ci, et crois-moi, ça marche. L'ordinateur intègre et combine les données sur l'ossature du visage de la personne avec la génétique et les lois de la probabilité.

Mais Chuck ne l'avait pas cru. Jusqu'à ce que deux jours plus tard Nolan lui montre une photographie.

— C'est moi, ça, quand j'étais gamin. Mon père a pris cette photo quand j'avais huit ans.

Il tendit ensuite à Chuck une feuille de papier avec une image d'ordinateur imprimée au laser.

— Et voilà l'image que l'ordinateur a recomposée à partir de la photo.

Chuck avait été ébahi par la ressemblance du portrait. Et convaincu. Mais il trouvait encore étrange de penser qu'un ordinateur pouvait prendre la photo d'un enfant et le transformer en un adulte de n'importe quel âge. C'était comme voyager dans le temps.

Il parcourut le fichier, sans s'attarder aux petites images dans le coin supérieur droit des fenêtres. Il s'agissait des versions numérisées de photographies d'enfants. C'étaient les « avant ». Il s'occupait plutôt des « après », les images générées par ordinateur de ce à quoi pouvaient ressembler ces enfants aujourd'hui, une fois devenus adultes et à condition d'être encore en vie. Il passa des douzaines d'« avant » et d'« après » jusqu'à ce qu'il trouve l'image qu'il cherchait. Il reprit son journal pour retrouver la photo des manifestants. Après avoir soigneusement étudié le visage de la jeune fille, il le compara à l'image de l'« après » qui occupait presque tout l'écran. Si ce n'était pas elle, c'était sa sœur jumelle ; seuls des jumeaux pouvaient se ressembler à ce point. Ce qui voulait dire qu'il tenait probablement là sa promotion, parce que là où tout le monde avait échoué, lui avait réussi : il venait de localiser la fille de Mike Alexander. Et à partir du moment où on savait où elle était, il y avait bien des chances pour qu'on y trouve aussi son père.

L'agent spécial Hank Wiley s'appuya contre le dossier de sa chaise et fit plusieurs rotations du cou pour libérer la tension qui l'avait gagné depuis une heure. Il détestait la paperasse. Il avait toujours détesté ça. Sauf qu'à présent, il n'y avait plus de papier. Tout juste s'il avait à manipuler un morceau de papier de toute une journée. Aujourd'hui, tout se faisait sur ordinateur. Mais le résultat était le même. Un formulaire reste un formulaire, que ce soit sur papier ou sur écran. Un formulaire est fait pour être rempli. Et question formulaires, les grands patrons des étages supérieurs se montraient plutôt tatillons. Wiley fit une grimace. Ce n'était pas pour ce genre de travail qu'il était entré à l'agence. Il s'attendait à quelque chose d'un peu excitant, pas à des mètres cubes de formulaires à remplir.

Il allongea son bras musclé et jeta un coup d'œil à sa montre. Presque cinq heures.

Le téléphone sonna. Bon sang ! Deux minutes plus tard et j'étais sorti d'ici, pensa Wiley. Qui donc pouvait l'appeler à cinq heures moins cinq — et même cinq heures moins trois — un vendredi après-midi ? Il décrocha le combiné.

— Wiley à l'appareil.

— Agent spécial Wiley ? Ici Benson. Chuck Benson. De la section J. et P., au sous-sol.

— J. *et quoi* ?

Wiley n'avait aucune idée de ce dont parlait ce type, et avec encore deux minutes à tirer avant la fin de semaine, il s'en moquait pas mal.

— Écoutez, Benton… commença-t-il.

— Benson, corrigea la voix à l'autre bout du fil.

— N'importe. Écoutez, mon vieux, je m'apprête à partir. Si je vous lâchais un coup de fil lundi matin ? Parce que ça peut attendre jusqu'à lundi, j'imagine ?

— Oui, probablement, répondit Benson. Il semblait déçu. Mais le dossier porte la mention « contact immédiat », alors j'ai pensé…

Wiley dressa l'oreille. Contact immédiat. Seuls les dossiers les plus « chauds » portaient cette mention. Quoi qu'ait pu trouver Benson, c'était quelque chose qui sortait du train-train ordinaire. Peut-être même quelque chose d'intéressant.

— Et de quel service appelez-vous, déjà ?

— J. et P. Journaux et périodiques. Aux renseignements. C'est un dossier RPDAO.

— Un dossier RP ? Wiley se pencha sur son ordinateur. De quel dossier parlez-vous, Benson ?

Wiley tapa sur son clavier le numéro indiqué par Benson. Il examina la petite photo numérisée dans le coin supérieur de l'écran. Il abaissa ensuite son regard vers le bas de l'écran. Il lut le nom : Melissa Alexander. Puis la date de la disparition. Il secoua la tête. Le vieil adage disait donc vrai : les journées sont interminables, mais les années filent à la vitesse de l'éclair. Treize ans déjà ? Il examina la grande image, celle qui représentait ce à quoi pouvait ressembler Melissa Alexander aujourd'hui.

— Et il y a du nouveau ? Ne me dites pas que vous avez réussi à localiser la gamine !

Il y eut une minute de silence à l'autre bout du fil.

— Je l'ai effectivement trouvée, répondit Chuck Benson d'une voix d'où toute trace de déception avait disparu.

Hank Wiley oublia aussitôt les affres de la paperasserie et ses projets de fin de semaine. Il oublia sa fatigue. Il se sentit soudain bourré d'énergie, comme s'il était l'homme le plus heureux du monde, avec le travail le plus passionnant du monde — tout ça parce que dans les caves du Service de renseignements, une obscure taupe sous-payée était tombée sur la fille de Mike Alexander.

Everett Lloyd sécha ses cheveux roux, appliqua une touche de lotion après-rasage sur ses joues, ouvrit la porte de la salle de bains et faillit avoir une syncope.

— Surprise ! hurlèrent en chœur sa fille Chris, son fils Rob et sa femme Margaret en se précipitant sur lui.

— Bon anniversaire, Papa ! ajouta Rob en lui fourrant un paquet-cadeau dans les mains.

Trish sautait sur place.

— Ouvre-le vite, Papa, suppliait-elle. Tu ne sauras jamais ce que c'est ! Ouvre-le tout de suite !

En réalité, Everett Lloyd avait deviné ce que contenait le paquet à la seconde où Rob le lui avait tendu. La taille de la boîte, sa forme et son poids ne mentaient pas. Encore un wagon pour son chemin de fer miniature. Margaret lui achetait une pièce chaque année depuis leur mariage — cela faisait dix ans maintenant. Et chaque année, Trish était plus excitée que son père par les cadeaux. Everett avait toujours pris soin de ne pas refroidir cet enthousiasme.

— Eh bien ! dit-il, en soupesant le paquet à l'emballage coloré, à la grande joie de Trish, voyons voir ce que ça peut bien être…

Il leva la petite boîte et la secoua.

— Attention, Papa, hurla Trish. Tu vas la casser !

— Ah bon, c'est quelque chose qui se casse ? dit-il en levant un sourcil.

— N'en rajoute pas, Papa, intervint Rob. Tu sais très bien ce que c'est.

Du haut de ses neuf ans, Rob ne s'en laissait plus conter.

— Mais non, il ne le sait pas ! cria Trish. Et ne t'avise pas de lui dire !

Everett secoua plus vigoureusement la boîte. Puis il la posa sur le guéridon du couloir et entreprit de défaire l'emballage. Trish brûlait d'impatience.

— C'est tellement beau, Papa. Tu vas l'adorer, j'en suis sûre.

Everett souleva le couvercle de la boîte pour en extraire le papier journal qui protégeait le contenu. Il retint sa respiration au moment de dévoiler enfin le cadeau.

Cette année, c'était vraiment une surprise ! Margaret s'était surpassée.

Complètement ébahi, il retira de la boîte la petite locomotive d'un noir luisant. Il n'en avait vu de pareilles que dans les magazines. Datant de plus d'une centaine d'années, elles étaient aussi rares que chères.

— Où l'as-tu trouvée ? demanda-t-il en la tournant et la retournant sous tous les angles.

— Ce n'est pas moi qui l'ai trouvée, répondit Margaret. C'est Louise.

Louise Rafferty, la meilleure amie de Margaret, était antiquaire.

— Elle l'a repérée dans une petite boutique dans l'État de New York il y a un mois, quand elle cherchait des pièces à acheter. Elle m'en a parlé et s'est arrangée pour la faire expédier ici. J'ai eu peur qu'elle n'arrive pas à temps pour ton anniversaire.

Everett la prit dans ses bras, lui appliqua un baiser en la faisant pivoter sur elle-même. Puis il embrassa Trish, qui poussa un cri de plaisir.

— M'aiderais-tu à nettoyer tout ça ? demanda-t-il ensuite à Rob. Il faut que j'aille au travail.

Ensemble, ils ramassèrent les morceaux de papier journal pour les fourrer dans une corbeille à papier. Quelque chose attira soudain l'attention d'Everett. Un visage. Sur une photo, au milieu d'un groupe de manifestants. Il défroissa soigneusement le journal et examina à nouveau la photo.

— Papa ?

— Hein ?

Il ne pouvait plus détourner le regard de ce visage. Ces yeux le fascinaient. Et ces pommettes. Il n'avait rencontré qu'une personne avec des pommettes pareilles.

— Ça va, Papa ? demanda Rob. On dirait que tu viens de voir un fantôme.

Everett s'efforça de rire et ébouriffa les cheveux de son fils.

— Ça va bien, ça va très bien. Mais je suis en retard, Rob. Il faut que je file au bureau. Veux-tu finir de ranger tout ça pour moi ? Tu seras gentil.

Rob acquiesça d'un signe de tête.

En quittant la maison, Everett Lloyd emportait dans sa poche une page de journal soigneusement pliée.

Avant de s'installer à Birks Falls, Zanny et son père avaient habité dans au moins une douzaine d'endroits différents. En tout cas, c'étaient ceux dont elle pouvait se souvenir. Il y en avait peut-être plus. Des grandes villes la plupart du temps — Newark, Detroit, Cincinatti, Phœnix, Dallas. Mais l'endroit qu'elle préférait, c'était Birks Falls.

Ce qu'elle aimait le plus, c'était le fait que ce soit une petite ville. Il n'y avait que deux employeurs importants — une conserverie de légumes et un centre hospitalier, où son père travaillait comme aide-infirmier.

Elle en aimait aussi le côté champêtre — descendre l'allée en pente par un matin de printemps comme aujourd'hui, avec de l'herbe tout autour, sentir le gravier sous ses pieds, les chevilles baignant dans la brume de l'aube. En promenant son regard vers le bas, au-delà du champ d'herbes hautes qui ondulaient, elle voyait scintiller une lumière dans la cuisine de Mme Finster, à une centaine de mètres, et à la même distance mais de l'autre côté, une autre lampe dans la chambre de M. Taylor. Quand la brume n'était pas trop dense, elle pouvait, en faisant un effort, apercevoir la guirlande de lumières de la ville, en contrebas de la route. Rien à voir avec le vacarme de l'heure de pointe qui l'assaillait avant même qu'elle quitte son lit à Newark, ou le brouillard âcre qui lui brûlait les poumons, à Detroit. En descendant l'allée de leur maison de Birks Falls, elle entendait les trilles des geais et des merles et respirait l'odeur caractéristique des grandes herbes mouillées et le parfum sucré des trèfles. De tous les endroits où elle avait vécu, aucun ne valait celui-là.

Quand ils étaient arrivés ici et que Zanny avait découvert la beauté de l'endroit, elle avait prié pour que son père décide de ne plus partir. Et pour une fois, son vœu avait été exaucé. Son père semblait aimer Birks Falls. Qu'ils y soient encore plus d'un an après en était la preuve. Et même s'il se montrait encore mère poule, le contrôle qu'il exerçait sur elle semblait lui aussi se relâcher un peu. Zanny avait l'impression que son père commençait tranquillement à se détendre. Et même la scène de la semaine précédente, à propos de la photo dans le journal, n'était rien comparativement à certaines crises qu'ils avaient traversées ensemble. Il n'y avait aucun doute dans son esprit : la paix et la tranquillité de cet endroit avaient un effet bénéfique sur elle comme sur lui. Son père avait trouvé un emploi qui lui plaisait. Par quel miracle on pouvait vraiment *aimer* ce travail — baigner les malades, vider des bassins, pousser des gens en fauteuil roulant —, voilà une chose qu'elle ne comprenait pas.

Zanny s'était fait des amies à Birks Falls. Une amie, en vérité. La première meilleure amie qu'elle ait jamais eue. Le souvenir de Lily assombrit soudain la perspective de la journée. Il y avait quelque chose d'ironique dans toute cette histoire. Parce que d'aussi loin que Zanny pouvait se rappeler, elle avait toujours changé d'endroit avec son père ; elle avait toujours été la nouvelle à l'école ; elle avait toujours été celle qui longe l'interminable allée centrale dans une nouvelle classe, au milieu de visages inconnus, jusqu'à la place qu'on lui assignait. Une semaine après que Zanny eut commencé l'école à Birks Falls, Lily était arrivée. Elle était entrée dans la salle de classe à grands pas, comme si elle avait passé sa vie à mettre le pied dans des salles de classe inconnues. Si elle était nerveuse, son visage rond et ouvert n'en laissait rien paraître. Lily soutenait chaque regard qui se posait sur elle avec un grand sourire plein d'assurance. Zanny avait été si impressionnée qu'elle s'était prise à sourire en retour, un encouragement qui semblait être tout ce dont Lily avait besoin. Aussitôt la période d'étude libre terminée, Lily était venue vers Zanny pour lui proposer de prendre ensemble leur repas de midi. Et à partir de ce jour, elles mangèrent ensemble tous les midis, jusqu'à ce qu'un jour Zanny prenne conscience qu'elle avait une amie. Pour la première fois de ma vie, j'ai quelqu'un à qui me confier, quelqu'un qui peut se confier à moi, avait-elle pensé. Ce même jour, Zanny se mit à prier pour que son père ne rentre pas un soir à la maison pour lui annoncer qu'il avait quitté son emploi et l'inviter à plier bagages une fois de plus.

Jamais elle n'aurait pensé que le père de Lily ferait ses valises, que c'était Lily qui partirait. Et partir si loin — pas dans une autre ville ou dans un autre État, mais dans un autre pays. Le père de Lily, un ingénieur, avait accepté un poste pour deux ans en Allemagne. Avant le départ de Lily, les deux filles avaient planifié à quelles universités elles allaient adresser des demandes d'inscription. Elles s'étaient promis de partager une chambre quand elles seraient étudiantes. Elles s'écrivaient au moins deux fois par mois. Mais ce n'était plus la même chose. En suivant nonchalamment la route qui descendait vers le centre-ville et l'école, Zanny se demandait si elle aurait un jour la chance de se faire une autre amie comme Lily.

2

Nick

20 mai

Zanny entrevit le garçon du coin de l'œil. Son cœur se mit à battre la chamade, son pouls à accélérer. Le long couloir était désert, ils étaient seuls. Et il se tenait tout à côté de la sortie. Pour quitter le bâtiment, elle ne pourrait faire autrement que passer devant lui. À cette idée, elle sentit ses genoux fléchir. Jamais elle n'en serait capable. Elle allait probablement mourir sur place. Son cœur allait éclater et elle tomberait comme une pierre sur le sol froid et dur.

Elle attrapa son sac de livres qu'elle jeta par-dessus son épaule. Puis, affichant un flegme qu'elle était loin de ressentir, elle rabattit la porte de son casier qu'elle verrouilla. Elle ajusta la courroie de son sac, prit une profonde inspiration, leva la tête et se retourna.

Il avait disparu.

Elle n'en crut pas ses yeux. Il était là une minute plus tôt, et voilà qu'il s'était volatilisé. Lentement son pouls reprit un rythme normal ; ses épaules se détendirent et elle s'engagea d'un pas traînant vers la sortie. L'occasion s'était présentée, mais au lieu de la saisir, elle l'avait laissée s'échapper en faisant semblant de ne pas la voir. Que disait toujours Mme Atkinson ? « Quiconque hésite, mesdames et messieurs, est perdu. » Ou, dans son cas, a perdu.

Zanny soupira et sortit dans la chaude après-midi. Elle avait eu une occasion en or d'aller vers le nouveau, sans que personne la voie, et de lui parler. Une chose qu'elle rêvait de faire depuis trois jours, depuis qu'il avait fait son entrée pendant le cours d'algèbre. Mais plutôt que de sauter sur l'occasion, elle avait reculé. Quiconque hésite, mesdames et messieurs, est perdu.

Elle fit le tour du bâtiment, fâchée contre elle-même, et faillit entrer en collision avec quelqu'un. C'était lui.

— Je… je… bégaya-t-elle. Elle rougit jusqu'aux oreilles. Je suis désolée.

Il sourit. Elle n'avait jamais vu des yeux d'un brun aussi velouté et aussi profond, comme du chocolat. Et la chevelure parfaite pour les mettre en valeur. Des cheveux épais et brillants qui retombaient sur son large front. Il avait une bouche généreuse, des dents étincelantes.

— Non, c'est moi, dit-il. C'est moi qui suis désolé. Je ne voulais pas te faire peur.

— Non, non, ça va.

Zanny se sentait horriblement embarrassée. Jamais elle n'avait bégayé comme ça, même quand elle avait dû, devant une foule de gens, dire au gérant du *Coin du hamburger* sa façon de penser. Et elle était là, à bégayer comme une gamine pathétique, incapable de parler.

— C'était... c'était un accident.

Il prit soudain un air penaud.

— Je ne sais pas si j'appellerais ça un accident, répondit-il spontanément. À vrai dire, je m'étais caché pour t'attendre.

Elle sentit son pouls s'accélérer.

— Tu m'attendais ?

Il hocha la tête.

— En fait, ça fait deux jours que je te guette.

Zanny n'en croyait pas ses oreilles. Le gars sur lequel Sheri se pâmait depuis une semaine, eh bien c'était elle, Zanny Dugan, qu'il avait remarquée.

— Je suis nouveau par ici, dit-il.

Elle le savait. Toutes les filles de l'école le savaient.

— Je m'appelle Nick. Nick…

— Mulaney. Je sais.

Il eut l'air si surpris qu'elle rougit.

— Et moi, c'est Zanny…

— Dugan, acheva-t-il avec un sourire. C'est un beau nom. Pas très courant. Un diminutif ?

— Oui, pour Alexandra.

Il sourit à nouveau. Elle ne pouvait détacher son regard de ses yeux chocolat.

— Écoute, Zanny, j'espère que tu ne me trouves pas trop entreprenant. Je veux dire, tu me connais à peine. Tu ne sais rien de moi, à part mon nom et le fait que je suis assis derrière toi pendant le cours d'algèbre. Mais je me demandais… penses-tu qu'on pourrait manger ensemble à midi ou quelque chose comme ça ?

Elle le regardait, complètement abasourdie.

— On pourrait se retrouver à la cafétéria, ajouta-t-il aussitôt. Comme ça, si tu me trouves insupportable, tu ne seras pas coincée avec moi. Qu'en dis-tu ? J'aimerais beaucoup faire ta connaissance. Sans compter que ça ne ferait pas de mal d'avoir un coup de main en algèbre…

Chacune de ses paroles résonnait comme un écho, comme s'il lui parlait de très loin. Zanny n'arrivait toujours pas à croire à sa chance. Il pouvait choisir parmi plus de trois cents filles — ou, disons, cent cinquante, si l'on faisait abstraction des élèves de première et de seconde année — et pourtant, c'est elle qu'il était venu inviter pour passer avec lui la pause de midi.

— Tu n'as pas besoin de me donner une réponse tout de suite, poursuivit-il. Si ça t'intéresse, viens me rejoindre. Sinon, eh bien…

Il haussa les épaules. Elle n'avait pas encore retrouvé son souffle que Nick regardait sa montre.

— Il faut que je file. Mon père va faire une crise si je ne nettoie pas son garage avant l'heure du souper, dit-il avec une grimace. Un bon gars, mon père, mais plutôt strict.

Zanny sourit d'un air désabusé.

— Il a l'air de ressembler pas mal au mien.

— Bon, eh bien au revoir, j'espère.

— Oui, je l'espère, répéta Zanny en sourdine en le regardant s'éloigner.

Zanny marchait sur un nuage. Elle avait remarqué Nick Mulaney le jour où il avait fait son entrée à l'école. Et elle n'était pas la seule. Sheri, Michelle et Anna — le Trio des Nageuses — l'avaient elles aussi remarqué. Sheri, Michelle et Anna étaient pour Zanny ce qui ressemblait le plus à des amies, maintenant que Lily était partie, mais à vrai dire sans la proximité et les atomes crochus qu'il y avait entre elle et Lily. Elle ne pouvait pas se confier à elles comme elle le faisait avec Lily, et elle savait que les trois comparses se disaient des secrets qu'elles ne partageaient pas avec elle. Cela ne l'étonnait pas. Ces trois-là avaient entre elles bien plus de points communs qu'avec elle. Elles avaient toujours vécu à Birks Falls. Leurs parents se connaissaient. Et elles faisaient partie de la célèbre équipe de nage synchronisée de Birks Falls. Ensemble, elles passaient des heures à la piscine à s'entraîner pour les compétitions locales et les championnats de l'État. Mais elles invitaient Zanny à les rejoindre à la pause de midi, et même si elles n'étaient pas des amies aussi proches que Lily, elles blaguaient avec elle et parlaient ensemble des garçons. Dernièrement, c'est Nick Mulaney qui avait monopolisé les conversations.

— Il est beau, s'était exclamée Sheri avec enthousiasme le premier jour, en se rongeant l'ongle du petit doigt.

— Il a sûrement une petite amie, soupira Michelle.

— Mais il vient juste d'arriver ici, rétorqua Sheri. J'ai entendu Darlene dire que…

— Entendu ? coupa Zanny.

Sheri haussa les épaules.

— D'accord. Disons que je lui ai demandé.

Darlene était une des adjointes administratives de l'école.

— Elle m'a dit qu'il venait juste d'arriver de Chicago. Alors, s'il a une petite amie, elle est presque à l'autre bout du pays. Et nous, nous sommes là. Ce qui signifie, mesdames, que nous avons comme on dit l'avantage de la glace. Alors, arrière les copines, vous allez voir Sheri à l'œuvre. Celui-là, il est pour moi, et je le tiendrai en laisse jusqu'au bal de fin d'année.

Anna leva un sourcil couleur châtaigne.

— C'est possible, répliqua-t-elle, ou peut-être qu'une autre va te le souffler juste sous le nez.

Michelle poussa un grognement.

— Ça recommence ! La vieille rivalité Chastell-Arthur. Il a l'air d'un chic type, et j'ai de la peine pour lui. Il ne sait pas dans quel nid de guêpes il vient d'atterrir.

Zanny avait éclaté de rire. Elle s'était aussi demandé pourquoi les garçons tombaient toujours dans les filets de ces deux-là. Ils étaient si aveuglés qu'ils en oubliaient toutes les autres filles.

Cette fois, Sheri et Anna ne perdirent pas de temps. Exactement vingt-quatre heures après avoir posé pour la première fois les yeux sur leur proie, elles la traquaient déjà. Et aujourd'hui, Zanny n'était pas peu fière de découvrir que cette proie-là n'avait pas succombé aux armes des deux grandes chasseuses. Elles allaient faire une syncope quand elles apprendraient que Zanny allait le lendemain passer la pause de midi avec lui. Et qui sait, peut-être que c'est elle, Zanny, qui allait le tenir en laisse jusqu'au bal de fin d'année ?

La joie de Zanny s'éteignit brusquement. Elle quitta anges et nuages pour retomber brutalement sur la banale terre ferme. Bien sûr, elle pourrait aller au bal des finissants avec Nick — *à condition* de le demander à son père et, beaucoup plus important encore, *à condition* que celui-ci lui en donne la permission. Tout ce que son père allait exiger, c'est que Nick soit arrivé ici trois *mois* — pas trois jours — plus tôt, et qu'il se soit depuis plié quotidiennement à une inspection en règle. Pour que son père puisse, bien entendu, lui poser les deux millions de questions d'usage. L'interrogatoire auquel il soumettait ses amis était presque terrifiant. « Je prends simplement mes précautions, répondait-il quand elle protestait. On n'est jamais assez prudent de nos jours. »

Mais il n'y avait pas lieu de s'inquiéter de ça pour l'instant. Regarde le bon côté des choses, se dit Zanny. Peut-être que Nick va trouver que je ne suis pas son genre, peut-être qu'il sera inutile d'aborder toute cette histoire de bal de fin d'année. Mais dans le cas contraire, elle avait la ferme intention de ne pas se laisser faire. Elle n'était plus une enfant. Et elle pouvait être aussi bon juge que son père. Elle pouvait décider elle-même. Voilà ce qu'elle allait lui dire : « Papa, dans un an, je vais partir étudier à l'université, et il faudra que je prenne mes propres décisions. Comment veux-tu que j'apprenne à le faire si je ne peux pas m'entraîner ? Et en plus, il ne s'agit que d'un bal de finissants du secondaire. Quelle est la pire des choses qui peut bien m'arriver ? » Que Nick me laisse tomber, probablement. Ou qu'en premier lieu, il ne m'invite pas à y aller…

Zanny aperçut la lumière des gyrophares d'en bas de la côte. Une ambulance, deux voitures de police et une autre auto que rien ne distinguait — si ce n'est les lumières rouges sur le toit —, semblaient garées dans leur allée. Cela n'avait aucun sens. Elles devaient être là pour l'un des voisins — le vieux M. Taylor, qui vivait tout seul en compagnie d'une demi-douzaine de chats et qui recevait la visite de son fils deux dimanches par mois, ou encore Mme Finster, qui était veuve et dont les trois enfants étaient depuis longtemps adultes : un dentiste, un professeur et un rabbin. M. Taylor avait peut-être eu une crise cardiaque. Ou Mme Finster était tombée dans ses escaliers. Zanny pressa le pas. Elle se disait que rien n'avait pu arriver chez elle qui eût nécessité la présence d'une ambulance et de deux voitures de police, mais elle voulait en être sûre.

À mi-chemin de la côte, elle s'arrêta brusquement. Toutes ces autos étaient effectivement garées en face de *sa* maison. Il s'était passé quelque chose. Elle se mit à courir.

Un ruban jaune, comme ceux qu'on voit sur les scènes d'un crime, barrait l'entrée du portique et courait tout autour de la maison. Du côté est, deux policiers examinaient le sol en dessous de la fenêtre de la cuisine.

Zanny enjambait le ruban lorsqu'une voix retentit.

— Hé toi, petite, où vas-tu comme ça ?

Zanny hésita, mais juste une seconde. C'était *chez elle*. Elle passa l'autre jambe au-dessus du ruban et grimpa les marches qui menaient à la porte d'entrée.

— Hé ! cria la voix derrière elle. Ne bouge plus ou je t'arrête pour entrave à l'enquête de la police !

Zanny s'arrêta net, mais pas à cause de la menace. Elle était tombée nez à nez avec un policier en civil taillé comme une armoire à glace.

— Holà, ma jeune dame, peut-on savoir où vous allez ?

— J'habite ici, répondit Zanny. C'est ma maison.

Une pensée lui traversa l'esprit.

— Où est mon père ? Avez-vous appelé mon père ? Est-ce qu'il est déjà rentré du travail ?

— Comment t'appelles-tu ? demanda le gros policier. Il parlait gentiment à présent, d'un ton d'où toute trace d'irritation avait disparu.

Zanny se présenta.

— Je suis le lieutenant Jenkins. Arrives-tu de l'école ?

Zanny fit oui de la tête.

— Que s'est-il passé ? Un cambriolage ?

— C'est ce que nous cherchons à savoir.

Le lieutenant Jenkins s'écarta pour la laisser entrer.

La petite maison grouillait de monde. Un agent de police parlait au téléphone près de la porte de la cuisine. Deux autres discutaient à voix basse dans l'entrée. Il y eut l'éclair d'un flash. Zanny jeta un coup d'œil dans le salon et vit un homme portant un insigne de policier à la ceinture qui prenait des photos.

— Hé, Jenkins ! appela l'homme au téléphone. Le capitaine veut te parler !

Le lieutenant Jenkins hocha la tête.

— Écoute, Zanny, peux-tu me faire une faveur ?

Zanny fit un signe d'assentiment. Pourquoi la regardait-il ainsi ? Était-elle devenue transparente ?

— J'aimerais que tu restes ici, continua le policier. Tu restes ici et tu ne bouges pas avant que je revienne. Peux-tu faire ça pour moi ?

Le ton insistant la troubla, et même si ça la contrariait qu'il lui parle comme à un bébé, elle acquiesça.

— Brave petite.

Pendant qu'il était au téléphone, Zanny suivit des yeux les allées et venues de tous ces hommes qui occupaient la maison, les groupes qui se formaient et se reformaient dans l'entrée, le salon et la cuisine. Elle regarda la pendule de l'entrée. Près de cinq heures. Elle se demanda encore une fois où pouvait être son père et si les policiers l'avaient appelé.

Le photographe de la police sortit du salon en rangeant un rouleau de pellicule dans le sac de son appareil-photo. Un autre homme, habillé tout en blanc celui-là, se releva du mur contre lequel il était adossé.

— Avez-vous fini, les gars ? demanda-t-il au photographe. On peut l'emballer ?

Chemise blanche. Pantalon blanc. Souliers blancs. Il était avec l'ambulance. Et s'il y avait ambulance, cela voulait dire quelqu'un de blessé. Le cambrioleur, peut-être ? Mais comment ? Avait-il été surpris par les policiers ? Mme Finster était les yeux et les oreilles du quartier. Elle était au courant de tout ce qui se passait et n'hésitait pas à intervenir quand elle le jugeait nécessaire, habituellement à bon escient. Peut-être avait-elle vu quelqu'un pénétrer par effraction dans la maison et appelé la police, qui avait pris le voleur sur le fait. Celui-ci, ou encore un des policiers, aurait alors été blessé au cours de la fusillade.

Zanny fit quelques pas vers le salon, brûlant de curiosité à présent, et se demanda qui avait été blessé et si c'était grave.

Elle eut l'impression de se retrouver dans une série policière télévisée. Un homme était étendu, face contre le sol, et on avait dessiné le pourtour de sa silhouette avec du ruban adhésif blanc. Cet homme n'était donc pas blessé : il était mort. Les jambes de Zanny se mirent à flageoler. Il y avait un cadavre étendu sur le plancher de son salon et le tapis couleur sable était tout imbibé de sang. L'ambulancier retourna le corps. Zanny sentit sa tête tourner, son estomac se soulever.

Ce n'était pas un cambrioleur qui gisait, sans vie, sur le plancher du salon. C'était son père.

— Non ! hurla-t-elle. NON !

3

DÉPRESSION ?

Le lendemain matin, Zanny était assise sur le canapé en tweed brun dans le salon de Mme Finster, enserrant de ses deux mains une tasse de thé au lait trop sucré dont elle ne voulait pas vraiment. Elle se sentait tout engourdie, tandis que tournait et retournait dans son crâne une idée obsédante : son père était mort. Elle n'avait pas encore assimilé tout ce que cela signifiait. Elle savait qu'on l'avait emmené à la morgue de l'hôpital — elle avait vu le corps partir dans l'ambulance —, mais elle ne parvenait pas à croire qu'il l'avait quittée pour toujours. Elle savait que sa maison était déserte, mais elle n'arrivait pas à concevoir que jamais plus la voix de son père ne viendrait l'animer. Le thé refroidissait dans sa tasse.

Dans la cuisine, Mme Finster et le lieutenant Jenkins parlaient à mi-voix.

— Déprimé ? Pas que je sache, disait Mme Finster. Mais ça ne veut pas dire qu'il ne l'était pas. Mitch Dugan n'était pas un grand causeur. Il n'était pas très sociable non plus. Il préférait rester dans son coin. Si vous saviez le nombre de fois que je l'ai invité pour mes côtes de bœuf — je suis renommée pour mes côtes de bœuf, vous savez — et il a décliné chaque fois. Êtes-vous marié, lieutenant ?

— Oui, répondit le lieutenant Jenkins. Madame Finster, quand avez-vous rencontré Mitch Dugan pour la dernière fois ?

— Attendez… je n'en suis pas sûre, répondit-elle, songeuse. Il y a quelques jours, je crois. Ce devait être jeudi. Oui, c'est ça, jeudi. J'arrivais du centre-ville et je suis tombée sur lui. Il partait au travail. Il était aide-soignant à l'hôpital, vous savez. Il travaillait parfois avec l'équipe de l'après-midi.

— Lui avez-vous parlé ?

— Je lui ai dit bonjour. Je salue toujours mes voisins quand je les rencontre. Il a répondu à mon salut.

— Comment était-il ?

— Que voulez-vous dire ?

— Avait-il l'air de bonne humeur ?

— De bonne humeur ?

Mme Finster sembla déconcertée. Il y eut un silence.

— Je ne peux pas vous répondre, ajouta-t-elle finalement. Où voulez-vous en venir, lieutenant ?

Zanny savait parfaitement où il voulait en venir. Elle comprenait très bien ce qu'il voulait faire dire à Mme Finster. En proie à une vague de colère, elle posa brutalement sa tasse de thé sur la table et se leva. Elle fit irruption dans la cuisine avant que Mme Finster ait pu ajouter quoi que ce soit.

— Vous vous trompez, dit-elle. Ça ne s'est pas passé comme ça. Mon père n'est pas ce genre de personne.

Le lieutenant Jenkins lui jeta un regard glacial.

— Zanny… commença-t-il.

Mme Finster fronça les sourcils.

— J'ai bien peur de ne pas… Oh ! fit-elle, comprenant tout à coup. Vous pensez que…

— Mon père ne s'est pas suicidé, reprit Zanny. Ça ne s'est pas passé comme ça.

Mme Finster se leva et s'approcha d'elle.

— Ma pauvre enfant, tu dois avoir faim. Je vais te préparer quelque chose.

Zanny l'entendit à peine. Toute son attention était rivée sur le lieutenant Jenkins.

—Vous vous trompez, répéta-t-elle.

— Je comprends à quel point il t'est difficile de l'accepter, répondit-il doucement. Mais les faits sont là.

— Mon père est mort d'une balle de revolver. Vous me l'avez dit vous-même. Ça ne prouve pas qu'il se soit suicidé. Mon père n'avait pas d'arme à feu.

— J'ai bien peur que si, répliqua le lieutenant.

Son calme ne fit qu'attiser la colère de Zanny.

—Vous vous trompez complètement, répondit-elle sèchement. Je connais mon père. Et je sais qu'il ne possédait pas d'arme. Il était aide-soignant.

— Je comprends bien ce que tu dois ressentir, Zanny…

— Non, vous ne comprenez pas. Vous ne comprenez rien du tout.

Le lieutenant hocha la tête, comme s'il lui concédait ce point.

— Mais il reste que nous avons trouvé deux boîtes de munitions dans sa table de nuit. Ainsi qu'un étui de revolver dans le même tiroir.

Zanny le regarda, complètement ébahie. Depuis quand son père possédait-il un revolver ? Et qu'est-ce qui, grands dieux, avait pu le pousser à en acheter un ? C'était un coup monté, on avait caché les balles et l'étui exprès. Peut-être que celui qui avait tué son père avait voulu maquiller son crime en suicide. Mais qui aurait bien pu vouloir tuer son père ? Jamais un cambrioleur n'aurait pris de tels risques. Et qui aurait bien pu désirer le tuer au point de planifier une telle mise en scène ?

— Il n'y avait que deux empreintes digitales sur l'arme qui l'a tué, Zanny, et c'étaient celles de ton père, expliqua le lieutenant Jenkins. Et il avait des traces de poudre brûlée sur la main. Je sais bien que c'est difficile à admettre, Zanny. Je peux très bien comprendre que tu ne veuilles pas le croire. Mais c'est un fait, et le coroner a conclu que les blessures qu'il avait corroboraient la thèse du suicide.

Zanny se sentit soudain vidée, incapable de ressentir la moindre émotion. Les paroles du lieutenant lui parvenaient étouffées, comme de très loin. Elle les entendait, mais les saisissait à peine.

— Mme Finster m'a dit que tu n'avais pas de famille, reprit le lieutenant Jenkins. Est-ce que c'est vrai, Zanny ?

Son père s'était suicidé. Non, c'était impossible. Son père n'aurait jamais fait ça. Il était trop fort pour faire une chose pareille. Et en plus, jamais il ne l'aurait abandonnée. Jamais ?

— Zanny ? As-tu de la famille ? Quelqu'un qu'on peut appeler ?

Mais il s'était suicidé, n'est-ce pas ? Le lieutenant Jenkins l'avait bien dit. Un jour, sans qu'elle le sache, son père était allé s'acheter un revolver. Et un jour — hier — il avait pris ce revolver et avait…

— Non, répondit Zanny dans un murmure. Je n'en ai pas. Il n'y a personne.

— Je vais devoir appeler la Protection de la jeunesse, déclara le lieutenant.

— Oh non ! protesta Mme Finster. Vous ne pouvez pas faire ça. La pauvre petite a déjà subi assez d'épreuves comme ça…

— Je suis désolé, mais…

Zanny ne sut jamais comment elle atterrit dans la chambre arrière de Mme Finster. Elle se retrouva soudain assise sur le bord du lit, à l'observer qui s'affairait autour d'elle, repliant une couverture, tapotant les oreillers, sortant la petite valise que Zanny avait apportée avec elle la veille.

— Tu ne devrais pas dormir tout habillée, conseilla-t-elle.

Zanny jeta un coup d'œil au réveille-matin sur la table de nuit. Il n'était même pas midi.

— Je ne suis pas fatiguée.

— Ne dis pas de bêtises, répondit Mme Finster. Tu es épuisée. Tu n'as pas dormi de la nuit.

Elle posa sa main sur celle de Zanny.

— Je t'ai entendue, ma pauvre chérie. Tu as pleuré toute la nuit. Tu as besoin de te reposer.

Zanny enfila son pyjama et grimpa dans le lit. Elle posa la tête sur l'oreiller et ferma les yeux. Mme Finster avait raison. Ce serait si bon de dormir. De se laisser emporter par le sommeil. De perdre conscience.

Mais le sommeil ne vint pas.

Derrière ses paupières fermées, plutôt que la douce nuit de l'oubli, l'image en couleurs du corps de son père réapparaissait, son père étendu au milieu d'une mare de sang dans le salon, ses yeux fixes qui la regardaient sans la voir, son visage figé, sans expression.

Quelques heures auparavant, elle rentrait de l'école, prête à l'affronter, à lui tenir tête. Elle se mit à pleurer en se rappelant à quel point elle avait souhaité qu'il ne lui donne plus jamais d'ordre, ne lui dise plus jamais ce qu'elle devait faire ou ne pas faire. Les larmes inondaient ses joues et tombaient sur l'oreiller. Elle avait souhaité qu'il ne l'embête plus jamais — et à présent, son vœu était exaucé.

Elle pleura jusqu'à ce que son oreiller soit trempé et finit par s'endormir.

Zanny fit le tour de l'horloge et c'est l'odeur du bacon qui la réveilla. J'espère qu'il fait aussi du pain perdu, songea-t-elle. Son père faisait le meilleur pain perdu du monde, doré et croustillant à l'extérieur et tout moelleux à l'intérieur, qu'il saupoudrait avec juste ce qu'il fallait de cannelle. Elle se mit à saliver. Elle ouvrit les yeux pour se rendre compte qu'elle était dans un lit qu'elle ne connaissait pas. Elle les referma aussitôt en souhaitant se rendormir pour ne plus jamais se réveiller.

Elle resta étendue un moment, immobile, la tête vide, avec seulement cette douleur au fond de la poitrine. Il était parti. Parti. Elle détestait la façon dont les gens employaient ce mot, quand ce n'est pas du tout ce qu'ils voulaient dire. Quelqu'un qui est parti peut toujours revenir. Tandis que quelqu'un qui est mort… Elle essuya les larmes qui brûlaient ses paupières. Comment avait-il pu *lui* faire ça ? Comment avait-il pu lui faire ça ? Il n'y avait probablement pas pensé. Quand il avait sorti le revolver qu'il possédait sans qu'elle le sache, et qu'il l'avait chargé avec des balles qu'elle n'avait jamais vues, il avait dû penser que le geste qu'il faisait ne concernait que lui. Erreur. Tu as encore manqué le bateau, Mitch Dugan. Tu me l'as fait à moi aussi. À *moi*, bon sang !

Soudain, Zanny se mit à sangloter de manière incontrôlable. Sa gorge se noua au point de l'étouffer, puis l'angoisse reflua. Elle tremblait de tout son corps. Elle ne fut même pas capable d'arrêter de pleurer quand Mme Finster vint la prendre dans ses bras et la bercer. Elle avait l'impression qu'elle ne pourrait plus jamais arrêter de pleurer.

— Ça va aller mieux, la consola Mme Finster. Avale ça. Rien de tel qu'un estomac plein pour calmer le mal de vivre.

Sourde aux protestations de Zanny, elle glissa deux autres crêpes dans son assiette et lui tendit le sirop. Zanny fixa la bouteille de verre taillé en pensant aux crêpes qu'elle avait déjà avalées. Ce n'était pas convenable, elle en était sûre. Quelqu'un dans sa situation ne devrait pas s'empiffrer avec des crêpes comme ça, légères comme un nuage. Manger aurait dû être la dernière de ses préoccupations.

— Il faut manger, insista gentiment Mme Finster, comme si elle lisait dans ses pensées. Il peut arriver des choses terribles dans la vie, des choses qui vous rendent malheureuse à un point qu'on n'aurait jamais imaginé. Mais il faut continuer à se nourrir. Il faut continuer de vivre.

Zanny versa du sirop sur ses crêpes et se remit à manger, plus lentement cette fois.

— Que va-t-il m'arriver ? demanda-t-elle. Où est-ce que je vais vivre maintenant ?

Le sourire chaleureux de Mme Finster s'évanouit. Elle s'essuya les mains sur son tablier et s'assit à la table, en face de Zanny.

— Tu n'as vraiment *aucune* famille, un parent quelconque pour s'occuper de toi ? Il doit bien y avoir *quelqu'un*.

Il n'y avait personne. Ils avaient toujours été tous les deux. Son père et elle. Sa mère était morte quand elle n'était qu'un bébé. Elle n'avait jamais connu ses grands-parents.

— Absolument personne ? Mme Finster secoua la tête. Cela semble impossible que quelqu'un soit seul au monde.

Zanny sentit les larmes lui remonter aux yeux.

— Oh, ma chérie, dit Mme Finster en se penchant pour prendre la main de Zanny. Je ne voulais pas te faire de peine. Je me demande ce qu'il m'arrive des fois. Je parle sans réfléchir. Ça m'a joué bien des tours quand j'étais petite. Je suis désolée.

— Ne vous en faites pas, répondit Zanny.

Chaque bouchée lui collait maintenant au palais. Elle posa sa fourchette et repoussa son assiette.

— Donne-moi quelques minutes que je fasse la vaisselle, reprit Mme Finster. Ensuite je t'emmènerai en ville. Nous avons une foule de choses à faire, des dispositions à prendre.

Dispositions… Les crêpes et le sirop se mirent à surir dans l'estomac de Zanny. Encore un de ces mots que les gens utilisent pour ne pas dire vraiment les choses, pour les enjoliver. Mme Finster ne parlait pas de décoration florale ou d'arrangements musicaux. Elle parlait de funérailles.

— Qu'en penses-tu, Zanny ? demanda Mme Finster. Je trouve le chêne si beau. Si riche. Si délicatement veiné. J'ai enterré monsieur Finster dans du chêne, tu sais. Il y avait des gens dans la famille, comme sa sœur Rose, qui auraient préféré que je l'enterre dans de l'acajou. C'est un bois qui dure, m'a dit Rose.

Mme Finster renifla.

— Mais à quoi bon un bois qui dure, avec un mari qui a bu et fumé jusqu'à en mourir en me laissant toute seule avec trois garçons à élever ? Heureusement que mes garçons sont intelligents. Ils ont réussi à décrocher des bourses pour faire leurs études. Mais je lui en ai tellement voulu.

Elle sourit d'un air penaud.

— Excuse-moi, ma chérie. Je ne devrais pas grogner comme ça contre M. Finster. Paix à son âme. Je sais que toi, tu n'en veux pas à ton père. Je me suis laissé emporter. Quand je commence à parler, je ne peux plus m'arrêter.

Mais Zanny *en voulait* à son père. Elle ne se rappelait pas avoir été autant en colère contre lui. Qu'est-ce qu'il avait fait ! Il venait de mettre sa vie sens dessus dessous. Il était onze heures du matin, par un beau mercredi, et au lieu d'être assise au cours de maths devant Nick Mulaney, elle tentait de choisir entre le chêne et l'acajou dans les locaux doucement éclairés du salon funéraire Stroud et Fils. Comment avait-il pu lui faire ça ?

Comment ?

— Zanny, Zanny ma chérie. Que veux-tu faire ?

Zanny avait la gorge complètement nouée. Elle pouvait à peine bouger. Mme Finster lui toucha la main.

— Attends ici, ma chérie. Je vais m'occuper de tout. Ne t'en fais pas.

— C'est tout ce que tu as ? Tu n'as rien de plus… demanda Mme Finster en cherchant ses mots. De plus… approprié, ajouta-t-elle enfin.

Zanny savait exactement ce qu'elle entendait par approprié : un vêtement convenable pour un enterrement.

Tandis que Mme Finster passait sa garde-robe en revue, Zanny errait sur le palier. D'où elle était, elle pouvait plonger son regard dans la chambre de son père. Elle s'attendait presque à voir ses longues jambes allongées sur le lit où il aimait lire le soir. Elle n'avait jamais vu quelqu'un lire autant que son père — en tout cas ces derniers temps. Auparavant, il plongeait rarement le nez dans un livre. Mais depuis leur arrivée à Birks Falls, il avait cessé d'arpenter sans but la maison, s'était procuré une carte à la bibliothèque et passait presque toutes ses soirées à lire et à écouter de la musique classique.

Elle n'entendait plus aucun des bruits familiers qui lui évoquaient son père. La musique. Le froissement des pages qu'on tourne. Il n'y avait que Mme Finster qui, le nez dans son placard, claquait la langue de dépit devant l'absence de robe ou de jupe assez foncée pour l'occasion.

Que va-t-il se passer à présent ? se demandait Zanny. Est-ce que je vais retourner habiter dans cette maison ? Elle s'y sentait chez elle, dans cette maison. C'est là qu'elle avait vécu le plus longtemps. L'impression de vide qu'elle ressentait en elle l'envahit tout entière. Jamais elle ne pourrait habiter seule ici : elle était trop jeune, et n'avait aucune idée de ce que signifiait subvenir à ses besoins. Qu'allait-elle devenir ? Qu'allaient-ils décider à son sujet ? Et qui étaient ces *ils* qui avaient maintenant le pouvoir de décider du cours de sa vie ?

—Voilà quelque chose qui devrait aller, annonça Mme Finster du fond du placard.

Zanny essuya ses larmes et prit une profonde inspiration. Elle retourna dans sa chambre. Mme Finster était en train de s'extraire avec peine du placard en brandissant une robe-chemisier bleu marine dont Zanny avait complètement oublié l'existence.

Zanny enfila la robe bleu marine aux manches trop courtes et au col trop serré, ainsi qu'une paire de souliers noirs, et se rendit seule à l'église avant la cérémonie. Mme Finster n'avait pas protesté.

— Je te rejoins dans une demi-heure. Es-tu sûre que tu pourras rester une demi-heure toute seule là-bas ?

Zanny avait hoché la tête, en se disant que tout irait bien. Elle n'avait pas prévu ce qu'elle ressentirait en franchissant les grandes portes et en regardant vers le chœur, baigné par la lumière du soleil qui entrait à flots à travers les vitraux et dessinait des motifs lumineux sur la doublure de satin du cercueil.

L'église était vide, et elle s'en réjouit. Personne ne vit ses genoux trembler tandis qu'elle remontait l'allée centrale. Personne ne vit ses yeux se remplir de larmes à mesure qu'elle s'approchait du cercueil. Personne ne l'entendit sangloter devant le corps sans vie de son père. Elle n'avait jamais vu quelqu'un d'une telle immobilité. Les yeux fixés sur le buste de son père, elle priait pour que se produise un miracle, pour que se soulève cette poitrine et que s'évanouisse ce cauchemar.

Plus elle l'observait et plus elle se rendait compte que son père n'avait plus l'air de ce qu'il était, mis à part une vague ressemblance, comme ces personnages dans les musées de cire qui évoquent suffisamment les êtres qu'ils incarnent pour qu'on les reconnaisse, mais sans la magie de la vie. Les mains de son père avaient été repliées sur sa poitrine. On avait soigneusement peigné ce qu'il lui restait de cheveux, et appliqué sur ses joues un fard rouge censé lui rendre quelques couleurs, mais qui ne faisait que donner à son visage l'aspect d'un masque. La mort avait réussi à enfin dompter ses sourcils indisciplinés.

Zanny remarqua une fois de plus à quel point elle ressemblait peu à son père. Elle ne partageait pas le moindre trait avec lui. Toute sa vie, elle avait entendu les gens plaisanter sur leur dissemblance physique.

— Es-tu sûr que c'est bien ta fille, Mitch ? Ton épouse n'aurait pas eu une histoire avec le facteur, par hasard ?

Pour quelque obscure raison, ils voyaient là un excellent sujet de rigolade. Mais Zanny ne trouvait pas ça drôle. Plus jeune, elle en avait même pleuré.

— Ne t'en fais pas, avait dit son père. Bien des enfants ne ressemblent pas à leur père. Bien des enfants ressemblent comme deux gouttes d'eau à leur mère. Tu es son portrait tout craché, Zanny.

Mais elle ne pouvait que le croire sur parole. Zanny avait vingt mois quand sa mère était morte. Elle avait beau essayer aussi fort qu'elle pouvait, elle n'avait aucun souvenir d'elle. Et il n'y avait aucune photo pour rafraîchir sa mémoire.

—Vous n'avez même pas eu de photos à votre mariage ? avait-elle demandé à son père.

— Mais oui, il y en a eu, avait-il répondu.

Mais elles n'existaient plus. Parties en fumée. Tout avait disparu dans l'incendie de leur maison quelques semaines avant le... À ce souvenir, ses yeux s'embrumaient toujours, et sa voix s'enrayait. La seule mention de sa mère le plongeait dans une tristesse si déchirante que Zanny n'osait pratiquement plus lui poser de questions sur le sujet.

Les gens commençaient à arriver dans la petite église. Mme Finster s'approcha de Zanny. Elle lui toucha le coude et la guida gentiment vers un des premiers bancs. Une fois assise, Zanny leva les yeux. On avait refermé le cercueil et posé une corbeille de lys sur le dessus. Zanny baissa la tête et se mit à pleurer silencieusement. Elle ne regarda autour d'elle qu'une seule fois pendant le service. Elle aperçut Michelle, Sheri et Anne assises ensemble sur l'un des bancs du fond. À quelques rangs en avant, elle eut la surprise de voir Nick Mulaney.

Pour une raison ou une autre, Zanny avait toujours associé les enterrements aux matins sinistres et pluvieux de novembre. Le jour des obsèques de son père, le soleil brillait comme un disque d'or dans un ciel d'un bleu chatoyant. L'herbe du cimetière était verte et aussi épaisse qu'un tapis. C'était une journée pour la randonnée à bicyclette ou les parties de frisbee dans le parc ; une journée pour courir, marcher ou faire du jogging, une journée pour le football ou le baseball, pour sauter à la corde, jouer à la balançoire ou faire des glissades. Zanny regarda le cercueil de son père descendre dans la fosse en se demandant si elle pourrait un jour se réjouir à nouveau d'une belle journée comme celle-là.

À la queue leu leu, les gens venaient jeter une poignée de terre sur le cercueil, s'arrêtaient pour lui serrer la main en lui présentant leurs condoléances. Zanny reconnut un grand nombre de visages : des voisins, des professeurs, des amies.

Michelle, Sheri et Anna s'approchèrent toutes les trois.

— Nous sommes vraiment navrées, lui dit Michelle. Anna et Sheri hochèrent silencieusement la tête, l'air sombre.

— Nous partons demain pour les championnats de l'État, ajouta Anna. S'il y a quoi que ce soit que nous pouvons faire à notre retour, n'hésite pas.

— Quoi que ce soit, répéta Sheri.

Zanny acquiesça d'un signe de tête. Elle savait que si elle ouvrait la bouche, elle allait se mettre à pleurer, et pour une raison qu'elle ne pouvait pas vraiment comprendre, elle ne voulait pas pleurer devant le Trio des Nageuses. Avec Lily, les choses auraient été différentes. Devant Lily, elle pouvait pleurer. Mais pas devant ces filles-là. Elle ne les connaissait pas suffisamment.

Elle resta près de la tombe longtemps après que tout le monde fut parti chez Mme Finster, qui avait préparé des rafraîchissements. Avant de la quitter, Mme Finster lui avait gentiment pressé le bras.

— Encore quelques minutes, avait dit Zanny. Je vous rejoins bientôt.

Elle ne pouvait pas s'en aller comme ça. Elle ne pouvait pas le laisser tout seul, sans lui dire au revoir.

Elle articula le mot silencieusement. Il lui resta dans la gorge. Cet au revoir ne correspondait pas du tout à la séparation qu'elle avait imaginée. Elle avait toujours pensé qu'elle quitterait son père le jour de son départ pour l'université, qu'elle le laisserait seul dans la petite maison de brique en haut de la colline, juste pour quelques mois, du début du semestre jusqu'aux vacances suivantes, à l'Action de grâces ou à Noël. Jamais elle n'aurait imaginé que la séparation serait aussi définitive, qu'elle ne le reverrait jamais plus lui sourire.

Elle regarda la fosse où gisait son père en cherchant à comprendre ce qui avait pu l'amener à faire un tel geste. Elle se reprochait de n'avoir pas su lire les signes avant-coureurs. En classe, ils avaient eu un cours sur le suicide dans le cadre du programme de sciences sociales, l'année précédente. Il y avait même eu un petit examen sur le sujet. Question : nommez cinq signes avant-coureurs du suicide. Réponse : être déprimé, perdre l'appétit, dormir plus que de coutume, se débarrasser soudain de choses auxquelles on tenait, rechercher la solitude. Elle avait bûché dur pour cet examen, comme elle le faisait toujours. Les signes avant-coureurs étaient restés inscrits dans sa mémoire. Pour ce qu'ils lui avaient servi… Elle n'avait pas su en voir un seul chez son père. Trop accaparée par sa propre vie, elle était restée complètement aveugle à ses problèmes à lui.

Et ce n'était pas la seule chose qui lui avait échappé. Le revolver, par exemple. Quand et comment son père avait-il acheté cette arme ? Et les munitions ? Et pourquoi ces traces de poudre brûlée sur ses mains ? Les paroles du lieutenant Jenkins lui revinrent à l'esprit : « Le type de lésions qu'il avait corroborent l'hypothèse du suicide. » Son père s'était donné la mort. Mais pour quelle raison ? Voilà ce qu'elle ne pouvait comprendre. *Pourquoi* avait-il fait ça ? Et comment avait-elle pu ne rien voir ?

4

Le testament

Assise sur la balançoire démodée qui trônait au fond du jardin de Mme Finster, à l'ombre d'une haie de cèdres, Zanny se demandait si les gens avaient fini par partir. Elle avait été étonnée par le nombre de personnes qui étaient venues à l'enterrement. Bien des visages lui étaient inconnus. Il y avait des gens de l'hôpital, qui semblaient tous sincèrement chagrinés par le décès de son père, ce qui ne fit qu'aggraver la peine de Zanny. Dans les autres endroits où ils avaient vécu, son père avait été la plupart du temps un solitaire, sans aucun ami. Mais à Birks Falls, il s'était enfin senti chez lui ; il avait enfin trouvé quelques amis. Mais tout cela était arrivé trop tard. Cela ne l'avait pas aidé à trouver ce qu'il avait cherché pendant toutes ces années.

— Zanny ?

Elle aperçut à travers ses larmes Nick Mulaney planté au milieu de la pelouse de Mme Finster, les mains dans les poches de son jeans. Il lui sourit timidement en haussant les épaules.

Sa présence la toucha. Mais elle se sentait en même temps si gauche. Elle allait se remettre à pleurer, c'était inévitable, et s'il y avait une chose qui pouvait empirer une situation, c'était bien de se mettre à pleurer devant quelqu'un qu'elle connaissait à peine.

Nick avança de quelques pas dans sa direction, puis s'arrêta.

— Tu as peut-être envie de rester seule, dit-il. Je peux comprendre que tu ne veuilles pas de compagnie. Tu n'as qu'à me le dire et je m'en irai.

En attendant sa réponse, il la regardait droit dans les yeux, ce qui l'étonna. Contrairement à Anna, Michelle et Sheri, Nick ne semblait pas mal à l'aise. Et s'il lui offrait de partir, il n'avait pas l'air pressé de la quitter.

Elle hésita.

— Je ne dois pas être d'une compagnie très agréable, finit-elle par répondre.

— Rien ne t'y oblige, répondit-il en se glissant sur le banc en face d'elle. J'ai été très touché en apprenant ce qui était arrivé à ton père.

Zanny hocha la tête.

— Ce devait être un sacré bonhomme, à voir l'assistance à l'église.

— Je crois que oui, répondit Zanny.

Sa voix était rauque, sa gorge nouée tandis qu'elle essayait de refouler ses larmes. C'était un sacré bonhomme, oui. Un gars qui de toute évidence devait souffrir beaucoup. Un gars si accablé par ses problèmes qu'il était allé acheter un revolver pour se tuer. Et tout ça sans que sa fille unique ait pu deviner ce qui se passait.

— Zanny ? Si tu veux parler, fais-le. Je suis ici pour t'écouter, proposa Nick, le regard plein de sympathie. Si tu ne veux pas, il n'y a pas de problème. C'est à toi de voir, d'accord ?

Zanny hocha la tête en essuyant une larme. Ils se balancèrent en silence pendant quelques minutes.

— Tu sais, je ne m'y attendais pas du tout, commença-t-elle lentement. De toutes les choses qui auraient pu arriver, c'est bien celle à laquelle je m'attendais le moins. Même quand je suis rentrée de l'école ce jour-là, même quand j'ai vu les voitures de police et l'ambulance dans l'allée, je n'y ai pas pensé. Jamais je n'aurais imaginé qu'il puisse arriver quelque chose à mon père. Pas à *mon* père.

Quand elle repensait à tout ça, elle avait l'impression de se promener dans un mauvais rêve. Elle revoyait la scène avec une telle précision qu'il lui aurait suffi de se pencher pour toucher à nouveau le ruban jaune que la police avait posé en travers du perron. Et en même temps, tout cela paraissait irréel, comme si, au moindre contact avec quelque chose de concret, tout allait disparaître comme par enchantement.

— Même quand j'ai compris que quelqu'un avait été tué, même quand j'ai vu un cadavre étendu sur le plancher du salon, je n'ai pas pensé une seconde que cela pouvait être *mon père*.

Nick ne détourna pas son regard. Il la fixait droit dans les yeux et hocha la tête, comme s'il comprenait chacune de ses paroles.

— Ma mère est morte il y a deux ans, dit-il. Je n'étais pas là quand c'est arrivé. Elle et mon père étaient divorcés depuis un bon moment, et je vivais avec papa. Mais bon sang, je n'ai jamais oublié cette journée-là. Je venais tout juste de rentrer de l'école. Le téléphone a sonné. C'était ma tante Louise, la sœur de ma mère. Elle m'a demandé : « Es-tu tout seul, Nick ? » Je me rappelle avoir trouvé sa question bizarre. Cela faisait peut-être six mois que je n'avais pas parlé à ma tante, et la première chose qu'elle me demandait, c'est si j'étais seul à la maison. Quelle drôle de question !

Il s'interrompit pour prendre une profonde inspiration.

— Je lui ai répondu que j'étais tout seul. C'est alors qu'elle m'a dit : « Il y a eu un accident, Nick. Ta mère a été tuée. » Et tu sais ce que j'ai répondu ?

Zanny secoua la tête. Elle voyait bien qu'il était en train de revivre toute cette scène et voulut soudain le toucher, le réconforter.

— J'ai dit : « Tu plaisantes ? » C'est vraiment idiot, non ? Quelqu'un m'annonce que ma mère vient de mourir, et tout ce que je trouve à répondre, c'est « Tu plaisantes ». Il hocha de nouveau la tête.

— Je suis désolée, dit Zanny.

Le sourire de Nick était empreint de tristesse.

— Je te remercie. Mais je ne t'ai pas raconté ça pour que tu me plaignes. C'est simplement qu'il y a des choses qu'on ne peut jamais oublier, Zanny. Des scènes qui restent gravées pour toujours dans ta mémoire. Tu les revis et les revis sans cesse. Il t'arrive même parfois de penser que la peine ne disparaîtra jamais et, en un sens, elle ne disparaît pas. J'en sais quelque chose.

Zanny hocha la tête. Ils restèrent silencieux pendant un petit moment. Puis elle plongea le regard dans ses yeux brun foncé jusqu'à ce que, surpris, il fronce les sourcils.

— Sais-tu… est-ce qu'on t'a dit ce qui s'était passé ? demanda-t-elle.

— J'ai entendu dire qu'il y avait une arme à feu dans l'histoire. Un gars à l'école m'a dit qu'on lui avait raconté que ton père avait surpris un cambrioleur. On entend des histoires comme ça tout le temps. Quelqu'un rentre chez lui, il y a un voleur dans la maison, et avant même que le gars se rende compte qu'il y a quelque chose de pas normal… eh bien, tu sais.

Zanny regarda ses mains qu'elle avait nouées devant elle, en souhaitant presque que les choses se soient passées ainsi.

— Les policiers… ils disent qu'il s'est tiré…

Pourquoi était-ce si difficile de prononcer ce mot ?

— Ils disent qu'il s'est suicidé.

Elle se demandait comment Nick allait réagir. Elle se demanda comment elle-même réagirait si quelqu'un lui racontait une histoire analogue.

— Je suis désolé, vraiment désolé, répondit-il.

Il y eut un silence qui, d'une certaine manière, n'était pas embarrassant. Après un moment, Nick se mit à lui sourire avec gentillesse.

— Bon, et qu'est-ce que tu vas faire maintenant ? Aller vivre chez des parents ?

— Pas vraiment, répondit Zanny. Je n'ai pas de famille.

— Tu n'as pas d'autres parents ? Nick eut l'air aussi surpris que les autres. Je croyais que tout le monde avait de la famille.

— Moi, je n'en ai pas.

— Personne ?

— Non.

— Et moi qui pensais que j'étais la seule personne au monde à pouvoir tenir un conseil de famille dans une cabine téléphonique !

— Quoi ? s'exclama Zanny toute surprise.

— Il y a moi, répondit Nick en levant l'index, et puis mon père et ensuite tante Louise. C'est tout. Voilà toute la parenté qui me reste.

— Ça t'en fait deux de plus que moi, observa Zanny d'un ton lugubre.

Nick se pencha pour lui prendre la main. Il avait les paumes tièdes et sèches. Elle se sentit rassurée à leur contact.

— Alors, qu'est-ce que tu vas faire ?

Zanny se mordit la lèvre. Ne pleure pas, se disait-elle. Assez de larmes pour aujourd'hui.

— Je ne sais pas, répondit-elle.

Ils demeurèrent silencieux, tout en se berçant doucement. Comment cette histoire avait-elle pu arriver ? Comment avait-elle pu laisser une chose pareille se passer ? Et comment avait-elle pu être aussi aveugle ? Cette question revenait sans cesse.

En fait, elle n'avait rien pu voir arriver parce qu'il n'y avait eu aucun signe avant-coureur. Rien dans le comportement ou dans l'humeur de son père qui ait pu laisser prévoir un tel geste. Et elle ne pouvait tout simplement pas l'imaginer faire ça. Elle ne pouvait pas l'imaginer dans la peau de quelqu'un qui prend un revolver et — elle eut un mouvement de recul — le pose contre sa tempe…

— Il ne s'est pas tué, déclara-t-elle.

C'était aussi simple que ça.

— Mon père ne s'est pas tué. Il n'a pas pu faire ça.

Elle se leva brusquement et descendit de la balançoire.

— Il faut que j'y aille, Nick.

— Aller où ? Ça va, Zanny ?

— Oui, ça va. Mais je dois aller au poste de police. Il faut que je parle au lieutenant Jenkins.

— Je t'emmène.

Zanny était passée des centaines de fois devant le poste de police de Birks Falls, mais elle n'y avait jamais mis les pieds. Il ne ressemblait pas du tout à ce à quoi elle s'attendait. D'abord, c'était si petit, un immeuble carré à deux étages, en briques, à l'une des extrémités de la rue Principale, à côté de la station-service Texaco, juste en face de la banque. Et le poste débordait d'activité, bien plus qu'elle ne l'aurait cru pour un si petit patelin. Le local était bourré de monde, et on avait l'impression que la demi-douzaine de téléphones sonnaient tous en même temps. Personne ne sembla remarquer la présence de Nick et de Zanny.

Zanny jeta un coup d'œil à la ronde et repéra le lieutenant dans un minuscule bureau vitré dans un coin du local. Elle se dirigea vers lui, Nick sur ses talons.

Le lieutenant Jenkins parlait au téléphone, mais il leva la tête et leur fit signe de venir le rejoindre. Ce n'est qu'une fois entrée que Zanny remarqua la présence d'une autre personne dans le bureau. Un homme aux yeux noirs, vêtu d'un pardessus noir, était assis près du classeur à quatre tiroirs.

Le lieutenant raccrocha.

— Zanny, quelle surprise ! Que puis-je faire pour toi ?

— Je suis venue vous dire… il ne s'est pas suicidé.

Le lieutenant fronça les sourcils.

— J'ai bien peur de ne pas comp…

— Mon père, coupa Zanny. Il ne s'est pas tué. Il n'aurait jamais pu se suicider.

Ce n'était pas quelqu'un à faire une chose pareille.

Le téléphone se mit à sonner sur le bureau. Jenkins décrocha le combiné et grommela son nom. Il se mit à écouter très attentivement.

— Ouais, fit-il finalement. Donnez-moi cinq minutes. J'arrive.

Il raccrocha le combiné.

— Une petite fille qui a disparu, expliqua-t-il d'un air sombre. Quelqu'un l'a vue monter dans une auto.

Il se frotta les tempes, le même geste qu'avait parfois son père quand il rentrait du travail.

— Écoute, Zanny, je comprends bien ce que tu ressens. Mais officiellement, nous traitons toujours l'affaire comme un suicide…

— Que voulez-vous dire par officiellement ? interrompit Nick.

Le lieutenant se tourna vers lui.

— Et à qui ai-je l'honneur… ?

— Nick Mulaney, répondit Zanny. C'est un ami. Pouvez-vous lui répondre ?

— Je veux dire publiquement, pour quiconque veut savoir… Mais officieusement… ajouta-t-il en se tournant vers l'homme assis dans son bureau. C'est amusant que tu sois venue maintenant, Zanny. J'étais juste en train d'expliquer à l'agent Wiley ici présent comment il pouvait te rejoindre.

L'homme assis près du classeur se leva. Il était grand et corpulent. Une fois debout, il semblait remplir tout l'espace du bureau.

— L'agent Wiley travaille à la DEA, expliqua le lieutenant. L'agence de répression anti-drogue. Il aimerait te parler.

La DEA ? Zanny interrogea Nick du regard. Qu'est-ce que cela signifiait ? De quoi parlait le lieutenant ?

— J'aimerais m'entretenir avec Miss Dugan en privé, si vous n'y voyez pas d'inconvénient, dit l'agent Wiley. Il parlait d'une voix grave, comme le grondement du tonnerre.

— Aucun problème, répondit le lieutenant en attrapant son blouson accroché à une patère. Viens, mon garçon, dit-il à Nick. Tu peux attendre dehors.

Nick hésita, regarda Zanny. Comme s'il lui demandait silencieusement : es-tu certaine ? Zanny fit oui de la tête. Elle le suivit des yeux et le vit trouver une place sur un des bancs du poste.

— Tu ne veux pas t'asseoir, Zanny ?

Wiley indiqua la chaise qu'il venait de libérer. Zanny secoua la tête.

— Je préfère rester debout.

Wiley haussa les épaules.

— Comme tu voudras.

Il fit le tour du bureau du lieutenant et s'installa dans son fauteuil.

— J'aimerais te poser quelques questions à propos de ton père.

La question déconcerta momentanément Zanny. Pourquoi diable la DEA s'intéressait-elle à son père ? Il gagnait sa vie comme aide-infirmier dans un hôpital. Il n'avait rien d'un trafiquant de drogue international ou d'un grand criminel.

— J'ai l'impression que vous confondez avec quelqu'un d'autre, dit Zanny.

Wiley se radossa contre son fauteuil et joignit l'extrémité de ses doigts, formant ainsi une petite tente de ses deux mains. Il l'observait d'un air grave.

— Disons que ça, c'est à moi d'en juger. Je sais que depuis dix-huit mois, ton père travaillait comme aide-infirmier à l'hôpital du coin. Et qu'est-ce qu'il faisait avant ?

Cette question décontenança complètement Zanny. Si l'agent Wiley savait que son père avait travaillé comme aide-soignant à l'hôpital, et ce, depuis un an et demi, c'est qu'il avait eu accès à son dossier d'emploi. Il n'avait pas besoin d'elle pour lui dire où il avait travaillé avant.

Wiley l'observa pendant un moment.

— Qu'est-ce qui se passe, Zanny ? Tu ne le sais pas ?

— Oui, mais…

— Ils m'ont dit à l'hôpital que lorsque ton père avait posé sa candidature pour le poste, il leur avait dit qu'il avait fait partie du personnel d'entretien d'une clinique privée de Dallas, qui apparemment a depuis fermé ses portes. Avant cela, il aurait travaillé comme homme d'entretien dans une école privée de Phœnix, qui, apparemment, a été rasée par les flammes peu après qu'il eut quitté son emploi.

Zanny fronça les sourcils. Ça ne collait pas. Ça ne collait pas du tout.

— Qu'est-ce qu'il y a, Zanny ? Est-ce que je me trompe ? Parce que selon le Service du personnel de l'hôpital, ce sont là les renseignements qu'a donnés ton père quand il a postulé pour cet emploi.

Zanny secoua la tête. Son père n'aurait jamais donné de fausses informations. Cet homme lui racontait des mensonges. Mais pour quelle raison ?

— Qu'est-ce que vous me voulez ? demanda-t-elle.

Wiley se radossa dans son fauteuil.

— Qu'est-ce qu'il faisait, ton père, durant ses temps libres ? Avait-il des passe-temps favoris, peut-être même des passe-temps *coûteux* ? Est-ce qu'il aimait t'emmener dans les magasins ? Te donnait-il beaucoup d'argent de poche ? Une jolie fille comme toi, je parie que tu as une sacrée garde-robe. Est-ce que je me trompe ?

Zanny secoua la tête. Cet homme ne faisait pas que lui embrouiller l'esprit, il lui faisait peur. Elle ne comprenait pas ses questions. Elle ne comprenait pas pourquoi il disait des choses qui n'étaient pas vraies.

— Je ne sais pas de quoi vous voulez parler.

— En es-tu bien sûre, Zanny ?

Il la vrillait de ses yeux noirs et l'effrayait encore plus. Puis, lentement, il se mit à hocher la tête.

— Tu n'en sais vraiment rien, n'est-ce pas ? dit-il en soupirant. D'accord, Zanny, ce sera tout pour aujourd'hui.

— Je veux savoir pourquoi vous êtes ici. Qu'est-ce que vous lui voulez, à mon père ?

L'agent Wiley se leva et se dirigea vers la porte. Il l'ouvrit pour elle.

— Merci de m'avoir accordé tout ce temps, Zanny. Et toutes mes condoléances.

Zanny hésita. Elle voulait savoir, mais de toute évidence, il ne lui dirait rien. Ses yeux noirs demeuraient impénétrables. Avec réticence, elle quitta le bureau du lieutenant Jenkins. Nick se leva à son approche. Il fronça les sourcils.

— Ça va, Zanny ? Qu'est-ce qu'il voulait ?

Zanny ne répondit pas. Elle continua à marcher. Elle voulait sortir de là et s'éloigner le plus vite possible de l'agent Wiley.

— Qu'est-ce qu'il voulait, ce type ? demanda à nouveau Nick une fois qu'ils furent installés dans la voiture.

— Je n'en sais rien.

— Un type de la DEA veut te parler et tu ne sais pas pourquoi ? Voyons, Zanny, ça n'a aucun bon sens ! Il doit bien t'avoir dit ce qu'il voulait.

— Non, il ne m'a rien dit, répliqua sèchement Zanny. Il ne m'a rien dit du tout, d'accord ?

Elle était en colère et avait l'esprit tout embrouillé. Comment une chose pareille pouvait-elle lui arriver ? Comment sa vie avait-elle pu changer aussi radicalement, et aussi vite ?

Nick tourna la clef de contact.

— Excuse-moi, dit-il. Je ne voulais pas faire pression sur toi. Je te ramène à la maison. Tu as l'air épuisée.

Reconnaissante, elle lui fit un signe de tête. Nick était aussi un changement dans sa vie, mais pour le mieux celui-là.

— Je suis désolée, Nick. Je ne suis pas d'une humeur très, très agréable.

Il lui sourit gentiment.

— Vu les circonstances, tu n'y es pas obligée. Et je n'ai pas non plus à me conduire comme un imbécile.

Étendue dans le lit du fils de Mme Finster, celui qui était devenu dentiste, Zanny ne trouvait pas le sommeil. Elle se demandait pour quelle raison son père aurait inventé ces histoires d'emplois à Dallas, puis à Phœnix. Il avait dû mentir.

Comment expliquer autrement ce que les gens de l'hôpital avaient raconté à Wiley ? Mais pourquoi ces mensonges ?

Les réponses qui lui venaient à l'esprit la terrifiaient. Et si son père avait passé sa vie à se cacher des agents fédéraux, de la DEA ? Voilà qui expliquerait leurs innombrables déménagements. Son père avait toujours justifié ces départs en lui racontant qu'il avait perdu son emploi ou qu'il avait trouvé quelque chose de mieux ailleurs. Et Zanny avait toujours été irritée ou déçue de constater que jamais ces autres emplois n'étaient offerts dans la même ville, et presque jamais dans le même État. Mais c'est tout. À part la colère et la déception devant l'inéluctabilité de ces déménagements et le fait qu'on ne lui avait jamais demandé son avis, elle ne s'était pas vraiment posé de questions — en tout cas jusqu'à présent.

Zanny promena son regard sur les murs, puis sur les rayons de la petite bibliothèque encore garnis de manuels scolaires et où trônaient une encyclopédie, un dictionnaire et un atlas. Elle sortit du lit pour aller prendre l'atlas, et revint se coucher. Elle l'ouvrit sur une grande carte des États-

Unis. Elle trouva Newark, au New Jersey. Puis Phœnix, en Arizona. Puis Cincinnati, en Ohio. Puis Los Angeles, en Californie. Elle se rendit compte, en glissant son doigt d'un point à l'autre de la carte, que chaque fois qu'ils avaient déménagé, ils avaient parcouru des centaines de kilomètres, jamais moins de 800 selon l'atlas. Elle s'étonna de ne pas y avoir pensé plus tôt. La plupart des gens ne déménageaient pas tout le temps comme ça, et dans des endroits aussi éloignés les uns des autres. La plupart des gens, quand ils déménageaient, gardaient le contact avec les personnes qu'ils venaient de quitter, ne serait-ce qu'*une* seule personne, jusqu'à ce qu'ils aient pu se faire de nouveaux amis.

Voilà qui soulevait une autre question, totalement différente celle-là, à savoir la question des amis. Ils avaient mis un terme à leur vie nomade un an et demi plus tôt. Ils avaient habité la même maison pendant un an et demi, et pourtant personne ne venait chez eux, excepté ses propres amis, et à part Lily, aucun d'eux n'aimait rester très longtemps. Le regard inquisiteur de son père les rendait nerveux. Elle-même aurait réagi de la même manière si un bonhomme bizarre l'avait soumise à un examen aussi serré que celui que son père réservait à ses amis. Elle n'avait jamais pensé à son père comme à un bonhomme bizarre. C'était tout simplement un père surprotecteur. Cette attitude de mère poule la mettait mal à l'aise et l'irritait. Elle avait toujours cru que c'était là le principal problème de son père. Mais à présent, ce n'était plus la seule explication possible de son comportement.

Et ce n'était pas tout. Zanny avait toujours considéré son père comme un solitaire, un gars qui préférait rester dans son coin quand il n'était pas au travail. Et elle découvrait soudain qu'il avait beaucoup d'amis à Birks Falls et que, pour une raison ou pour une autre, il ne les avait jamais invités à la maison. Elle repensa à la réception chez Mme Finster, après l'enterrement. Elle avait été alors si épuisée, si absente. Elle avait entendu le murmure des voix, certaines personnes lui avaient adressé la parole, mais elle n'avait pu leur répondre que par un faible sourire. La plupart de ces visages lui étaient inconnus. Leurs noms ne lui disaient rien lorsque Mme Finster les lui avait répétés à l'oreille.

Mais elle avait hoché la tête chaque fois qu'on lui parlait, elle avait souri parce qu'il fallait être polie. Elle se souvenait d'un homme, en particulier, avec des cheveux blond roux et des yeux bleus aux paupières rougies. Edward quelque chose, avait chuchoté Mme Finster. Edward Hunter. Mme Finster s'était alors éloignée pour accueillir quelqu'un d'autre.

Et l'homme aux cheveux blonds lui avait adressé la parole, des larmes plein les yeux.

— Je travaillais avec Mitch, avait-il dit, les yeux fixés sur la tasse de thé qu'il tenait dans ses mains. C'était mon meilleur ami.

Zanny avait jeté un regard las à l'homme qui lui parlait. Elle avait mal à la tête, les paupières irritées par le manque de sommeil et toutes les larmes qu'elle avait versées. Un bref instant, elle avait tenté d'imaginer son père comme le meilleur ami de quelqu'un, et puis Mme Finster était venue lui présenter quelqu'un d'autre et Edward Hunter avait disparu de son champ de vision.

À présent, elle repensait à cet homme. Comment Edward Hunter pouvait-il prétendre être le meilleur ami de son père quand elle n'avait jamais entendu celui-ci prononcer son nom ? Pourquoi son père ne lui en avait-il jamais parlé ? Pourquoi n'avait-il jamais invité Edward Hunter à dîner à la maison ? Cherchait-il à cacher quelque chose ? Et si oui, cela avait-il un rapport avec les questions de l'agent Wiley ?

Zanny dormit d'un sommeil agité et se réveilla avec la migraine, sans aucun appétit pour l'assiette d'œufs brouillés que Mme Finster posa devant elle.

— Je te comprends, ma chérie. Je n'ai rien pu manger pendant un mois après la mort de M. Finster. J'avais l'air d'un squelette ambulant. Je n'avais plus de force et j'ai même failli aboutir à l'hôpital. S'il n'y avait pas eu mes trois garçons, je ne sais pas ce que je serais devenue. Ils m'ont fait voir à quel point ils avaient encore besoin de moi.

Zanny fit un signe de la tête et se força à avaler ses œufs, uniquement pour ne pas avoir l'air impolie. Sans Mme Finster, Dieu sait où elle serait à présent. Qui pouvait bien avoir besoin d'elle, maintenant ? Elle pourrait se laisser mourir de faim ou finir à l'hôpital sans que personne s'en soucie.

Après la vaisselle du petit déjeuner, Mme Finster emmena Zanny dans un bureau situé au-dessus d'un marchand de chaussures, dans la rue principale.

— Je serai à la boulangerie, dit Mme Finster. C'est mon amie Rose qui est propriétaire. C'est elle qui a envoyé ces petites brioches sucrées qui ont eu tant de succès hier. Viens m'y retrouver quand tu auras fini.

Zanny hocha la tête et grimpa les escaliers qui débouchaient sur un long couloir. Elle s'arrêta pour s'orienter, et trouva enfin la porte qu'elle cherchait : William Sullivan, Avocat.

Me Sullivan l'accueillit en personne à la porte. Il avait les cheveux gris, le visage sillonné de rides et des yeux bleus pleins de vie. Il lui serra la main d'une poigne ferme.

— Ravi de vous connaître, Alexandra. Je regrette seulement que ce soit dans de telles circonstances. Je suis désolé pour ce qui est arrivé à votre père. C'était un homme de valeur.

Il lui sourit gentiment.

— Voulez-vous prendre quelque chose ? Une tasse de thé, peut-être ?

— Non, merci.

— Dans ce cas, allons dans mon bureau nous mettre au travail. Je sais que pour la plupart des gens, la lecture d'un testament n'est pas une partie de plaisir, mais il faut y passer. Il y a toujours des détails à régler. Qu'en dites-vous, Alexandra ?

Zanny acquiesça d'un signe de tête. Mais au moment même où elle emboîtait le pas à Me Sullivan pour entrer dans son bureau, la porte du couloir s'ouvrit et l'agent Wiley fit irruption dans le cabinet de l'avocat. Il poussa Zanny et brandit son insigne sous le nez de Me Sullivan.

— Je suis ici pour l'ouverture du testament, annonça-t-il.

Le regard bleu de l'avocat se fit glacial. Il lut le matricule, puis dévisagea le policier d'un œil sévère.

— Dans ce cas, j'aimerais voir votre mandat.

— Mon service mène actuellement une enquête sur votre client — ou plutôt feu votre client, déclara Wiley. Si je dois passer par toutes les formalités nécessaires pour obtenir un mandat, je vais le faire. Mais je perdrais moins de temps si vous me laissiez assister à la lecture du testament.

— La loi n'est pas faite pour vous rendre les choses plus faciles, monsieur Wiley. Présentez-moi un mandat, et vous pourrez rester. Pas de mandat, pas de testament.

Wiley plongea ses yeux noirs dans ceux du vieil avocat.

— Comprenez-moi bien. J'aurai ce mandat, et je verrai ce document.

Me Sullivan sourit d'un air ironique.

— À condition que tout se fasse dans la plus stricte légalité.

Une fois Wiley parti, l'avocat se tourna vers Zanny.

— Entrons, voulez-vous ? dit-il avec le plus parfait sang-froid.

Il ne semblait pas le moins du monde impressionné par son altercation avec un policier fédéral. Zanny se demanda s'il s'attendait à cette visite.

— Savez-vous de quoi il s'agit, maître Sullivan ? demanda-t-elle.

L'avocat haussa les épaules.

— Il semble que les autorités s'intéressent à votre père.

— Mais savez-vous pourquoi ?

— Je l'ignore. Et je ne vois pas pourquoi vous vous en inquiéteriez, à moins d'avoir une raison de croire qu'ils puissent s'intéresser à vous.

Horrifiée, Zanny secoua la tête.

— Je suis certain de revoir M. Wiley, reprit l'avocat. Vous le reverrez peut-être, vous aussi. Dans ce cas, vérifiez s'il a le mandat de le faire. Si vous avez des doutes, appelez-moi. Je serai très heureux de défendre vos intérêts.

Il sortit une carte d'affaires de sa poche et la tendit à Zanny.

— Il y a mon numéro de téléphone à la maison aussi, si ça ne répond pas ici. Eh bien, ajouta-t-il en s'écartant pour la laisser entrer, si nous allions jeter un coup d'œil à ce testament ?

Il offrit à Zanny un fauteuil de cuir à haut dossier et alla s'asseoir derrière un bureau d'acajou. Il ouvrit un des tiroirs et en sortit un épais dossier. Zanny jeta un coup d'œil sur la couverture. Sur l'étiquette était écrit le nom de son père. L'avocat en sortit quelques feuilles et referma le classeur.

— Tous ces papiers… est-ce qu'ils concernent mon père ? demanda Zanny.

— Je m'occupe de toutes les affaires juridiques de votre père.

— Quel genre d'affaires ?

Il eut un sourire énigmatique.

— J'ai bien peur de ne pouvoir vous répondre, ma chère. Je suis tenu par le secret professionnel.

— Ce qui veut dire ?

— Ce qui veut dire que tout ce qui concerne les affaires de votre père dont je m'occupe doit rester strictement confidentiel. Mais soyez bien sûre qu'il n'y a rien qui puisse vous inquiéter. Votre père était un homme prudent. Il a pris toutes les précautions nécessaires pour que vous ne soyez pas dans le besoin s'il lui arrivait quelque chose. Bon, revenons au testament. Il y a une chose importante que vous devez savoir — en fait, il y a deux choses importantes. La première, c'est que votre père avait souscrit à une substantielle assurance-vie. Vous n'avez donc pas à vous inquiéter pour l'argent. La seconde, c'est qu'il a pris des dispositions pour que quelqu'un s'occupe de vous s'il lui arrivait malheur.

S'occuper d'elle ?

— Que voulez-vous dire ?

— Il a nommé un tuteur.

— Un tuteur ?

Zanny ne pouvait imaginer qui il avait bien pu choisir.

— Un monsieur Everett Lloyd, de Chicago, précisa Me Sullivan.

Zanny n'avait jamais entendu ce nom.

— Qui est-ce ?

Me Sullivan haussa un sourcil.

—Vous ne le connaissez pas ?

Zanny secoua la tête.

— Je vois, dit l'avocat d'un air surpris. J'en ai informé la police. Elle va trouver M. Lloyd et entrer en contact avec lui. En attendant, je ne pense pas que vous ayez à vous inquiéter. Si nous passions au testament, à présent ?

Zanny n'écouta que d'une oreille le vieil avocat lire et expliquer le document. Elle se demandait qui pouvait bien être Everett Lloyd, et pourquoi son père ne lui avait jamais parlé d'un homme en qui il avait eu assez confiance pour le nommer tuteur de sa fille unique. Everett Lloyd avait-il quelque chose à voir avec la DEA ? Avait-il quelque chose à voir avec les raisons qui faisaient que la DEA s'intéressait tant à son père ? Elle se demandait aussi quelles pouvaient bien être ces autres affaires dont s'occupait Me Sullivan, et pourquoi celui-ci avait réagi à l'irruption d'un agent fédéral dans son cabinet comme si c'était la chose la plus banale du monde.

Zanny quitta complètement abasourdie le cabinet de Me Sullivan et se rendit à la boulangerie. Mme Finster, qui était installée à l'une des petites tables devant une tasse de thé, se leva précipitamment.

— Est-ce que ça va, ma chérie ? Tu es si pâle…

— Je veux aller à l'hôpital.

— Pourquoi ? Tu n'es pas malade, n'est-ce pas ? demanda la vieille dame tout alarmée.

— N… on.

Les mots lui étaient sortis de la bouche sans qu'elle s'en rende compte. En fait, jamais elle n'avait eu envie de visiter l'hôpital. L'idée lui était venue brusquement, comme une vision. Elle était en train de traverser la rue, en pensant à son père à l'enterrement et à cet Everett Lloyd dont elle n'avait jamais entendu parler, et à Edward Hunter, le grand ami dont elle venait seulement d'apprendre l'existence, et soudain, elle s'était rendu compte qu'elle voulait aller à l'hôpital. Il fallait qu'elle parle à Edward Hunter.

— Je voudrais seulement…

Seulement quoi ?

— Je voudrais voir dans quel endroit… il travaillait.

— Je comprends, ma chérie, répondit Mme Finster, rassurée. Je t'y emmène si tu veux.

Zanny accepta avec reconnaissance. L'hôpital était situé à une bonne distance. Mais elle ne voulait pas déranger Mme Finster davantage.

— Je prendrai le bus pour rentrer, lui dit-elle une fois arrivée devant l'hôpital.

— Prends tout le temps que tu veux. Ton souper t'attendra à ton retour.

En franchissant la grande porte de l'imposant centre hospitalier régional, Zanny essayait de se souvenir de sa brève conversation avec Edward Hunter.

— Non, je ne suis pas médecin, avait-il dit. Je suis bibliothécaire médical.

Au bureau des admissions, elle demanda à une infirmière visiblement harassée où se trouvait la bibliothèque. C'était au dernier étage de l'aile la plus ancienne de l'établissement, une aile qui semblait en cours de rénovation ou définitivement désaffectée. Les deux étages inférieurs étaient enveloppés d'échafaudages et de bâches. En jetant un coup d'œil par les portes vitrées, Zanny fut frappée par l'inquiétante tranquillité de ces étages ; ils semblaient morts, à côté du remue-ménage qui régnait aux admissions. Hésitante, Zanny gravit le dernier étage conformément aux instructions de l'infirmière. Peut-être avait-elle mal compris et emprunté la mauvaise direction.

Tout en haut de l'escalier, elle aperçut une petite pancarte : Bibliothèque. Une flèche peinte sur le mur indiquait une porte. Zanny l'ouvrit et longea à pas lents un couloir désert mais bien éclairé. Et elle se retrouva soudain devant l'entrée d'une bibliothèque spacieuse et baignée de soleil. Çà et là, des gens, la plupart vêtus dc blanc, lisaient à des tables ; près du comptoir principal, une femme était assise devant un terminal d'ordinateur. Zanny s'approcha d'elle.

— Excusez-moi. Je cherche le bibliothécaire.

La femme lui sourit aimablement.

— Je suis la bibliothécaire. Mary Letourneau, ajouta-t-elle.

Zanny secoua la tête.

— C'est Edward Hunter que je voudrais voir.

— M. Hunter ne travaille plus ici, répondit Mary Letourneau. Il est parti il y a quelques semaines.

— Savez-vous où je peux le trouver ?

— Il a quitté l'hôpital pour ouvrir un hospice.

— Un hospice ?

— Un établissement pour les enfants qui sont… gravement malades. Il a acheté cette vieille maison sur River Street. Elle attrapa son Rolodex qu'elle se mit à feuilleter. Je suis sûre de pouvoir te trouver l'adresse. À moins que…

Elle s'interrompit.

—Y a-t-il quelque chose que je pourrais faire pour toi ?

— Mon père travaillait ici, répondit Zanny. Mais pas ici, pas à la bibliothèque. Il était… aide-soignant.

Elle eut du mal à prononcer le mot. Cette femme ne pouvait pas le connaître. Elle était bibliothécaire. Qu'est-ce qu'une bibliothécaire pouvait bien savoir d'un aide-soignant ?

Mary Letourneau fronça les sourcils.

— Tu es la fille de Mitch Dugan, n'est-ce pas ?

Zanny fit oui de la tête.

— J'ai été navrée d'apprendre ce qui lui est arrivé. Il venait souvent ici, tu sais. Il passait presque toutes ses heures de pause là-haut, ajouta-t-elle.

Zanny leva les yeux vers le plafond presque entièrement vitré de la bibliothèque. Une galerie courait sur trois côtés, garnie de rayons remplis de livres.

— C'est là que nous rangeons les vieux livres, expliqua la bibliothécaire. On pourrait appeler ça nos archives. Ton père aimait y passer du temps. Dans ce coin, le plus souvent.

Elle indiqua du doigt la galerie centrale, la plus ensoleillée.

— Il aimait monter là-haut à sa pause de midi, pour lire tranquillement.

Zanny se demanda pourquoi cet endroit avait attiré son père. Elle tenta de l'imaginer, grimpant tous les jours l'escalier en spirale pour s'installer là-haut, tout seul.

— Est-ce que je peux aller voir ?

Mary Letourneau sourit.

— Naturellement, répondit-elle, vas-y. Ton père était un homme vraiment charmant, ajouta-t-elle comme Zanny tournait les talons. Il aimait rester seul, c'est vrai, mais il avait toujours un mot gentil. Et les enfants l'adoraient, bien sûr.

— Les enfants ? répéta Zanny perplexe, en se demandant de quoi elle pouvait bien parler.

— Le Pavillon 2 Est. Celui des enfants. Quand ton père ne venait pas ici pour être tranquille, il allait là-bas. Ces enfants-là ont vraiment besoin qu'on leur remonte le moral, et ton père semblait avoir un don pour ça.

Le téléphone sonna. Mary Letourneau tendit la main vers le récepteur.

— Prends tout ton temps, dit-elle à Zanny.

Zanny grimpa l'escalier de la galerie centrale. Là-haut, la lumière entrait à flots et on avait une vue sur toute la bibliothèque. Par le plafond vitré, à deux mètres au-dessus de sa tête, Zanny apercevait le ciel bleu limpide et la cime des arbres sur la colline en face. Elle comprit tout de suite pourquoi son père affectionnait cet endroit. Il y régnait une paix, une sérénité si réconfortante ! Jamais elle n'aurait imaginé son père dans un lieu comme celui-ci. Elle s'était rarement demandé ce qu'il pouvait bien faire au travail. Et jamais elle ne l'aurait imaginé passer du temps au pavillon des enfants.

« Ces enfants-là ont besoin qu'on leur remonte le moral, et ton père semblait avoir un don pour ça », avait dit la bibliothécaire. Encore une scène que Zanny ne parvenait pas à se représenter : son père en train de faire rire un groupe d'enfants. Elle décida d'aller visiter le pavillon pour voir dans quel autre endroit il avait l'habitude de passer ses temps libres.

Elle redescendit l'escalier désert et longea l'interminable couloir qui reliait l'aile ouest au bâtiment central.

À l'intérieur du Pavillon 2 Est, les murs, peints en jaune lumineux, étaient décorés d'immenses personnages de dessins animés en rouge, vert et bleu. Dans une grande salle vivement colorée étaient alignés huit lits ; le long du corridor s'échelonnaient une douzaine de chambres à deux lits. Presque tous les lits étaient occupés.

— Excusez-moi, fit une voix derrière Zanny. Je peux vous aider ?

Zanny fit volte-face. Une infirmière tout en blanc au visage avenant lui souriait. Son regard s'éclaira.

— Tu es la fille de Mitch Dugan, n'est-ce pas ? Je t'ai vue à l'enterre...

Elle n'acheva pas sa phrase.

— Qu'est-ce que je peux faire pour toi ? demanda-t-elle en souriant à nouveau.

Zanny lui lança un regard désespéré. Tout à coup, elle ne savait plus ce qu'elle voulait ; elle était incapable d'expliquer pour quelle raison elle était venue.

— Ton père passait bien du temps ici, reprit l'infirmière. Il s'entendait si bien avec les enfants.

Une fois encore, Zanny tomba des nues. Son père qui, chez eux, échangeait à peine un bonjour avec les voisins. Qui avait décliné des douzaines de fois les invitations à dîner de Mme Finster. Et voilà qu'on lui disait que ce même homme, qu'elle avait toujours considéré comme un ermite, passait ses temps libres auprès des enfants malades et savait les faire rire.

— Je ne sais pas comment il s'y prenait, poursuivit l'infirmière. C'était un don, je pense. Il n'y avait pas un enfant qu'il n'arrivait pas à faire sourire. Et ces petits en ont vraiment besoin.

Le ton qu'elle employa rappela à Zanny ce que lui avait raconté la bibliothécaire.

— Que voulez-vous dire ? demanda-t-elle. Qu'ont-ils de si particulier, tous ces enfants ?

L'infirmière resta un moment silencieuse.

— Les enfants hospitalisés dans ce pavillon ont tous le cancer. Bon nombre d'entre eux… ne rentrent jamais chez eux.

L'hôpital était à cinq kilomètres de la maison de Mme Finster. Zanny les parcourut à pied, en tentant d'assimiler tout ce qu'elle venait d'apprendre. Tant de choses demeuraient un mystère, tant de choses qu'elle ne parvenait pas à comprendre, tant de choses qui la troublaient. Elle se demanda s'il était possible de vraiment connaître son père. Mais la douleur qui couvait au fond d'elle-même vint lui rappeler qu'il était trop tard.

5

Michael Alexander

— Voyons, disait Mme Finster, quoi de plus facile à faire qu'un sandwich au thon ? C'est plein de protéines, le thon. Tu es jeune, et avec toutes les épreuves que tu viens d'endurer, tu as besoin de protéines. Tu dois reprendre des forces. Assieds-toi, prends du jus. J'en ai pour une minute.

Zanny ouvrit la bouche pour protester encore, mais le téléphone sonna. Mme Finster se précipita à la cuisine pour répondre.

Zanny tendit la main vers le verre de jus de fruits. Elle aurait dû aller à l'école. Elle n'aurait pas dû se laisser convaincre de rester à la maison. Et Mme Finster qui ne la lâchait pas d'une semelle. « Je veux juste m'assurer que ça va, ma chérie, disait-elle. Je veux juste vérifier si tu as tout ce qu'il te faut. »

Zanny était contente que Mme Finster ait accepté de l'héberger. Où aurait-elle abouti si la vieille dame ne lui avait pas ouvert sa maison pendant quelque temps ? *Quelque temps*. Zanny se demandait combien de temps elle allait rester là. Combien de temps faudrait-il aux policiers pour repérer le mystérieux Everett Lloyd ? Et si jamais ils ne le retrouvaient pas ? Elle ne pouvait pas rester indéfiniment chez Mme Finster. Et où allait-elle atterrir, alors ?

Elle aurait voulu être à l'école, mais en même temps, elle se réjouissait de ne pas y être allée. Elle se souvenait d'un enfant dont le père était mort et de la réaction des autres élèves, qui le fuyaient tous comme un pestiféré. « Tu connais la nouvelle ? Son père est mort d'un cancer », chuchotaient-ils entre eux. Ils se tenaient à l'écart parce qu'ils ne savaient pas quoi dire. Qu'est-ce qu'on dit à un enfant dont le père vient de mourir du cancer ? Comme si le plus important pour eux, c'était de savoir quoi dire, et non pas ce que ressentait le pauvre gamin !

Zanny n'était donc pas allée à l'école. Mais elle ne pouvait pas rester éternellement sous l'œil ultra-vigilant de Mme Finster.

Elle jeta un regard par la fenêtre de la salle à dîner, au-delà de la pelouse jusqu'à la haie de chèvrefeuille, pour apercevoir, derrière l'étendue d'herbes hautes, la brique rouge toute pimpante de sa propre maison. Si elle ne voulait ou ne pouvait plus y habiter, où allait-elle aller ? Où allait-elle se retrouver ? Et ce mystérieux Everett Lloyd, habitait-il toujours à Chicago ? Serait-elle obligée d'aller vivre chez lui, au cas où il accepterait de s'occuper d'elle ? Était-il marié ? Avait-il des enfants ? Était-il seulement encore vivant ? Elle fixait sa petite maison en se demandant ce qui allait se passer. Qu'allait-il lui arriver à présent ?

Un homme arpentait l'allée de sa maison comme s'il était chez lui. Zanny s'approcha de la fenêtre pour mieux voir. C'était l'agent Wiley. Que faisait-il chez elle ? Il s'arrêta devant la porte d'entrée qu'il essaya d'ouvrir. Zanny secoua la tête. Pensait-il vraiment qu'elle avait quitté la maison sans fermer la porte à clef ?

Wiley sortit quelque chose de sa poche, qu'elle ne pouvait pas distinguer. Mais à ses gestes, elle devina ce que c'était. Une clef. Il s'était débrouillé pour avoir une clef de sa maison et il s'apprêtait à ouvrir la porte.

Zanny jeta un coup d'œil dans la cuisine. Mme Finster était toujours au téléphone, probablement engagée dans une autre de ses interminables conversations avec sa sœur Minnie. Ces deux-là ne pouvaient pas passer une journée sans s'appeler au moins une douzaine de fois. Zanny franchit la porte d'entrée de la maison et traversa le champ d'herbes au pas de course. Mais pour qui se prenait-il ? Il n'avait pas le droit d'entrer chez elle sans autorisation.

La colère lui donnait des ailes. Elle grimpa le perron. En poussant la porte d'entrée, elle entendit le bruit de quelque chose qui s'écrase par terre. L'agent Wiley venait de briser un objet — et un objet qui ne lui appartenait même pas. Zanny se précipita à l'intérieur. Par la porte de la cuisine, elle aperçut le policier accroupi en train de ramasser les fragments épars du sucrier. Il leva ses yeux perçants à l'instant même où elle franchit le seuil. Il ne semblait pas le moindrement surpris de la voir.

— Eh bien, Zanny, dit-il en se redressant. Que fais-tu ici ?

Zanny se mit à bouillir de colère. Qu'est-ce qu'*elle* faisait ici ? C'est lui qui avait le toupet de lui demander ça ! Qui lui avait donné l'autorisation de faire irruption dans sa cuisine comme un éléphant dans un magasin de porcelaine, et de briser les affaires de son père ?

L'agent Wiley suivit son regard et contempla les morceaux de faïence.

— Je suis désolé. Tu ne vas probablement pas me croire, mais je n'aime pas tellement ce travail. Je préférerais être à la pêche plutôt qu'avoir à fouiller ta maison.

Elle lui lança un regard dédaigneux.

— Et vous pensez sérieusement trouver quelque chose dans mon sucrier ?

Wiley haussa les épaules. Il avait l'air plutôt penaud.

— On se croirait dans un vieux film, dit-il.

— Alors ce doit être un affreux navet, rétorqua Zanny.

— Sans rire, tu n'as pas idée des choses qu'on peut trouver dans les sucriers.

Qu'espérait-il trouver ? Qu'est-ce qu'il voulait à son père ? avait-elle demandé à

Me Sullivan. Pourquoi la DEA s'intéressait-elle à son père ? Et Me Sullivan avait répondu : « Il n'y a qu'un seul moyen de le savoir, et c'est de le demander. »

Cette idée avait fait trembler Zanny. Wiley travaillait pour l'administration fédérale. Comment pourrait-elle lui poser pareille question ? Mais à présent, comment ne pas lui demander ? se disait-elle en le regardant dans le blanc des yeux.

— Qu'est-ce que vous voulez ? lança-t-elle. Qu'est-ce que vous cherchez ?

Wiley ramassa le dernier morceau de faïence qu'il jeta dans la poubelle.

— On ne sait jamais ce qu'on va trouver jusqu'à ce qu'on se mette à chercher.

Elle ne le croyait pas. On n'entre pas dans la maison de quelqu'un pour la mettre sens dessus dessous sans avoir la moindre idée de ce qu'on cherche !

— Je vous conseille de me dire ce que vous cherchez. Sinon, j'appelle la police pour leur dire que je vous ai surpris en train d'entrer par effraction !

L'agent Wiley eut un sourire indulgent.

— Tu ne peux pas appeler les flics, Zanny. Les flics, c'est *moi*. Écoute, je sais que c'est ta maison. Je respecte ça. Mais j'ai un travail à faire. Et le meilleur conseil que je peux te donner, c'est de me laisser le faire. Sinon, c'est moi qui vais appeler les flics et te faire arrêter pour obstruction à mon enquête !

Zanny tremblait de rage et de peur. Elle voulait qu'il s'en aille. Mais surtout, elle voulait des réponses à ses questions.

— Qu'est-ce que vous cherchez ici ? Sur quoi enquêtez-vous ? Et qu'est-ce qu'il a fait, mon père ?

— Il s'agit d'une enquête fédérale confidentielle. Je n'ai pas à te révéler quoi que ce soit. Mais je vais te le dire, Zanny, parce que j'estime que tu as le droit de savoir.

Son consentement subit la prit par surprise. Tout à coup, elle n'était plus sûre de vouloir en savoir plus.

— Ça ne t'a jamais frappée, demanda-t-il, tous ces déménagements avec ton père pendant toutes ces années ? Je parie que vous avez changé si souvent de place que tu ne te souviens même pas de toutes.

Zanny resta muette. Wiley hocha la tête.

— Je parie aussi que ton père ne se faisait pas beaucoup d'amis, reprit-il. Et quand toi, tu t'en faisais, je parie qu'il leur posait un millier de questions. Je me trompe ?

Zanny essayait de paraître indifférente. Ce n'était pas facile. Il avait l'air si sûr de lui.

Wiley la regarda d'un œil appréciateur.

— Quel âge as-tu, Zanny ? Quinze ans ? Seize ans ?

— Seize ans.

— Dans ce cas, je parie que tu te disputais souvent avec ton père, ces derniers temps. Tu es à un âge où on veut sortir de la maison, passer plus de temps avec ses amis. Mais ton père ne devait pas aimer beaucoup ça, n'est-ce pas ? Même après tout ce temps, je suis sûr qu'il était encore nerveux. Il voulait savoir où tu étais à chaque heure de la journée, et avec qui. Je suppose qu'il était aussi très strict sur les heures auxquelles tu devais rentrer, non ?

Zanny pâlit de colère et de surprise. Comment se faisait-il qu'il en sache autant sur elle et son père ?

— Vous nous avez espionnés ? demanda-t-elle.

Wiley secoua la tête.

— Il y a deux jours, j'ignorais complètement où tu étais. En fait, je pensais que vous aviez quitté le pays. Je croyais que tout le monde était parti.

— Tout le monde ? De qui parlez vous ? Et qu'est-ce que la DEA veut à mon père ?

— Il y avait foule à l'enterrement, remarqua Wiley.

Il parlait avec aisance, sans se presser, comme à un vieil ami avec qui on passe une journée à paresser. Le contraste entre sa façon de parler et les choses qu'il disait avait de quoi faire dresser les cheveux sur la tête.

— J'imagine que bon nombre de ces gens-là tenaient ton père en très haute estime.

Zanny flaira le piège.

— Je crois que oui, répondit-elle prudemment.

— Je me demande quelle serait leur réaction s'ils apprenaient que Mitch Dugan n'était pas celui qu'il prétendait être.

Une fois encore, elle posa une question sans être sûre de vouloir connaître la réponse.

— Que voulez-vous dire ?

— Je vais te dire ce que je cherche, Zanny. Je cherche dix millions de dollars.

— *Quoi* ?

— Tu as très bien entendu. Dix millions de dollars. Les dix millions de dollars que ton père a volés. Tu as l'air surprise. Soit tu es une excellente comédienne, soit tu ne sais vraiment rien. Ton père n'est pas celui que tu crois, Zanny. Il ne s'appelait même pas Mitch Dugan. Il s'appelait en réalité Michael Alexander. Et ton vrai nom à toi, c'est Melissa Alexander. La raison pour laquelle vous déménagiez tout le temps, c'est que ton père était en fuite — il avait à ses trousses la police et l'une des plus grandes familles du crime organisé du pays. Je déteste avoir à te l'apprendre, mais les faits sont là. Ton père était un voleur. Un voleur de première classe.

Non, c'était impossible. Il se trompait. Il confondait avec un autre, ou alors il mentait. Sauf qu'il était là avec son matricule de la DEA, avec son insigne tout ce qu'il y a de plus officiel, et la clef de sa maison qu'avaient dû lui confier les policiers municipaux, et tous ces renseignements sur eux. C'était ça le pire, ce qui l'avait le plus ébranlée. Il savait comment raisonnait son père ; il savait des choses sur leur vie privée que personne d'autre ne pouvait savoir.

— Tu aurais tout avantage à m'aider à retrouver l'argent volé, reprit Wiley.

Tu aurais aussi intérêt à ne pas oublier que tout ça doit rester strictement confidentiel. La discrétion est de mise ici. Nous ne voulons pas que les Pesci sachent que nous avons retrouvé Michael Alexander.

— Les Pesci ?

— Les méchants. Le clan à qui ton père a pris l'argent. S'ils apprennent que ton père a vécu ici, ils vont tous rappliquer pour chercher l'argent. Et c'est *ta* vie qui sera alors en danger. Ces types n'hésiteront pas à te mettre en pièces s'ils pensent que tu peux savoir où ont été cachés les dix millions.

Zanny le regardait fixement, prise de nausée. Elle n'aimait pas cet homme ; elle n'aimait pas ce qu'il lui disait.

—Vous avez l'intention de fouiller cette maison ? demanda-t-elle en essayant d'affermir sa voix, sans grand succès.

— De la cave au grenier.

C'était un policier fédéral. Apparemment, Zanny ne pouvait pas faire grand-chose, sauf veiller à ce qu'il agisse selon les règles, comme le lui avait conseillé Me Sullivan.

— J'aimerais dans ce cas voir votre mandat de perquisition.

— Ne te complique pas la vie, Zanny. Va-t'en et laisse-moi faire mon travail.

Zanny tint bon.

— Montrez-moi votre mandat, répéta-t-elle. Vous ne pouvez pas faire irruption dans une maison et la mettre sens dessus dessous sans une quelconque autorisation.

— Écoute, je comprends ce que tu ressens… commença-t-il d'un ton irrité, ce qui eut pour effet de réjouir Zanny. Cela lui donna du courage.

— Vous me montrez un mandat ou j'appelle la police. Ce n'est pas parce que vous êtes flic que vous n'avez pas à respecter la loi.

Wiley lui lança un regard noir. Zanny fouilla dans la poche de son jeans et sortit la carte que lui avait donnée Me Sullivan. Elle se dirigea vers le téléphone.

— Écoute, petite. Personnellement, je n'ai rien contre ton père. Je veux simplement faire mon boulot et filer d'ici.

Zanny décrocha le combiné et commença à composer le numéro. Wiley l'observait. Après les trois premiers chiffres, il secoua la tête et abandonna la partie.

— D'accord. D'accord. Mais ne pense pas que je n'arriverai pas à obtenir de mandat. Et ne va pas t'imaginer que je ne reviendrai pas. J'ai un boulot à faire, et j'ai bien l'intention de le faire.

Zanny tremblait en le regardant quitter la maison.

6

UN ARTICLE DE PRESSE

— Quel charmant garçon, disait Mme Finster en souriant par-dessus l'épaule de Zanny à Nick qui attendait, planté dans l'entrée. Est-ce que ton père le trouvait bien ?

Zanny regarda Nick et se demanda ce que son père aurait pensé.

— Il ne l'a jamais rencontré.

— Je vois. Eh bien ! il a l'air d'un gentil garçon. Si poli. Je ne savais pas qu'il existait encore des garçons polis. On en voit tellement qui pensent que c'est chic d'être grossiers.

Elle envoya un autre sourire à Nick.

— À quelle heure ton père te demandait-il de rentrer ?

— Neuf heures et demie.

— Neuf heures et demie ? s'exclama Mme Finster, surprise. Si c'est ça qu'il voulait…

Elle regarda encore Nick et son expression s'adoucit.

— Rentre à onze heures, Zanny, et toi, ordonna-t-elle à Nick, prends soin d'elle et veille à ce qu'elle rentre à l'heure. Onze heures, pas plus tard.

Nick acquiesça d'un signe de tête.

— Bon, et qu'as-tu envie de faire ? demanda-t-il à Zanny tandis qu'ils descendaient l'allée de Mme Finster. Aller au cinéma ? Au restaurant ? Faire du patin à roulettes ?

— Du patin à roulettes ?

Pour une raison quelconque, elle ne parvenait pas à imaginer Nick sur des patins.

— C'était juste une suggestion, répondit celui-ci.

Il la conduisit jusqu'à une Toyota noire et alla ouvrir la portière du passager pour elle.

— Est-ce que tu fais vraiment du patin ? demanda-t-elle tandis qu'il s'installait derrière le volant.

Il haussa les épaules d'un air embarrassé.

— Je ne suis pas exactement dans les normes olympiques, si c'est ce que tu veux dire.

— Il n'y a pas de normes olympiques pour le patin à roulettes, répondit Zanny. Ce n'est pas une discipline olympique.

— D'accord… d'accord, c'était une idée idiote. J'ai pensé que… je suis tellement nul, peut-être que cela t'aurait fait rire. Je trouve que ça ne te ferait pas de mal de rire un peu, ces temps-ci.

Zanny sentit une vague de tendresse l'envahir. Il était si gentil. Elle ne le connaissait que depuis quelques jours et pourtant, de tous les élèves de l'école, il était le seul à venir la voir. Le seul à ne pas avoir peur d'affronter son chagrin. Les Nageuses avaient quitté Birks Falls pour se rendre à leur championnat, mais Zanny avait l'impression que même si elles étaient restées là, elles n'auraient pas manifesté beaucoup d'empressement pour la voir. Elles se seraient senties gênées. Après tout, ce n'étaient pas vraiment des amies — pas le genre d'amies qui comptent, de toute façon. Elle se demanda comment Nick réagirait si elle lui disait ce qu'elle voulait vraiment faire ce soir. Il n'existait qu'un seul moyen de le savoir.

— Nick ?

Il la regarda de ses yeux couleur chocolat.

— Nick, penses-tu qu'on pourrait aller à la bibliothèque municipale ?

— La bibliothèque ? dit-il, surpris. Mon dieu, Zanny, je sais bien que les examens approchent, mais quand même ! Je pensais qu'on aurait pu s'amuser un peu.

— C'est important, Nick. Il y a quelque chose que je veux découvrir.

Elle avait réfléchi à ce que lui avait dit l'agent Wiley. Elle refusait de le croire. En fait, elle voulait lui prouver qu'il se trompait. Elle avait pensé à son père, à son étrange façon de mener sa vie. Elle avait désespérément besoin de croire qu'il y avait une explication rationnelle à sa conduite, une explication qui n'aurait rien à voir avec dix millions de dollars. Elle n'avait trouvé qu'un moyen possible de découvrir la vérité.

— À la bibliothèque, ils conservent les vieux journaux, n'est-ce pas ?

— Je crois que oui, répondit Nick en fronçant les sourcils. Pourquoi ? Tu prépares un exposé d'histoire, quelque chose ?

Zanny hésita. Wiley l'avait sommée de ne rien dire à personne. Mais même sans cela, elle n'était pas certaine d'avoir envie d'en parler à qui que ce soit. En plus, elle n'avait aucune garantie de trouver ce qu'elle cherchait.

— Si tu ne veux pas m'y emmener, ce n'est pas grave, dit-elle en posant la main sur la poignée de la portière. Mais il faut que j'y aille, et le plus tôt sera le mieux. Écoute, je ne suis pas d'une compagnie très agréable. Pourquoi ne me laisses-tu pas ? Je t'appelle demain, d'accord ?

Elle ouvrit la portière.

Nick se pencha par-dessus elle avec une promptitude qui la surprit, et referma la portière.

— Si tu veux aller à la bibliothèque, on va à la bibliothèque. L'histoire n'a jamais été mon fort, mais tes désirs sont des ordres…

Zanny avait le sourire aux lèvres lorsque Nick mit le moteur en marche.

Avec l'aide du bibliothécaire de la section références, Zanny localisa les rayons sur lesquels étaient rangés les gros catalogues ainsi qu'un mur de classeurs à tiroirs minces. Chaque tiroir renfermait des douzaines de bobines de microfilms, chacune contenant des douzaines de numéros de quotidiens.

— Les visionneuses à microfilms sont ici, expliqua le bibliothécaire. Si vous trouvez quelque chose dont vous voulez garder copie, nous avons une photocopieuse à microfilms. Les instructions sont affichées sur le mur à côté. Si vous avez besoin de quoi que ce soit, venez me voir.

Zanny hocha la tête sans détacher les yeux des tiroirs. Il y en avait des centaines. Qui aurait pensé que la bibliothèque municipale d'un trou comme Birks Falls possédait un pareil fonds ?

— Toute une collection, n'est-ce pas ? déclara fièrement le bibliothécaire. Anderson Bently est né ici. Il possédait une des plus grandes chaînes de journaux du pays. M. Bently estimait que la presse est la mémoire d'une société, l'historienne de l'instantané. Il a fait à cette bibliothèque une généreuse donation. Nous avons une des plus belles collections de journaux de la chaîne Bently de tout l'État. Si vous commencez par consulter les catalogues, vous n'aurez aucune difficulté à trouver ce que vous cherchez, j'en suis sûr. À moins que vous cherchiez quelque chose qui remonte à plus que dix ans.

Le bibliothécaire sourit.

— Malheureusement, personne n'a jamais expliqué à M. Bently tous les avantages de la classification. Après sa mort, son petit-fils s'est mis à cataloguer la collection, mais rien n'a été prévu pour financer le travail sur les collections antérieures.

— Comment faire si ce que je cherche s'est passé il y a plus de dix ans ? demanda Zanny.

— Tu devras consulter directement les microfilms, répondit le bibliothécaire. Si tu connais le mois et l'année, tu n'auras pas de problèmes.

— Qu'est-ce que nous cherchons exactement ? demanda Nick quand le bibliothécaire se fut éloigné.

Zanny fixait les rangées de tiroirs.

— Je n'en suis pas sûre.

Elle n'avait pas eu le temps de faire le tour de la question.

— Si quelqu'un volait, disons, dix millions de dollars, penses-tu que ce serait un événement important ? Penses-tu que nous en entendrions parler ?

— Qui ça, nous ? Toi et moi ?

— Je veux dire, est-ce que les médias en parleraient ? Est-ce qu'on pourrait le lire dans le journal ?

Nick avait l'air de tomber des nues.

— Si un gars vole dix millions de dollars ? Un gars en particulier ?

Elle secoua la tête avec impatience.

— Si quelqu'un vole dix millions de dollars, est-ce que toi et moi, nous pourrions l'apprendre dans le journal ?

Elle ne savait pas comment formuler sa question plus clairement.

— Eh bien... ouais, peut-être, répondit-il en hésitant. Il avait encore l'air ahuri.

— Si c'est un gars qui vit dans cet État qui fait ça, crois-tu que les journaux vont en parler ?

— Dix millions ? Je pense bien que oui. C'est une jolie somme.

— Et si ça se passe dans un autre État ?

— Quoi ?

Parce que si son père avait effectivement fait une chose pareille, c'était probablement ainsi que les choses s'étaient passées. Son père n'aurait pas déménagé si souvent et dans tous les coins du pays pour revenir dans l'État où il avait commis son forfait — s'il avait bel et bien commis le crime en question.

— Si un type vole dix millions dans un autre État, penses-tu que les journaux d'ici vont en parler ?

— Je pense que oui. Zanny, vas-tu pouvoir m'expliquer ce qui se passe ?

C'était une grosse somme d'argent. D'autant plus que l'affaire remontait à des années. Combien de temps, exactement ? D'aussi loin qu'elle se rappelait, son père et elle n'avaient cessé de changer de place ; cela avait donc dû se passer à une époque dont elle ne pouvait pas se souvenir. Ou peut-être qu'à cause de leurs incessants déménagements, la chose s'était produite sans qu'elle en eût connaissance — en supposant, bien entendu, qu'il se soit effectivement produit quelque chose. L'événement devait donc remonter à quinze ou seize ans. Elle balaya du regard les rayons des catalogues, puis les tiroirs à microfilms, et se tourna enfin vers Nick.

— Veux-tu m'aider ? demanda-t-elle.

Il accepta sans hésiter.

— Je ne sais pas pourquoi. Je n'ai aucune idée de ce que tu cherches, mais je vais t'aider.

— Je t'expliquerai. Je te le promets. Mais pas maintenant. Plus tard. D'accord ?

— D'accord.

Zanny se sentit remplie de gratitude.

— Les catalogues ne nous serviront à rien, expliqua-t-elle. Ce que nous cherchons s'est passé il y a quatorze ou quinze ans. Il faut donc visionner les microfilms. Tu t'occupes des journaux de la côte ouest, je prends ceux de la côte est.

Il passa les tiroirs en revue jusqu'à ce qu'il trouve celui qu'il cherchait, qu'il ouvrit.

— Que cherchons-nous, exactement ?

— Tout ce qui peut avoir rapport avec un vol de dix millions de dollars.

Nick hocha la tête et emporta plusieurs bobines vers les visionneuses. Que doit-il penser ? se demandait Zanny. Que je suis complètement lunatique ? Probablement. Il la connaissait à peine, c'était leur premier rendez-vous — la première fois qu'ils sortaient ensemble, tous les deux — et où l'avait-elle traîné ? À la bibliothèque municipale, en lui faisant tout un bla-bla sur un vol de dix millions de dollars. Il devait croire qu'elle était folle, et pourtant, il était encore là, en train d'installer une bobine de microfilms dans la visionneuse, prêt à faire ce qu'elle lui demandait. Ou ce garçon était l'être le plus gentil du monde, ou il avait un sérieux problème.

— Nick ?

Il tourna la tête et lui sourit.

— J'apprécie énormément ton aide, tu sais.

Ils travaillèrent côte à côte, visionnant bobine après bobine sur les écrans. Zanny fut surprise du nombre d'événements qui lui étaient familiers, des choses dont elle avait entendu son père parler et qu'elle avait toujours considérées comme de l'histoire ancienne. Elle aurait adoré tout lire, mais elle ne pouvait pas se permettre de traîner si elle voulait visionner le plus grand nombre de bobines possible avant la fermeture de la bibliothèque. Vu le temps dont elle disposait, elle ne pouvait lire que les titres. Après la première bobine, elle cessa de les lire tous. Elle savait exactement dans quelles pages trouver le genre d'histoire qu'elle cherchait. Elle mit la moitié moins de temps à visionner la seconde bobine, et elle nota avec satisfaction que Nick travaillait au même rythme qu'elle.

— Je n'ai encore rien vu qui ressemble à un vol de dix millions, dit-il. J'ai trouvé un hold-up d'un million au Texas, un camion de transfert de fonds. Mais s'il y a un article sur un vol d'un million commis à l'autre bout du pays, il y aura sûrement quelque chose sur un coup de dix millions.

Il sourit, puis se tourna vers l'écran et actionna la manivelle de la visionneuse.

Zanny l'observa un instant, ravie de son aide. Elle ne pouvait croire à sa chance. Elle se replongea dans sa lecture, un peu plus optimiste, un peu plus certaine de trouver quelque chose qui prouverait à Wiley qu'il se trompait.

— Dix minutes, nous fermons dans dix minutes, annonça le bibliothécaire d'une voix douce depuis la porte de leur salle.

Dix minutes. Ce n'était pas assez. Zanny tourna la manivelle un peu plus vite, passant un autre cahier sur l'économie, un autre cahier des sports, un autre cahier sur la mode.

Nick s'étira sur sa chaise.

— On peut toujours revenir demain. Ça ne me dérange pas. On pourrait venir dès l'ouverture demain matin et passer la journée ici.

— Et l'école ?

Il haussa les épaules.

— Qu'est-ce qui est plus important, Zanny ? Ça ou l'école ?

— Je ne veux pas que tu aies des ennuis avec ton père.

— Ce qu'il ne sait pas ne peut pas lui faire de mal. Alors ? C'est un rendez-vous ?

Zanny acquiesça d'un signe de tête.

— D'accord, mais on se retrouve ici après l'école, insista-t-elle. Je ne veux pas que tu sautes tes cours à cause de moi, Nick.

— Mais…

— J'ai l'impression que ça va nous prendre plus de temps que je pensais. Après l'école, d'accord?

Il soupira.

— D'accord. Après l'école.

Il se leva.

— Je reviens dans une minute. Je dois aller… euh… aux toilettes.

Avant de s'éloigner, il se pencha et l'embrassa légèrement sur la joue.

Zanny le regarda sortir le cœur en fête. Le contact de ses lèvres l'avait électrisée. Elles étaient douces et tièdes. Elle souriait en retournant à sa bobine de microfilm. Je peux éplucher encore quelques numéros en l'attendant, se dit-elle.

Elle tomba dessus presque aussitôt, et faillit même passer à côté. L'article n'était pas long, mais ce n'était pas non plus un entrefilet. Il y avait une photo aussi. Elle lut le texte rapidement et regarda la photo. Puis elle visionna à toute allure le numéro du lendemain. Du surlendemain. Rien. Pas un mot non plus dans les journaux des jours suivants.

Elle jeta un regard autour d'elle. Nick n'était pas revenu. Sans perdre une minute, elle retira le microfilm, se dirigea vers la photocopieuse et inséra la bobine sur les tiges. Tout en fouillant dans son sac pour trouver de la monnaie, elle regarda la photo sur l'écran. Puis elle introduisit une pièce et appuya sur un bouton. La machine cracha sa copie presque immédiatement.

Elle entendit un bruit de pas.

Nick.

En un éclair, elle plia la feuille de papier, ne sachant pas trop pour quelle raison, si ce n'est que pour le moment, elle n'avait pas envie de partager sa trouvaille avec qui que ce soit. Pas même avec Nick. Elle fourra la feuille de papier dans son sac et retira vivement le microfilm de la machine. Elle acheva de le rembobiner à la main. Elle le rangeait dans sa boîte quand Nick la rejoignit.

— On s'en va ?

Elle hocha la tête.

Plutôt que de rentrer directement chez Mme Finster, ils s'arrêtèrent dans un café-pâtisserie que Nick connaissait. Et sans trop savoir comment, Zanny se retrouva en train de parler de son père, évoquant surtout ses bons côtés. Il avait été un drôle de père, mais pas un mauvais père, et elle sentit soudain le besoin de le faire comprendre à Nick. Elle lui raconta même que lorsqu'elle rentrait avec le cafard, après une première journée dans une nouvelle école, son père l'entourait de ses bras en lui disant: «Tiens bon, Petite Ourse.» C'était le surnom qu'il lui avait donné, à cause d'une petite tache de naissance qu'elle avait sur une fesse. Elle rougissait à chaque fois que son père en parlait. «Ça a la forme d'un ours en peluche, disait-il. Du moins, c'était le cas quand tu étais un bébé. Nous t'avons toujours appelée Petite Ourse après. Tu étais notre petit ours en peluche.»

Cela lui faisait du bien de raconter ça. Et puis tout à coup, comme si une grande main était venue éteindre quelque chose dans son cœur, une vague de tristesse la submergea. Son père était parti. Définitivement. Il ne reviendrait jamais. Comment une chose pareille avait-elle pu lui arriver? Comment pouvait-elle être aussi seule au monde ? Il était impossible qu'elle ne le revoie jamais un jour. Impossible. Elle se mit à pleurer. Nick lui tendit un mouchoir, lui tint la main et la ramena chez Mme Finster juste avant onze heures.

— Alors on se voit demain, lui dit-il en la laissant à la porte. Et si je passais te prendre ici, plutôt qu'on se retrouve là-bas ?

Zanny fronça les sourcils. Là-bas ?

— À la bibliothèque, précisa-t-il. Tu ne voulais pas y retourner demain ?

Elle avait oublié. Elle avait pris ce rendez-vous avec lui avant d'avoir trouvé ce qu'elle cherchait.

— J'ai changé d'idée. Je ne veux pas y retourner.

Nick la regarda d'un air ahuri, mais il ne protesta pas.

Assise en tailleur sur le lit, Zanny regardait en fronçant les sourcils la brosse à cheveux posée sur la commode. Elle se rappela ce matin où son père avait examiné ainsi sa propre brosse, surpris d'y trouver tant de cheveux. Il s'était contorsionné le cou de toutes les manières devant la glace pour apercevoir l'arrière de son crâne. Finalement, il l'avait envoyée chercher un petit miroir à main et avait réussi à repérer ce que Zanny avait déjà remarqué peu de temps auparavant : une petite zone dégarnie juste en arrière de son crâne.

— Ton vieux père est en train de se déplumer, avait-il dit.

Elle ne s'était pas attendue à une telle réaction. À la télé, les hommes qui perdaient leurs cheveux prenaient toujours un air catastrophé. Jamais ils ne souriaient quand ils se découvraient un début de calvitie. Mais cette perspective semblait en revanche ne pas déplaire à son père ; il attendait même ce moment avec impatience. Et il s'en était fort bien accommodé. Le jour où elle avait évoqué la possibilité d'une perruque, il avait éclaté de rire : « Hé, ne sais-tu pas que les femmes trouvent les hommes chauves séduisants ? »

À l'époque, elle l'avait admiré pour l'élégance avec laquelle il prenait la chose. S'il lui était arrivé la même chose à elle, elle n'aurait pas réagi avec autant d'humour. Maintenant, elle savait qu'il avait une excellente raison de vouloir devenir chauve, de changer d'apparence.

Elle baissa les yeux sur l'article qu'elle avait ramené de la bibliothèque, et sur la photo qui l'accompagnait. Elle le relut encore, pour la dixième fois. Les mots étaient les mêmes qu'à la première lecture. Elle espérait s'être trompée. Mais non.

Cela s'était passé à peu près quinze ans plus tôt, à Chicago, dans l'autre moitié du continent. Un homme nommé Taglia avait été tué. Selon le porte-parole de la police, l'affaire avait peut-être un rapport avec la famille Pesci, qu'il présumait être un « clan mafieux ». De l'argent avait apparemment été volé à ce clan criminel, entre dix et vingt millions de dollars, selon les estimations. Zanny s'interrogea une nouvelle fois sur l'absence de toute mention de l'incident dans les journaux du lendemain et des jours suivants.

Mais elle ne s'attarda pas longtemps sur ce détail. Elle ne s'en préoccupa guère, à dire vrai, car à mesure qu'elle lisait l'article, ses yeux étaient irrésistiblement attirés par la photographie d'à côté. C'était le portrait de l'homme soupçonné d'avoir commis et le vol et le meurtre du dénommé Taglia. Zanny examinait ce visage, les sourcils rebelles, les grands yeux sombres, le nez fort et droit, la chevelure noire et touffue. Elle posa le doigt sur le sommet du crâne de l'homme photographié. Rien d'étonnant à ce que son père ait été ravi de perdre ses cheveux. C'était incroyable comme la calvitie pouvait changer l'apparence de quelqu'un. Zanny regarda à nouveau le nom imprimé sous la photo : Michael Alexander. L'agent Wiley ne lui avait pas menti. Son père n'était pas celui qu'elle croyait : le bon vieux Mitch Dugan. Son père était un voleur et un meurtrier du nom de Michael Alexander.

7

L'ONCLE EVERETT

Le lendemain matin, Zanny essuyait la vaisselle du petit déjeuner en se demandant si l'agent Wiley avait réussi à se procurer son mandat, quand on sonna à la porte. Mme Finster se précipita pour aller voir. Zanny continua à essuyer et à ranger les ustensiles jusqu'à ce qu'elle entende la voix du lieutenant Jenkins. Elle posa alors le torchon. Allait-il lui annoncer quelque chose de nouveau sur la mort de son père ? Elle se dirigea en toute hâte vers l'entrée.

Le lieutenant Jenkins discutait avec Mme Finster. Il n'était pas seul. À son côté se tenait un homme de grande taille et bien bâti. Il avait les cheveux roux. Dès que l'homme posa ses yeux d'un bleu clair sur Zanny, un sourire engageant se dessina sur son visage. Il avait l'air heureux de la voir, ce qui semblait absurde : cet homme était pour elle un parfait étranger.

Mme Finster souriait elle aussi tout en s'essuyant les mains sur son tablier.

— D'excellentes nouvelles, Zanny, annonça-t-elle. Le lieutenant Jenkins a trouvé ton oncle.

Son oncle ? Mais c'était impossible. Zanny n'avait ni oncle ni tante. Sinon, son père lui en aurait parlé. Quoique… ce ne serait pas la première fois que son père aurait omis de lui mentionner quelque chose. Elle examina l'homme corpulent, cherchant sur sa physionomie quelque chose de familier, mais en vain. Elle ne l'avait jamais vu de sa vie.

Le lieutenant Jenkins s'avança et sourit à Zanny.

— Comment vas-tu, Zanny ? demanda-t-il. Tout marche comme tu veux ?

— Je crois, répondit Zanny.

— C'est parfait. Vraiment parfait. Parce que tu sais, Zanny, les choses sont apparemment plus compliquées que ce qu'on aurait pu croire au début. J'aimerais t'en dire deux mots.

Il lança un regard à Mme Finster.

—Y a-t-il un endroit où nous pourrions parler avec Zanny en privé ?

Mme Finster fit oui de la tête, mais elle eut l'air peinée d'être exclue.

— Allez donc dans le salon. Je vais vous faire du café frais.

— Ne vous dérangez pas pour nous, répondit le lieutenant.

— Allons donc, qu'est-ce que c'est que de préparer un pot de café !

Elle les conduisit au salon et s'en retourna à la cuisine.

— Assieds-toi, Zanny, dit le lieutenant Jenkins.

Elle jeta son dévolu sur l'un des deux fauteuils à oreillettes de Mme Finster. Le lieutenant s'installa dans le deuxième. Quant à l'homme aux cheveux roux, il s'assit sur le canapé et regarda Zanny en souriant.

— J'imagine que tu ne te souviens pas de moi, Zanny. La dernière fois que je t'ai vue, tu n'étais qu'un bébé. Je suis ton oncle Everett. Everett Lloyd, le frère de ta mère.

Zanny se rendit compte qu'elle n'était pas vraiment surprise. À vrai dire, rien ne pouvait plus la surprendre, pas même le fait que son père ait désigné son oncle comme tuteur légal sans prendre la peine de la mettre au courant. Pire encore, il lui avait menti. Il lui avait dit qu'elle n'avait pas de famille du tout. Zanny se tourna vers le lieutenant.

— Vous avez dit que les choses se compliquaient. Que voulez-vous dire ?

Le policier consulta Everett Lloyd du regard. Celui-ci hocha la tête.

— Il semble, commença le lieutenant en pesant ses mots, que ton père n'était pas exactement celui que tout le monde croyait.

Zanny dut se mordre la langue pour ne pas répondre qu'elle était déjà au courant. Mais elle voulait savoir ce que le lieutenant avait à lui dire.

— Je ne sais pas s'il t'a beaucoup parlé de ta mère.

— Seulement qu'elle était morte dans un accident d'auto quand j'étais petite.

Le lieutenant Jenkins et Everett Lloyd échangèrent un regard. À leur air solennel, elle comprit qu'ils savaient des choses qu'elle-même ignorait. *Tout le monde* avait l'air de savoir des choses qu'elle ignorait. Elle sentit sa colère monter.

— Elle est réellement morte dans un accident, n'est-ce pas ? demanda-t-elle. Écoutez, si vous en savez plus, j'aimerais beaucoup que vous me mettiez au courant.

— Ta mère a effectivement perdu la vie dans un accident, répondit Everett Lloyd.

Il avait la voix grave, mais il parlait avec calme. Il la regardait droit dans les yeux, comme s'il voulait voir à travers la fenêtre d'une maison ce qu'il y avait à l'intérieur. Zanny dut faire un effort pour soutenir son regard et ne pas détourner les yeux.

— Peu de temps après, ton père a fait ses bagages et vous avez tous les deux disparu. Je vous cherche depuis tout ce temps.

Zanny fixa les yeux bleu pâle et n'y vit rien d'autre que de la sincérité.

— Eh bien ! vous m'avez trouvée. Ou plutôt, devrais-je dire, la police *vous* a trouvé.

— C'est ça qui est amusant, intervint le lieutenant. Cela fait quinze ans que je suis dans la police, et c'est la première fois que je tombe sur une coïncidence pareille.

Ils furent interrompus par Mme Finster, qui entra dans la pièce avec un plateau dans les mains, sur lequel étaient posés des tasses, un sucrier, un pot à lait, la cafetière et une assiette de biscuits sablés.

— Excusez-moi, dit-elle, en s'affairant à servir le café et à passer le lait et le sucre.

Je ne voulais pas vous interrompre. J'en ai pour une minute.

Ce fut Everett Lloyd qui rompit le silence gêné qui suivit l'irruption de Mme Finster. Il la complimenta pour ses biscuits.

— J'aimerais que vous me donniez la recette, ajouta-t-il. Ma femme est une fine cuisinière, mais ses sablés n'ont rien à voir avec les vôtres.

Mme Finster rougit de plaisir.

— Je vais vous écrire la recette, répondit-elle en quittant la pièce.

Zanny regarda le lieutenant Jenkins.

— Quel genre de coïncidence ?

— Le lendemain de... commença-t-il d'un ton hésitant. Le lendemain de la mort de ton père, j'ai trouvé un message sur mon bureau. D'Everett Lloyd. Avant que William Sullivan m'informe que ton père avait désigné un certain Everett Lloyd comme ton tuteur légal. Et je n'ai pas pu m'occuper tout de suite de ce message à cause d'une enquête en cours. En fait, M. Lloyd m'avait appelé pour demander d'identifier quelqu'un qui avait sa photo dans le journal.

Le cœur de Zanny bondit dans sa poitrine. Elle se demanda s'il parlait de la même photographie que celle qu'elle avait trouvée.

— C'était une photo de toi.

— De *moi* ?

Un autre coup de théâtre !

— C'était la photo d'une manifestation organisée devant le *Coin du hamburger*, deux semaines auparavant. Il y avait eu un papier là-dessus dans le journal local, et la *Gazette de Wilmington* l'avait repris.

Zanny se tourna vers Everett Lloyd.

— Vous dites que vous me cherchiez depuis la mort de ma mère et pendant tout ce temps, vous habitiez aussi près que Wilmington ?

— Non, j'arrive de Chicago, répondit Everett Lloyd.

Chicago. Là où le vol avait eu lieu. Zanny essayait de rester impassible, comme si le nom de cette ville n'avait aucune résonance pour elle.

— C'est par un pur hasard que je suis tombé sur cette photo. Ma femme avait commandé pour moi un cadeau d'anniversaire dans une boutique d'antiquités de Wilmington. Et l'objet est arrivé enveloppé dans le journal du coin. Dès que j'ai vu la photo, je me suis mis à faire des appels téléphoniques.

Zanny nageait à présent dans la plus extrême confusion. Elle regarda l'étranger avec une méfiance accrue.

— Je ne comprends pas, dit-elle. Vous venez de me dire que la dernière fois que vous m'aviez vue, je n'étais qu'un bébé. Et vous prétendez maintenant m'avoir reconnue sur une photo publiée dans le journal ?

Les yeux pâles de Lloyd s'embuèrent de larmes.

— Comment ne t'aurais-je pas reconnue ? répondit-il. Tu es le portrait craché de ta mère quand elle avait ton âge.

Zanny regarda le lieutenant Jenkins, en quête d'une confirmation. Cet homme disait-il vrai ? Avait-il vraiment retrouvé sa trace d'une manière aussi abracadabrante ?

Le policier haussa les épaules.

— Cette affaire est bourrée de coïncidences, dit-il.

Coïncidences… le mot était faible. Il lui arrivait des choses qu'elle aurait trouvées invraisemblables même dans un scénario de film. Elle ne savait pas quoi penser d'Everett Lloyd. Son histoire ne collait pas avec ce que lui avait raconté Wiley. Lloyd prétendait que son père avait quitté Chicago à cause de la mort de sa mère. Il n'avait pas parlé des dix millions de dollars. Qu'est-ce que cela pouvait bien dire ? Qu'Everett Lloyd ignorait tout du vol ? Mais il était de Chicago. Il devait être au courant. Peut-être voulait-il lui cacher la chose, à elle ou au lieutenant ? Ce qui soulevait une autre série de questions, la plus importante étant : pourquoi ?

— Comment pouvez-vous avoir la certitude qu'il est bien mon oncle ? demanda-t-elle au lieutenant Jenkins. Peut-il le prouver ? Quel type de preuve faut-il pour démontrer hors de tout doute qu'on est bien l'oncle de quelqu'un ?

— C'est là que les choses se compliquent encore, répondit le lieutenant. M. Lloyd est enquêteur en matière de fraudes fiscales à Chicago — et il est très respecté, si j'ai bien compris. Je n'ai donc aucune raison de douter de ce qu'il avance. Mais tu es une mineure et l'État ne peut pas te confier à quelqu'un sans faire les vérifications nécessaires. Malheureusement, M. Lloyd ne possède pas de copie de ton certificat de naissance, et nous n'en avons pas trouvé non plus dans les papiers de ton père. Nous continuons à chercher. Tes parents n'habitaient pas Chicago quand tu es née. En fait, M. Lloyd ignore où vivaient tes parents lors de ta naissance.

Zanny sourcilla.

—Vous ne saviez pas où était votre sœur ?

—Ton père voyageait beaucoup, répondit Everett Lloyd. Et ta mère l'accompagnait. Ils ne nous disaient pas toujours où ils étaient.

— Pourquoi ?

— Pour te dire la vérité, mes parents n'approuvaient pas ce mariage.

—Vous voulez dire qu'ils n'appréciaient pas mon père, dit Zanny.

Ce n'était pas une question. Elle énonçait un fait.

Everett Lloyd acquiesça d'un signe de la tête.

— Nous n'avons même pas su qu'elle était enceinte, jusqu'à ta naissance.

— Ce qui veut dire que nous ignorons dans quel hôpital ta mère a accouché, ajouta le lieutenant Jenkins, ou même dans quel État. Mais nous faisons des recherches. Nous travaillons avec M. Lloyd ici et aussi avec la police de Chicago pour trouver des personnes qui ont connu ta mère et ton père quand ils vivaient dans cette ville. Et bien sûr nous essayons de trouver leurs dossiers médicaux…

— Dossiers médicaux ?

— Pour le groupe sanguin. Nous ne pourrons pas te confier à M. Lloyd tant que toutes les preuves ne seront pas réunies.

— Ce qui veut dire ?

— Cela peut prendre un peu de temps. Quelques jours au plus.

— Et si vous revenez bredouilles ? demanda Zanny. Si vous ne parvenez pas à prouver qu'il est bien mon oncle, que va-t-il se passer ?

— Chaque chose en son temps, répondit le lieutenant. Je suis sûr que tout va finir par s'arranger.

Zanny aurait aimé partager son optimisme, mais avec tout ce qui arrivait, c'était impossible. Elle regarda encore cet homme qui prétendait être son oncle. S'il disait la vérité et qu'il habitait bien Chicago, il devait alors en savoir plus sur son père. Elle décida de le cuisiner un peu plus.

— Et cette histoire de DEA ? demanda-t-elle.

Everett Lloyd ouvrit de grands yeux.

— La DEA ? s'exclama-t-il. Que viennent-ils faire dans cette histoire ?

Le lieutenant Jenkins prit un air peiné.

— Je ne suis pas autorisé à en parler, dit-il.

Il ne voulait pas qu'on en parle. L'agent Wiley ne voulait pas non plus. Eh bien ! tant pis pour eux. Si la chose concernait son père, elle avait le droit d'aborder le sujet.

— Un agent de la DEA est ici, expliqua-t-elle à Everett Lloyd. Il m'a posé un tas de questions à propos de mon père. Je pense qu'ils ne sont pas étrangers aux circonstances dans lesquelles il est mort.

— Allons, Zanny, dit le lieutenant d'un ton apaisant. Nous ne savons pas…

— *Moi*, je sais, coupa Zanny. Je sais que quoi qu'ait pu être mon père, il n'était pas du genre à se suicider.

— Écoute, Zanny… commença le lieutenant.

— La DEA veut que tout ça reste secret. Et *vous*, vous ne voulez pas qu'on en parle non plus. Personne ne cherche à savoir comment est mort mon père. C'est vous qui allez m'écouter à présent. Je vous préviens que si vous continuez à ne pas vouloir répondre à mes questions, je vais aller voir les journaux et leur raconter tout ce que je sais. Et je me moque pas mal de ce que vous, ou la DEA ou n'importe qui d'autre pourrez bien penser.

— Ce ne serait pas une bonne idée, Zanny, dit tranquillement Everett Lloyd.

Le lieutenant le regarda.

— Qu'est-ce que vous savez de cette histoire ?

— Probablement autant que vous, rétorqua Lloyd. Je sais ce qu'on a dit sur Mike.

Zanny lui lança un regard sévère.

— Mike ?

— Michael Alexander. C'était son vrai nom.

Au moins, ça concordait avec l'histoire de Wiley.

— Je suis au courant pour les dix millions qui ont été subtilisés aux Pesci. Je sais aussi que Mike a filé aussitôt après que l'argent a disparu.

Zanny explosa.

—Vous croyez que c'est lui qui a fait le coup, hein ? C'est bien ce que vous dites ? Vous pensez que mon père est un voleur !

— Je n'ai pas dit ça.

—Vous ne répondez pas à ma question.

Everett Lloyd poussa un soupir.

— Pour l'instant, mon opinion n'a pas beaucoup d'importance, tu sais. Il y a suffisamment de gens qui pensent que ton père a fait le coup pour que ça vaille la peine de tenir ça secret. Parce que si jamais la chose s'ébruitait, cela risquerait d'attirer des individus peu recommandables. Et j'ai bien peur que ce soit dangereux pour toi, Zanny. À mon avis, tu devrais laisser les agents de la police — et de la DEA — faire leur travail. Il vaudrait mieux que tu coopères avec eux.

Zanny regarda l'homme aux cheveux roux. Qui était-il, après tout ? Simplement un nom inscrit sur le testament de son père, quelqu'un dont son père ne lui avait jamais soufflé mot, quelqu'un qui prétendait être son oncle mais qu'elle ne connaissait ni d'Ève ni d'Adam. Pour quelle raison lui ferait-elle confiance ?

—Vous n'avez toujours pas répondu à ma question, répéta-t-elle. Vous pensez que c'est mon père qui a volé cet argent, n'est-ce pas ?

Everett Lloyd se laissa aller contre le dossier du sofa en soupirant. Il se frotta les yeux.

— Je suis au courant des faits, Zanny. Je sais que ton père était un policier infiltré dans la pègre, et qu'il subissait d'énormes pressions. Je sais qu'il a quitté la police. Je sais qu'il a été mêlé à des gens peu recommandables. Et je sais que dix millions de dollars se sont volatilisés au moment où toi et ton père avez disparu.

Un flic ? Son père avait été un flic, sans qu'elle le sache ? Pire encore, un flic qui avait mal tourné ?

— Mais pourquoi ? demanda Zanny. Pourquoi aurait-il fait une chose pareille ?

Everett Lloyd haussa ses larges épaules.

— J'ai bien l'intention de te parler de tout ça, Zanny. Mais d'abord, j'aimerais te connaître un peu plus, et j'aimerais bien que toi aussi, tu apprennes à me connaître. En attendant, il vaudrait mieux ne parler de ça à personne. Dans ton propre intérêt.

Le lieutenant Jenkins avala sa dernière goutte de café.

— J'espère que tu vas écouter M. Lloyd, dit-il. C'est la voix du bon sens. Reste en dehors de tout ça, Zanny, pour ta propre sécurité. Laisse les spécialistes faire leur boulot.

Il se leva et se tourna vers Everett Lloyd.

— Je vous ramène à votre motel.

— Merci, lieutenant. Mais si Zanny n'y voit pas d'inconvénient, j'aimerais rester une minute pour faire sa connaissance.

Le lieutenant hocha la tête.

— On reste en contact, lui dit-il.

Il se dirigea vers la cuisine pour saluer Mme Finster.

Zanny jeta un regard glacial au gros homme roux.

— Je dois sortir. J'ai un rendez-vous.

Everett Lloyd eut un sourire bienveillant.

— Je ne te garderai pas longtemps. J'imagine combien tout ça doit te paraître étrange. D'abord, ce qui est arrivé à ton père. Et moi qui tombe du ciel comme ça, de but en blanc.

Il plongea la main dans la poche de son pantalon et sortit un portefeuille qu'il ouvrit. Il en retira une petite photographie qu'il lui tendit.

— Je ne sais pas si tu as déjà vu cette photo, dit-il. C'est celle de ton père et de ta mère le jour de leur mariage. Je n'y étais pas. Ils se sont mariés à Las Vegas. C'est ta mère qui m'a envoyé la photo.

Zanny se disait qu'elle ne voulait rien savoir de cet homme. Elle se disait qu'elle ne voulait même pas rester dans la même pièce que lui. Pour qui se prenait-il, à débarquer dans sa vie après toutes ces années, en prétendant s'être inquiété pour elle tout en affirmant du même souffle que son père était un voleur ? Rien d'étonnant à ce que son père ait semblé si amer par moments. Son propre beau-frère croyait qu'il avait volé dix millions de dollars ! Son propre beau-frère n'avait même pas essayé de prendre sa défense. Elle avait terriblement envie d'envoyer promener Everett Lloyd et sa stupide photo. Mais elle ne pouvait pas se le permettre. Comment rater une si belle occasion ! Elle prit la photo et la regarda avec avidité, enregistrant le moindre détail. Le jeune homme était incontestablement son père, même s'il était beaucoup plus mince que dans son souvenir, et qu'il avait plus de cheveux — et des cheveux plus longs — qu'elle ne lui en avait jamais vu. Il portait un tuxedo gris perle et un œillet rouge à la boutonnière, et regardait avec un sourire rayonnant la jeune femme mince et brune à ses côtés. Et c'est elle, la mariée, qui fascinait Zanny.

Zanny se sentit soudain prise de vertige devant le visage ouvert et souriant, les yeux bleus, l'épaisse chevelure châtain. Toute sa vie, elle s'était demandé de qui elle pouvait bien tenir. Elle ne ressemblait pas le moins du monde à son père, elle n'avait rien hérité de lui. La plupart de ses amies ressemblaient à leur père ou à leur mère. Zanny ne ressemblait à personne. Jusqu'à aujourd'hui. Elle avait l'impression de se voir dans un miroir.

— C'est vraiment troublant, observa Everett Lloyd. Cette photo dans le journal… je n'en croyais pas mes yeux. J'aurais juré voir une photo de Jenny, il y a quinze ou vingt ans.

— Jenny, répéta Zanny.

L'une des rares choses qu'elle savait de sa mère, c'était son prénom. Ces deux derniers jours, cependant, elle s'était demandé si ça aussi, ce n'était pas de la fiction, encore une autre invention, un autre mensonge de son père.

— Jennifer Anne Lloyd, reprit Everett Lloyd. Tu lui ressembles tellement.

Il se mit à extraire une autre photographie de son portefeuille et la lui tendit.

— Ça, c'est Jenny et moi quand nous étions gamins. J'avais cinq ans de plus qu'elle.

Sur la photo, Zanny découvrit un Everett Lloyd plus jeune et moins corpulent qui entourait de son bras la même jeune femme élancée.

— Elle était belle, n'est-ce pas ? Et bourrée de talent. Elle faisait de la danse, tu sais.

Zanny le regarda, complètement ébahie. Elle l'ignorait. Elle ne savait pratiquement rien de sa mère, excepté qu'elle était morte, que cela s'était passé bien des années auparavant et que son père n'aimait pas en parler.

— Elle a laissé tomber la danse quand elle a épousé ton père, précisa Everett Lloyd, les yeux embués de larmes. Elle a laissé tomber bien des choses.

Zanny lui jeta un regard noir. Que voulait-il insinuer ? Était-il en train de critiquer son père ?

Everett Lloyd rougit jusqu'aux oreilles.

— Je suis désolé, je ne voulais pas…

Il fixa les photos et entreprit de les ranger dans son portefeuille. Il hésita et en tendit une à Zanny, celle de ses parents le jour de leur mariage.

— Peut-être aimerais-tu garder celle-là.

Zanny accepta sans mot dire. Elle ne savait pas quoi penser de cet homme.

Elle plongea son regard dans ses yeux pâles.

— Et qu'est-ce qui se passe maintenant?

Everett Lloyd glissa son portefeuille dans sa poche.

— Il faut attendre. Je suis au motel, à la sortie de la ville sur la grand-route. Je vais attendre jusqu'à ce que toutes les formalités soient remplies. Et ensuite, on aura du pain sur la planche.

— Du pain sur la planche? Que voulez-vous dire?

— Il faudra faire tes bagages et te préparer à partir. Je suis sûre que tu vas aimer Chicago, Zanny. C'est une belle ville. Et bien sûr, il y a aussi toutes sortes de choses à régler, la maison, les affaires de ton père. Nous devrons décider de ce qu'il faudra garder et de ce dont on devra se défaire.

Il se leva.

— J'ai deux ou trois choses à faire aujourd'hui, mais j'aimerais bien qu'on soupe ensemble ce soir. Je pourrais passer te prendre vers six heures.

Zanny acquiesça sans empressement. Elle avait toujours su qu'elle ne pourrait pas rester indéfiniment chez Mme Finster, mais jamais elle n'aurait prévu s'en aller aussi loin que Chicago. Ce n'était après tout qu'un autre déménagement de plus. Pourquoi attacher de l'importance à celui-là ? Mais elle n'arrivait plus, tout à coup, à s'imaginer quitter la petite maison de briques rouges. Elle n'y avait habité qu'un an, mais c'était chez elle.

— Zanny ?

Elle leva les yeux vers son oncle.

— Est-ce que ça va ?

Elle hocha la tête.

— Parfait, dit-il en lui souriant. Je dois régler certaines choses avec Mme Finster avant de partir.

Zanny le suivit des yeux tandis qu'il se dirigeait vers la cuisine.

8

Une fouille

Après le départ d'Everett Lloyd, Zanny resta seule dans le salon de Mme Finster, incapable de bouger. Au début, il n'y avait eu que l'agent Wiley à accuser son père d'être un voleur. Mais maintenant, il n'était plus le seul. Il existait un consensus général contre son père. Le lieutenant Jenkins disait que c'était un voleur. L'article de journal qu'elle avait déniché à la bibliothèque disait la même chose. Jusqu'au beau-frère de son père — son propre oncle — qui disait la même chose.

Elle ne les croyait pas — ou du moins elle ne *voulait* pas les croire. Que son père ait été un solitaire, elle l'admettait volontiers. Elle ne contestait pas non plus ses pérégrinations incessantes durant toutes ces années. Mais le père qu'elle avait connu était un honnête homme, et il lui avait inculqué le sens de l'honnêteté. Ses collègues de travail le respectaient. Et en supposant qu'il ait effectivement volé cet argent, comment se faisait-il que leur train de vie soit resté aussi modeste ? Il fallait que Wiley et les autres se trompent. Et que son père soit innocent. Peut-être s'agissait-il d'un coup monté. Mais comment Zanny allait-elle prouver que tout le monde se trompait ?

Il n'existait qu'un moyen de le faire : démontrer qu'il n'y avait pas de millions cachés et qu'il n'y en avait jamais eu. Elle allait fouiller la maison de fond en comble, dans ses moindres recoins, et leur prouver que le magot n'existait pas.

Elle était arrivée à mi-chemin de sa maison, le trousseau de clefs à la main, lorsqu'elle entendit quelqu'un appeler son nom. Elle se retourna, aperçut Nick sur la route en contrebas, et lui fit un signe de la main. Elle avait l'intention de fouiller la maison au complet, et d'y passer la journée si nécessaire. Mais elle ne pouvait pas le dire à Nick. Pas plus qu'elle ne pouvait lui demander de s'en aller, en tout cas pas d'une manière qu'il pourrait mal interpréter. Elle ne voulait pas que Nick pense qu'elle n'avait pas envie de le revoir. Elle lui lança la première chose qui lui passa par la tête.

— Qu'est-ce que tu fais là ?

— Je vais très bien, merci, répondit-il d'un ton légèrement sarcastique. Et toi, comment vas-tu ?

Zanny sentit ses joues s'empourprer.

— Excuse-moi. Je ne voulais pas dire ça.

— Tu n'as pas l'air particulièrement ravie de me voir, n'est-ce pas ?

— Non, ce n'est pas ça.

— Mais ? Parce qu'il y a un « mais », je le sais. Qu'est-ce qui ne va pas, Zanny ?

— Rien.

Sa voix trop haut perchée la trahit.

Nick la regardait de ses yeux bruns, l'air inquiet.

— Il y a quelque chose qui te tracasse, et je ne pense pas seulement à ce qui est arrivé à ton père. Il y a quelque chose d'*autre*. C'était là hier soir à la bibliothèque, et c'est encore là maintenant. C'est ce type de la DEA, n'est-ce pas ? Il t'a dit quelque chose, et ce quelque chose est en train de te ronger les sangs. J'ai sauté mes cours pour venir voir comment tu allais.

Il plongea ses yeux dans les siens. Comme elle gardait le silence, il soupira et haussa les épaules.

— Je vois, dit-il. Tu ne veux pas m'en parler. Je peux m'arranger avec ça.

Malgré ses efforts, il ne parvenait pas à dissimuler sa déception.

— Écoute, si tu veux que je m'en aille, dis-le. J'arriverai peut-être à temps pour le cours d'algèbre.

— Ce n'est pas que j'aie envie que tu t'en ailles, répondit-elle. C'est simplement…

Simplement quoi ? Que j'ai envie d'être seule pour pouvoir fouiller ma propre maison ? Parce que j'ai bien peur qu'il y ait dix millions de dollars planqués quelque part et il faut que je mette tout sens dessus dessous pour prouver que ce n'est pas vrai. Ou bien — et c'est cette perspective qui la terrorisait, qui lui coupait les jambes — je vais les trouver. Si je lui raconte ça, se disait-elle, il va vraiment me prendre pour une folle.

Nick tendit le bras et lui toucha l'épaule.

— Je suis désolé, dit-il. Tu viens d'en voir de dures. Tu n'as pas besoin que je te rende la vie encore plus difficile qu'elle l'est déjà. Je te donnerai un coup de fil. Peut-être voudras-tu sortir, faire quelque chose… juste pour te changer les idées.

Puis, si rapidement qu'elle en eut le souffle coupé de surprise et de plaisir, il posa ses lèvres douces sur les siennes. Elle avait déjà été embrassée, une fois, par un garçon qui ne lui plaisait pas plus que ça; elle l'avait laissé faire parce que c'était la première fois qu'un garçon l'invitait à aller danser. Mais son baiser n'avait rien à voir avec celui-là. Elle n'avait jamais senti cette flamme la traverser, la laissant à la fois épuisée et pleine d'énergie.

— Je t'appellerai plus tard, dit-il, et chaque mot venait caresser son oreille comme une brise. Ses lèvres touchèrent à nouveau les siennes, en s'attardant cette fois. Il lui releva doucement le menton et lui caressa la joue. Elle sentit ses jambes devenir faibles, souhaitant que ce baiser ne s'arrête jamais.

— Nick? dit-elle quand ils se séparèrent.

Elle se perdait dans ses yeux noirs. Il était si compréhensif, si doux. Et il tenait à elle. Il était prêt à lui donner tout le temps, toute la place dont elle avait besoin. Être avec lui, c'était comme être avec Lily, elle se sentait à l'aise, sur la même longueur d'onde. Elle se sentait avec quelqu'un qui la comprenait vraiment.

— Nick, si je te dis quelque chose, me promets-tu de n'en parler à personne ?

Il fronça les sourcils.

— Il y a un problème, n'est-ce pas ? Quelque chose qui a un rapport avec ce type de la DEA, pas vrai ? Un rapport avec ce que nous avons cherché hier soir à la bibliothèque ?

Elle opina d'un signe de la tête, gravit les marches du perron pour ouvrir la porte, et se retourna vers Nick, qui attendait toujours dans l'allée. Il grimpa les marches et la suivit à l'intérieur.

— Quel est le problème, Zanny ?

— J'ai découvert pourquoi la DEA s'intéressait à mon père.

Nick resta silencieux, mais à son expression lugubre, elle comprit qu'il ne s'attendait pas à de bonnes nouvelles.

— Ils disent que mon père était un flic qui n'a pas su résister à la tentation.

C'est du moins ce qu'Everett Lloyd avait laissé entendre.

— Ils disent qu'il a volé dix millions de dollars, de l'argent de la drogue.

Voilà, elle venait d'énoncer à haute voix cette affirmation ridicule, et personne n'avait ri. Nick la regardait d'un air grave.

— Et tu les crois, Zanny ?

— Je ne sais pas ce qu'il faut croire. Tu n'imagines pas ce que c'est, Nick. On croit connaître quelqu'un… C'était mon père, nous avons vécu ensemble pendant seize ans et je pensais que je le connaissais bien. Et maintenant, tout le monde me dit qu'il n'était pas ce qu'il prétendait être. Il ne s'appelait même pas Mitch Dugan. Il s'appelait Michael Alexander.

Nick la regardait, le visage dénué de toute expression.

— Et après, j'ai découvert que…

Elle sortit la photocopie de la poche de son jeans et la lui tendit.

— Ils en ont même parlé dans le journal, ajouta-t-elle tandis qu'il dépliait la feuille de papier. Michael Alexander a volé dix millions de dollars à un clan de la pègre et il a pris la fuite. Regarde cette photo. Tu n'as jamais rencontré mon père. Eh bien, je te le présente ! Nick Mulaney, je te présente Mitch Dugan, alias Michael Alexander. Et je te présente Melissa Alexander, alias Zanny Dugan.

— Alias ?

— Autrement appelée…

Nick défroissa la feuille de papier et lentement, se mit à lire l'article. Il releva les yeux.

— C'est ton père ?

Zanny fit signe que oui.

— J'ai trouvé ça à la bibliothèque hier soir. Je n'ai pas voulu te le dire. J'étais… j'avais trop honte.

— Honte ? Et de quoi ? Zanny, quoi qu'ait pu faire ou ne pas faire ton père, c'est lui qui est responsable, pas toi. Tu l'as dit toi-même, tu ignorais tout de cette histoire. Pourquoi devrais-tu avoir honte ?

Elle se mit à contempler le carrelage de l'entrée. C'était une bonne question, une question à laquelle elle ne savait pas comment répondre.

— Je… Je ne sais pas. Nick, tout le monde prétend que mon père était un criminel. Ils disent qu'il a volé dix millions de dollars. *Dix millions* !

Nick hocha lentement la tête.

— Mais si c'est vrai qu'il a fait ça, tu ne peux rien faire.

Si… Un mot si court, et qui en disait si long.

— L'agent de la DEA est ici pour trouver les dix millions.

— Trouver les dix millions ? s'exclama Nick en secouant la tête. Mais ce gars rêve en couleurs ! Quelqu'un qui a piqué dix millions…

Il laissa sa phrase en suspens.

— Je suis désolé, ajouta-t-il.

— Ce n'est rien, dit Zanny. Continue. Qu'est-ce que tu disais ?

— Quelqu'un qui s'est donné la peine de piquer dix millions ne va pas les laisser traîner quelque part. Il va les dépenser. Il va jeter l'argent par les fenêtres.

— Exactement ! Si nous avions eu tout cet argent, nous aurions habité une grande maison. Ce n'est pas le cas. La plupart des logements où nous avons habité étaient encore plus petits que cette maison.

— Où veux-tu en venir, Zanny ?

— Nous avons toujours loué des petits logements bon marché. Nous avons toujours mangé des hamburgers dans des petits restaurants bon marché, ceux que mon père pouvait nous payer avec son salaire d'employé d'entretien. Nous n'avons jamais eu d'argent, Nick. Nous n'avons jamais pris de vraies vacances, jamais. Et je suis sûre que c'est parce que mon père n'a jamais pris les millions. Mais supposons qu'il l'ait fait. Si jamais mon père a volé ce fric, comme tout le monde le prétend, c'est sûr qu'il ne l'a jamais dépensé. Ni pour moi, ni pour lui. Ce qui veut dire que s'il l'a pris, cet argent doit être caché quelque part. Je veux fouiller toute la maison, Nick. Soit je trouve le magot, soit je peux prouver qu'il ne l'a jamais volé. Ce n'est peut-être pas l'idée du siècle, mais c'est mieux que de rester à ne rien faire.

Elle fut soulagée de voir que Nick ne riait pas. En fait, il hochait la tête d'un air très sérieux.

—Veux-tu un coup de main? demanda-t-il.

— Je crois que la meilleure manière de s'y prendre, proposa Nick, c'est de commencer par la cave et de remonter jusqu'au grenier. Ou l'inverse.

La méthode semblait judicieuse. Zanny voulait tout passer au peigne fin. Après quelques minutes de délibérations, ils décidèrent de commencer par le bas. Ils descendirent au sous-sol.

Zanny balaya du regard la grande pièce ouverte, le sol en ciment, la machine à laver et la sécheuse dans un coin, les étagères garnies de bottes, de patins à glace, de bottines de ski de fond et, enfin, la petite pile de boîtes en carton.

— Ça ne devrait pas nous prendre beaucoup de temps, dit-elle.

Nick examinait la pièce en prenant tout son temps.

— Ça dépend, dit-il.

— Ça dépend de quoi ?

— De ce que nous cherchons exactement. À quoi ça ressemble, à ton avis, dix millions de dollars ?

Elle n'avait jamais beaucoup pensé à ça.

— Qu'est-ce que tu veux dire ? Quel type de billets ?

Nick haussa les épaules.

— Peut-être. Mais peut-être que ce ne sont pas des billets de banque. Dix millions de dollars, même en grosses coupures de 50 ou de 100, cela fait un joli paquet de billets. Ça prend de la place, il faut les mettre dans une grosse valise, une malle, quelque chose du genre. Quelqu'un qui veut planquer une somme pareille va peut-être la cacher derrière un faux mur, ou dans un compartiment secret. Et si ce n'étaient pas des billets ? Si c'était de l'or, ou des diamants, ou des titres, des obligations, quelque chose de facilement convertible en argent comptant ? Ou peut-être que les dix millions ne sont pas du tout ici.

Peut-être qu'il les a fait sortir du pays, qu'ils sont déposés dans un compte en Suisse ou aux îles Caïmans ? C'est peut-être un livret de banque que nous devons chercher.

Zanny le regarda en silence pendant quelques instants. Elle n'avait pas envisagé toutes ces hypothèses. Ce qui, au départ, apparaissait comme une entreprise pas très compliquée — fouiller une petite maison pour trouver une grosse somme d'argent — semblait devenir une mission impossible.

— Et où tout ça nous mène ? demanda-t-elle. Qu'est-ce que nous cherchons *exactement* ?

— C'est là toute la question, répondit Nick. Il va falloir chercher très attentivement. Et on ne perdra rien à sonder les murs pour voir s'il n'y a pas une planque ou une ouverture secrète.

— On se croirait dans un film.

À vrai dire, toute l'histoire prenait l'allure d'un scénario de film. Ou d'un cauchemar.

Ils s'attaquèrent ensemble à l'un des coins du sous-sol, fouillèrent les bottines de ski à la recherche d'un sac de diamants, la doublure des vieux vêtements d'hiver à la recherche de titres ou de valeurs boursières, sondèrent les murs derrière les étagères à la recherche d'une cache secrète.

— Rien, conclut Zanny une fois qu'ils eurent passé le sous-sol au peigne fin. On remonte ?

Nick acquiesça et lui emboîta le pas.

— J'imagine qu'il est inutile de fouiller les armoires de la cuisine, dit-elle. C'est surtout moi qui cuisine. S'il y avait quelque chose de caché ici, je l'aurais trouvé depuis belle lurette.

— Peut-être que oui, répondit Nick. Ou peut-être que non. Un pot à farine peut faire une bonne cachette. Et s'il y avait un double fond ? Ou ce vieux contenant de plastique dans le congélateur auquel tu n'as jamais fait attention.

Zanny lui jeta un regard espiègle, faussement méfiant.

— Dis-moi, où trouves-tu toutes ces idées ?

Il sourit d'un air penaud.

— Je suis un fanatique de romans policiers, répondit-il. Je ne peux pas m'en passer.

— En tout cas, ça tombe bien. Et si on commençait ?

Elle n'aurait jamais pensé que sa cuisine était si grande. Quand son père et elle y préparaient ensemble le repas du soir, elle la trouvait terriblement exiguë. Elle se rendait compte à présent que tout dépendait de ce qu'on y faisait. Quand elle y cuisinait, toujours à la recherche d'un espace libre sur le comptoir, la pièce lui semblait ridiculement petite. Mais à présent qu'elle y cherchait un trésor, elle lui semblait immense, remplie d'un millier de pots et de contenants qu'il fallait vider et remplir à nouveau. Et quand elle eut fini de passer chaque centimètre carré au peigne fin, elle se retrouva parfaitement bredouille.

Pendant ce temps-là, Nick avait entrepris le salon et la salle à manger. Elle l'entendait taper sur les murs et retourner les meubles. Comme elle replaçait la dernière boîte à épices dans l'armoire, elle entendit son estomac crier famine.

— Nick ? Nick, tu n'as pas faim ?

Il apparut dans l'embrasure de la porte, le sourire aux lèvres.

— Je meurs de faim, avoua-t-il.

Zanny fouilla dans le réfrigérateur. Il n'y avait pas grand-chose, et ce qui restait datait déjà de près d'une semaine. Elle renifla la pinte de lait et fit la grimace : il avait suri. La laitue dans le bac à légumes était flétrie, les extrémités de ses feuilles étaient noircies. Le petit morceau de fromage qui restait était marbré de moisissures. Elle alla voir s'il y avait mieux dans les armoires.

— Il y a de la soupe en boîte, annonça-t-elle. Et des craquelins.

— Ça me va, répondit Nick.

Pendant que Zanny faisait chauffer la soupe, Nick sortit des bols et des cuillers, ainsi que la boîte de craquelins. Zanny servit la soupe et le rejoignit à la table.

— Tu dois penser que je suis complètement folle, commença-t-elle en le regardant avaler sa soupe.

— Pas du tout. J'ai vécu certains des plus beaux jours de ma vie à fouiller des maisons à la recherche de millions de dollars.

— Tu me racontes des blagues.

— Oui et non. Oui, parce que je n'ai jamais fait ça avant. Non, parce que c'est vrai que je passe une journée formidable, Zanny. Mais j'ai l'impression que n'importe quelle journée serait belle si je la passais avec toi.

Zanny baissa le nez pour qu'il ne la voie pas rougir. Elle avala un peu de soupe.

— J'ai pensé à une chose, reprit-elle lentement. Si jamais on ne trouve rien, ça ne veut pas dire qu'il n'a pas commis ce vol, n'est-ce pas ?

— Je déteste te dire ça, mais c'est vrai que ça ne veut rien dire. Il peut avoir caché le magot ailleurs. Il peut avoir laissé quelque chose chez un ami, tu sais. La clef d'un compartiment de coffre-fort, par exemple.

— Il n'avait pas beaucoup d'amis. Mon père n'aimait pas beaucoup fréquenter les gens.

— Il avait peut-être un avocat. Il a peut-être confié quelque chose à un avocat. Il y a beaucoup de gens qui font ça. Et beaucoup d'avocats gardent des choses pour leurs clients.

Zanny plissa le front. Elle n'avait pas songé à ça.

— Mais Me Sullivan n'a rien dit à ce sujet.

— Me Sullivan ?

— William Sullivan, l'avocat de mon père. C'est lui qui a rédigé le testament de Papa.

Elle réfléchit un moment.

— Il avait un dossier au nom de mon père. C'est possible qu'il ait en sa possession quelque chose qui pourrait nous aider. Mais si c'est le cas, il m'en aurait parlé, non ?

Le père de Zanny avait légué à sa fille tout ce qu'il possédait : c'était écrit en toutes lettres dans le testament.

— À mon avis, on devrait continuer à chercher ici. Et si on ne trouve rien, j'irai parler à Me Sullivan.

— Ça me semble un bon plan.

Nick finit sa soupe et alla ranger le bol dans l'évier.

— Bon, et si on allait s'occuper du deuxième étage ?

Zanny acquiesça et ils montèrent ensemble l'escalier. Ils étaient presque arrivés au palier quand Zanny prit conscience qu'il y avait un problème. Un gros problème. Mis à part la salle de bains, il n'y avait que deux pièces au deuxième étage : sa chambre et celle de son père. Tout d'abord, elle avait pensé qu'il était inutile de fouiller sa chambre. Après tout, si quelque chose y était caché, elle l'aurait su, non ? Peut-être que non, justement. Elle pouvait presque en voir la logique : qui se douterait ? Sa chambre aurait été la dernière place à laquelle elle aurait pensé, et donc l'une des meilleures cachettes.

Elle commençait à raisonner comme Nick, à douter de tout, à ne rien tenir pour acquis. Elle ne voulait absolument pas que Nick fouille sa chambre. Qui sait ce qu'elle avait pu laisser traîner ? Des choses peut-être très embarrassantes.

Mais elle ne pouvait pas non plus le laisser fouiller la chambre de son père, parce qu'elle ignorait ce qu'il y avait là. Son père pouvait très bien avoir caché autre chose que les dix millions de dollars. Il avait pu cacher quelque chose du passé — de son passé *à elle* — des indices, des petites choses. Elle ne voulait pas que ce soit Nick qui les trouve. Elle voulait s'en occuper elle-même.

Elle s'arrêta en haut de l'escalier.

Nick s'arrêta à côté d'elle et regarda les deux chambres. Puis il se tourna vers elle et l'observa un moment.

— Est-ce qu'il y a un grenier ici ? demanda-t-il.

— Un grenier ?

— Oui. Les greniers sont d'excellentes planques. S'il y en a un, je vais m'en occuper. Tu peux fouiller les chambres.

Elle lui lança un regard reconnaissant.

— La trappe est ici.

Elle lui indiquait un panneau sur le plafond du palier.

— Il y a un escabeau dans le sous-sol.

— Je descends le chercher.

Zanny regarda à nouveau les deux chambres. Elle allait devoir fouiller les deux. Il n'y avait pas moyen d'y échapper. Son père n'était plus là pour lui dire de se conduire comme une bonne fille, de manger d'abord ses épinards et de garder sa crème glacée pour la fin. Mais elle pouvait au moins retarder l'inévitable. Elle commença donc par sa chambre et se mit à sonder les murs et le plancher de la garde-robe. Elle travaillait méthodiquement, déplaçant les meubles et inspectant l'arrière de sa commode et de son bureau, au cas où il y aurait eu une double cloison, regardant le plancher sous le lit pour détecter la présence de lattes mal ajustées. Elle ne trouva strictement rien.

À présent, il n'y avait plus moyen de reculer. La tâche qu'elle avait tant appréhendée l'attendait.

Zanny se dirigea vers la chambre de son père. Au fil des années, elle lui avait connu plus d'une douzaine de chambres différentes, mais elle avait rarement mis les pieds dans celle-ci. Au moment où ils avaient emménagé dans cette maison, une certaine distance s'était installée entre eux. Elle s'était éloignée de lui pour lui faire comprendre ce qu'elle pensait des restrictions qu'il lui imposait et lui montrer à quel point elle avait hâte de quitter la maison pour vivre sa vie comme elle l'entendait. Dans cette maison, sa chambre était devenue son refuge, et celle de son père avait bien souvent constitué un territoire ennemi.

La première chose qu'elle remarqua en entrant fut le léger parfum de sa lotion après-rasage aux senteurs d'épices. Au cours des années, elle avait dû lui acheter des litres de cette lotion — pour Noël, pour son anniversaire, pour la Fête des pères. C'était si difficile de lui faire des cadeaux, qu'à ces occasions elle se rabattait le plus souvent sur un flacon de lotion après-rasage ou de talc, ou encore sur un savon. Il semblait toujours surpris, jurant ses grands dieux que cela lui faisait extrêmement plaisir. « C'est la marque qu'utilisait mon propre père », disait-il. Elle se demandait maintenant si c'était vrai, ou s'il s'agissait d'une autre invention, comme son nom.

Zanny fut frappée par l'austérité du lieu. Sa chambre à elle était arrangée au petit bonheur et plutôt désordonnée. Zanny adorait s'entourer de toutes ses choses. Lui, en revanche, semblait en posséder très peu.

Sur son lit, les couvertures avaient été soigneusement repliées et tirées. Un téléphone trônait, tout seul, sur la table de nuit. Il n'y avait pas un grain de poussière sur le dessus de la commode. Un livre solitaire était posé sur le coffre, au pied du lit.

Zanny fit le tour du lit avec précaution. Les mains tremblantes, elle attrapa la poignée du tiroir de la table de nuit. C'est là que le lieutenant Jenkins avait trouvé les munitions et l'étui du revolver avec lequel son père s'était tué. Elle l'ouvrit. Il ne contenait que l'annuaire du téléphone.

Elle se tourna alors vers la commode et ouvrit le tiroir du haut. Elle y trouva son peigne et sa brosse à cheveux, quelques cravates bien alignées et deux épingles de cravate, une en onyx et l'autre en argent. Elle tapota les côtés du tiroir comme elle avait vu Nick le faire dans la cuisine, à la recherche d'un double fond ou d'une double cloison.

Rien.

Elle ouvrit le second tiroir et se sentit mal à l'aise d'y plonger la main. C'est là que son père rangeait ses sous-vêtements (la cachette idéale, aurait dit Nick). Avec précaution, elle sortit les caleçons soigneusement pliés, sonda les parois et remit tout à sa place. Elle fouilla les autres tiroirs, en tâtant le linge à la recherche de tout ce qui pourrait ressembler à du papier.

Rien.

Elle referma le dernier tiroir et se dirigea vers le coffre au pied du lit. Elle prit le livre qu'elle posa sur le lit. Puis elle souleva le couvercle. Une odeur de cèdre lui monta aux narines. Le coffre était rempli de chandails et de chemises soigneusement pliés.

Elle souleva les chandails un par un jusqu'à ce qu'elle tombe sur quelque chose de dur. Elle retira une petite boîte plate et l'ouvrit en retenant son souffle. On avait enveloppé ce qu'elle contenait dans du papier mouchoir, qu'elle entreprit de déplier avec soin. Elle fit des yeux ronds en découvrant une minuscule robe blanche. Une robe à elle, probablement celle qu'elle avait portée le jour de son baptême. Elle n'en avait jamais soupçonné l'existence. Elle la replia avec douceur dans son cocon de papier et mit la boîte de côté.

Elle replongea les mains dans le coffre et encore une fois, détecta quelque chose qui n'était pas un chandail. Les mains tremblantes, elle souleva l'objet plutôt pesant : encore un objet dont elle ignorait l'existence. C'était un album de photos. Toutes ces années, il lui avait raconté qu'il n'avait plus de photos, que tout avait brûlé dans un incendie, et toutes ces années, il avait gardé cet album au fond de son coffre à linge. Elle s'assit en tailleur sur le plancher et ouvrit l'album.

Elle poussa un soupir de déception. L'album était effectivement rempli de photos, mais il n'y en avait aucune d'elle ou de sa mère. Le seul visage qu'elle reconnaissait était celui de son père. Toutes les photos avaient été prises dans des chambres — en tout cas dans des pièces décorées comme des chambres à coucher, avec du papier peint clair, de jolis meubles et de belles images accrochées aux murs. Mais chaque lit était un lit d'hôpital, et les personnes, les enfants, qui occupaient ces lits avaient la mine fiévreuse, le visage émacié. Zanny se rendit compte que ces photographies avaient toutes été prises à l'hôpital. Derrière chacune d'elles on avait inscrit en grosses capitales un nom et une date. Devant chaque date figurait la lettre d. Des cartes et des mots de remerciements étaient intercalés entre les pages de l'album recouvertes de plastique. Tous adressés à son père. Des remerciements à un aide-soignant. Les paroles de la bibliothécaire de l'hôpital et celles de l'infirmière du pavillon des enfants lui revinrent en mémoire. «Votre père leur faisait tellement de bien», «il savait comment les faire rire». Elle essayait d'imaginer son père en train de réconforter un petit enfant malade, et c'était difficile. Elle continua de feuilleter l'album et lut les mots de remerciements. Certains avaient été écrits en caractères malhabiles, de la main mal assurée d'un enfant. D'autres avaient été rédigés par des gens qui portaient le même nom que les enfants et qui mentionnaient ces derniers dans leur message. Les pères et les mères des enfants décédés.

À mesure qu'elle feuilletait l'album et lisait les cartes, elle sentit les larmes lui monter aux yeux. Elle n'avait pratiquement jamais demandé à son père de lui parler de son travail. Après tout, il n'était qu'un aide-soignant.

Elle referma l'album et se leva pour le remettre dans le coffre. Quelque chose glissa d'entre les pages et tomba sur le plancher. Une enveloppe. Probablement encore un mot de remerciements. Elle la ramassa et jeta un coup d'œil sur ce qui était écrit à l'endos : *À ouvrir après ma mort*. Elle allait ouvrir la bouche pour appeler Nick, lui dire qu'elle avait trouvé quelque chose, peut-être ce quelque chose qu'ils cherchaient partout, quand elle entendit la porte du rez-de-chaussée claquer et quelqu'un appeler. Elle fourra l'enveloppe dans la poche de son jeans, enfouit l'album sous la pile de chandails et referma le coffre.

— Qui est là ? demanda-t-elle.

Elle entendit immédiatement des pas venir de deux directions opposées. Au-dessus d'elle, ceux de Nick qui descendait de l'échelle, et en dessous, plusieurs paires de souliers qui grimpaient l'escalier. Nick, Wiley et deux policiers en uniforme firent en même temps irruption sur le palier.

— Que faites-vous ici ? lança Zanny à Wiley. Qui vous a donné l'autorisation de pénétrer dans ma maison ?

Presque avec l'air de s'excuser, Wiley fouilla dans la poche de son blouson et en sortit un document.

— Le tribunal m'y autorise, Zanny. Je suis désolé, mais comme je te l'ai dit, j'ai un boulot à faire et j'ai bien l'intention de le faire. Ces deux agents, poursuivit-il en désignant d'un signe de tête les deux hommes par-dessus son épaule, sont là pour m'aider.

Zanny jeta un regard à Nick, qui haussa les épaules. Elle savait qu'il était dans son droit. Ils ne pouvaient rien faire, d'autant plus que Wiley avait deux policiers avec lui.

—Viens, Zanny, dit Nick. Sortons d'ici.

Zanny contourna Wiley et descendit l'escalier à la suite de Nick. Elle brûlait de lui signaler sa découverte. Mais à peine étaient-ils sortis de la maison qu'elle se retrouva nez à nez avec Everett Lloyd.

— Mme Finster m'a dit que tu étais ici, dit-il en souriant.

Il jeta un regard sur le jeans et le t-shirt qu'elle portait, puis sur sa montre.

— Je crois que je suis un peu en avance, dit-il.

Zanny regarda à son tour sa montre. Il était six heures cinq. Il n'était pas en avance. C'est elle qui était en retard.

— Je vais me changer, dit-elle aussitôt. Appelle-moi demain, Nick. D'accord ?

Nick hocha la tête et l'embrassa sur la joue. Zanny marcha aux côtés de son oncle jusqu'à la maison de Mme Finster, les joues en feu. À travers la poche de son jeans, l'enveloppe lui brûlait la peau.

— Où aimerais-tu aller manger ? demanda Everett Lloyd.

— Le choix n'est pas terrible, l'informa-t-elle. On a le *Coin du hamburger*. Et *Chez Alice*, à l'arrêt des autobus, où vont manger les camionneurs. Et il y a le steak-house *Diamond Jim*, sur la grand-route.

9

Nouveau meurtre

Zanny était assise en face de son oncle sur une banquette, dans le fond du restaurant.

— Trouves-tu quelque chose à ton goût ? demanda-t-il.

Il souriait. Cet homme semblait sourire tout le temps.

Elle avait passé plus de cinq minutes le nez plongé dans le menu, mais sans vraiment le lire. Elle pensait à l'enveloppe qu'elle avait laissée dans sa valise, sous le lit du fils de Mme Finster. Elle n'aurait pas dû la laisser là. Elle aurait dû la fourrer dans son sac et l'emmener avec elle. Aucun risque ainsi que quelqu'un la trouve et la lise avant elle. Et si elle l'avait gardée sur elle, elle aurait pu s'excuser et aller la lire aux toilettes. Et elle saurait maintenant exactement ce qu'elle contenait.

— Zanny ? insista gentiment Everett Lloyd. As-tu choisi ce que tu veux manger ?

Il fit un signe à un serveur qui rôdait par là.

Énervée, elle secoua la tête.

— Veux-tu un steak ou préfères-tu autre chose ? Du poulet grillé, peut-être ? Ou du veau ? Aimes-tu le veau ?

Zanny jeta un œil sur le menu.

— Je crois que je vais prendre le poulet.

Il commanda son plat et choisit lui-même un steak. Une fois le serveur reparti avec les menus, Zanny n'avait plus rien derrière quoi se cacher. Elle n'avait d'autre choix que de regarder son oncle. Mais cette fois-ci, c'est lui qui se mit à regarder ailleurs. Il joua un petit moment avec le pied de son verre à eau. Quand il releva la tête pour croiser à nouveau son regard, son sourire avait disparu.

— J'ai reparlé aux policiers cet après-midi, et avec les gens de la Protection de la jeunesse, commença-t-il.

Zanny sentit son estomac se nouer. Elle n'était pas sûre de vouloir entendre la suite.

— Ils sont entrés en liaison avec des amis de la famille, à Chicago, des gens qui me connaissent et qui ont connu ta mère. Il semble qu'ils soient satisfaits et qu'ils me reconnaissent comme ton oncle — et toi comme ma nièce.

Le serveur glissa une salade verte devant Zanny et une autre devant Everett Lloyd. Zanny saisit sa fourchette et se mit à piquer les feuilles de laitue.

— Cette question est réglée. Me voilà donc à présent responsable de toi, Zanny, conformément à la volonté de ton père. Il faut qu'on se parle tous les deux. Il faut décider de ce que tu vas faire.

Lentement, elle prenait conscience de ce que tout cela signifiait. L'homme qui lui faisait face avait maintenant plein pouvoir sur elle. Et les autorités avaient beau l'avoir reconnu comme son oncle, il demeurait néanmoins pour elle un parfait étranger. Et cet étranger était maintenant son tuteur. Il avait un droit de regard sur tous les détails de sa vie. Il pouvait lui dicter à quelle heure rentrer, décréter quand et avec qui elle pouvait sortir, et où elle allait vivre.

Zanny perdit tout intérêt pour sa salade. C'était à lui de décider de l'endroit où elle allait vivre. Et étant donné qu'il habitait

Chicago, cela voulait dire qu'elle allait devoir déménager là-bas. Elle allait devoir quitter Birks Falls et la petite maison de briques rouges en haut de la côte. Quitter les champs d'herbes hautes et les brumes du matin et le gazouillement des moineaux et des troglodytes. Et quitter Nick.

Encore un départ. Elle n'en serait jamais capable. Chicago était si loin. Pas aussi loin que l'Allemagne de Lily, mais assez loin pour qu'il lui soit difficile, voire même impossible, d'aller le voir, ou que lui puisse venir la voir. Et si jamais elle détestait Chicago, ou son oncle et sa tante ? Ce n'était pas juste. Sans la consulter le moindrement, on venait de décider de son propre avenir, et cela ne correspondait pas du tout à ce qu'elle-même aurait choisi.

Elle ôta la serviette qu'elle avait sur les genoux, la posa sur la table et s'apprêta à se lever.

— Zanny, je t'en prie, ne t'en va pas, dit Everett Lloyd en lui touchant la main. Laisse-moi te parler. Je ne veux pas chambouler toute ta vie. Ce n'est pas pour ça que je suis venu. Je voudrais savoir ce que toi, tu veux.

— Je peux vous dire ce que je *ne veux pas*, répondit-elle. Je ne veux pas partir à Chicago.

— Alors, parlons-en. On va peut-être trouver une solution.

Elle lui jeta un regard méfiant.

— Vous voulez dire, une solution qui me permettrait de rester ici ?

— Oui, si c'est absolument ce que tu veux.

— Mais vous m'avez dit que vous étiez responsable de moi…

— Mme Finster est d'accord pour te garder avec elle.

— C'est vrai ?

Everett Lloyd hocha la tête.

Zanny replaça la serviette de table sur ses genoux et le regarda d'un œil différent.

— Comment le sujet est-il arrivé sur le tapis ? C'est elle qui en a parlé la première, ou c'est vous ?

— C'est elle. Elle pense que tu as besoin d'un peu plus de temps pour faire tes adieux à ton père.

Zanny tombait des nues. Elle aimait bien Mme Finster, elle éprouvait bien de la reconnaissance à son égard, mais elle n'aurait jamais imaginé que la vieille dame soit si compréhensive.

— Je lui ai dit que c'était une excellente idée, reprit-il. Tu sais, ma femme Margaret et moi aimerions beaucoup que tu viennes habiter avec nous à Chicago, Zanny. À notre avis, ce serait bon que tu vives dans ta famille. Mais nous ne voulons pas te forcer à venir, pas avant que tu sois prête. Tu pourrais vivre chez Mme Finster au moins jusqu'à la fin de l'année scolaire. Peut-être trouveras-tu un emploi d'été ici ? Et que tu viendras nous rendre visite pendant quelques jours. Qui sait ? Si ça se trouve, Chicago va te plaire. Et tu pourras à tout le moins rencontrer ta tante et tes cousins.

Des cousins ? Encore du nouveau.

— Vous avez des enfants ?

— Un garçon et une fille. Trish a six ans, et Rob, huit.

Zanny essaya de l'imaginer dans le rôle du papa. Il fouilla dans sa poche et sortit son portefeuille. Encore des photographies. Elle s'exclama sur les deux enfants et sur leur ressemblance avec leur père. L'image de sa mère sur la photo qu'il lui avait donnée lui revint en mémoire ; elle se rappela à quel point elle lui ressemblait.

— Et comment était-elle, ma mère ? demanda-t-elle.

Son oncle demeura un instant silencieux, puis, lentement, un large sourire se dessina sur son visage.

— Comme petite sœur, elle pouvait être vraiment enquiquinante. Elle ne me lâchait pas d'une semelle. Maman l'utilisait comme chaperon, quand j'avais des rendez-vous avec des filles, pour que je me conduise comme il faut.

Il sourit.

— Je lui donnais de l'argent pour qu'elle aille s'acheter des bonbons. Avec toutes les sucreries qu'elle a mangées, je me demande comment elle a fait pour rester aussi maigrichonne.

Il poussa un soupir.

— Je me souviens aussi du jour de sa naissance, tu sais. Je suis allé voir Maman à l'hôpital, et ils m'ont permis de la prendre dans mes bras. Il y avait quatre heures qu'elle était née.

Un sourire amer se dessina sur son visage. Son regard devint lointain.

— Ta mère était une merveilleuse danseuse, reprit-il en regardant à nouveau vers Zanny. Elle a commencé des cours de ballet à six ans. On aurait dit qu'elle avait ça dans le sang. Après, elle a découvert la danse moderne. Moi qui éteignais la télé chaque fois que je tombais sur une de ces vieilles comédies musicales — je trouvais ça ridicule. Je détestais la danse jusqu'au jour où j'ai vu ta mère sur scène pour la première fois. Elle avait quatorze ans, et c'était à te couper le souffle. Elle a fait de la danse jusqu'à ce qu'elle ait son premier… jusqu'à ce qu'elle ait un enfant. Tu es son portrait tout craché, Zanny.

— Est-ce que vous…

Elle hésita. C'était si étrange. Elle était assise en face d'un homme dont elle ignorait complètement l'existence vingt-quatre heures plus tôt, un homme qui savait toutes sortes de choses sur cette mère dont elle-même ne connaissait rien.

— Avez-vous d'autres photos d'elle ?

Il lui sourit affectueusement. Son sourire avait quelque chose de réconfortant, de chaleureux, et elle se demanda si sa mère avait le même. Il plongea la main dans la poche de son blouson et en sortit une enveloppe épaisse qu'il lui tendit.

— J'ai pensé que tu allais peut-être vouloir en savoir plus. J'ai épluché l'album de photos avant de quitter Chicago.

Zanny ouvrit l'enveloppe et jeta un coup d'œil à l'intérieur. Il y avait deux douzaines de photos, qu'elle regardait avec les yeux d'une mendiante devant un festin somptueux. Les mains tremblantes, elle les sortit de l'enveloppe.

— Ça, c'est ta mère quand elle était petite, expliqua l'oncle de Zanny. Elle avait trois ans sur cette photo. Elle parlait tout le temps à cet âge-là, je me souviens, et ça commençait toujours par *pourquoi* ? Pourquoi le ciel est-il bleu ? Pourquoi les girafes ont-elles un long cou ? Pourquoi les lions ont-ils une crinière ? Pourquoi il n'y a que les mâles qui en ont une ? Elle les appelait les messieurs-lions et les madames-lions. Et celle-ci...

Zanny regarda la photo suivante — une petite fille qui souriait devant l'objectif, avec une dent de devant qui manquait.

— ... celle-ci a été prise le jour de son cinquième anniversaire. Elle a dû recevoir en cadeau une bonne douzaine de poupées Barbie ce jour-là. Elle ne voulait que ça, des poupées Barbie.

Zanny voyait sa mère grandir sous ses yeux à mesure qu'elle passait d'une photo à l'autre. Leurs plats arrivèrent. Zanny avala son repas sans goûter quoi que ce soit. Elle était ailleurs, transportée par les photos et par les histoires que son oncle lui racontait. C'était tout ce qui l'intéressait, tout ce qui comptait.

Et puis soudain, à partir du mariage de ses parents, plus aucune photo.

— Que s'est-il passé ? demanda-t-elle.

Un voile de tristesse obscurcit le regard de son oncle.

— Tu parles de… l'accident ?

Zanny hocha la tête. Jamais personne ne lui avait raconté, en tout cas jamais en détail. Son père sombrait dans un long silence sinistre chaque fois qu'elle posait des questions, si bien qu'elle avait fini par ne plus rien lui demander. La même tristesse voilait à présent le regard de son oncle.

— C'était un accident de voiture, dit-il.

— Quel genre d'accident ?

Zanny pouvait imaginer cent hypothèses différentes, et cent autres raisons pour lesquelles son père ne voulait jamais en discuter.

— Mon père était-il avec elle quand c'est arrivé ? Est-ce que c'est de sa faute ?

Son oncle se radossa contre sa chaise et reprit son verre de vin.

— Qu'est-ce qu'il t'a raconté, ton père ?

— Rien. Il ne m'a jamais rien dit. Je veux savoir. Était-il… d'une manière ou d'une autre, responsable de la mort de ma mère ?

L'oncle de Zanny resta parfaitement immobile un moment. Puis il secoua la tête.

— Je ne le pense pas, Zanny. Autant que je sache, il ne l'était pas.

Le serveur s'approcha avec l'addition. Son oncle sourit, un sourire un peu plus mécanique cette fois, beaucoup moins chaleureux qu'auparavant.

— Bon, il se fait tard, dit-il. Il vaut mieux que je te ramène chez Mme Finster. Réfléchis à ce que je t'ai proposé. On peut s'en reparler demain.

Il resta quelques minutes à la porte d'entrée à bavarder avec Mme Finster, puis s'en alla.

Zanny monta à l'étage. Elle posa le paquet de photos sur la commode, s'assit sur le lit et se pencha pour tirer sa valise. Elle l'ouvrit et fouilla dans une des poches à la recherche de l'enveloppe qu'elle y avait cachée. Elle la tint devant elle un moment, les yeux fixés sur cette écriture qu'elle connaissait si bien. Elle se demandait ce que son père avait bien pu penser au moment d'écrire ces mots, s'il avait prévu qu'elle les lirait si vite.

Elle introduisit son petit doigt sous le rabat de l'enveloppe et l'ouvrit. Il y avait deux feuilles de papier à l'intérieur. Elle les sortit et les déplia. Elle reconnut sur la première l'écriture petite et ronde de son père. Lentement, elle lut la note qu'il avait écrite.

Zanny chérie,

Cela fait cent fois que je recommence et le résultat n'est jamais satisfaisant. C'est si difficile d'écrire une lettre comme ça, en sachant que quand tu la liras, je serai mort. Personne n'aime penser à ces choses-là.

Je ne peux pas tout te raconter. C'est une histoire trop longue, trop compliquée, et je ne suis pas sûr d'y comprendre moi-même quelque chose. Mais je peux te dire que j'ai fait ce que je jugeais important de faire à ce moment-là. Je ne sais pas si j'agirais aujourd'hui de la même façon, mais ça ne sert à rien de vouloir revenir en arrière. Le mieux que je puisse faire, peut-être, c'est de m'excuser auprès de toi.

Je sais que ce que j'ai fait t'a rendu la vie plus dure, et j'en suis désolé. Je n'ai jamais voulu te faire de mal.

J'espère que tu me crois, et quand tu te souviendras de moi, rappelle-toi des bons moments. Sois forte, Petite Ourse. Je t'aime.

Ton père.

Zanny fixait le morceau de papier à travers ses larmes, en souhaitant ne l'avoir jamais trouvé. *J'ai fait ce que je jugeais important de faire à ce moment-là.* Elle ne voulait pas le croire, mais c'était vrai. Il admettait avoir fait ce dont tout le monde l'accusait. Il le regrettait, mais il admettait l'avoir fait. *Je sais que ce que j'ai fait t'a rendu la vie plus difficile…* Il avait volé dix millions de dollars et à cause de ça, sa vie à elle se retrouvait sens dessus dessous. Toutes ces années, il avait raconté des mensonges à sa propre fille. Il lui avait appris à croire des choses qui étaient fausses. Toutes ces années, elle n'avait jamais même su quel était son véritable nom. Elle froissa la feuille de papier et la balança à l'autre bout de la pièce. Qu'il aille au diable.

... rappelle-toi des bons moments. Sois forte, Petite Ourse.

Il avait dû écrire ce mot longtemps auparavant. Zanny ne se rappelait plus quand son père l'avait appelée pour la dernière fois Petite Ourse, mais cela faisait des années. Elle se rappela combien elle aimait ce surnom. Elle se sentait quelqu'un, quand il l'appelait ainsi, et proche de lui.

Elle sauta du lit et alla ramasser la boule de papier froissé. Elle la défroissa avec soin et la posa sur la table de nuit.

Je t'aime. Ton père.

Moi aussi, je t'aime, Papa. Tu me manques. Tu me manques terriblement.

Elle essuya une larme et entreprit de déplier la deuxième feuille de papier qui était dans l'enveloppe. Elle n'y trouva qu'une série de lettres et de chiffres en grosses majuscules :

WS105.5F2P2291909. Des lettres et des chiffres, qui à première vue n'avaient aucun sens. Du charabia. Qui pouvait vouloir dire n'importe quoi. Ou rien du tout.

Non. Pas rien du tout. Personne ne va inscrire sur une feuille de papier un incompréhensible méli-mélo de lettres et de chiffres pour mettre ça ensuite dans une enveloppe cachetée sur laquelle est inscrit *À n'ouvrir qu'après ma mort*. Et surtout pas un homme qui a volé dix millions de dollars. Les lettres et les chiffres avaient forcément un sens. Ils constituaient la clef qu'elle avait cherchée. Si elle parvenait à en déchiffrer le sens, elle pourrait savoir où était caché le magot. Mais comment les décrypter ? Là était le hic.

WS105.5. Qu'est-ce que cela pouvait bien signifier ? Des lettres à la place de chiffres et des chiffres à la place de lettres ? Peut-être. W était la vingt-troisième lettre de l'alphabet, S la dix-neuvième. Le nombre 105 serait-il alors JE.2310JE ? Zanny fixait la feuille de papier, déçue et frustrée. C'était un code, mais lequel ? Et quelle en était la clef ?

Elle examina et réexamina la feuille de papier, sans succès. Après un moment, elle la replia dans l'enveloppe qu'elle rangea dans sa valise. Il devait y avoir un moyen de décoder ce message. Lorsqu'elle ferma les yeux, ce ne furent pas les lettres et les chiffres qui se mirent à danser devant ses yeux, mais le visage de son père, son père qui prononçait trois mots tout simples, des mots qu'elle aurait aimé l'entendre dire plus souvent à haute voix. Elle finit par s'endormir sur un oreiller trempé de larmes.

Elle dormit si mal que lorsque Mme Finster vint la réveiller, elle pensa qu'il était trois heures du matin. Mais son réveille-matin indiquait sept heures et quart. Zanny était tout étourdie. Surprise aussi, parce que d'habitude Mme Finster la laissait dormir tout son saoul. Aujourd'hui, elle s'affairait bruyamment dans la pièce, tirant les rideaux et jetant sur le lit la robe de chambre de Zanny.

— Le lieutenant attend en bas, dit-elle. Il faudrait que tu te dépêches.

Les yeux encore à moitié fermés, Zanny s'assit dans son lit.

— Le lieutenant ?

— Le lieutenant Jenkins. Il veut te parler. Il y a eu un meurtre.

10

Jennifer Masters

Le lieutenant était assis dans le salon de Mme Finster, une tasse de café à la main. L'anse de la tasse était trop petite pour lui, et il ressemblait à un géant qui joue à la dînette. Quand Zanny entra dans la pièce, il reposa sa tasse et se leva.

— Désolé de te tirer du lit, dit-il. J'ai attendu le plus que j'ai pu avant de venir.

Les yeux profondément cernés, il avait l'air de quelqu'un qui vient de passer une nuit blanche.

— Mme Finster vient de me dire que Me Sullivan est mort.

Le lieutenant hocha la tête.

— J'ai bien peur que oui.

— Elle m'a dit que c'était un meurtre. Est-ce que c'est vrai, ça aussi ?

Le lieutenant opina une nouvelle fois.

— Il a été tué cette nuit. Un coup sur la tête, apparemment assené avec un objet lourd. Son bureau a été mis à sac.

— Je ne peux pas dire que je le connaissais, dit Zanny. Je ne l'ai rencontré qu'une fois. Pourquoi venez-vous me parler de ça ?

— À cause de quelque chose que nous avons trouvé dans sa corbeille à papier. Assieds-toi, Zanny.

Elle obtempéra.

— Qu'avez-vous trouvé ?

— Un dossier. La plupart des papiers ont été brûlés — presque tous en fait. La seule chose qu'on a retrouvée ou presque, c'est l'étiquette. C'était le dossier de ton père, Zanny.

Le dossier de son père. Le gros classeur qui renfermait toutes les affaires de son père dont s'occupait Me Sullivan. Le fameux dossier *confidentiel*.

— Nous ne savons pas qui l'a brûlé, si c'est Sullivan ou le meurtrier, et nous ignorons si cela a été fait avant ou après que Sullivan a été tué. Mais c'est le seul dossier qui ait été détruit.

Tandis que Zanny digérait la nouvelle, le lieutenant avala sa dernière goutte de café.

— Tu es allée voir Me Sullivan le lendemain de l'enterrement, n'est-ce pas ?

— Il m'a lu le testament de mon père.

— Quand tu étais avec lui, as-tu vu d'autres papiers qui avaient rapport à ton père ? As-tu pu consulter ce dossier ?

Zanny secoua la tête.

— J'ai aperçu le classeur, mais c'est tout. Il était sur le bureau. J'ai pu lire le nom de mon père écrit dessus, mais je n'ai pas vu ce qu'il y avait dedans. J'ai posé des questions, mais Me Sullivan n'a rien voulu me dire. Il m'a parlé d'une histoire de secret professionnel. Vous pensez que Me Sullivan a été assassiné à cause de ce dossier ?

— Nous ne sommes pas prêts à l'affirmer, répondit le lieutenant, mais l'idée m'a certainement traversé l'esprit. D'abord, il y a ton père qui est assassiné…

— Ne m'aviez-vous pas dit que mon père s'était suicidé ? coupa Zanny.

Le lieutenant hocha la tête.

— C'était notre première idée. Mais avec tout ce que nous avons découvert sur ton père par la suite, nous avons fini par écarter définitivement cette hypothèse. Et voilà que son avocat se fait assassiner, et nous trouvons le dossier de ton père réduit en cendres dans son cabinet. Tu es sûre que tu ne sais rien de ce qu'il y avait dedans, Zanny ?

— J'en suis certaine.

Le lieutenant Jenkins reprit sa tasse, constata qu'elle était vide et la reposa.

— D'accord, dit-il. Mais si jamais tu penses à quoi que ce soit qui pourrait m'aider, je dis bien quoi que ce soit, même si tu n'es pas sûre de ce que ça veut dire, appelle-moi. As-tu encore ma carte ?

Zanny fit oui de la tête.

Aussitôt le lieutenant parti, Zanny monta s'habiller en hâte. Quand elle redescendit l'escalier, Mme Finster préparait le petit déjeuner.

— Où vas-tu, Zanny ? demanda-t-elle. Ton oncle doit arriver bientôt.

— Il ne sera pas là avant une heure, répondit Zanny. Je serai déjà revenue.

Elle enfila son blouson, sortit et se dirigea vers sa maison. Il devait y avoir quelque part un indice qui lui permettrait de décoder le message qu'elle avait trouvé dans l'enveloppe. Ce fatras de chiffres et de lettres avait un rapport avec les dix millions de dollars, et elle avait bien l'intention de faire tout ce qui était en son pouvoir pour le décrypter.

Elle fut arrêtée net par le spectacle d'un homme qui plantait un écriteau *À vendre* au milieu de sa pelouse. Son cœur s'arrêta. À chaque coup de maillet, son estomac se nouait davantage et elle comprit que, d'une façon ou d'une autre, elle allait devoir quitter cette maison. Ce ne serait plus jamais chez elle. Elle passa à côté de l'agent immobilier et grimpa les marches du perron.

— Hé ! s'écria l'homme. Hé, petite ! Où vas-tu comme ça ? Cette maison est vide. Plus personne n'y habite !

Zanny serra le poing sur la clef qu'elle avait dans la poche de son blouson. Les paroles de l'agent immobilier lui résonnaient aux oreilles. « Cette maison est vide. Plus personne n'y habite. » Vide et pourtant encore remplie de tous ses souvenirs. Elle sortit la clef de sa poche et la brandit bien haut pour que l'homme la voie.

— J'habite ici, lança-t-elle. C'est ma maison. C'est la maison de mon père.

L'homme regarda la clef. Il ouvrit la bouche pour dire quelque chose, puis se ravisa. Il fit disparaître le maillet dans le coffre de sa voiture. Zanny introduisit la clef dans la serrure pour découvrir que la porte n'était même pas fermée. Elle se retourna vers l'agent immobilier, mais il avait déjà réintégré sa voiture. Elle leva le bras pour attirer son attention, mais la voiture s'éloignait du trottoir. Zanny lui tourna le dos, ouvrit la porte avec précaution et la referma à clef derrière elle. Elle remit la clef dans sa poche. L'agent immobilier a dû oublier de la refermer, songea-t-elle.

— Bonjour, fit une voix derrière elle.

Elle faillit sauter au plafond et se retourna d'un bond pour se retrouver nez à nez avec l'agent Wiley.

— Que faites-vous ici ? demanda-t-elle.

Wiley fit mine de regarder tout autour de lui.

— Pour une petite maison, elle est immense, si tu vois ce que je veux dire. Je cherche encore. J'ai l'intention de tout passer au peigne fin. Je suis content que tu sois venue, par contre. Cela m'évitera une visite chez la voisine.

— À quel propos ?

— J'ai remarqué que tu avais de nouvelles fréquentations, répondit Wiley.

Remarqué ? Elle réfléchit un moment, puis elle comprit.

—Vous me surveillez ?

Il haussa les épaules comme pour s'excuser.

— Ton père a volé dix millions de dollars. On n'a jamais retrouvé le magot. Je ferais bien mal mon métier si je ne te surveillais pas.

Zanny frissonna. Elle avait été espionnée par un policier fédéral.

— Hier soir, tu as soupé au restaurant en compagnie d'un homme. Qui est-ce, Zanny ? Tu le connais ?

Il l'avait donc suivie.

— Zanny ?

— Bien sûr que je le connais. C'est mon oncle !

Wiley secoua la tête.

— Je ne veux pas savoir qui il *prétend* être. Je veux savoir qui il est *réellement*. Le sais-tu ?

Zanny le regarda, bouche bée. Que voulait-il dire ? De quoi parlait-il ?

— Connais-tu le nom de jeune fille de ta mère ? demanda Wiley.

— Bien sûr que je le connais, répondit-elle.

Mais pas depuis longtemps, songea-t-elle. S'il lui avait posé la question quelques jours avant, avant que son père ne meure, elle n'aurait pas pu lui répondre.

— Elle s'appelait Masters, déclara Wiley.

— Elle s'appelait Lloyd, rétorqua Zanny.

L'agent Wiley sortit un papier de sa poche, le déplia et le lui tendit.

— Elle s'appelait Masters. Jennifer Masters.

Elle jeta un regard sur le morceau de papier. C'était la photocopie d'un certificat de mariage. Deux noms y figuraient: Michael Alexander et Jennifer Masters.

Zanny secoua la tête, songeuse.

— Ça ne colle pas. Elle s'appelait Lloyd, pas Masters. Lloyd, c'est le nom de mon oncle. Everett Lloyd.

— Ta mère s'appelait Masters, répéta Wiley, en repliant le document qu'il remit dans sa poche. J'ignore ce que cet Everett Lloyd t'a raconté…

— Il m'a montré des photos. Des photos de ma mère. Toute une collection.

Wiley ne parut guère impressionné.

— Je peux bien montrer à quelqu'un une photo de toi, mais ça ne veut pas dire pour autant que tu es ma sœur.

Qu'insinuait-il ? Qu'essayait-il de lui faire comprendre ?

— Mais j'ai vu des photos où ils étaient ensemble — ma mère et mon oncle.

Wiley hocha la tête d'un air compatissant.

— Tu n'imagines pas ce qu'ils peuvent faire avec des photos de nos jours. Tu as dû voir ces annonces publicitaires à la télé, ces acteurs qui parlent à des vedettes du cinéma qui sont mortes depuis des années. Aujourd'hui, avec les ordinateurs, ils peuvent faire ce qu'ils veulent.

Il fouilla à nouveau dans ses poches et en sortit un autre papier qu'il déplia et lui tendit.

C'était une photo d'elle-même. Il y en avait deux en fait. Sur l'une, elle n'était qu'un petit enfant, deux ans tout au plus. L'autre semblait très récente. Ce n'était pas tout à fait elle, pourtant, mais la ressemblance avait de quoi donner le frisson.

— Cette photo a été faite par un ordinateur, expliqua Wiley. On entre dans la machine la photo d'un gamin de, disons, deux ans, et l'ordinateur recrache l'image de ce que cet enfant sera à quinze ou seize ans. C'est comme ça que j'ai découvert que ton père vivait ici, Zanny. C'est un de nos gars du Service de renseignements qui a vu ta photo dans le journal et qui l'a comparée avec celle de l'ordinateur. Si moi je suis capable de faire ça, pourquoi d'autres ne le feraient-ils pas ?

— Mais j'ai vu des photos de ma mère.

— Tu as vu des photos, c'est vrai. Mais comment peux-tu savoir que ce sont des photos de ta mère ? Tu n'as jamais vu de photo de ta mère avant, n'est-ce pas ? Tu n'as aucune idée de ce à quoi elle ressemblait.

— Je suis son portrait tout craché.

Les photos qu'elle avait vues ne pouvaient être qu'authentiques. Elle refusait de croire le contraire.

— Il y a des moments où on ne voit que ce qu'on veut voir, répondit doucement Wiley. Le chagrin peut nous aveugler. Fais-moi confiance, Zanny. Les photos que tu as vues ne sont pas des photos de ta mère. Je pourrais te montrer le dossier. Je vais demander à Washington de me l'envoyer. Tu pourras lire de tes propres yeux que ta mère était une serveuse originaire de Dearborn qui s'appelait Jennifer Masters.

— Vous voulez dire danseuse, reprit Zanny. Ma mère était danseuse.

— C'était une serveuse de restaurant qui rêvait de devenir mannequin. Mais entre-temps, elle a épousé ton père.

— Mais mon oncle m'a dit…

— Jennifer Masters était enfant unique. Ta mère n'avait ni frère ni sœur.

Zanny le regarda, sceptique.

— Mais si c'est vrai, alors… Si elle n'avait pas de frère…

— Alors ce dénommé Everett Lloyd n'est pas ton oncle. Écoute-moi, Zanny. Ta mère n'avait pas de frère. Et même si elle en avait eu un, il ne s'appellerait pas Everett Lloyd.

— Mais s'il n'est pas mon oncle, dit-elle lentement, qui peut-il bien être ?

— J'ai dans l'idée qu'il travaille pour Luigi Pesci.

— Luigi Pesci ?

Elle avait déjà entendu ce nom-là.

— Le parrain du clan mafieux à qui ton père a volé l'argent. Ils ont dû finir par retrouver ta piste.

— Mais ça n'a aucun sens. Pourquoi mon père aurait-il désigné un criminel pour être mon tuteur ?

— Qui prétend qu'il l'a fait ? Ton père a désigné quelqu'un du nom d'Everett Lloyd. Rien ne prouve que ce type soit vraiment Everett Lloyd.

— La police et la Protection de la jeunesse ont fait des vérifications et…

Wiley secoua la tête.

— La police et la Protection de la jeunesse ont travaillé à partir des renseignements qu'il leur a fournis. Ils n'ont aucune raison de penser qu'il n'est pas qui il prétend être. Mais comment est-il arrivé ici ? Qui l'a contacté ?

Zanny frissonna. Elle se souvenait de ce que lui avait raconté le lieutenant Jenkins. Une coïncidence, avait-il dit. La police n'avait pas contacté Everett Lloyd. C'est Everett Lloyd qui avait contacté la police. Everett Lloyd recherchait Zanny bien avant que son père ne meure. Ce qui signifiait que Wiley avait probablement raison. Le clan Pesci avait essayé de retrouver son père.

— Mais c'est une vieille histoire, répondit-elle. Vous pensez que tout ce temps-là, ils étaient à sa recherche ? Pendant quinze ans ?

— Quand l'enjeu s'élève à dix millions de dollars, les gens n'ont pas la mémoire courte. Je parie qu'il n'y a pas un fier-à-bras du clan Pesci…

— Fier-à-bras ?

— Un homme de main. Les types qui font les sales besognes. Je parie qu'il n'y en a pas un à qui on n'a pas montré une photo de ton père. Ils n'ont jamais cessé de le chercher.

Zanny sentit son estomac se nouer. Elle avait l'impression qu'elle allait être malade. Cette histoire sortait tout droit d'un film. Comment avait-elle pu s'y retrouver mêlée ? Comment croire que pendant tout ce temps, son père avait fait l'objet d'une telle chasse à l'homme ?

— Ce prétendu oncle est à la recherche de la même chose que moi. Il veut l'argent, et il fera n'importe quoi pour l'avoir. N'importe quoi.

Zanny plongea son regard dans les yeux gris de Wiley.

— Pensez-vous qu'il… que c'est lui qui a…

Les mots lui restèrent dans la gorge.

— Est-ce que je pense qu'il a tué ton père ? C'est ça ? À mon avis, il y a de bonnes chances que oui.

— Alors il faut prévenir la police.

Wiley ne répondit pas tout de suite. Il examina Zanny de la tête aux pieds.

— Tu aimerais bien que tout ça soit fini, n'est-ce pas ? Tu voudrais être sortie de ce pétrin, pas vrai ?

Zanny fit oui de la tête. Elle aurait donné n'importe quoi pour oublier tout ce cauchemar.

— Le meilleur moyen de le faire, poursuivit Wiley, c'est de m'aider. J'ignore ce que sait ce soi-disant oncle. Il n'a pas encore trouvé l'argent, j'en suis sûr. Il ne traînerait pas ici si c'était le cas. Mais il a peut-être une idée de l'endroit où il est caché, ou du moyen de localiser cet endroit. Tu peux essayer de trouver cette cachette. Tu peux m'aider à régler cette affaire une fois pour toutes.

Son père n'était pas l'homme qu'elle pensait qu'il était. Et voilà maintenant que son oncle n'était pas son oncle.

— Mais la police…

— Des affaires comme celle-là, ça dépasse les compétences des flics d'un petit patelin, Zanny. Ce n'est pas leur boulot. Mais c'est le mien. Si tu m'aides à trouver l'argent, j'aiderai la police à trouver qui a tué ton père. Je m'arrangerai même pour que toute cette histoire ne soit jamais rendue publique, si tu veux. Personne n'a besoin de savoir qui était réellement Mitch Dugan.

Zanny se rappela soudain quelque chose.

— Je l'ai vu dans le journal.

— Tu as vu quoi ?

— Un reportage sur le vol, juste après qu'il a eu lieu. J'ai vu un article là-dessus dans le journal. À la bibliothèque. Ils n'en ont jamais reparlé ensuite.

Wiley fronça les sourcils.

— Que veux-tu dire ?

— Quand on lit un article sur quelqu'un qui a volé dix millions de dollars, on s'attend normalement à ce que les journaux en reparlent dans les jours suivants. Mais là, rien du tout. Motus et bouche cousue. Comme si la chose ne s'était jamais produite.

Wiley haussa les épaules.

— Il y a des fois où les journalistes peuvent tout flanquer par terre. Dans certaines affaires, il vaut mieux ne rien dévoiler pour éviter ce genre de gâchis. Alors, Zanny, que dis-tu de ma proposition ? Vas-tu m'aider ?

— Mais je ne sais rien.

— Tu as vécu avec ton père toute ta vie. Tu dois bien avoir vu quelque chose. Il a bien dû dire quelque chose.

Zanny pensa à la note qu'avait laissée son père et se rendit compte qu'en fait, il ne lui avait jamais rien dit. Même quand il avait écrit son dernier message, pour essayer de faire la paix avec elle, il ne lui avait absolument rien révélé. Elle ne l'avait jamais vraiment connu, et il ne lui avait jamais vraiment fait confiance.

— Rien, dit-elle.

— Alors, ouvre les yeux, répondit Wiley. Quand on ouvre les yeux, on découvre des choses.

11

UN CODE INDÉCHIFFRABLE

Everett Lloyd attendait dans le salon de Mme Finster. Zanny le regardait, cherchant à évaluer qui était cet homme débonnaire aux cheveux roux, aux yeux bleu pâle, au sourire aimable. Elle avait fait confiance à ce regard bleu et cru, à chaque mot qui sortait de cette bouche souriante. Elle avait avalé toutes ses histoires, dévoré toutes ses photos. Et il était encore là, tout sourire, prêt à lui concocter un nouveau mensonge. Eh bien ! tu ne m'y reprendras plus, « oncle » Everett, se dit-elle, parce que la petite fille que tu as devant toi ne croira plus jamais une seule de tes paroles.

— Zanny, lança Mme Finster d'un ton réprobateur, tu as fait attendre ton oncle.

Elle posa une assiette de biscuits devant lui et lui offrit encore du café. Chère Mme Finster. Peu importe le visiteur et à quelle heure il sonnait à sa porte, elle avait toujours du café et des biscuits maison à lui offrir.

— Ce n'est pas grave, madame Finster, intervint Everett Lloyd.

Il était toujours si poli, si compréhensif.

— Vous êtes venu pour savoir ce que j'avais décidé, n'est-ce pas ? demanda Zanny.

Elle essayait de garder son calme pour qu'il ne se doute de rien, pour qu'il ne sache pas ce qu'elle avait découvert sur son compte.

— Eh bien ! j'ai décidé de rester ici. Madame Finster, vous avez dit que vous étiez d'accord pour me garder, non ?

Zanny jeta un regard implorant à sa voisine, priant pour qu'elle ne change pas d'avis.

— Bien sûr, répondit Mme Finster. Je serai ravie de t'avoir ici, si c'est vraiment ton désir.

Elle lança un regard hésitant à Everett Lloyd. Mme Finster a de l'affection pour cet homme, comprit soudain Zanny. Elle préférerait que je parte avec lui.

— J'aimerais rester ici. Je suis à peu près sûre de trouver un emploi d'été, reprit Zanny en jetant un regard triomphant à son « oncle ». Vous pouvez partir, vous voyez, tout est réglé. Vous n'avez pas à vous inquiéter pour moi. Vous pouvez rentrer à Chicago.

Everett Lloyd sourit d'un air un peu narquois par-dessus sa tasse de café.

— C'est exactement ce que je m'apprêtais à faire. Va préparer ta valise, Zanny. Nous avons deux places sur le vol de cet après-midi. J'ai pensé que c'était le moment idéal pour rencontrer ta nouvelle famille.

— Oh ! c'est merveilleux ! s'écria Mme Finster.

— Je ne pars pas, répliqua Zanny.

— Zanny ! s'exclama Mme Finster, scandalisée. En voilà une façon de parler à ton oncle !

— Je ne peux pas partir comme ça. J'ai des choses à faire. J'ai des amis… des examens à passer.

La croyait-il assez stupide pour prendre l'avion avec lui en laissant ici toutes les personnes susceptibles de l'aider ?

Le sourire bienveillant d'Everett Lloyd s'évanouit.

— J'ai eu un long entretien avec le lieutenant Jenkins ce matin. Nous sommes tous les deux d'avis qu'il vaut mieux que tu prennes le large pour quelque temps.

—Vous ne pensez pas qu'elle court un danger, quand même ? s'exclama Mme Finster d'une voix angoissée.

— J'ai bien peur que oui, répondit Everett Lloyd. Après tout ce qui s'est passé, Zanny, il vaut mieux ne prendre aucun risque. Fais ta valise, nous passerons quelques jours à Chicago et quand tout ça sera réglé, tu pourras revenir ici.

— Je vais vous préparer des sandwiches pour le voyage, proposa Mme Finster.

— Ne vous donnez pas toute cette peine, madame Finster, on nous servira quelque chose dans l'avion.

Mme Finster plissa le nez d'un air dégoûté.

— Les repas en avion ! Mais c'est immangeable ! Je suis allée en Floride l'an passé voir mon fils, celui qui est dentiste. Je n'ai rien pu manger de ce qu'ils ont servi. Je ne donnerais même pas ça à un chien ! Je vais vous préparer des sandwiches au poulet. Ça va me prendre une minute.

Everett Lloyd poussa un soupir.

— C'est très gentil à vous, dit-il. Allez, Zanny, va faire tes bagages. Il ne faut pas rater notre vol.

Sans dire un mot, Zanny grimpa l'escalier et tira sa valise de dessous son lit. Mais pas pour la remplir. Pour y prendre quelque chose : le mystérieux message chiffré que son père avait laissé, et qu'elle fourra dans la poche de son jeans. Elle alla ensuite dans la chambre de Mme Finster faire un bref coup de téléphone. Puis, elle descendit à pas de loup l'escalier arrière qui menait à la cuisine. Postée entre le bas de l'escalier et la porte de la cour, elle pouvait voir Mme Finster occupée à beurrer des tranches de pain pour ses sandwiches. Zanny retint son souffle. Elle pensa à tout expliquer à Mme Finster, lui dire que son oncle n'était pas son oncle, mais elle imaginait difficilement la vieille dame avaler cette histoire sans broncher. Elle allait lui poser un millier de questions, auxquelles elle n'aurait jamais le temps de répondre.

Elle entendit la voix d'Everett Lloyd qui appelait Mme Finster depuis le salon. Mme Finster l'entendit elle aussi, mais pas assez clairement.

— Quoi ? Que disiez-vous, monsieur Lloyd ? demanda-t-elle en se dirigeant vers le salon.

Elle n'avait pas tourné les talons que Zanny était déjà dehors.

Posté à la fenêtre du deuxième étage de la maison voisine, l'agent Wiley vit Zanny quitter la maison de Mme Finster, couper à travers la cour et partir en courant. Il la suivit un moment des yeux, puis abandonna son poste d'observation, monta dans sa voiture et prit Zanny en filature à bonne distance.

Zanny tambourinait des doigts sur la table en jetant des regards à la pendule. Où était Nick ? « Cinq minutes », avait-il dit quand elle l'avait appelé. Mais il y avait déjà plus de dix minutes. Elle aurait peut-être mieux fait de lui donner rendez-vous dans un endroit plus éloigné de chez Mme Finster. Everett Lloyd devait probablement être déjà parti à sa recherche. Et si jamais il la trouvait ici ? Si, après l'avoir suivie, il entrait dans le restaurant pour la ramener ? Elle se mettrait à hurler, décida-t-elle. Il y avait d'autres clients — deux dames d'âge moyen en train de boire du café, un homme aux cheveux argentés qui dévorait du poulet frit, et un étudiant qui travaillait, une pile de livres de bibliothèque devant lui. Si jamais Everett Lloyd entrait et essayait de la faire sortir de force du restaurant, elle se mettrait à crier le plus fort possible.

Bong!

Zanny sursauta. Son cœur se mit à cogner précipitamment. Qu'est-ce qui…

L'étudiant installé à la table voisine lui lança un sourire penaud et se pencha pour attraper le livre tombé par terre. Zanny le regarda replacer l'ouvrage en haut de la pile, puis redisposer soigneusement le dos des livres pour que les étiquettes avec les titres et les cotes soient bien alignées. Zanny sentit son pouls reprendre un rythme normal.

Une main se posa sur son épaule.

Elle ouvrit la bouche, mais le cri resta en travers de sa gorge. Et elle se rendit compte qu'elle n'avait pas à crier. Ce n'était pas Everett Lloyd. C'était Nick. Il se pencha et l'embrassa sur la joue, puis sur les lèvres. Le souffle coupé par son baiser, elle le regarda s'asseoir sur la banquette opposée.

— Qu'est-ce qu'il y a ? demanda-t-il. Tu avais l'air paniquée au téléphone. Il s'est passé quelque chose ?

Zanny lui parla en tremblant de sa rencontre avec Wiley, et de son « oncle » qui voulait l'emmener avec lui à Chicago. Nick secoua la tête, sceptique lui aussi.

— Tu dois avoir la frousse, lui dit-il en lui prenant les mains qu'il garda dans les siennes. Si tu veux que je fasse quoi que ce soit, tu n'as qu'à le demander.

Elle hocha la tête, remplie de gratitude.

— En fait, je ne suis pas vraiment sûre de ce que je veux. Excepté rester loin d'Everett Lloyd ou de celui qui se cache derrière ce nom. Et trouver où est l'argent.

— Tu peux t'installer chez moi, proposa Nick.

— Ton père sera d'accord ?

— Il n'est pas là. Il voyage beaucoup. Il ne rentrera que dans deux jours. Si tu cherches un endroit…

Zanny eut un pauvre sourire.

— Si seulement tu pouvais dénicher les dix millions aussi facilement que tu me trouves un endroit où me cacher…

— Tu veux que je te dise, à propos des dix millions ? Tu es sûrement bien plus près du but que tu ne le penses.

— Que veux-tu dire ?

— Réfléchis. Les agents fédéraux te considèrent comme leur meilleure chance de trouver le magot. Et ton oncle doit penser que tu l'as déjà ou que tu es sur le point de mettre la main dessus. Sinon, pourquoi voudrait-il t'emmener à Chicago ? Tu en sais plus que tu penses, Zanny.

— Tu te trompes.

Wiley avait dit la même chose.

— Je ne sais rien du tout, reprit-elle. J'aimerais tant en savoir plus.

En s'adossant contre la banquette, elle froissa l'enveloppe cachée dans sa poche. Elle la sortit et la déplia.

— Qu'est-ce que c'est ? demanda Nick.

— Une lettre, de mon père.

Zanny se souvint de sa réaction quand elle avait trouvé l'enveloppe cachée dans le livre. Elle la tendit à Nick.

— « À n'ouvrir qu'après ma mort ». Est-ce que c'est l'avocat qui te l'a remise ?

Zanny secoua la tête.

— Je l'ai trouvée hier dans la chambre de mon père.

Nick sourcilla.

— Et qu'y a-t-il dedans ?

— Un petit mot où il m'écrit qu'il m'aime. Le reste, je ne sais pas ce que ça veut dire.

— Comment ça, tu ne sais pas ?

— Lis-le.

Elle l'observa tandis qu'il sortait les deux feuilles de papier de l'enveloppe. Il commença par lire la lettre de son père.

Nick leva un sourcil, étonné.

— Petite Ourse ?

Zanny se mit à rougir.

— C'était mon surnom quand j'étais petite. J'ai… j'ai une tache de naissance…

Elle était rouge comme une tomate à présent. Nick sourit, puis déplia la seconde feuille de papier. Il examina la série de lettres et de chiffres en fronçant les sourcils.

— On ne peut pas dire que ça nous soit d'un grand secours, n'est-ce pas ? fit Zanny quand il releva les yeux. Mais c'est tout ce qu'il m'a laissé. On n'a que ça.

— Ça ressemble à un code, dit Nick.

— Un code *indéchiffrable,* reprit Zanny.

— Tu n'as aucune idée de ce qu'il veut dire ?

— Pas la moindre.

— C'est forcément l'indice que nous avons cherché. Réfléchis, Zanny.

— Je ne fais que ça. Depuis que je l'ai trouvé, je me creuse les méninges. Mais je n'arrive à rien.

— Tu dois pourtant le savoir. Tu connaissais ton père mieux que personne d'autre.

— Ce qui ne veut pas dire grand-chose. À ce que je peux voir, je ne connaissais rien de lui.

Nick lui serra gentiment la main.

— Hé ! Tu ne vas pas te mettre à pleurer ? Si nous voulons résoudre cette énigme, il va nous falloir de la concentration.

Zanny secoua la tête. Elle avait effectivement envie de pleurer, mais elle savait bien que ça n'arrangerait rien ; ça ne pouvait que faire couler son mascara.

— Tu sais, reprit Nick, quand les gens veulent cacher quelque chose, ils choisissent en général un endroit auquel ils peuvent toujours avoir accès. Ce qui veut dire deux choses : soit ils trouvent une cachette dans la maison ou la propriété qui leur appartient, soit ils choisissent un endroit où ils peuvent aller n'importe quand.

— Mais nous n'avons rien trouvé chez moi.

Nick relut la lettre.

— Il faut en déduire qu'il a trouvé une cachette ailleurs, répondit Nick en se radossant sur la banquette. Réfléchis, Zanny. Connais-tu un endroit où ton père aimait aller ? Qu'est-ce qu'il faisait quand il n'était pas à la maison ?

La réponse était toute trouvée.

— Quand il n'était pas à la maison, il était au travail.

Il y passait tant de temps qu'elle se demandait parfois s'il avait *vraiment* envie de rentrer à la maison.

— Il n'avait pas de passe-temps ? demanda Nick. Des bons copains avec qui il sortait ?

— Des copains ? Mon père ?

Deux jours avant, elle aurait immédiatement et sans hésiter répondu par la négative. « Mon père n'avait pas d'amis, mon père était un ermite », aurait-elle dit. Mais depuis l'enterrement, elle s'était rendu compte que l'image qu'elle avait de lui ne correspondait pas forcément à celle qu'en avaient les autres. Elle pensa à toutes ces lettres de remerciements qu'avaient envoyées les parents des enfants dont son père avait égayé les derniers moments. Elle pensa à cet homme qu'elle avait rencontré chez Mme Finster et qui s'était présenté comme le meilleur ami de son père.

— On pourrait aller voir Edward Hunter, proposa-t-elle.

— Qui est-ce ?

— Il travaillait à l'hôpital avec mon père. Il m'a dit qu'il le connaissait bien. Il m'a raconté à l'enterrement qu'il était son meilleur ami. Peut-être qu'il pourra nous dire quelque chose qui nous aidera à trouver ce que nous cherchons.

— Bonne idée, répondit Nick. Viens, j'ai mon auto. Allons le voir.

La bibliothécaire de l'hôpital avait raconté à Zanny qu'Edward Hunter avait acheté une vieille maison sur River Street pour la transformer en hospice pour enfants. Ils n'eurent aucune difficulté à trouver l'endroit. Mais ça ne ressemblait en rien à ce qu'avait pu imaginer Zanny. La grande bâtisse victorienne de trois étages était hérissée d'échafaudages et les planchers du hall d'entrée étaient recouverts de bâches.

— Tu es sûre que c'est bien là ? demanda Nick.

— Je crois que oui.

Zanny promenait un regard hésitant sur les murs du grand hall. L'endroit était désert.

— La porte d'entrée était ouverte. Il doit bien y avoir quelqu'un.

— Est-ce que je peux vous aider ? fit une voix derrière eux.

Zanny sursauta violemment. Elle s'accrocha à la manche de Nick, le cœur battant à se rompre, et se retourna. Un homme grand et maigre, chaussé de souliers de tennis, leur faisait face. Elle reconnut Edward Hunter, qui la fixa un moment et lui sourit.

— Zanny, n'est-ce pas ? La fille de Mitch ?

Zanny hocha la tête.

— Oui, et voici mon ami Nick Mulaney.

Edward Hunter adressa à ce dernier un sourire poli.

— Qu'est-ce que je peux faire pour vous ?

— Eh bien…

Zanny se tourna vers Nick, qui lui fit de la tête un signe d'encouragement.

— Je voulais vous demander… j'aimerais vous parler une minute, à propos de mon père.

Le sourire qui éclairait le visage d'Edward Hunter s'évanouit aussitôt. Ses yeux s'embuèrent de larmes. Il va se mettre à pleurer, songea Zanny avec effroi. Il cligna les paupières, renifla et se força à sourire.

— Bien sûr, répondit-il. Venez dans mon bureau.

Il les guida dans le chantier en contournant les escabeaux.

— Excusez-moi pour le désordre. Je sais bien que c'est difficile à croire, mais nous devons ouvrir nos portes dans deux semaines. Quand tout sera terminé, cet endroit sera l'hospice pour enfants malades le mieux équipé de tout l'État. Et tout ça, en grande partie grâce à ton père, Zanny. Je ne sais pas comment il a fait, mais il s'est débrouillé pour nous procurer tout ce dont nous avions besoin. Il repérait les gens à qui s'adresser, il allait les voir et les bassinait avec le projet jusqu'à ce qu'ils finissent par donner quelque chose.

Edward Hunter sourit. Il ouvrit une porte et les fit entrer dans un bureau exigu.

— Ton père était si dévoué. Il a tant fait pour financer ce projet, je n'ai jamais vu quelqu'un d'aussi persévérant. Mais je ne t'apprends rien, n'est-ce pas ?

Zanny tombait des nues. Jamais son père ne lui avait dit le moindre mot sur cet endroit.

— Il a demandé aux ouvriers de travailler six jours par semaine pour qu'on puisse ouvrir le plus tôt possible. Mais même lui n'a pu leur faire accepter de travailler le dimanche. J'imagine que tout le monde a besoin d'au moins une journée de repos par semaine.

Il contourna un petit bureau encombré de piles de livres — des livres de bibliothèque, à en juger par les cotes inscrites sur le dos — et de papiers. Il repoussa une pile de livres vers le coin du bureau.

— Je dois m'instruire, expliqua-t-il. Il y a tant de choses à savoir quand on veut administrer un endroit comme celui-ci. J'ai de la chance d'avoir travaillé à la bibliothèque de l'hôpital. J'ai pu emprunter tous les livres que je voulais.

Il sourit et les invita à s'asseoir.

— Eh bien, commença-t-il en s'installant dans son fauteuil. Qu'est-ce que vous aimeriez savoir ?

Que voulait-elle savoir ? Elle ne savait pas par où commencer.

— Monsieur Hunter, vous… vous connaissiez très bien mon père, n'est-ce pas ?

— Appelle-moi Ed. Oui, je crois que je le connaissais bien. Je l'ai rencontré à une réunion.

— Une réunion ?

— Une soirée des AA.

Zanny secoua la tête. Elle devait avoir mal entendu.

— Les AA ? dit Nick, d'une voix douce, en prenant la main de Zanny. Vous voulez dire les Alcooliques Anonymes ?

Edward Hunter acquiesça d'un signe de tête. Il semblait mal à l'aise.

— Je suis désolé. Je pensais que vous le saviez. Je pensais réellement…

— Ce n'est pas grave, dit Nick en serrant plus fort la main de Zanny. Ça va, Zanny ?

Zanny était trop abasourdie pour répondre. Les Alcooliques Anonymes. Son père fréquentait les Alcooliques Anonymes et elle n'en avait rien su. Tout ce qu'elle savait, c'est qu'il ne buvait pas. « Je ne touche pas à ça », avait-il coutume de dire. Elle se demanda comment c'était arrivé ; pourquoi il s'était mis à boire, et ce qui l'avait poussé à arrêter.

— Je me souviens de cette rencontre comme si c'était hier, reprit Edward Hunter. Parce que j'avais recommencé à boire et j'essayais de me trouver des excuses. La demande de subvention sur laquelle je comptais pour ouvrir cet hospice était tombée à l'eau. Le projet semblait voué à l'échec. Je savais bien que l'alcool ne résoudrait rien, et c'est pourquoi je me suis rendu à cette réunion. J'essayais de remonter la pente. Mais c'était dur, parce que malgré tout ce que je pouvais me dire, je savais que je n'atteindrais jamais l'objectif pour lequel j'avais travaillé si fort et si longtemps. J'essayais simplement de m'habituer à cette idée.

Quoi qu'il en soit, j'ai discuté avec ton père ce soir-là. Je l'avais déjà vu à l'hôpital, mais nous ne nous étions jamais vraiment parlé. Il m'a posé une foule de questions. Comme si pour lui, l'hospice allait quand même devenir réalité : qu'avez-vous prévu pour telle ou telle chose, comment allez-vous gérer ceci ou cela, avez-vous pensé à ça ? On ne m'avait jamais posé autant de questions, même sur tous ces formulaires de demandes de subvention. Mon projet le passionnait. À la fin de la soirée, il m'a dit : « Il faut continuer à y croire. Quand on y croit, tout peut arriver. » Ce soir-là, j'en ai ri. Je me disais, bien sûr, tout peut arriver, il suffit peut-être d'un entrechat…

Zanny lui jeta un regard dénué d'expression. Edward Hunter rougit légèrement.

— Tu sais, comme Dorothy dans *Le Magicien d'Oz*. En tout cas, trois semaines plus tard, je plantais devant la maison une pancarte annonçant l'ouverture de l'hospice. Nous avions reçu un don anonyme, un montant énorme, d'un riche philanthrope. Deux jours après, ton père se pointait ici pour offrir son aide.

Edward Hunter s'appuya sur le dossier de son fauteuil, les yeux à nouveau humides.

— Ton père a été comme un frère pour moi, pendant toute cette année, Zanny. Nous avons travaillé côte à côte sur ce projet chaque jour. Je l'avais vu faire des merveilles avec les enfants à l'hôpital. Nous parlions énormément. Il y a eu des moments, surtout quand un des enfants mourait…

Ses yeux s'embuèrent à nouveau.

— Il y a eu des fois où nous passions la nuit à parler, reprit-il. On passe des moments comme ça avec quelqu'un, à se confier, et on croit bien sûr connaître cette personne. Mais maintenant…

Il secoua la tête.

— … Maintenant, quand je repense à tout ça, je me rends compte que c'était surtout moi qui parlais. Et quand lui ouvrait la bouche, c'était pour parler des enfants ou poser des questions. Il me faisait parler. Ce n'est qu'après sa mort que je me suis rendu compte que je ne savais pas grand-chose de lui. En fait, il n'y a pas longtemps que je sais pour ton frère…

Frère ? Le mot eut sur Zanny l'effet d'un coup de poignard. Elle avait un frère ? Et personne ne le lui avait dit ?

— Ça explique bien des choses, poursuivit Edward Hunter. Ça explique pourquoi il avait ce projet à cœur, pourquoi il s'occupait autant des enfants à l'hôpital.

Son regard s'assombrit.

— Je suis désolé. Je parle, je parle, et je n'ai pas encore répondu à une seule question. Qu'est-ce que tu voudrais savoir ?

Tout, brûlait de répondre Zanny. Parce que même si elle avait passé toute sa vie avec son père et qu'Edward Hunter ne l'avait connu que pendant une année, il avait une solide longueur d'avance sur elle. Il savait des choses sur son père qu'elle-même n'aurait jamais devinées. Il savait des choses que son père ne lui avait jamais dites.

—Vous étiez son ami, dit Zanny. Je me demandais… s'il ne vous aurait pas laissé quelque chose ?

Edward Hunter fronça les sourcils.

— Laissé quelque chose ? Que veux-tu dire ?

— Je ne sais pas trop. J'ai pensé qu'il vous avait peut-être confié quelque chose, pour le mettre en sûreté.

Edward Hunter secoua la tête.

— Si tu parles de quelque chose qui pourrait expliquer pourquoi… pourquoi il est mort, je peux te dire que non. Il n'a rien laissé. Je n'arrive pas à comprendre pourquoi il… pourquoi c'est arrivé. Je suis navré.

Zanny poussa un soupir. Ils avaient compté sur la chance en venant voir cet homme, et c'était un coup d'épée dans l'eau. Elle s'apprêta à se lever.

—Vous êtes sûr ? insista Nick. Il ne vous a jamais demandé de garder quelque chose pour lui ?

Mais Zanny n'écoutait plus. Elle regardait fixement le dos des livres de bibliothèque empilés sur le bureau d'Edward Hunter, et les cotes qui y étaient inscrites.

QV
140.3
S562D
1978
WQ
240
DC2
F293
1993
QZ
210.5
F855F
1989

— Une enveloppe, peut-être ? continuait Nick. Ou un paquet ?

Edward Hunter secoua la tête.

— Je suis désolé. Il ne m'a rien laissé.

Une suite incohérente de chiffres et de lettres. Un puzzle qui soudain s'ordonnait dans la tête de Zanny.

— Vous en êtes vraiment sûr ? répétait Nick avec insistance.

— Absolument.

— Eh bien ! merci beaucoup, monsieur Hunter, interrompit Zanny. Excusez-nous, mais nous devons partir.

Nick la regarda, surpris.

— Mais…

— On s'en va, Nick.

Elle lui attrapa la main et l'entraîna vers la porte.

— Qu'est-ce que… ? commença Nick une fois qu'ils furent sortis de la maison.

— Il faut que tu m'emmènes à l'hôpital.

Son visage s'assombrit.

— Pourquoi ? Tu es malade ? Qu'est-ce qui se passe ?

— Je crois que j'ai trouvé ce qu'ils veulent dire.

— Quoi ?

— Les chiffres et les lettres. Je crois que j'ai résolu l'énigme. Mais il faut que nous allions à l'hôpital.

12

LA BIBLIOTHÈQUE DE L'HÔPITAL

Zanny traversa le grand hall d'entrée de l'hôpital, Nick sur ses talons. Elle s'arrêta une seconde, le temps de s'orienter.

— C'est par là, dit-elle.

Elle s'engouffra dans un couloir, ouvrit une porte et se mit à grimper les escaliers obscurs qui menaient à la bibliothèque.

— Tu es sûre que c'est bien par là ? demanda Nick. L'endroit semble désert.

— C'est dimanche, répondit Zanny. Même dans un hôpital, c'est plus calme le dimanche.

Elle grimpait les marches quatre à quatre. Elle avait trouvé. Elle avait déchiffré le code. Elle avait résolu l'énigme que son père avait laissée, et elle brûlait de savoir où cela la mènerait. Au pas de course, elle emprunta le couloir qui débouchait sur la bibliothèque, Nick toujours sur ses talons. Elle pensa soudain à l'argent — aux dix millions de dollars — et se demanda pourquoi son père, après tout le mal qu'il s'était donné pour les voler, ne les avait pas dépensés. C'était absurde. Elle et son père avaient toujours habité des logements modestes, ne s'étaient jamais offert de vacances coûteuses. Ils avaient toujours vécu avec le maigre salaire de ses multiples emplois sous-payés. Et elle était à deux doigts de découvrir où son père avait caché une fortune.

Elle s'arrêta devant la porte et jeta un coup d'œil à travers la vitre. L'endroit semblait désert.

— C'est là ? demanda Nick. C'est là où tu veux aller ?

Elle fit oui de la tête.

— Ça a l'air plutôt tranquille. Es-tu sûre que c'est ouvert ?

Elle essaya d'ouvrir la porte. Verrouillée. Elle se tourna vers Nick, désespérée.

— Il faut absolument entrer. Ce que nous cherchons est là, j'en suis certaine.

Nick appuya son visage contre la vitre et inspecta les lieux.

— C'est important, n'est-ce pas ?

Zanny hocha la tête.

— Très important ?

— Ça l'est pour moi.

Nick ôta son blouson de cuir et l'enroula autour de son poing.

— À ne pas faire chez papa-maman, les amis ! lança-t-il en assénant de toutes ses forces un coup de poing dans la vitre.

Abasourdie, Zanny contemplait les dégâts.

— Tu disais que c'était important, non ?

— Je vais payer la réparation, répondit-elle.

— Si tu trouves ce que tu cherches, tu pourras même leur payer une bibliothèque toute neuve !

Il passa son bras à travers la vitre brisée, déverrouilla la porte et l'ouvrit.

Zanny pénétra dans la bibliothèque et jeta un regard à la ronde. Elle fouilla dans sa poche et sortit la feuille de papier où figurait la série de chiffres et de lettres. Nick y jeta un coup d'œil, puis se mit à arpenter un des rayons de livres.

— Bon sang, dit-il, par où commencer ?

Zanny regarda à nouveau la feuille de papier. WS105.5F2P2291909.

Elle repensa aux livres empilés sur le bureau d'Edward Hunter. Les quatre derniers chiffres correspondaient aux années, sans aucun doute. Elle leva les yeux sur les galeries qui couraient autour de la bibliothèque, s'arrêtant à l'endroit où son père aimait venir lire pendant ses pauses. Elle se souvint de ce que lui avait dit la bibliothécaire : « C'est le rayon des vieux livres. Nos archives, en quelque sorte. »

— Par là.

Elle grimpa l'escalier qui menait à la galerie. Nick la suivit.

Elle se mit à inspecter les cotes inscrites au dos des livres. QS, QV, QW, QZ, WG, WM, WQ, WS.

— Voilà, s'exclama-t-elle.

WS 12… WS 52… WS 100… WS 102…

Elle brûlait.

WS 105…

Elle y était presque.

WS 105.5.

WS 105.5F2 P229 1909.

Elle l'avait trouvé. Elle avait fini par trouver.

Elle tira du rayon un épais volume relié.

— Qu'est-ce que c'est ? demanda Nick.

Zanny inspecta la couverture.

— Ça m'a tout l'air d'un vieux manuel de pédiatrie. Publié en… elle feuilleta les premières pages. Publié en… 1909.

— Et c'est *ça* que nous avons tant cherché ? Un manuel de pédiatrie paru il y a quatre-vingt-dix ans ?

Zanny feuilleta le livre page après page. Rien. Elle le saisit par le dos et le secoua. Rien ne tomba.

Quelle déception ! Elle qui était si sûre d'avoir trouvé. Cela ne pouvait être que ça. Les chiffres et les lettres correspondaient à la cote inscrite sur le dos de l'ouvrage. Quel autre sens pouvaient-ils bien avoir ? Il fallait qu'il y ait dans ce livre un indice, quelque chose qui lui indique où trouver le magot. Il le fallait.

— Laisse-moi regarder, dit Nick.

Il feuilleta le manuel. Rien.

Il plaça ensuite le livre en pleine lumière et examina la face interne de la couverture, au début et à la fin du volume.

— Qu'est-ce qu'il y a ? dit Zanny. As-tu trouvé quelque chose ?

— Je ne sais pas, mais j'ai l'impression qu'il y a une petite différence.

— Quelle différence ?

— Les couvertures. Tu vois ? Le papier qui recouvre la couverture de gauche a l'air plus ancien. L'autre est moins jauni, comme s'il était plus neuf.

— Et tu crois que ça veut dire quelque chose ?

Nick passa son ongle sur la face interne de la couverture. Il réussit à décoller un des coins et tira le papier. Quelque chose tomba sur le sol avec un bruit métallique.

Zanny se pencha. C'était une petite clef chromée. Elle la brandit triomphalement sous le nez de Nick.

— Tu as trouvé ! s'exclama-t-il.

Zanny sourit.

— *Nous* avons trouvé, corrigea-t-elle.

Elle réexamina la clef.

— Mais où cela nous mène ? À ton avis, qu'est-ce qu'elle peut bien ouvrir ?

Nick inspecta soigneusement la clef.

— On dirait le genre de clef qu'on utilise pour ouvrir un compartiment de coffre-fort.

— Coffre-fort ? Tu veux parler de ces coffrets qu'on loue dans les banques ?

Zanny s'adossa contre le mur et se laissa tomber. Le but qui lui avait semblé si proche s'éloignait soudain. Elle avait finalement trouvé la clef, mais elle ne pouvait pas s'en servir. Le dimanche, toutes les banques étaient fermées.

— On pourra s'en occuper demain, proposa Nick. Allez, viens, sortons d'ici. Allons chez moi.

Zanny hocha la tête. Il n'y avait rien d'autre à faire. Elle ne pouvait pas retourner chez Mme Finster. Et elle n'avait plus de maison à elle. Ils redescendirent l'escalier en spirale.

— Si c'est la clef d'un coffret, ce doit être dans une banque de Birks Falls, non ? Nous pourrions…

Elle n'acheva pas sa phrase. Un homme se tenait juste à l'entrée de la bibliothèque.

— Qu'est-ce qu'il fait ici ? demanda Nick. Comment nous a-t-il trouvés ?

Zanny secoua la tête. Elle avait la bouche sèche. À son côté, Nick se crispa. Everett Lloyd s'avançait vers eux, le regard sinistre sous ses cheveux roux.

— Restez où vous êtes, ordonna Nick. N'approchez plus.

Le ton était sec et autoritaire. Zanny se tourna vers lui. Jamais elle n'avait vu une telle détermination dans ses yeux.

Everett Lloyd s'arrêta à deux ou trois mètres. Il examina Nick, puis tourna son regard bleu vers Zanny.

—Vas-tu laisser ton ami te dire quoi faire, Zanny ?

Zanny resta muette.

Everett Lloyd haussa les épaules.

— D'accord. Si c'est ce que tu veux. Mais je voudrais te poser une question.

— Je n'ai rien à vous dire, répliqua Zanny, et je ne tiens pas à vous entendre.

— Depuis combien de temps connais-tu ton ami Nick ? Je parie qu'il n'y a pas longtemps que tu as fait sa connaissance.

— Avez-vous compris ce qu'elle vous a dit ? gronda Nick. Elle ne veut rien entendre.

— En fait, poursuivit imperturbablement Everett Lloyd, en fixant Zanny dans les yeux, je parie qu'il n'y a que quelques jours que tu l'as rencontré. Juste avant la mort de ton père. Je me trompe, Zanny ?

— Écoutez, mon vieux… commença Nick.

— Nick est mon ami, rétorqua Zanny. Il m'aide.

— Il t'aide à quoi faire ? À trouver les dix millions de dollars ?

Zanny ne répondit pas.

— Réfléchis, Zanny, reprit Everett Lloyd. Ta photo est parue dans le journal une semaine avant la mort de ton père. C'est à cause de cette photo que je suis ici.

— C'est vous qui le dites, rétorqua Zanny.

— Tu n'as pas à répondre à ce sale type, Zanny, intervint Nick. Viens, filons d'ici.

— Si moi je suis tombé sur cette photo, ça veut dire qu'il y a un tas de gens qui ont pu la voir, poursuivit Everett Lloyd. Allons, Zanny, tu vois bien que j'ai raison, non ? Nick est un ami tout récent. Tu viens de le rencontrer, n'est-ce pas ?

— Viens, Zanny, lança Nick.

— Je parie qu'il y a deux semaines, tu ne le connaissais ni d'Ève ni d'Adam.

Onze jours, songea Zanny. Il y avait exactement onze jours que Nick Mulaney avait pour la première fois pointé son nez au cours d'algèbre. Mais ça ne voulait rien dire. Elle n'avait aucune raison de prêter foi à ce que disait Everett Lloyd.

— Que sais-tu de lui, Zanny ? demanda ce dernier. As-tu rencontré ses parents ? Je parie que non. Et tu sais pourquoi ? Parce qu'il ne vit plus avec eux depuis l'âge de seize ans. Cela fait combien d'années, Nick ? Sept ans, pas vrai ?

Zanny regarda Nick, les yeux ronds. Sept ans ? Il aurait alors… vingt-trois ans ?

— Vas-y, Nick, poursuivit Everett Lloyd. Prouve-moi le contraire. Montre-lui ton permis de conduire. Montre-lui quel âge tu as.

Zanny plongea son regard dans les yeux chocolat de Nick, mais elle n'y vit rien qui pouvait la rassurer.

—Vraiment, Zanny, tu devrais jeter un coup d'œil sur son permis de conduire, insistait Everett Lloyd. Pour voir son nom et sa date de naissance. Tu découvrirais que ton petit ami ne s'appelle pas Nick Mulaney. Ça, c'est le nom que tu leur as donné à l'école, n'est-ce pas, Nick? Non, Zanny, il ne s'appelle pas Nick Mulaney. Il s'appelle Pesci. Son grand-père est Luigi Pesci, l'homme à qui ton père a pris les dix millions.

Everett Lloyd tendit la main vers Zanny.

—Viens avec moi, Zanny. Viens.

Elle sentit la main de Nick lui enserrer le bras.

— Je ne vois pas où tu veux en venir, mon vieux, mais elle ne va pas avec toi. Elle ne croit pas un mot de tes sornettes. Pas vrai, Zanny?

Zanny regardait fixement l'homme roux qui lui tendait la main. Elle n'avait aucune raison de le croire. Il lui avait menti. Il avait menti aux policiers. Il n'était pas celui qu'il prétendait être. Et voilà qu'il essayait maintenant de tout embrouiller en affirmant que Nick n'était pas non plus celui qu'il prétendait être. Eh bien, elle allait lui montrer ! Elle se tourna vers Nick.

— Montre-moi ton permis de conduire, dit-elle en soutenant le regard de Lloyd.

S'il pensait lui faire peur avec tous ses mensonges ! Elle allait lui montrer !

— Mais enfin, Zanny… protesta Nick.

— Allez, Nick, montre-le-lui, lança Everett Lloyd.

— Ne te mêle pas de ça ! rugit Nick d'une voix si forte que Zanny sursauta.

Il serra violemment son bras.

— On s'en va. Allez viens !

— Lâche-moi, Nick, tu me fais mal.

Mais il ne lâcha pas sa prise.

— Qu'est-ce qui t'arrive, Nick ? railla Lloyd. Tu ne veux pas lui montrer ton permis de conduire ?

— Je t'ai dit de te mêler de tes affaires ! gronda Nick.

— Nick…

Décontenancée, Zanny essaya de se dégager. Mais il tint bon. Ses doigts enserraient son bras comme une pince.

— Nick, lâche-moi.

— C'est ça, Nick, lâche-la, ordonna Everett Lloyd.

Zanny cessa de respirer. Il venait de sortir un revolver qu'il pointait sur Nick. Avant qu'elle n'ait eu le temps de comprendre, Nick l'avait ramenée devant lui et la maintenait contre lui d'une poigne de fer. Soudain, Zanny sentit quelque chose lui presser la tempe. Quelque chose de dur et de froid.

— Lâche ce revolver, ordonna Nick d'une voix grondante, sinon tu peux lui dire adieu !

Glacée de terreur, Zanny se mit à frissonner de manière incontrôlable. Comment une chose pareille pouvait-elle lui arriver ?

— Nick, je t'en prie…

Elle tenta de se libérer, mais le bras de Nick l'enserrait comme un étau. On ne riait plus. Ce n'était plus une blague. Le sol se mit à tournoyer sous ses pieds. Non, cela n'était pas possible, songea-t-elle, prise de nausée. Ils mentaient — ils lui avaient tous menti — son père, Everett Lloyd, et maintenant Nick ! Une seule chose les intéressait : l'argent.

Everett Lloyd avait toujours son arme pointée, mais sur Zanny à présent. Il les regardait d'un air lugubre.

Nick réitéra son ordre, en articulant chaque syllabe.

— Lâche ce revolver.

Lentement, Everett Lloyd abaissa son arme. Les muscles de Zanny se crispèrent. Et si jamais il tentait quelque chose ? Et si Nick tenait parole ? Lloyd laissa tomber le revolver, qui heurta le sol avec un bruit métallique. Il se redressa.

Zanny sentit la pression du canon sur sa tempe se relâcher. Et soudain, ce ne fut plus sur elle que Nick pointait son arme, mais sur Everett Lloyd. Celui-ci s'en aperçut aussitôt. Il avait vu Nick le mettre en joue lorsqu'il s'était redressé.

Everett Lloyd regarda le revolver, puis s'adressa à Nick.

— Tu vas me tuer ? Ici ? Dans un hôpital ?

Il jeta un regard à la ronde.

— Et ensuite, tu vas la tuer, elle aussi ?

Il regarda Zanny.

— S'il me tue, il va falloir qu'il te tue aussi, Zanny. Penses-y. Tu es le seul témoin. Tu es la seule personne qui le verra tirer sur un homme désarmé !

Nick releva légèrement le canon de son arme.

— Non ! hurla Zanny.

Elle écrasa violemment de son talon le pied de Nick. Elle visa le cou-de-pied, l'endroit le plus sensible. En même temps, elle se lança en avant de toutes ses forces pour se dégager de son étreinte.

Nick jura bruyamment et lâcha prise. Zanny alla se cogner contre le mur. Puis elle entendit un bruit, une sorte de chuintement suivi d'un son mat. Elle jeta un coup d'œil vers Everett Lloyd qui, les mains vides, regardait Nick, les yeux écarquillés. Son revolver était toujours sur le sol. Puis elle regarda Nick. Une grande tache de sang avait fleuri sur son t-shirt. Son visage exprimait la plus totale surprise. Il resta une seconde suspendu dans les airs, comme si une main gigantesque le tenait par le collet, puis s'effondra comme une masse.

— Mon Dieu ! gémit Zanny. Mon Dieu !

Everett Lloyd se pencha pour récupérer son arme.

— Pas un geste, Lloyd ! ordonna une voix derrière lui.

L'agent spécial Wiley, pistolet à la main, se tenait dans l'encadrement d'une porte qui devait donner sur un escalier de secours. Jamais Zanny n'avait été aussi heureuse de voir apparaître quelqu'un.

— Avec ton pied, Lloyd, envoie *tout* doucement ce revolver par ici, ordonna Wiley. J'ai dit tout doucement.

Lentement, avec une réticence évidente, Everett Lloyd obéit. Le revolver glissa sur quelques mètres.

— Parfait, dit Wiley.

Il ne quittait pas Lloyd des yeux et pointait toujours son arme sur lui.

— Maintenant, Zanny, je veux que tu ailles chercher ce revolver et que tu me l'apportes.

Les jambes flageolantes, Zanny se remit sur ses pieds. Nick était étendu devant elle, complètement immobile, mort ou mourant. Elle avait envie d'aller le rejoindre, de le toucher, d'effleurer ses lèvres si douces. L'angoisse lui noua l'estomac. Elle lui avait fait confiance. Elle s'était fiée à lui. Elle refusait de croire qu'il l'avait trompée, qu'il lui avait menti depuis le premier jour, quand il l'avait guettée à la sortie de l'école.

— Zanny ? appela l'agent Wiley. Tu m'entends ?

Sans un mot, Zanny hocha la tête. Ses genoux s'entrechoquaient si fort qu'elle dut prendre appui sur le mur pour se redresser.

—Va chercher le revolver, Zanny, répéta Wiley.

Il parlait lentement, comme s'il s'adressait à un enfant.

Zanny se dirigea vers l'arme d'un pas chancelant ; elle refusait de regarder Everett Lloyd.

— Prends-le par le canon, poursuivit Wiley. C'est ça. Doucement. Apporte-le-moi, maintenant.

Zanny fit demi-tour.

— Ne fais pas ça, Zanny, lança Everett Lloyd derrière elle. Ne lui donne pas cette arme. Tu ne peux pas plus lui faire confiance que tu pouvais faire confiance à Nick.

Zanny se retourna lentement vers lui. Une vague de colère la submergea.

—Vous allez me dire, peut-être, que lui non plus n'est pas ce qu'il prétend ? Qu'il n'est pas un agent de la DEA ? Eh bien, ne vous fatiguez pas ! Je ne vous écouterai pas. Comment pourrais-je vous croire ? Vous n'êtes pas qui vous prétendez être. Vous n'êtes pas mon oncle !

— Tu as raison, Zanny, dit Wiley d'un ton enjôleur. Ne l'écoute pas, et apporte-moi le revolver.

— Je ne sais pas ce qu'il t'a raconté, Zanny, reprit Everett Lloyd, mais je suis ton oncle. Et je travaillais en équipe avec ton père.

— En équipe ?

— Quand il était flic. C'est comme ça qu'il a rencontré ta mère. C'est moi qui les ai présentés.

— Tu mens, Lloyd, coupa Wiley. Je lui ai déjà tout dit sur ton compte.

— J'ignore ce qu'il a bien pu te dire, Zanny. Mais s'il t'a raconté que ton père était un voleur, il t'a menti. Ce n'est pas comme ça que ça s'est passé.

— Tu ne pourrais pas la fermer ? lança Wiley d'un ton hargneux. Ferme-la, sinon je…

— Sinon quoi, Wiley ? Tu vas tirer sur un homme désarmé devant témoin ? Ou comptes-tu la tuer elle aussi, et invoquer la légitime défense ?

Les yeux gris ardoise de Wiley ressemblaient à de la pierre.

— Juste après ta naissance, ton père a quitté la police pour travailler avec la DEA, reprit Lloyd. C'était une « taupe », un agent infiltré dans la pègre. Wiley était son contact. Celui qui était censé le soutenir, le protéger, faire en sorte qu'on ne découvre pas pour qui il travaillait.

— La ferme ! répéta Wiley.

— Mais il y a eu un pépin, pas vrai Wiley ? Quelque chose n'a pas marché et tout de suite après, la voiture de ton père a explosé. Excepté que ce n'était pas ton père qui était dedans. C'était ta mère. Voilà comment ta mère est morte, Zanny. Dans un attentat à la bombe. Et c'est là que ton père a décidé de rendre coup pour coup. Il a décidé de frapper le clan Pesci, Luigi Pesci surtout, à l'endroit où ça leur ferait le plus mal — le portefeuille, et l'honneur. Wiley était censé le soutenir aussi sur ce coup, n'est-ce pas ?

— Je te préviens, Lloyd, si tu ne la fermes pas…

— Ton père a manigancé alors une grosse transaction de drogue. Il a attendu jusqu'à ce qu'avec leurs ventes, les Pesci aient ramassé dix millions en liquide. Et il est parti avec le magot. Il les a humiliés en leur soufflant leur argent sous le nez. Wiley était de la partie, n'est-ce pas, Wiley ? Si je ne m'abuse, c'est même toi qui as coordonné toute l'opération ? Je me trompe ?

Wiley fit un pas vers Lloyd.

— Et puis il est arrivé quelque chose, poursuivit celui-ci. Quelque chose qui n'était pas prévu au programme, pas vrai, Wiley ? Qu'est-ce que c'était ? Mike s'est-il rendu compte de ce que tu prévoyais faire ? Il a deviné que tu comptais mettre la main sur l'argent et filer avec, n'est-ce pas ? Et il t'en a empêché, n'est-ce pas ? Il a mis le holà et a dû prendre le large avec la petite pour échapper aux Pesci, à la DEA et surtout à toi, Wiley. N'est-ce pas ?

Wiley tendit la main vers Zanny.

— Donne-moi le revolver, ordonna-t-il.

Zanny hésita. Si Everett Lloyd était bien son oncle, alors Wiley lui avait menti. Et si Everett Lloyd lui racontait des sornettes, c'est que Wiley lui avait dit la vérité.

Les yeux bleus de Lloyd cherchèrent ceux de Zanny.

— Je sais sur toi des choses que personne d'autre ne connaît. Je sais que quand tu étais bébé, tu ne voulais jamais dormir. Tu n'imagines pas le nombre de nuits que j'ai passées à te promener dans mes bras, quand ta mère me faisait jouer la gardienne d'enfant.

— Ne l'écoute pas, Zanny. Donne-moi le revolver.

— Et je sais que tu as une tache de naissance, continua Everett Lloyd. Sur ton... sur ta fesse droite. En forme d'ourson. C'est pour ça que quand tu étais petite, ton père t'appelait Petite Ourse.

Zanny faillit lâcher le canon du revolver. Elle plongea ses yeux dans ceux de Lloyd : ils étaient du même bleu pâle que ceux de la jeune fille qu'il lui avait montrée sur les photos et qu'il disait être sa mère. « Ils peuvent truquer des photos à un point tel qu'on ne peut le détecter à l'œil nu », lui avait raconté Wiley. « Ils peuvent faire des choses incroyables avec les ordinateurs », avait-il ajouté. Mais que pouvaient-ils savoir des taches de naissance ? Quel ordinateur pouvait inventer le surnom que lui avait donné son père ?

Zanny avait moins de deux ans quand son père avait disparu de la circulation. Pourquoi se serait-on donné la peine de recueillir ce genre de renseignement avant ? Qui est-ce que cela aurait pu intéresser ? Vivait-on vraiment dans un monde où les bons ou les méchants — ou n'importe qui — montaient des dossiers sur des bébés, taches de naissance comprises, juste au cas où ? Elle resserra sa prise sur le canon du revolver ; dans l'autre, elle tenait la clef qu'elle avait trouvée dans la bibliothèque.

Wiley releva un peu son arme pour mieux viser Lloyd. Ses yeux n'étaient plus que deux fentes minuscules.

— Je l'ai trouvé, déclara soudain Zanny.

Elle brandit la clef au bout de son bras, pour que les deux hommes puissent bien la voir.

— J'ai trouvé le magot. Il est dans un coffret dans une banque. Voilà la clef.

Wiley avança d'un pas. Il ne quittait pas Lloyd des yeux, tout en jetant des coups d'œil furtifs et avides sur la clef.

— Donne-la-moi, petite. Donne-moi la clef.

Zanny sourit.

— D'accord, dit-elle. Attrapez-la !

Elle lança la clef en direction de Wiley, en prenant soin de viser trop haut et trop loin, par-dessus sa tête. Et à la seconde même où, aveuglé par la cupidité, Wiley leva les yeux pour suivre sa trajectoire, Zanny lança le revolver à Everett Lloyd. Et tout se passa ensuite au ralenti, comme dans un film, lorsque le personnage principal fait un rêve. Un rêve mortel.

Wiley avait détourné le regard un très bref instant, juste assez cependant pour permettre à Lloyd d'attraper le revolver.

— Couche-toi ! hurla Lloyd à Zanny. Couche-toi !

Zanny plongea au moment même où la clef heurtait le sol et se mettait à glisser sur le plancher ciré. Wiley ramena son regard vers Lloyd, relevant progressivement le canon de son arme. Everett Lloyd recula, fit un pas de côté vers le mur. Zanny n'en croyait pas ses yeux. Elle assistait à un duel. Devant ses yeux, deux hommes se faisaient face, chacun pointant sur l'autre une arme mortelle.

Deux coups de feu claquèrent. Presque en même temps, bien que Zanny eût la certitude que Wiley avait tiré le premier. Lloyd alla rebondir contre le mur sous l'impact. Son revolver tomba bruyamment sur le sol. Wiley le remit en joue. Zanny, glacée d'effroi, vit Everett Lloyd tituber vers l'endroit où était tombée son arme, le visage livide et crispé de douleur. Elle s'élança de l'autre côté, arriva près de Nick et lui arracha le revolver qui était encore dans sa main. Et Wiley tomba, comme une pierre qui heurte la surface d'un étang. Il tomba face contre terre, et Zanny entendit le son mat que fit son front en heurtant le sol. Une grosse tache de sang maculait son blouson. Une seconde après, Everett Lloyd s'effondrait lui aussi.

13

Le coffret

Zanny versa de la crème dans son café, et regarda les nuages qu'elle formait tournoyer et disparaître. Elle n'avait pas dormi de la nuit. Mille pensées avaient assailli son cerveau. Elle avait vécu tant de bouleversements et de revirements de situation en un si court laps de temps. Tous ses points de repère avaient changé. Il lui aurait fallu une carte pour se réorienter. Mais elle pouvait au moins compter sur quelqu'un en qui elle avait confiance, à présent.

En face d'elle, Everett Lloyd — oncle Everett — s'efforçait de couper sa tranche de jambon avec le côté de sa fourchette. Sans grand succès.

— Attends, dit Zanny.

Elle lui prit sa fourchette et son couteau et coupa le jambon en petits morceaux.

Il avait le teint blafard ; son bras gauche, en écharpe, pendait, inerte. Mais apparemment, il se sentait mieux, à voir l'ardeur avec laquelle il attaquait ses œufs et son jambon. Zanny se demanda comment était sa femme — sa tante Margaret — et ce que serait sa vie avec ses deux jeunes cousins. « Prépare-toi, l'avait avertie son oncle à l'hôpital. De notre côté, la famille n'est pas grande. Mais du côté de Margaret, il y a du monde ! On doit louer des chaises supplémentaires à l'Action de grâces et à Noël pour recevoir toute la tribu ! Quelle fiesta ! »

Zanny avait peine à l'imaginer. Elle qui avait toujours passé des fêtes si modestes et si tranquilles. Noël à deux.

Son oncle lui jeta un coup d'œil en buvant son café.

— Nerveuse ?

— Je voudrais qu'il soit déjà là, répondit-elle.

Le lieutenant Jenkins devait les retrouver dans ce restaurant, en face de la banque où son père avait loué un compartiment de coffre-fort.

— Ne t'en fais pas, la rassura son oncle. J'ai l'impression que le lieutenant Jenkins est un gars plutôt ponctuel.

Il lui sourit gentiment.

— Qu'allons-nous faire si les dix millions y sont ?

Everett Lloyd haussa les épaules.

— Alors nous pourrons clore cette affaire une fois pour toutes. Ton père était un type bien, Zanny. Il a eu des moments durs dans sa vie, des moments vraiment durs, d'abord quand ton frère est mort et après, quand ta mère a été tuée. Mais c'était un homme bien, et je crois qu'il voulait bien faire. Restons-en là pour le moment, et oublions le reste.

Zanny se replongea un instant dans la contemplation de son café, puis leva les yeux vers son oncle.

— Jusqu'à hier, j'ignorais complètement que j'avais un frère.

Everett Lloyd se pencha par-dessus la table et lui prit la main.

— Je suis désolé, Zanny. Il y a tant de choses à rattraper, tant de trous à combler. Nous n'avons pas encore passé beaucoup de temps ensemble jusqu'ici.

Zanny hocha la tête et refoula des larmes de frustration.

— Que lui est-il arrivé ?

— Il avait la leucémie. Il est mort à l'âge de cinq ans. Une mort lente, Zanny, et une épreuve terriblement pénible pour ta mère et ton père. Surtout pour ton père. Il a eu toutes sortes de problèmes après la mort d'Alex.

Alex. Elle avait eu un frère autrefois, qui s'appelait Alex.

— Mike s'est mis à boire. À se porter volontaire pour les missions les plus dangereuses. J'étais un flic moi aussi, à l'époque, et je savais ce que ça voulait dire travailler comme « taupe ». Et ton père, on aurait dit qu'il avait besoin de s'exposer, de vivre sur la corde raide. À mon avis, c'est pour ça qu'il est entré à la DEA. Et qu'il a accepté de travailler sur l'affaire Pesci. Et après l'assassinat de ta mère…

Il laissa sa phrase en suspens et poussa un soupir.

— Mais il a réussi malgré tout à surmonter ça. Il a fait ce qu'il fallait, Zanny. Il t'a protégée. Il a arrêté de boire. Il s'est trouvé un emploi sérieux où on le respectait. Et c'est de ça que les gens vont se rappeler, Zanny. C'est ce souvenir de lui qu'ils vont garder.

— Qui l'a tué ? Wiley ou Nick ?

— Wiley. Je ne pense pas qu'il l'ait fait intentionnellement. Il a dû voir ta photo dans le journal et vous repérer. Je crois qu'il est entré chez vous pour essayer de dénicher où l'argent était caché, et que ton père l'a surpris. Ils ont dû se battre, un coup est parti et ton père a été tué accidentellement. Wiley aurait été stupide de le tuer sans savoir d'abord ce qu'il avait fait du magot.

— Et c'est aussi Wiley qui a tué Me Sullivan ?

— Il semble que oui. Mais si on en croit les résultats de l'expertise médico-légale, c'est Sullivan qui a brûlé le dossier de ton père. Et vu ce qu'il en restait dans la corbeille, il l'a brûlé *bien avant* de mourir, avant que Wiley lui tombe dessus.

— Mais pourquoi ? Pourquoi Me Sullivan a-t-il voulu détruire le dossier de mon père ?

Everett Lloyd haussa les épaules. Il fit descendre les dernières miettes de son petit déjeuner avec une rasade de café noir.

— Là, tu me poses une colle, répondit-il. Probablement parce qu'il y avait quelque chose dedans qu'il ne voulait pas voir tomber sous le nez de qui que ce soit. Tu sais, Zanny, c'est bien possible qu'il y ait des points qui ne seront jamais élucidés.

Des détails non résolus. Des points d'interrogation. Il restait trop de questions qui allaient demeurer sans réponse. Zanny prit une gorgée de son café.

— Pourquoi Wiley m'a-t-il dit que tu n'étais pas mon oncle ?

— Pour te déstabiliser. Pour s'assurer que si tu trouvais l'argent, c'est à lui seul que tu irais le dire. Il voulait le magot, Zanny. C'est ce qu'il voulait déjà il y a quinze ans, et c'est ce qu'il voulait hier.

Everett Lloyd jeta un coup d'œil vers la porte.

— Voilà le lieutenant, annonça-t-il.

Il consulta sa montre, qu'il portait maintenant au poignet droit.

— À l'heure pile, comme je te l'avais dit.

Zanny fronça les sourcils et aperçut le lieutenant Jenkins qui se dirigeait vers leur table. Son cœur se mit à battre à se rompre. Dans quelques minutes, elle allait ouvrir le coffret que son père avait loué à la banque. Soulever le couvercle du passé.

L'opération prit plus de temps qu'elle l'avait prévu. Elle n'aurait jamais imaginé qu'il y eût autant de paperasserie : d'abord les documents de la cour et les formalités juridiques, puis les innombrables formulaires en trois exemplaires que le lieutenant et elle-même durent signer. Quand on leur amena enfin le coffret dans un cubicule exigu, Zanny s'étonna de le trouver si petit, si mince, si facile à transporter. Comment imaginer qu'une si petite boîte puisse contenir quelque chose valant une fortune pareille ? Son enthousiasme retomba. Encore un cul-de-sac, songea-t-elle.

Le lieutenant Jenkins sortit la clef du coffret de sa poche. Il allait l'introduire dans la serrure quand il se ravisa et la tendit à Zanny, qui la saisit d'une main tremblante. Lentement, elle donna un tour de clef, puis ferma les yeux et murmura une prière tout en soulevant le couvercle. Elle rouvrit les yeux. Le coffret ne contenait qu'une enveloppe et un épais cahier relié en cuir rouge, avec une note sur le dessus fixée par un élastique. Elle jeta un coup d'œil au lieutenant et à son oncle, qui firent un signe d'assentiment. Elle se saisit d'abord de l'enveloppe. Quelqu'un, son père fort probablement, y avait écrit : *À l'attention d'Everett Lloyd, ou des autorités, à ouvrir après ma mort*. L'enveloppe était épaisse et semblait bourrée de papiers. Zanny l'examina un instant, puis la tendit à son oncle.

Celui-ci, après avoir lu le message inscrit dessus, passa son doigt sous le rabat et l'ouvrit. Il en tira une liasse de documents dactylographiés. Tandis qu'il commençait sa lecture, Zanny s'empara du petit cahier relié. Elle fit glisser l'élastique et déplia le petit mot. Le message était bref et elle reconnut l'écriture de son père.

Zanny, ta mère voulait qu'il soit pour toi. Ce n'est pas grand-chose, mais ça t'appartient. Elle t'aimait énormément. Papa.

Zanny ouvrit le cahier. C'était un journal. L'écriture ne lui était pas familière et n'avait rien à voir avec le griffonnage de son père. Elle était fine, serrée et élégante. « À ma petite fille chérie », avait-on inscrit à l'encre bleue sur la page de garde. Suivait une date qui avait toujours eu beaucoup d'importance pour Zanny : sa date de naissance. Les larmes lui montèrent aux yeux. Après s'être demandé toute sa vie à quoi pouvait bien ressembler la voix de sa mère, voilà qu'elle entendait enfin celle-ci lui parler, lui confier ses pensées. Elle feuilleta le cahier et trouva la page où s'arrêtait le journal. Elle regarda la date : deux mois après son second anniversaire.

Elle entendit son oncle soupirer à côté d'elle. Il tendit la liasse de papiers au lieutenant Jenkins.

— Eh bien ! voilà qui répond à deux questions, dit-il. On sait pourquoi Me Sullivan a voulu détruire le dossier, et ce qu'il est advenu des dix millions des Pesci.

Zanny referma le journal de sa mère et le pressa contre sa poitrine. Elle regarda son oncle.

— Il semble que ton père ait utilisé l'argent pour financer un hospice pour enfants, lui dit-il.

— L'hospice d'Edward Hunter ! s'exclama Zanny.

Tout collait parfaitement. Peu de temps après qu'Edward Hunter eut rencontré son père, un donateur anonyme avait fourni la somme nécessaire pour ouvrir un centre où accueillir les enfants en phase terminale. Son père passait tous ses moments libres auprès des enfants atteints d'un cancer incurable. Son petit frère à elle était mort de leucémie. Voilà donc où étaient passés les dix millions de dollars. Voilà ce qu'il en avait fait. Et voilà pourquoi, après toutes ces années, il avait recommencé à respirer, ici, à Birks Falls. Quel dommage qu'il ait trouvé la paix trop tard.

Le lieutenant Jenkins hocha la tête.

— Ton père explique ici qu'il n'a pas réfléchi à ce qu'il allait faire de l'argent une fois qu'il l'aurait en sa possession. Il ne pensait qu'à se venger. Ce n'est que lorsqu'il a rencontré Edward Hunter qu'il a su quoi en faire.

— Il a demandé à William Sullivan de préparer les papiers, ajouta son oncle. Une des conditions, c'est que le nom du donateur demeure secret.

— Ce qui explique pourquoi Me Sullivan a brûlé le dossier, renchérit Zanny. Pour protéger cet anonymat.

Son oncle hocha la tête.

— Mais pourquoi Me Sullivan a-t-il été tué ? insista Zanny.

— Il protégeait le secret de ton père, répondit le lieutenant. C'est pourquoi il a détruit le dossier. Wiley l'a tué en essayant de le faire parler.

Le lieutenant replia les papiers et remit le tout dans l'enveloppe.

— Je ne sais pas ce que vont dire les agents fédéraux, mais si vous voulez mon avis, il ne pouvait pas mieux utiliser cet argent. Cet hospice sera une bénédiction pour bien des familles.

Une larme glissa sur la joue de Zanny. Elle avait cru connaître son père : elle n'avait presque rien su de lui.

Everett Lloyd jeta un coup d'œil par la fenêtre.

—Voilà notre taxi, annonça-t-il.

— Attendez ! s'écria Mme Finster. Elle déboula de la cuisine et fourra un sac de papier brun dans les mains de Zanny.

— Je vous ai préparé un petit casse-croûte. C'est un long voyage en avion. Vous aurez faim.

— Mais ils nous serviront quelque chose pendant le vol, madame Finster, protesta Zanny.

Mme Finster plissa le nez d'un air dédaigneux.

— Je vous ai fait des sandwiches au poulet. Il y a des biscuits aussi. Vous m'aviez dit combien vous les aimiez, monsieur Lloyd. Alors j'ai écrit la recette pour votre femme. Elle est dans le sac, avec les biscuits.

— Merci beaucoup, madame Finster, répondit l'oncle de Zanny. Merci pour tout.

Mme Finster regarda Zanny, puis elle se précipita soudain sur elle pour l'embrasser.

— Bonne chance, ma chérie, dit-elle en la serrant contre elle.

Les larmes lui montèrent aux yeux. Elle les essuya du revers de son tablier.

— Mes garçons disent tout le temps que je pleure pour un rien. Je crois qu'ils ont raison.

Zanny sourit.

— Je n'oublierai jamais tout ce que vous avez fait, madame Finster. Jamais.

— Ce n'était rien. N'importe qui aurait fait la même chose.

— Peut-être, répondit Zanny. Mais c'est vous qui l'avez fait, et je veux vous dire à quel point je l'ai apprécié.

Elle se pencha et embrassa Mme Finster sur les deux joues.

La vieille dame rougit.

— Bon, il est temps que vous partiez.

Elle releva soudain la tête.

— Le vol sera long. Je vais te chercher des magazines, tu auras quelque chose à lire…

— Ne vous dérangez pas, répondit Zanny.

Elle sentait le poids réconfortant du journal de sa mère dans son sac. Elle l'avait lu de la première à la dernière ligne durant la nuit, et elle comptait bien le relire. Et le relire encore, jusqu'à en mémoriser chaque mot.

— J'ai déjà de la lecture.

— Quelque chose d'intéressant ?

— Oh oui ! *très* intéressant.

Cadavre
au sous-sol

1

Elle pourrait vivre 102 ans et oublier jusqu'à son nom, sa date de naissance ou la maison où elle avait grandi, Tasha Scanlan se souviendrait toute sa vie du matin où tout avait commencé.

Mike Bhupal, adossé contre la porte du labo d'informatique, commentait l'actualité en feuilletant le journal du matin. Tasha fouillait désespérément dans ses cahiers et ses classeurs sur l'étagère supérieure de son casier, à la recherche de son devoir de chimie.

— Ils appellent ça rénovation urbaine, grommela Mike dégoûté. Ils devraient plutôt dire « faire table rase du passé ». Regarde-moi ça !

Il brandit le journal sous le nez de Tasha.

— Pas maintenant, dit-elle.

Elle aimait bien Mike. Et même plus que bien. C'était son meilleur ami. Mais il avait tendance à discourir sans fin sur des choses comme les ordinateurs, les gadgets électroniques ou, comme à présent, les monuments historiques.

— Si je ne rends pas mon devoir, Sparling va baisser de dix points ma note de mi-session.

— Mais ils sont en train de démolir un des fleurons de cette ville ! reprit Mike. Un commerce qui a ouvert ses portes dans les années 20 ! Et qui n'a fermé que l'année dernière. Connais-tu un restaurant dans cette ville qui ait tenu aussi longtemps ? Non, n'est-ce pas ? Il faut dire qu'il n'y en a pas beaucoup qui valent le vieux Café Montréal.

Tasha se raidit.

— Tu as bien dit Café Montréal ?

— Ouais, pourquoi ? Tu le connais ?

Tasha secoua la tête, comme pour s'éclaircir les idées. Oh oui, elle le connaissait, le Café Montréal ! Mais c'était comme sa mère, mieux valait l'oublier. Ressasser les choses du passé ne les ferait pas revenir. Elle était devenue experte dans l'art de chasser de son esprit les souvenirs de sa mère et du Café, comme ces vêtements qui ne nous vont plus et que l'on bannit de sa garde-robe. Si sa mère ne voulait plus entendre parler d'elle, elle-même ne voulait plus rien entendre de sa mère non plus. C'est du moins ce dont elle essayait de se convaincre.

Mais la curiosité l'emporta. Tasha posa ses notes de biologie et arracha le journal des mains de Mike. Une photo en page trois montrait la version délabrée d'un endroit dont elle avait conservé un souvenir très vif. Mais même s'il paraissait à l'abandon, c'était bien le Café Montréal qu'avait tenu sa famille pendant plusieurs générations. Et ils étaient en train de le démolir ? Tasha se demanda si son père était au courant et si oui, pourquoi il ne lui en avait rien dit.

Mike lui jeta un regard inquiet.

— Ça va, Tasha ?

Elle fit signe que oui, mais c'était loin d'être le cas. Elle avait la tête qui tournait et l'estomac tout à l'envers.

— Le Café Montréal appartenait à mon arrière-grand-père, commença-t-elle Il l'a ouvert un an avant la crise de 1929 et l'a tenu pendant la grande dépression des années 30. Après la guerre, c'est mon grand-père qui a pris la relève. Et il a ensuite passé le flambeau à mes parents.

Mike émit un sifflement admiratif. Il semblait impressionné.

— Comment se fait-il que tu ne m'en aies jamais parlé ?

Elle haussa les épaules.

— Mon père a vendu le Café avant que je te rencontre — il y a environ cinq ans.

— En tout cas, celui qui l'a racheté n'a pas fait de bonnes affaires. Le pic du démolisseur doit entrer en action à neuf heures — il consulta sa montre — dans dix minutes exactement. Et on n'en parlera plus.

Tasha fixait la photo du journal avec la sensation de replonger dans une vie antérieure. Depuis l'enseigne en haut de la devanture jusqu'au revêtement extérieur de grosses pierres grises, rien n'avait changé. Enfin, presque rien. Les petites boîtes à fleurs installées le long des grandes baies vitrées étaient vides. D'aussi loin que Tasha pouvait se rappeler, elles étaient toujours fleuries de tulipes au printemps et de géraniums en été. Les fenêtres à pignon du premier étage, autrefois tendues de rideaux de dentelle d'un blanc immaculé, béaient comme des yeux aveugles. Les mauvaises herbes avaient envahi les interstices entre les dalles du patio où, en été, on installait des tables pour que les clients puissent se restaurer en plein air.

— C'est pratiquement là que j'ai grandi, reprit Tasha. Nous habitions à deux pâtés de maisons. Quand j'étais petite, mon père était chef cuisinier, et ma mère faisait l'intendance. C'était avant que mon père ouvre sa chaîne de restaurants.

Mike hocha la tête. Comme presque toutes les personnes que fréquentait Tasha, il connaissait les restaurants Lenny et Denny.

— Ma mère a repris ses études quand j'étais petite, et ils ont engagé un gérant pour la remplacer. Mais ils sont restés propriétaires.

Elle reporta son regard sur la photo du journal, soudain assaillie par une foule de souvenirs — le crépitement du feu que son père allumait tous les soirs d'hiver dans la grande cheminée de pierre, l'arôme du bois qui brûle combiné à celui de la dinde rôtie, ou du bœuf ou de l'agneau qui cuisaient dans les fours des cuisines, le cliquetis de l'argenterie, le bourdonnement étouffé des conversations. Et, par-dessus tout, le parfum de sa mère, la douceur de sa peau quand elle l'entourait de ses bras, son visage rayonnant quand elle renversait la tête pour éclater de rire. Oh, comme sa mère aimait rire...

— Veux-tu que je t'y emmène à la pause de midi ? demanda Mike. On dénichera peut-être un souvenir, quelque chose que tu pourras ramener chez toi.

Tasha secoua la tête. Le Café Montréal, il valait mieux l'oublier. Comme il valait mieux oublier sa mère. À l'évocation de celle-ci, son estomac se remit à faire des siennes, et la vieille tristesse l'envahit à nouveau.

— Non merci, répondit-elle.

— Tu es sûre ?

— Absolument sûre.

Elle replongea dans son casier à la recherche de son devoir de chimie.

Elle ne parla pas du Café du reste de la journée, et n'en souffla pas un mot à son père quand il rentra du travail. Il valait mieux laisser les mauvais souvenirs se dissiper d'eux-mêmes. Le sujet ne serait jamais revenu sur le tapis si Denny Durant, l'associé de son père dans la chaîne de restaurants Lenny et Denny, n'avait pas fait irruption chez eux juste quand ils allaient se mettre à table.

— Je n'arrive pas à y croire ! tonna-t-il en passant en coup de vent devant Tasha sans même dire bonsoir. Comment *peux-tu laisser* faire une chose pareille, Len ? Et personne ne m'en a *parlé* ! Pas un mot !

Leonard Scanlan leva le nez de son poulet au citron, le sourire aux lèvres.

Tasha n'avait jamais pu comprendre pourquoi le côté colérique et tonitruant de Denny semblait tant amuser son père. Pas plus qu'elle ne comprenait comment ces deux-là avaient pu rester associés si longtemps. Denny, un grand gaillard corpulent au visage abîmé, avait fait carrière dans le hockey — un joueur brutal mais populaire — avant de prendre sa retraite et de se lancer dans la restauration. Tout le contraire de son père, un homme mince, sérieux, à l'humeur parfois instable, qui ne connaissait rien aux sports mais pour qui la cuisine n'avait aucun secret. La grosse voix et le ton impérieux de Denny, s'ils ne dérangeaient jamais Leonard Scanlan, avaient le don de taper sur les nerfs de Tasha. Elle prit place à table et attaqua son repas.

— Je présume que tu veux parler du Café Montréal ? commença le père de Tasha.

— Tu parles ! C'est trop te demander que de décrocher le téléphone pour informer les autres de ce qui se passe ?

— Écoute, Denny. Tu es parti pendant six semaines, répondit posément Leonard Scanlan. Tu n'as pas appelé une seule fois durant tes vacances pour savoir comment allaient les affaires, même si tu savais que nous avions une vérification comptable. J'ai eu assez de faire mon travail, sans compter le tien, et de répondre en plus à toutes les questions du comptable. Dans ces conditions, tu peux difficilement t'attendre à ce que je te tienne au courant de chaque événement insignifiant qui peut se produire dans cette ville.

— *Insignifiant ?* explosa Denny. Raser le Café Montréal, tu appelles ça insignifiant ? Tu étais au courant, n'est-ce pas ?

Leonard Scanlan haussa les épaules.

— Je savais que Jerry Malone était mort, mais je n'aurais jamais imaginé que les choses allaient prendre cette tournure.

— Qui est Jerry Malone ? demanda Tasha.

— Le dernier propriétaire du Café, répondit son père. Il est mort il y a environ deux semaines. Je suis allé aux funérailles.

Son fils n'a pas parlé de vendre le Café, encore moins de le démolir. Il avait dû planifier ça de longue date. C'est impossible de vendre un immeuble et de le faire raser en si peu de temps. Il a dû entamer les démarches quand Jerry était encore à l'hôpital.

— Le petit rat, grommela Denny. Je t'ai toujours dit que tu aurais dû racheter le Café, Lenny. Mais non, c'est toi qui commandais. On aurait pu en faire un autre Lenny et Denny.

— *Nous* n'avions pas les moyens de l'acheter, coupa Leonard. Écoute, Denny, à propos de cette vérification — et de notre situation financière en général — nous avons à parler tous les deux. Je veux te voir au bureau à la première heure demain matin.

— Je n'arrive pas à croire que cette petite fouine ait rasé le Café. Comment Jerry a-t-il pu léguer ça à cette vermine ingrate ? Il ne savait pas que cet endroit avait une histoire, une tradition ?

— As-tu entendu ce que je t'ai dit, Denny ?

— Mais le Café...

— Denny !

Les yeux de Leonard Scanlan jetèrent des flammes. Tasha sentit son estomac se nouer. Cela n'annonçait rien de bon. Si Denny ne laissait pas tomber l'histoire du Café pour parler de la vérification comptable ou de n'importe quoi d'autre, son père allait exploser d'une minute à l'autre. Depuis qu'elle était toute petite, ses accès de colère la rendaient malade.

— Ne pense plus au Café. C'est trop tard, reprit Leonard Scanlan d'une voix dure. D'ailleurs, s'il y a quelqu'un ici qui devrait être choqué par la démolition du Café Montréal, c'est bien moi, Denny. Pas toi.

Denny sembla comprendre qu'il mettait le pied sur un terrain dangereux. Il leva les mains en signe de capitulation.

— D'accord, d'accord. On n'en parle plus, à moins que tu décides de remettre ça sur le tapis.

— Ça m'étonnerait, répondit Leonard Scanlan, en souriant.

Tasha soupira, soulagée.

— Tu es sûr que tu ne veux rien manger ?

— Non, rien, grogna Denny en se levant pour partir.

— Alors à demain matin, Den, lança Leonard. À la première heure.

— Ouais, ouais.

Une fois Denny parti, Tasha attendit, se demandant si son père allait ajouter quelque chose à propos du Café. Il n'en fit rien, ce qui la réjouit. Elle avait eu peur que l'annonce de la démolition ne réveille tous ses mauvais souvenirs et le replonge dans la tristesse. Mais une fois son souper terminé, il se prépara une tasse d'*espresso* et alla s'asseoir devant la télévision pour regarder un documentaire sur les lions blancs.

Tasha pensa que l'affaire était close en ce qui concernait le Café Montréal.

Elle se trompait.

Le lendemain soir, tout en émincant de la viande à ragoût, Leonard Scanlan alluma le petit poste de télévision installé sur le comptoir de la cuisine pour regarder les actualités en préparant le souper. Une photo du Café apparut sur l'écran, suivie d'images de la façade, pulvérisée comme du vulgaire carton sous l'assaut du boulet des démolisseurs.

Tasha jetait un coup d'œil de temps à autre vers l'écran, tout en coupant en dés des pommes de terre crues. Debout, le dos aux ruines du Café, un reporter s'adressa à la caméra. « Qui aurait pu imaginer que le sous-sol d'un des plus célèbres restaurants de cette ville cachait un terrible secret ? » commença-t-il. « Les ouvriers ont découvert aujourd'hui un cadavre enterré sous l'ancien Café Montréal qui a été démoli hier. Jusqu'à présent, la police se refuse à dire combien de temps ce corps non identifié a pu rester dans son cercueil de ciment ; elle n'a fourni aucune explication sur les causes du décès. »

Tasha se tourna vers son père, dont les yeux n'avaient pas quitté l'écran.

— Papa ? Papa !

Leonard Scanlan détourna son regard de l'écran de télévision en hochant doucement la tête.

— On ne peut jamais savoir, pas vrai ? murmura-t-il doucement. Les bâtiments, c'est comme les gens, parfois. On pense tout savoir sur eux, et puis on creuse un peu et crac ! La surprise !

Tasha jeta un nouveau coup d'œil à l'écran de télévision, mais trop tard. Les ruines du Café et les nuages de poussière avaient cédé la place à un quadrille endiablé de tubes de dentifrice. Quand elle se mit à s'interroger à haute voix sur l'identité du cadavre retrouvé dans le sous-sol du Café, son père lui reprocha ses goûts morbides.

— Je ne partage pas cette curiosité malsaine qui semble si répandue aujourd'hui, lui dit-il. Si ça ne te fait rien, laissons les spéculations à la police.

— Mais Papa, ce cadavre au sous-sol...

— Je ne plaisante pas, Tasha.

Cette nuit-là, Tasha ne put trouver le sommeil. Ce cadavre devait se trouver là depuis les années 20, peut-être même avant. Elle savait, pour l'avoir lu dans des livres, qu'il s'était passé des choses extravagantes après la Première Guerre mondiale. On avait baptisé cette époque « les années folles » — le jazz, la prohibition, les gangs de trafiquants d'alcool... Pour ce qu'elle en savait, le Café avait très bien pu être une boîte de nuit avant que sa famille n'en fasse l'acquisition. Peut-être qu'un célèbre gangster y avait été assassiné. Elle se demandait ce qu'aurait pensé son arrière-grand-père s'il avait appris que le sous-sol de son restaurant recelait un si macabre secret. Mais ce n'était pas la seule chose qui lui trottait dans la tête.

Toutes ces histoires autour du Café lui ramenaient sa mère en mémoire, ce qu'elle avait pourtant tout fait pour éviter. Dès qu'elle fermait les yeux revenait l'image de Catherine Scanlan en train de rire. Revenaient aussi les cris et les reproches, les coups de poing sur la table, les claquements de porte le soir où sa mère était partie. Tasha avait pleuré cette nuit-là. Et elle avait pleuré pendant des jours, tandis que son père la berçait et lui répétait, encore et encore : « Elle va revenir, ma chérie. Un de ces jours, elle va revenir. » Mais elle n'était jamais revenue, sauf dans les rêves de Tasha.

2

Le lendemain matin, dans la voiture de Mike, l'esprit tout embrumé par une nuit d'insomnie, Tasha épluchait le journal pour trouver d'autres nouvelles sur le cadavre du Café. Rien. Pas un mot.

— Tu es sûre que ça va ? demanda Mike, en tournant pour la dixième fois les yeux vers elle.

— Oui, oui, ça va. Mais ça irait mieux si tu regardais la route.

— Tu m'inquiètes. Ne le prends pas mal, mais tu as vraiment une gueule de déterr...

— Tu as le don de trouver le mot qu'il faut.

— Je voulais simplement dire...

— Je sais ce que tu voulais dire. Que j'ai une gueule de...

— Tu es splendide, coupa Mike.

— Ce n'est pas tout à fait ce que tu as dit.

Mike haussa les épaules.

— Tu as vraiment l'air crevée. Mais à part ça, tu es splendide.

Tasha lui lança un sourire narquois.

— Tu t'en tires bien. Très bien.

Elle se passa la main dans les cheveux.

— Non, sérieusement, je vais bien. C'est cette histoire du Café qui me tracasse. Tous ces souvenirs qui reviennent.

Ils firent le reste du trajet jusqu'à l'école dans un silence paisible. Voilà une chose que Tasha aimait chez Mike. Elle pouvait passer des heures avec lui, à réviser une leçon, regarder un film ou simplement traîner dans un parc, sans se sentir obligée de parler. Ils avaient fait connaissance quatre ans plus tôt, peu de temps après que Tasha et son père eurent emménagé dans le quartier où habitait Mike, et même s'il avait un an de plus qu'elle, ils étaient vite devenus amis. Ensemble, ils pouvaient parler de tous les sujets possibles. Enfin, presque tous.

Dernièrement, Tasha s'était mise à se poser des questions sur la nature de leur amitié. Elle s'était surprise à s'imaginer en train de se promener tranquillement dans la rue en lui tenant la main, ou de déambuler sur la promenade, les épaules ou la taille entourées de son bras. Elle s'était mise à le regarder à la dérobée, attirée par l'éclat de ses yeux bruns, en se demandant à quel moment ils avaient changé, depuis quand exactement ils la fascinaient, et pourquoi il lui avait fallu tant de temps pour s'en rendre compte. Elle regardait aussi sa bouche, généralement souriante, en imaginant ses lèvres se poser sur les siennes. Elle avait pensé à tout ça, puis s'était dit : « Idiote ! nous sommes seulement amis. On ne s'adonne pas à ce genre de rêveries quand on est amis. » Mais dernièrement, elle avait remarqué que d'autres filles, des filles de la même année quc Mike, le regardaient de la même façon, et elle s'était sentie mal à l'aise. Elle se demandait s'il avait déjà invité l'une d'elles à la soirée de mi-session, ou si l'une d'elles l'y avait invité. Mais elle gardait ses réflexions pour elle, n'ayant jamais le courage de lui poser la question. Elle avait trop peur de souffrir si jamais il ne lui donnait pas la réponse qu'elle espérait.

Une fois qu'ils furent arrivés au collège, Mike jeta un coup d'œil à sa montre.

— On se retrouve à midi, ok ? dit-il.

— Tu as un rendez-vous pressant ? demanda-t-elle.

Il haussa les épaules et détourna les yeux.

— J'ai quelqu'un à voir. C'est ce nouveau programme, j'ai promis de lui passer.

Il tapota la poche de son blouson, qui renfermait toujours deux ou trois disquettes, sur lesquelles il avait copié un de ces programmes bizarres qu'il était toujours en train de concocter.

— À midi, alors, répondit-elle.

Il fit un signe de tête et s'éloigna d'un pas rapide. Tasha marcha tranquillement jusqu'au vestiaire. Elle trouva Rick Jensen devant son casier. Il resta planté à côté d'elle, tout souriant, tandis qu'elle sortait les bouquins dont elle aurait besoin pour ses cours d'histoire et de biologie. Elle lui rendit son sourire, en se demandant ce qu'il lui voulait. Rick était dans trois de ses cours, et depuis quelque temps, il n'arrêtait pas de la regarder. Combien de fois elle avait senti qu'il voulait lui dire quelque chose, mais dès qu'elle tournait son regard vers lui, il se mettait à sourire gauchement et détournait la tête. Comme maintenant. Le nez baissé, il fixait le bout de ses immenses pieds, comme un grand gamin timide.

Tasha décida de mettre un terme à son martyre.

— Es-tu prêt pour l'examen de français de ce matin ? demanda-t-elle.

Il grimaça un sourire.

— Autant qu'on peut l'être, j'imagine. Et toi ?

Tasha fit oui de la tête. Le silence qui suivit augmenta encore le malaise de Rick. Elle chercha quelque chose à dire, n'importe quoi, pour mettre fin à son supplice.

— J'espère qu'il ne nous collera pas encore une de ses interminables versions. Tu te rappelles, la dernière fois ? Je n'ai jamais autant sué sur un paragraphe de français.

— Moi non plus.

La cloche sonna. Rarement Tasha avait été aussi heureuse de l'entendre. Elle se dirigeait à grands pas vers la salle de son premier cours quand elle aperçut Mike à l'autre bout du couloir. Elle leva la main pour lui faire signe et ouvrit la bouche pour l'appeler, mais le son lui resta en travers de la gorge quand elle le vit se pencher pour embrasser la fille qui l'accompagnait. Abasourdie, elle s'arrêta net. Quelqu'un derrière elle la bouscula, mais elle ne prêta aucune attention aux grognements du garçon qui la contourna pour la dépasser. Mike avait embrassé Sharon Wong, une fille de la même année que lui et qui était dans presque tous ses cours. Elle eut l'impression de recevoir un direct dans l'estomac.

Les jours suivants, elle évita Mike. Elle ne savait pas trop si c'était pour ne pas l'entendre lui raconter qu'il avait un rendez-vous avec Sharon Wong, ou par crainte de ne pas pouvoir faire bonne figure tant elle était déçue. Après tout, il était son ami, pas son petit ami. Il pouvait fréquenter qui il voulait, n'est-ce pas ? Mais elle avait beau se raisonner, elle se sentait abandonnée, presque trahie.

Le vendredi après-midi, en plein cours d'anglais, tout en écoutant Mme Cardoso lire un sonnet de Shakespeare, elle leva par hasard les yeux vers la porte. Elle ne sut jamais pourquoi elle avait cessé de regarder la prof. Jusque-là, elle avait savouré avec plaisir les mots passionnés du poème et les inflexions mélodieuses de la voix de

Mme Cardoso — elle en avait presque oublié Mike. Elle ne s'ennuyait pas comme la plupart des élèves qui s'agglutinaient au fond de la classe. Mais elle leva les yeux, et aperçut, à son immense surprise, son père dans l'encadrement de la porte. La chose était si improbable qu'elle se demanda si elle n'avait pas la berlue. Mais non, c'était bien lui, et même si la porte était ouverte, il frappa. Mme Cardoso interrompit sa lecture. Elle traversa l'estrade et échangea quelques paroles à voix basse avec lui. Puis elle se retourna et fit signe à Tasha de s'approcher.

En longeant l'allée pour les rejoindre, Tasha savait que quelque chose n'allait pas. Jamais son père n'avait mis les pieds à l'école comme ça, en plein milieu de la journée. Et rarement lui avait-elle vu l'air aussi sombre. Il lui mit la main sur l'épaule et l'emmena dans le couloir. Sans dire un mot.

— Qu'est-ce qui se passe, Papa ?

Son père plongea son regard dans le sien pendant une minute qui lui parut sans fin. Il avait le teint blafard et les épaules voûtées, comme un homme sur le point de s'effondrer.

— Je voulais que tu l'entendes de ma bouche d'abord, dit-il. Pas question que tu l'apprennes par quelqu'un d'autre, ou par la radio ou la télé.

Elle savait maintenant qu'il se passait quelque chose d'extrêmement grave.

— Apprendre quoi, Papa ? réussit-elle à articuler. Qu'est-ce qui se passe ?

— C'est ta mère, répondit-il. On l'a... on l'a retrouvée.

Sa mère ? Retrouvée ? Un flot de souvenirs lui revinrent en mémoire — des cheveux châtains brillants, des bras minces et bronzés, un tablier de cuisine immaculé, de joyeux éclats de rire — et son cœur se serra. Mais pourquoi son père avait-il cet air hagard, comme s'il avait vieilli de vingt ans depuis le petit déjeuner ? Elle attendit la suite, en respirant lentement, avec précaution, pour garder son calme, mais tout se bousculait dans sa tête. Retrouvée... il fallait d'abord être perdu pour qu'on vous retrouve. Et sa mère n'était pas perdue. Elle était simplement absente. *Volontairement* absente. Non, tout cela ne présageait rien de bon.

— Tasha, elle est...

La voix de son père se brisa. Il se mit à sangloter et essuya ses larmes du revers de la main.

— Oh, Tasha, elle est morte.

À cette seconde, l'univers de Tasha bascula dans un cauchemar.

Ce n'est pas possible, pensait-elle dans le silence sinistre du couloir. Ma mère est partie, elle nous a quittés il y a cinq ans. Morte ? C'est impossible.

Elle se tourna vers son père, qui avait trouvé un mouchoir dans une des poches de son blouson et s'essuyait les yeux.

— Mais comment ? demanda-t-elle. Qu'est-il arrivé ? A-t-elle eu...

Elle s'agrippa à son bras.

— Papa, a-t-elle eu un accident ?

Son père secoua la tête. Son visage était à ce point tordu de souffrance qu'elle-même se mit à trembler. La réponse, pensa-t-elle, devait être encore plus horrible que ce qu'elle venait d'apprendre.

— Viens, rentrons à la maison, dit-il d'une voix étrangement basse.

— Mais Papa...

— Je vais tout te raconter, Tasha. Mais pas ici.

Il leva les yeux. Elle suivit son regard. L'horloge au-dessus de la fontaine. Le long couloir. Dans deux minutes, la cloche allait sonner et les lieux seraient envahis d'enfants et de professeurs, et tous allaient dévisager son père qui, malgré tous ses efforts, pleurait encore.

— D'accord, Papa, murmura-t-elle.

Elle lui emboîta le pas. Ils descendirent l'escalier et sortirent de l'école. Elle avait l'impression, à chaque pas qu'elle faisait, de perdre un peu de cet espoir auquel elle s'était accrochée toutes ces années — la conviction qu'il suffirait que sa mère change d'avis ou s'ennuie d'eux pour qu'elle se décide à revenir. Mais cela n'arriverait plus jamais à présent. Il était trop tard.

Ils n'échangèrent pas une parole durant le trajet jusqu'à la maison, qui ne prit que quelques minutes. Le père de Tasha semblait concentrer toute son attention sur le volant, et Tasha respecta son silence. De toutes façons, elle se méfiait de ce qui risquait de lui sortir de la bouche. Une fois à la maison, elle aurait tout le temps de lui demander les détails.

Une auto grise était stationnée le long du trottoir, juste devant la maison des Scanlan. Deux personnes, un homme et une femme, en sortirent dès que le père de Tasha engagea sa voiture dans l'allée. À peine eut-il tourné la clef de contact que les deux étrangers s'approchèrent de sa portière.

Tasha jeta un regard anxieux à son père.

— Qui sont ces gens ? demanda-t-elle.

— Des policiers, j'imagine. Prions pour que ce ne soient pas des journalistes.

— Des *policiers* ? Mais qu'est-ce qu'ils veulent ?

— C'est ce qu'on va bientôt savoir.

Leonard Scanlan poussa un soupir. Puis il prit une profonde inspiration, comme pour se cuirasser à la perspective de la rencontre qui allait suivre, et sortit de la voiture. Tasha aperçut l'éclat d'une plaque métallique. C'étaient bien des policiers.

— Nous aimerions vous poser quelques questions, monsieur Scanlan, dit l'homme.

Il sourit à Tasha tandis qu'elle sortait de la voiture. Ce sourire ne semblait guère amical.

—Voici ma fille Tasha, dit son père. Natasha, ajouta-t-il, en guise d'explication.

L'homme hocha la tête.

—Je suis l'inspecteur Pirelli. Voici l'inspecteur Marchand.

Tasha fit un signe de tête. Elle n'avait jamais rencontré d'inspecteur de police, et se demandait bien ce que ces deux-là leur voulaient.

Ils entrèrent tous dans la maison. L'air un peu perdu, le père de Tasha hésita, offrit du thé ou du café.

— Nous avons quelques questions à vous poser au sujet de votre femme, monsieur Scanlan, commença l'inspecteur Pirelli.

Leonard Scanlan regarda les deux policiers, puis se tourna vers Tasha.

— Je n'ai encore rien dit à ma fille, expliqua-t-il, et sa voix se brisa presque à ces simples mots. Si vous pouviez me donner quelques minutes...

Les policiers échangèrent un regard.

— Quel âge as-tu, Tasha ? demanda l'inspecteur Marchand.

— Quinze ans, murmura-t-elle.

Pourquoi cette question ? Qu'est-ce que son âge avait à voir avec tout ça ?

L'inspectrice hocha la tête, apparemment satisfaite de la réponse.

— Prenez tout le temps qu'il vous faudra, dit-elle au père de Tasha. Nous attendrons ici.

Les deux policiers se dirigèrent vers le salon. Leonard Scanlan posa la main sur l'épaule de sa fille et la guida vers la cuisine.

— Qu'est-ce qui se passe, Papa ? Et qu'est-ce qu'ils font ici ?

Cette histoire ne tenait pas debout. Sa mère était morte, et maintenant ces deux inspecteurs de police qui attendaient dans le salon pour parler à son père.

— C'est à propos de ce qu'ils ont trouvé... dans le sous-sol du Café, commença-t-il. Il ne la regardait même pas. Il avait les yeux fixés sur la fenêtre de la cuisine.

— Quoi ?

Pourquoi ces mystères, pourquoi ne lui disait-il pas simplement ce qui se passait ? Puis, avec l'effet d'une bombe, la vérité lui sauta aux yeux. Dans toute son horreur.

— Maman ? fit-elle d'une voix étranglée. Tu veux dire que c'est Maman qui... ? Non, ce n'est pas vrai. C'est impossible.

Ce n'était pas sa mère qui était enterrée sous... Elle n'arrivait pas à le dire. Rien n'aurait pu réussir à lui faire dire.

Lorsqu'enfin son père tourna les yeux vers elle, il avait les joues ruisselantes de larmes.

— C'est pas vrai, cria Tasha. Ce n'est pas elle ! C'est pas vrai !

Elle hurlait à présent.

— Tasha, je t'en prie...

Une seconde plus tard, l'inspecteur Marchand était dans la cuisine, debout près de Leonard Scanlan, et regardait Tasha avec compassion.

— Ta mère a été enterrée pendant une longue période, commença-t-elle d'une voix si douce et si réconfortante que Tasha se demanda comment elle faisait pour que les criminels la prennent au sérieux. Environ cinq ans, d'après nos estimations.

— Non ! Non, vous vous trompez ! Ce n'est pas ma mère.

Une chose pareille, ça n'arrivait que dans les films — les films d'horreur —, pas dans la vraie vie.

— Dans des cas comme ça, Tasha, nous avons des moyens d'identification. Quand c'est possible, nous nous servons des radios dentaires. Elles nous révèlent ce que nous voulons savoir. Parfois, nous avons plus de chance ; nous trouvons des objets qui peuvent nous aider. Un bijou, par exemple.

Tasha retenait son souffle, tandis que l'inspecteur Marchand fouillait dans la poche de sa veste. Elle en tira un petit sac de plastique qu'elle posa bien à plat dans la paume de sa main, pour que Tasha puisse en voir le contenu. Une bague de diamant. Tasha la retira du sac d'une main tremblante. Elle chercha à l'intérieur de la monture les mots qu'elle savait gravés là, mais les larmes l'aveuglèrent.

— Tasha, ma chérie...

Elle sentit le bras de son père l'entourer, et enfouit son visage contre son épaule.

— Quand tu m'as dit qu'elle était morte, j'ai pensé..., commença-t-elle. Elle s'interrompit, la voix brisée par les sanglots.

Il lui fallut un certain temps pour être à nouveau en mesure de parler. L'inspecteur Marchand lui glissa des mouchoirs en papier dans la main.

— J'ai pensé que c'était peut-être un accident. J'ai pensé qu'elle avait été tuée par une auto, quelque chose. Mais ça...

Elle se remit à sangloter.

— Il faut absolument que nous parlions à ton père, à présent, déclara l'inspecteur Marchand.

— S'il te plaît, Tasha, monte dans ta chambre, la pria son père.

— Mais je veux savoir ce qui s'est passé. Il s'agit de Maman. J'ai le droit de savoir.

— Tasha, je t'en prie...

Les yeux de son père, sa voix tremblante, son visage décomposé l'imploraient.

— Tu me raconteras tout ce qu'ils vont dire ?

Elle se moquait pas mal que l'inspecteur Marchand soit encore dans la pièce.

Il hocha la tête.

— *Tout,* Papa. Promis ?

— Promis.

Elle posa un baiser sur sa joue mouillée et sortit de la cuisine, tandis que son père et l'inspecteur Marchand entraient dans le salon. Elle grimpa l'escalier jusqu'au premier tiers des marches. Puis, une fois hors de vue, elle s'accroupit contre le mur pour écouter. Elle avait le droit de savoir.

— Pouvez-vous nous dire quand vous avez vu votre femme pour la dernière fois, monsieur Scanlan ?

C'était la voix de l'inspecteur Pirelli.

— Il y a cinq ans, dans la nuit du 2 août, répondit son père d'une voix caverneuse. Une pause, avant que l'inspecteur Pirelli se remette à parler. Il semblait méfiant.

— Vous vous souvenez du jour exact ?

— C'était la nuit de la grande tempête. Quand l'ouragan Bradley a fait tant de dégâts.

Tasha s'en souvenait comme si c'était hier. La nuit noire. Le vent qui hurlait comme une bête sauvage. Tasha s'était pelotonnée dans son lit, terrifiée par ces hurlements, qui ne parvenaient pas à couvrir les terribles éclats de voix dans la cuisine, juste au-dessous de sa chambre.

— Et pouvez-vous nous dire ce qui s'est passé, cette nuit-là ? reprit l'inspecteur Pirelli.

— Ma femme et moi, nous nous sommes disputés...

Leurs cris avaient réveillé Tasha. Elle avait d'abord enfoui sa tête sous les draps pour ne plus les entendre. Elle n'arrivait pas à se souvenir du moment exact où ils avaient commencé à se quereller. À l'époque, ils étaient tout le temps à couteaux tirés. Ils se disputaient même en public — au centre commercial, dans la rue devant chez eux, au Café. Tasha détestait ça. Les gens se retournaient pour les regarder. Une fois, dans le restaurant, le père de Tasha s'était mis dans une telle colère qu'il avait crié : « Un de ces jours, Catherine, tu vas me pousser à bout. »

— À cause de quoi vous disputiez-vous ? demanda l'inspecteur Pirelli.

— À cause de moi, murmura Tasha tout bas. Ils s'engueulaient à cause de moi...

« J'ai 35 ans, Leonard », avait hurlé sa mère. « Si je ne peux pas faire ce que je veux maintenant, quand est-ce que je pourrai ? » « Mais tu as un enfant », avait répondu son père. « Je veux vivre, Leonard. Vivre ! » Là-haut, dans sa chambre, Tasha entendit et comprit immédiatement que tout était de sa faute. Ses parents se querellaient à cause d'elle. Elle avait entouré ses genoux de ses bras et s'était mise à se bercer. Si seulement elle avait pu dormir cette nuit-là, malgré la tempête qui faisait rage, dehors et dans la cuisine.

— Monsieur Scanlan, vous rappelez-vous à propos de quoi vous vous disputiez ?

— On se chicanait tout le temps, répondit le père de Tasha après un certain temps. Ça n'allait pas bien entre nous. Et je pense que ce soir-là, ce fut la goutte d'eau qui a fait déborder le vase...

— Que voulez-vous dire par là ?

— La pire engueulade de toute notre vie commune, et Catherine est partie. Elle m'a quitté.

Tasha se rappelait que tout d'un coup, les cris avaient cessé. Elle était tapie contre le plancher dans un coin de sa chambre, près de la bouche d'aération qui montait de la cuisine, l'oreille aux aguets. Elle avait attendu, mais n'avait pu discerner que des bruits de pas. Et brusquement, la porte d'entrée avait claqué.

— A-t-elle dit où elle allait ?

— Non.

— Qu'est-ce qui s'est passé après son départ ?

— Rien, répondit le père de Tasha. J'étais en colère, fatigué. J'ai fini par aller me coucher. Je ne l'ai jamais revue.

— Elle n'a pas essayé de reprendre contact avec vous par la suite ?

— J'ai reçu deux ou trois lettres de Vancouver.

Tasha se souvenait de ces lettres. Elle les avait pratiquement apprises par cœur à force de les lire et les relire, cherchant un indice qui lui ferait croire que sa mère lui avait pardonné d'être un fardeau pour elle, et qu'elle reviendrait un jour. Les lettres étaient si cruellement succinctes : *Suis installée dans un joli meublé. Je fais des projets de départ.* Des mots neutres, des phrases courtes, qui ne disaient rien. Mais toujours quelques mots à l'intention de Tasha. *Mille baisers à ma Tasha-Patate,* pouvait-on lire dans l'une des lettres où sa mère reprenait le surnom qu'avait reçu Tasha quand elle était petite, en hommage à son amour passionné pour les pommes de terre sous quelque forme que ce soit — pilées, frites, bouillies, rôties ou cuites au four. *J'embrasse Tasha-Patate*. À part ça, rien. Rien qui laisse augurer un éventuel retour de sa mère.

— Elle est donc allée à Vancouver après vous avoir quitté, reprit l'inspecteur Pirelli. Savez-vous combien de temps elle y est restée ?

— Je n'en ai aucune idée. Comme je vous l'ai dit, elle a écrit à deux reprises. Et ensuite, nous n'avons jamais plus entendu parler d'elle.

— Jamais plus ?

Pas de réponse. Tasha imaginait son père en train de hocher la tête.

— Avez-vous cherché à retrouver votre femme après ça, monsieur Scanlan ?

— C'est elle qui *m*'a quitté, répliqua-t-il sur ce ton irrité qu'il prenait chaque fois que le sujet de Catherine Scanlan revenait sur le tapis. Avec les années, Tasha en était venue à ne plus oser lui demander quoi que ce soit à propos de sa mère.

— Elle m'a fait clairement comprendre qu'elle ne voulait plus rien entendre de moi, de Tasha ou du restaurant. Cela faisait des mois qu'elle pensait partir. Elle m'avait même vendu sa part du Café pour avoir assez d'argent pour vivre. Si elle n'était pas partie cette nuit-là, elle l'aurait fait une semaine, peut-être un mois plus tard.

—Votre femme vous quitte, et à part une ou deux lettres, ne reprend jamais contact avec vous ou votre fille. Et vous ne trouvez pas ça bizarre ? Vous n'essayez pas de la contacter ?

— C'est elle qui est partie, répondit Leonard Scanlan. Pas moi. C'était à elle de *me* contacter si elle en avait envie.

— Avez-vous gardé les lettres de votre femme ? demanda l'inspecteur Marchand.

— Non.

Tasha se raidit. Son père lui avait repris les lettres. Il disait qu'à force de les plier et de les déplier, elle allait les transformer en charpie.

— Je les ai gardées un certain temps. Et je les ai déchirées et jetées. Pourquoi ressasser le passé ?

Tasha n'en croyait pas ses oreilles. Ces lettres, c'était tout ce qui lui restait de sa mère. Il lui avait promis d'en prendre soin, et n'avait pas tenu parole.

— Vous souvenez-vous s'il y avait une adresse de retour indiquée sur l'enveloppe ? demanda l'inspecteur Pirelli.

« Non, il n'y avait rien », murmura Tasha, en écho à la réponse de son père. Elle le savait, parce qu'elle aurait tant aimé écrire à sa mère, la supplier de revenir.

— Et quand avez-vous reçu sa dernière lettre ?

— Je dirais environ six ou sept mois après son départ.

Il y eut à nouveau un silence.

— Et connaissez-vous quelqu'un qui aurait pu vouloir tuer votre femme ? demanda l'inspecteur Marchand.

— Oh non, absolument pas, répondit le père de Tasha.

— Et vous ne savez pas comment il se fait qu'elle ait abouti au Café Montréal alors qu'elle était censée être à Vancouver ?

— Je n'en ai pas la moindre idée.

— Et à part les lettres, elle n'a jamais cherché à reprendre contact ?

— Jamais.

— Et vous-même êtes resté chez vous cette nuit-là ?

Une pause.

— Ma fille avait dix ans à l'époque, inspecteur. Je ne pouvais pas la laisser toute seule. Ça me revient maintenant, il a fallu que je monte à l'étage pour la consoler après le départ de sa mère.

Tasha entoura ses genoux de ses bras et se recroquevilla sur elle-même. Son père était un brave homme, un travailleur acharné. Il s'était bien occupé d'elle depuis que sa mère les avait quittés. Il lui avait appris à dire la vérité, à toujours agir correctement, même si c'était difficile. Mais parce qu'elle ne voulait pas que les policiers se fassent une fausse idée de son père, elle s'obligea à rester où elle était : elle ne voulait pas aller le contredire.

3

Lorsque Tasha entendit les deux policiers se lever pour partir, elle grimpa en haut des escaliers pour rester hors de vue. Mais impossible d'y rester : il y avait encore trop de choses qu'elle voulait savoir. Elle redescendit quatre à quatre.

— Comment c'est arrivé ? demanda-t-elle aux deux inspecteurs.

Ils la regardèrent d'un air interdit, comme s'ils ne comprenaient pas.

— De quelle manière ma mère est-elle...

Le mot était si difficile à prononcer.

— Comment est-elle... morte ?

Le père de Tasha blêmit.

— S'il te plaît, Tasha... ne le demande pas, supplia-t-il.

— Il vaut mieux parfois tout savoir, déclara l'inspecteur Marchand.

Tasha se redressa de toute sa hauteur, pour avoir l'air aussi adulte que les trois personnes qui se tenaient dans l'entrée, et aussi déterminée à connaître la vérité qu'elles-mêmes l'étaient à la lui cacher.

— Pendant cinq ans, j'ai cru que ma mère vivait heureuse à l'autre bout du pays, commença-t-elle. J'ai même commencé à la haïr pour ça. J'ai cru qu'elle m'avait complètement oubliée, ou qu'elle s'en fichait. Mais je n'ai jamais perdu espoir qu'elle revienne. J'ai prié pour une lettre, un coup de téléphone. N'importe quoi. Et j'apprends aujourd'hui que tout ce temps, elle était...

C'était si difficile à dire. Et cela ne serait jamais facile, pensait-elle.

— Je pense avoir le droit de savoir comment ça s'est passé.

L'inspecteur Marchand s'approcha si près que Tasha aperçut dans ses prunelles de petits éclats violets. Elle n'avait jamais vu d'aussi beaux yeux bleus.

— Si tu veux vraiment le savoir, je vais te le dire, dit l'inspecteur Marchand d'une voix douce. Mais il y a une chose que je veux que tu saches. Ça fait presque dix ans que je fais ce métier, et j'ai dû souvent apporter de mauvaises nouvelles à des familles. La plupart des gens voulaient savoir la même chose que toi : comment est-ce arrivé ? Et ils ont regretté après d'avoir posé la question.

Tasha sentit les larmes lui monter aux yeux. Elle les essuya du revers de la main. Elle voulait être forte, ne pas lâcher prise.

— Je veux savoir.

L'inspecteur Marchand jeta un coup d'œil à son collègue, qui haussa les épaules.

— Les journaux vont finir par découvrir tous les détails, si ce n'est déjà fait, dit-il. Elle va l'apprendre comme ça, ou à la télévision. Comme tout le monde.

Le père de Tasha garda le silence, mais hocha presque imperceptiblement la tête. L'inspecteur Marchand eut soudain l'air triste et fatiguée.

— D'accord, fit-elle d'une voix à peine audible en plongeant ses yeux dans ceux de Tasha. Le coroner pense que l'arme du crime était un couteau ou peut-être un couperet. Un objet lourd et tranchant. Les os ont été entaillés. L'agresseur, quel qu'il soit, l'a frappée avec force.

Tasha eut un mouvement de recul. Elle leva sa main pour que l'inspecteur Marchand se taise. Les larmes ruisselaient sur ses joues et elle ne fit rien, cette fois, pour les arrêter. La policière avait raison. Il valait mieux ne pas tout savoir.

Plus tard, dans la nuit, Tasha essaya de chasser de son esprit ce qu'avait dit l'inspecteur Marchand. Une foule de souvenirs la hantaient. Le visage de sa mère, le hurlement du vent et la pluie battante la nuit où sa mère avait disparu, les éclats de voix dans la cuisine. Elle se souvenait de la terreur qui l'avait envahie quand la porte d'entrée avait claqué. Elle avait attendu longtemps en espérant entendre quelqu'un la rouvrir, mais en vain. Tout était resté silencieux.

En fait, il n'y avait pas eu de silence cette nuit-là, pas avec ces rafales qui fouettaient les arbres et la pluie qui cinglait les vitres. À l'extérieur, l'ouragan avait continué de se déchaîner. Seuls les cris s'étaient tus. Et c'est ce qui avait poussé Tasha à sortir de son lit et à se faufiler jusqu'en bas de l'escalier, en se demandant avec crainte ce qui l'attendait au rez-de-chaussée. Mais elle ne trouva rien. Personne. Elle était seule dans la maison.

— *Ma fille avait dix ans à l'époque*, avait dit son père à l'inspecteur Pirelli. *Je ne pouvais pas la laisser toute seule. Ça me revient maintenant, il a fallu que je monte à l'étage pour la consoler après le départ de sa mère.*

Mais cette nuit-là, il n'y avait personne d'autre qu'elle-même entre les quatre murs de la maison.

Effrayée, elle avait fait le tour de toutes les pièces — la cuisine où ses parents s'étaient disputés, le salon, le bureau où son père s'installait chaque soir pour composer les menus des jours suivants. Personne. Les jambes flageolantes, elle était remontée à l'étage jusqu'à la chambre de ses parents. Vide elle aussi.

Au moment précis où elle avait passé la porte, un éclair avait déchiré le ciel, projetant sur les murs de la chambre une danse d'ombres et de spectres qui l'avait terrifiée. Le coup de tonnerre avait suivi immédiatement comme une vague de fond, colossal, interminable, ébranlant la maison jusque dans ses fondations. Tasha avait plongé vers le lit et s'était enfouie sous les draps, réconfortée par le léger parfum de sa mère que dégageait l'oreiller. Elle était restée là longtemps, terrorisée, les yeux grands ouverts, en espérant que ses parents reviennent.

Et soudain, le jour fut là, avec le soleil qui entrait à flots par la fenêtre. Elle se réveilla dans sa propre chambre, bien emmitouflée sous ses couvertures, ne sachant trop si les événements de la nuit n'avaient été qu'un mauvais rêve. Elle finit par opter pour le mauvais rêve. Jamais ses parents ne l'auraient laissée seule en plein milieu de la nuit.

Réconfortée par cette idée, elle s'était glissée hors de son lit et avait longé le couloir jusqu'à leur chambre. En apercevant le désordre des couvertures, elle avait laissé échapper un petit cri de joie. Ses parents étaient là. Elle avait fait un cauchemar, c'est tout.

Mais il n'y avait qu'une personne dans le lit. Son père, étalé sur le dos, la bouche ouverte. Il ronflait.

La panique avait gagné Tasha, mais seulement une seconde. Sa mère était une lève-tôt. Elle était probablement en bas. Peut-être mettait-elle la table du petit déjeuner.

Mais la cuisine était déserte. Comme le reste du rez-de-chaussée. Et c'est quand elle s'était retournée vers l'escalier qu'elle les avait vus — les souliers de son père — au milieu d'une flaque d'eau dans l'entrée.

Et à présent, Tasha, étendue sur son lit, contemplait le plafond. Son père avait-il oublié qu'il était sorti cette nuit-là, ou avait-il délibérément menti aux policiers ?

Le lendemain, Tasha ne prit même pas la peine de s'habiller. Son père ne quitta pas la maison lui non plus, même si c'était samedi, le jour où il travaillait le plus. Il resta aussi silencieux qu'elle la majeure partie de la journée. À une ou deux reprises, elle l'entendit parler à voix basse au téléphone. Elle ignorait qui pouvait appeler, et s'en moquait éperdument. Elle ne pensait qu'à sa mère.

Mike vint faire un saut le dimanche matin. Tasha refusa d'abord de descendre le voir, mais son père insista.

— J'ai appris la nouvelle, dit Mike avec un pauvre sourire. Au journal télévisé.

Tasha s'enfonça dans le canapé du salon. L'inspecteur Pirelli ne s'était pas trompé.

Les médias avaient eu vent de l'histoire. Les journaux, la télé, la radio en parlaient. Impossible d'y échapper.

Mike vint s'asseoir à ses côtés.

— Je suis vraiment désolé pour ce qui t'arrive, Tasha. J'aimerais pouvoir dire que je sais ce que tu ressens, mais...

Tasha hocha la tête. La dernière fois qu'elle s'était sentie aussi misérable, c'était deux semaines après le départ de sa mère, quand elle avait compris que celle-ci ne reviendrait pas de sitôt. Elle avait alors cru que rien ne pourrait jamais la rendre plus malheureuse. Elle s'était trompée. Pendant un moment, ni elle ni Mike ne dirent un mot. Pour une fois, le silence qui s'était installé entre eux était tout sauf agréable.

— J'aimerais pouvoir faire quelque chose, dit-il enfin. Trouver un moyen pour effacer tout ça.

— Tu ne peux rien y faire. Personne ne le peut. Mais je vais survivre, j'imagine, répondit-elle, plus par souci de le réconforter que par réelle conviction. La vie allait simplement continuer, mais elle n'était pas certaine d'en avoir envie, en tout cas pas si elle devait se sentir aussi malheureuse.

— Je vais retourner à l'école demain. On ne peut rien prévoir pour les obsèques tant que... tant que le rapport d'autopsie ne sera pas terminé.

Elle s'entendait dire ces mots, et n'arrivait pas à le croire. Elle n'arrivait pas à croire que des choses comme des autopsies ou des enquêtes criminelles aient pu entrer dans sa vie.

— Veux-tu que je passe te prendre ? proposa Mike.

Tasha savait combien il voulait faire quelque chose pour elle.

— Je veux bien, répondit-elle.

Ce serait aussi plus facile d'aller au collège avec Mike que toute seule. Ils restèrent assis côte à côte quelques minutes, et puis Mike passa son bras autour de ses épaules. Tasha s'y appuya la tête et ferma les yeux.

Retourner à l'école le lendemain fut l'une des pires épreuves qu'elle ait vécues dans sa vie. Tout le monde était au courant, tous les yeux braqués sur elle. Des élèves qu'elle connaissait bien, et d'autres qu'elle connaissait à peine, vinrent lui présenter leurs condoléances. Rick Jensen, rouge comme une pivoine et osant à peine la regarder, lui expliqua combien il avait été désolé d'apprendre ce qu'il appelait la « terrible nouvelle ». Certains s'éternisèrent plus que nécessaire après lui avoir exprimé leur sympathie, et Tasha ne put s'empêcher de penser qu'ils espéraient en apprendre un peu plus que ce qu'ils avaient entendu dans les bulletins de nouvelles. Elle souhaita n'être jamais sortie de chez elle.

— Quatrième jour, annonça Mike trois jours plus tard. Si tu survis à cette journée, une extraordinaire récompense t'attend.

— Ah oui ?

Tasha n'en pouvait plus d'être le centre de l'attention. Elle en voulait aux élèves de parler d'elle. Tous les jours, les bulletins de nouvelles parlaient de l'assassinat de sa mère, et il lui était impossible de chasser cette affaire de son esprit ne serait-ce que quelques heures. Mais avec Mike, elle se sentait normale, enfin aussi normale que possible.

— Quelle récompense ? J'ai gagné un prix ?

— Tu l'as dit, répondit Mike en grimaçant un sourire. Si tu tiens le coup aujourd'hui, je vais m'arranger pour que la journée de demain soit déclarée un vendredi.

— La belle affaire ! fit Tasha en lui rendant son sourire.

Quelle chance d'avoir un ami qui l'aimait assez pour essayer de lui rendre la vie plus facile, et non le contraire.

— Même si je ne passe pas la journée, demain sera *quand même* vendredi. Rien qu'une autre journée d'école.

— Exact, une autre journée d'école. Suivie de la soirée la plus mémorable que tu aies connue depuis bien, bien longtemps.

Tasha fronça les sourcils. De quoi parlait-il ?

Mike plongea la main dans sa poche.

— Abracadabra, fit-il en exhibant ce qui ressemblait à une paire de billets de spectacle. Le concert de *My Sanity* ! Cinquième rang au centre.

— Je croyais que tous les billets étaient vendus depuis un mois !

— Depuis six semaines, plus exactement.

— Tu as ces billets depuis six semaines et tu ne m'en parles qu'aujourd'hui ?

— En fait, il n'y a que six jours que je les ai. Je les ai achetés par l'intermédiaire de Sharon Wong la semaine passée.

Tasha ouvrit des yeux ronds. Sharon Wong... la fille que Mike avait embrassée dans le couloir de l'école.

— Son frère travaille pour une billetterie, expliqua Mike. Il peut avoir des places pour les meilleurs groupes en ville.

Il paraissait vraiment fier de lui.

— Et Sharon a pu t'avoir des billets ?

— Elle me devait bien ça. J'ai passé un temps fou à l'aider sur un projet en informatique la session dernière. On ne peut pas dire qu'elle soit douée question ordinateurs. En échange, elle m'avait promis des billets pour le concert de mon choix. Mais je n'étais pas sûr qu'elle puisse m'en dégoter pour celui-là. Ils valent de l'or, tu sais. Je n'arrivais pas à le croire quand elle m'a dit la semaine dernière qu'elle avait réussi à en avoir.

Ainsi, il n'y avait rien de spécial entre Mike et Sharon Wong. Une simple histoire de travail scolaire.

— Hé ! fit Mike. Quelque chose qui cloche ?

— Non, rien.

Il avait embrassé Sharon parce qu'elle lui avait donné une paire de billets pour le concert le plus génial de l'année.

Mike la dévisagea comme pour essayer de lire dans ses pensées.

— J'ai fait une gaffe, c'est ça ? Ce n'est probablement pas le bon moment. Écoute, si tu ne veux pas venir, pas de problème.

Il fit disparaître les billets dans sa poche.

— Je voulais juste faire quelque chose pour que tu te sentes mieux.

— Tu n'as pas fait de gaffe, s'empressa de répondre Tasha. Des fois, je pense que je deviendrais folle si tu n'étais pas là. Tu es la seule personne qui ne me regarde pas comme si j'étais une espèce de monstre.

Elle lui posa avec fougue un baiser sur la joue. Il eut l'air si surpris qu'elle se mit à rire pour la première fois depuis des jours. C'était bon.

— Quel concert fabuleux ! s'exclama Tasha tandis qu'ils se dirigeaient vers la voiture. Elle gambadait à côté de Mike, la tête tout emplie de musique.

— Merci ! Merci !

— C'est Sharon que tu devrais remercier, répondit-il, l'air aussi enchanté qu'elle.

— Compte sur moi, promit-elle.

Ils s'arrêtèrent manger une pizza, qu'ils partagèrent en discutant du concert, puis Mike reconduisit Tasha chez elle. Pendant le trajet, Tasha se demanda si ce soir serait le grand soir. Mike l'avait emmenée au concert. Peut-être allait-il l'embrasser en la laissant devant sa porte ? Peut-être allait-il ce soir poser le geste qui ferait de lui non plus son meilleur ami, mais son petit ami ? Elle l'espérait ardemment. Ils tournèrent dans sa rue. Et soudain, elle figea sur place.

— Il y a deux autos de police devant chez toi, fit Mike en plissant les yeux.

— Deux autos de police, répéta-t-elle, étonnée de pouvoir articuler une parole malgré le nœud qui lui serrait la gorge.

Une voiture grise, celle des inspecteurs Marchand et Pirelli, était garée derrière une auto-patrouille aux gyrophares allumés. Qu'est-ce qu'ils fabriquaient ici ? Qu'était-il arrivé ? Son père était-il blessé ?

Elle bondit de l'auto encore en marche et s'élança sur le trottoir quand la porte d'entrée de la maison s'ouvrit. L'inspecteur Marchand apparut, suivie du père de Tasha et de deux agents en uniforme. L'inspecteur Pirelli leur emboîtait le pas.

— Papa ! hurla-t-elle. Papa, qu'est-ce qui se passe ?

Leonard Scanlan, le visage blême sous l'éclairage cru du perron, lui lança un regard triste. Il haussa les épaules comme pour s'excuser.

Tasha se mit à courir vers lui, mais l'inspecteur Marchand la retint. Elle vit alors que son père avait les mains menottées derrière le dos.

— Qu'est-ce que vous faites ? cria-t-elle. Pourquoi l'emmenez-vous ?

— Ton père est en état d'arrestation, répondit calmement l'inspecteur Marchand.

En *état d'arrestation* ? Ça ne tenait pas debout ! Tasha jeta un regard désespéré vers Mike, qui était sorti de sa voiture et assistait silencieusement à la scène, abasourdi, pendant que les policiers faisaient monter Leonard Scanlan à l'arrière de l'auto-patrouille.

— Mais pourquoi l'arrêtez-vous ? demanda Tasha. Qu'est-ce qu'il a fait ?

L'inspecteur Marchand se retourna.

— Ton père est en état d'arrestation pour le meurtre de ta mère.

4

— Si vous l'emmenez au poste, j'y vais aussi, déclara Tasha.

L'inspecteur Marchand ouvrit la bouche pour dire quelque chose. Tasha était sûre qu'elle allait dire non. Elle se trompait.

— C'est une bonne idée, Tasha. Nous aimerions te poser quelques questions, et de toutes façons, ton père ne sera probablement pas relâché cette nuit. Il va falloir qu'on te trouve un endroit pour dormir.

— Elle peut venir chez moi, proposa Mike, dont l'interruption soudaine fit sursauter la policière. Je vais en parler à mes parents, Tasha, et je te retrouve au poste de police. D'accord ?

— D'accord, fit Tasha. Elle tendit la main vers la sienne. Il la garda un instant, puis, si vite que Tasha n'eut même pas le temps d'être surprise, il se pencha et l'embrassa.

Elle le regarda s'éloigner en courant vers sa voiture, en caressant la trace encore tiède de ses lèvres sur sa joue.

Assise à l'arrière dans la voiture des inspecteurs, elle resta silencieuse pendant tout le trajet. Comment avaient-ils pu arrêter son père ? se demandait-elle encore et encore. Qui pouvait croire qu'il soit capable de tuer ?

Quand ils arrivèrent devant le poste de police, Tasha aperçut son père qui sortait de l'auto-patrouille, escorté par les policiers. Il y eut des éclairs de flashes, un attroupement. Le groupe se fraya un chemin parmi les curieux.

— Maudits journalistes, marmonna l'inspecteur Marchand. Passe par l'arrière, Pirelli.

C'était la première fois que Tasha mettait les pieds dans un poste de police. Elle fut surprise par le bruit et l'animation qui y régnaient. L'endroit bourdonnait d'activité : le cliquetis des doigts sur les claviers d'ordinateurs, les cris, le ronron des conversations... Il y avait des gens partout, assis derrière des bureaux, tassés sur des chaises apparemment inconfortables, d'autres qui entraient, qui sortaient.

Et il était près de minuit. Tasha imagina la congestion qui devait régner durant la journée.

— Par là.

L'inspecteur Marchand escorta Tasha jusqu'à un escalier. À l'étage, elle la fit entrer dans une pièce exiguë, encombrée par les rares meubles qu'elle contenait : une table tout égratignée et quatre chaises fatiguées.

— Je reviens tout de suite.

— Où est mon père ?

— On s'occupe de lui.

— Je veux le voir.

— Je vais demander si c'est possible, répondit l'inspectrice. Promis. Mais d'abord, nous avons à parler toi et moi. Attends-moi ici, ça ne sera pas long.

Elle revint quelques minutes plus tard en compagnie d'une dame aux cheveux gris qui portait une robe à motifs fleuris.

— Mme Evans travaille pour la Protection de la jeunesse. Elle va assister à notre conversation. Tasha ?

Tasha regarda la dame, qui lui sourit.

— Je veux voir mon père.

— On va voir ce qu'on peut faire, dit Mme Evans. Mais les policiers veulent d'abord te poser quelques questions.

— Nous allons vidéographier notre entretien, d'accord ? fit l'inspecteur Marchand.

— Pourquoi ?

— Tu es mineure. Nous faisons ça pour que tout le monde puisse voir que nous n'exerçons aucune pression, que tu me parles de ton plein gré. Mme Evans est là pour ça, elle aussi. D'accord ?

— Mon père n'a rien fait, répliqua sèchement Tasha.

— Tu es d'accord pour qu'on enregistre l'entrevue, Tasha ?

Encore furieuse, Tasha fit oui de la tête.

— Parfait.

L'inspectrice jeta un coup d'œil au miroir qui occupait presque tout un mur. Un miroir sans tain, pensa Tasha. Non seulement on la vidéographiait, mais en plus, on l'épiait !

— Regarde-moi, Tasha, fit l'inspecteur Marchand avec douceur, mais sur un ton ferme. De mauvaise grâce, Tasha plongea ses yeux dans les prunelles violettes.

— Je dois te poser quelques questions, et il est très important que tu me dises la vérité.

Tasha sentit le rouge lui monter aux joues. La prenait-on pour une menteuse ?

La policière la fixa, impassible, pendant quelques secondes.

— Je voudrais que tu me racontes tout ce dont tu te souviens du soir où ta mère a disparu.

Tasha baissa les yeux pour que l'inspectrice ne devine pas son trouble. Qu'allait-elle faire ? Son père avait dit aux policiers qu'il était resté à la maison toute la nuit. Tasha savait que ce n'était pas vrai, mais si elle le disait à l'inspecteur Marchand, ça ne ferait qu'aggraver son cas.

— Ton père dit qu'il s'est disputé avec ta mère, ce soir-là... T'en souviens-tu, Tasha ? As-tu entendu quelque chose ?

— J'étais en haut, dans ma chambre. Au lit.

— Regarde-moi, Tasha.

Tasha leva les yeux à contrecœur.

— As-tu entendu tes parents se disputer ?

Tasha fit oui de la tête.

— Sais-tu à propos de quoi ils se disputaient ?

— Non. Enfin... un peu. Ils... ils se disputaient souvent, à propos de tout, répondit

Tasha qui eut l'impression d'entendre à nouveau leurs récriminations. Je crois que ma mère était en colère à cause du Café. Elle disait... elle disait à mon père que c'était la seule chose qui comptait pour lui. Qu'elle était contente de ne plus y travailler et qu'elle avait hâte de s'en aller. J'étais sûre qu'ils allaient divorcer.

— Te souviens-tu qu'ils aient dit autre chose, cette nuit-là ?

— Non.

À quoi bon dire à l'inspectrice que sa mère lui en voulait, parce qu'elle l'empêchait d'être libre ?

— Et quand ils ont eu fini de se disputer, que s'est-il passé ?

— Ma mère est partie.

— L'as-tu vue ou entendue partir ?

Une vague de panique envahit Tasha. Elle allait devoir faire très attention à ce qu'elle allait répondre.

— J'ai entendu la porte d'entrée s'ouvrir, puis claquer.

— Et ta mère est partie ?

— J'imagine que... oui.

— L'as-tu vue partir ?

Tasha secoua la tête.

— Et ton père ?

Tasha se mordit la lèvre.

— Tasha, qu'est-ce qu'il a fait, ton père, après le départ de ta mère ?

Il avait raconté à la police qu'il était monté dans sa chambre la consoler, mais ce n'était pas vrai. Elle ne l'avait pas revu avant le lendemain matin, et elle avait vu aussi l'état de ses chaussures. Mais il devait avoir une bonne raison de dire ce qu'il avait dit. Ou encore il avait été si bouleversé qu'il avait oublié ce qui s'était réellement passé.

— Tasha ?

Les policiers étaient persuadés que son père avait commis un meurtre. Si elle leur disait qu'il avait menti, ou s'ils pensaient qu'il leur avait menti quand en fait, il avait simplement oublié ce qui s'était passé, ils seraient encore plus convaincus de sa culpabilité.

— Tasha, tu m'as promis de tout me dire.

— Mon père n'est pas un assassin ! protesta Tasha. Il aimait ma mère. Ils se disputaient souvent, mais jamais il ne lui aurait fait du mal.

— Si nous voulons éclaircir toute cette histoire, Tasha, il faut que nous sachions *exactement* ce qui s'est passé. Si tu veux aider ton père, tu dois dire la vérité.

Elle ne voyait pas très bien en quoi le fait de révéler ce détail précis pouvait rendre service à son père. Elle sentait les yeux de l'inspectrice sur elle, mais n'avait pas la force de soutenir ce regard.

— Pour la dernière fois, Tasha. Ton père est-il monté te parler après le départ de ta mère ?

Que devait-elle faire ? Mentir ? Faire croire à l'inspectrice que quelque chose était vrai quand ça ne l'était pas ? Ou valait-il mieux raconter ce dont elle se souvenait vraiment ? N'était-ce pas toujours la meilleure chose à faire ? L'honnêteté n'était-elle pas toujours la voie à suivre ?

— Non, s'écria-t-elle enfin. Non, il n'est pas venu. Ils m'ont laissée toute seule dans la maison. J'ai entendu claquer la porte et je me suis levée pour aller voir ce qui se passait. Et il n'y avait personne. Absolument personne.

Une demi-heure plus tard, assise sur un banc en compagnie de Mme Evans dans un couloir bondé de monde, Tasha attendait l'inspecteur Marchand. Elle avait du mal à retenir ses larmes et s'essuyait les yeux tout le temps, bien décidée à ne pas exhiber ses émotions en public. Mais de toute évidence, les choses se présentaient mal pour son père, et pas seulement à cause de ce qu'elle avait raconté à l'inspecteur Marchand. Elle avait deviné, au type de questions qu'on lui posait, que la police avait déjà interrogé leurs anciens voisins. L'un d'eux se souvenait d'avoir vu Leonard Scanlan sortir de la maison la nuit où sa mère avait disparu.

— Mais c'est impossible, avait dit Tasha à l'inspecteur Marchand. C'est arrivé il y a cinq ans. Moi, je me souviens de cette nuit-là parce que c'est la nuit où ma mère est partie. Mais comment quelqu'un peut-il être aussi sûr d'avoir vu mon père cette nuit-là, cinq ans plus tard ?

— C'était la nuit de l'ouragan Bradley, lui rappela l'inspecteur Marchand. Un arbre est tombé sur le terrain devant sa maison, et il a défoncé ses fenêtres.

Il s'agissait de M. Danvers, comprit Tasha. Il habitait juste de l'autre côté de la rue.

— Il était dehors en train d'essayer de clouer du contreplaqué sur ses fenêtres.

Il dit qu'il se souvient avoir vu ton père dehors cette nuit-là parce qu'il l'a appelé pour lui demander un coup de main. Ton père ne s'est pas arrêté.

Son père pouvait avoir eu des dizaines de raisons de sortir cette nuit-là, avait répliqué Tasha. Et de toutes façons, le fait d'avoir quitté la maison n'en faisait pas un meurtrier pour autant. Il y avait bien ces lettres que sa mère leur avait envoyées, non ?

— Ah, les lettres, fit l'inspecteur Marchand, qui n'avait pas l'air très contente. Tu les as vues, ces lettres, n'est-ce pas ?

— Oui. Elles étaient sur du papier blanc, très bien...

Elle allait dire « très bien tapées », mais à peine les mots s'étaient-ils formés dans son esprit qu'elle comprit que quelque chose clochait, en se demandant pourquoi elle n'y avait pas songé plus tôt. Non seulement sa mère tapait mal à la machine, mais en plus elle détestait ça. Quand elle devait faire les menus pour le Café, elle refusait de travailler sur ordinateur. « Je peux les écrire plus vite et mieux à la main », disait-elle. Elle répugnait tant à s'installer devant un clavier qu'elle payait quelqu'un pour taper ses travaux de session. Comment aurait-elle pu, une fois à Vancouver, dactylographier des lettres à Tasha et à son père ? Ne les aurait-elle pas plutôt écrites à la main ?

— Ton père t'avait promis de les garder en lieu sûr, n'est-ce pas ? demanda l'inspecteur Marchand.

Tasha fit oui d'un signe de tête.

— Mais il ne les a pas conservées. Il les a détruites, c'est ça ?

Tasha acquiesça encore. Elle ne comprenait toujours pas pourquoi il avait agi ainsi. Elle avait pleuré chaque fois qu'une lettre était arrivée, à la fois ravie que sa mère se souvienne d'elle et peinée parce que chaque lettre lui rappelait cruellement son absence. Elle aurait voulu les garder, pouvoir les flairer et les toucher en imaginant sa mère en train de les ranger dans leur enveloppe. Son père avait dit qu'il comprenait, mais qu'elle risquait d'en faire du chiffon à force de les plier et de les déplier tout le temps. Il allait les conserver pour elle. Et il les avait jetées. Ça ne tenait pas debout.

Mais ça ne prouvait rien pour autant. Son père avait été anéanti par le départ de

Catherine Scanlan, peut-être plus encore que Tasha. Il avait probablement brûlé les lettres dans un accès de colère ou de tristesse.

Mais il y avait autre chose qui, ajouté à tout le reste, noircissait encore davantage le tableau.

— Quand tes parents se sont mariés, avait dit l'inspecteur Marchand, ton grand-père leur a légué à part égale le Café Montréal. Six semaines avant sa disparition, ta mère a vendu sa part à ton père. Celui-ci nous a dit qu'elle voulait cet argent pour faire un voyage autour du monde.

La policière fit une pause, et Tasha devina que le pire allait venir.

— Sais-tu à quel moment ton père a vendu le Café ?

— Bien sûr. Il l'a vendu juste après...

Juste après la disparition de sa mère.

— Mais il a énormément *souffert* de son départ, plaida-t-elle. Il voulait se débarrasser de tout ce qui pouvait lui rappeler ma mère.

C'était logique. Tasha elle-même, après le départ de sa mère, n'aimait pas penser au Café Montréal. En fait, elle n'y avait jamais remis les pieds, de peur que les odeurs et le décor ne réveillent de vieux souvenirs.

— Il l'a vendu un prix bien inférieur à sa valeur, avait ajouté l'inspecteur Marchand. Ça fait mauvais effet, Tasha. Les gens peuvent penser qu'il l'a vendu à perte parce qu'il était pressé de s'en débarrasser. À cause de ce qu'il y avait dans le sous-sol.

— Mais... Non, ça n'a pas de sens. Si mon père avait voulu y cacher un cadavre, il aurait gardé le Café, il ne l'aurait pas vendu, avait répliqué Tasha. Puis, elle s'était souvenue de ce que son père avait dit à Denny. Il n'avait pas vendu le Café pour qu'il soit rasé. « S'il y a quelqu'un qui devrait être choqué par la démolition du Café Montréal, c'est bien moi, Denny », avait-il dit. Tasha avait cru qu'il entendait par là qu'il était triste de voir disparaître un établissement si riche en traditions et en souvenirs personnels. Mais peut-être n'était-ce pas du tout ça qu'il voulait dire.

Assise sur son banc, Tasha essayait de réfléchir, glacée par tout ce qu'elle venait d'apprendre. Qu'allait-il se passer à présent ?

Elle tourna la tête en entendant la voix de Mike. Celui-ci parut soulagé de la voir.

Son père l'accompagnait. Sanjit Bhupal était un petit peu plus petit que son fils. Tasha se leva à son approche. Il la salua avec gravité.

— Comment ça va, Natasha ? demanda-t-il.

— Pas trop mal.

— Michael m'a tout raconté. Qui est le responsable ici ? À qui dois-je m'adresser ?

Mme Evans se leva et se présenta.

— Mon fils est un ami proche de Natasha, expliqua M. Bhupal. Nous aimerions l'héberger pour la nuit, avec l'autorisation de son père. Elle n'a pas de famille ici.

Tandis que M. Bhupal et Mme Evans poursuivaient leur conversation, Mike s'approcha de Tasha.

— Tasha, ça va ? Quelles sont les nouvelles ?

— Ils le croient coupable, répondit Tasha en secouant la tête. Ils pensent que mon père a vraiment tué ma mère.

Mike ne répondit rien, mais lui prit la main et la serra dans la sienne.

Mme Evans s'éclipsa quelques minutes. Elle revint en compagnie de l'inspecteur Marchand.

— Est-ce que je peux passer la nuit chez les Bhupal ? demanda Tasha à Mme Evans.

— Si ton père est d'accord.

— Pourquoi ne pas lui demander toi-même la permission ? ajouta l'inspecteur Marchand.

Le cœur de Tasha fit un bond.

— Je peux le voir ?

— Juste une minute.

— Nous t'attendons ici, dit Mike. N'est-ce pas, Papa ?

Leonard Scanlan était assis sur une chaise à dossier droit, derrière une épaisse cloison vitrée. Il tenait un récepteur téléphonique à la main, et Tasha découvrit qu'elle ne pourrait lui parler qu'en décrochant un autre récepteur, de son côté de la vitre. L'angoisse et la fatigue se lisaient sur le visage de son père. Elle se demanda ce qu'il pouvait bien penser. Que son arrestation était une terrible erreur, ou que son geste avait fini par être découvert ?

Cette dernière idée lui fit honte, mais elle avait beau essayer de toutes ses forces, elle ne parvenait pas à la chasser.

Elle saisit le récepteur d'une main tremblante, et le colla contre son oreille.

— Tu vas bien, Papa ?

— Autant que possible, répondit-il. Ils m'ont permis d'appeler mon avocat. Il s'appelle Roger Brubaker. Il va probablement vouloir te parler à un moment ou un autre. Je lui ai demandé de prendre contact avec ta tante Cynthia pour savoir si elle ne pourrait pas venir s'occuper de toi jusqu'à ce qu'on soit sortis de ce bourbier.

— Tante Cynthia ?

La dernière fois que Tasha l'avait vue, c'était bien avant la disparition de sa mère. Elle avait toujours eu l'impression que les deux sœurs ne s'entendaient pas, mais sans savoir pourquoi.

— J'espère que Cynthia pourra être ici demain. Pour cette nuit, je ne sais pas ce qu'on peut faire. Peut-être que Maître Brubaker...

— Ne t'en fais pas. Les Bhupal m'ont invitée à passer la nuit chez eux. On peut appeler tante Cynthia pour lui dire. M. Bhupal et Mike m'attendent à l'extérieur.

Leonard Scanlan se cala contre le dossier de sa chaise, soulagé.

— Parfait, dit-il. J'étais si inquiet.

Inquiet pour qui, pour quoi ?

— Tout va bien pour moi, Papa. C'est toi...

Que pouvait-elle dire ?

— Je ne sais pas ce qu'ils t'ont raconté, Tasha. Mais je tiens à te le dire moi-même. Ce n'est pas moi qui ai fait ça. Jamais je n'aurais fait de mal à ta mère. Tu dois me croire, Tasha.

— Je te crois.

Elle espéra que sa voix n'avait pas trahi l'incertitude qui la rongeait. Elle aurait voulu pouvoir traverser la vitre pour aller l'embrasser, mais en même temps, elle était presque contente de ne pas pouvoir le faire.

5

Mme Bhupal était une petite blonde aux yeux vert pâle, qui avait gardé de son enfance à Édimbourg un léger accent écossais. Elle ouvrit toute grande la porte avant même que M. Bhupal ait pu trouver ses clefs. Elle avait dû guetter leur arrivée. Elle accueillit Tasha les bras ouverts en lui demandant si elle voulait manger quelque chose.

— Non, merci, répondit Tasha.

Elle était complètement épuisée. Il était largement passé minuit, et elle avait l'impression d'avoir vécu la plus longue journée de sa vie.

— Et si je te montrais ta chambre ?

Elles montèrent au premier et Mme Bhupal escorta Tasha jusqu'à une chambre aux murs tendus de papier peint fleuri et au plafond rose pâle. Un canapé-lit ouvert attendait Tasha, et on avait garni la salle de bains attenante de linge de toilette propre. Mme Bhupal ouvrit le placard et en sortit une chemise de nuit.

— Tu peux la porter pour cette nuit, dit-elle. Et ne te soucie de rien. Lève-toi à l'heure que tu voudras.

Tasha la remercia et sitôt Mme Bhupal sortie, elle s'effondra sur le lit. Son père était en prison. Et ces flics sinistres semblaient bien décidés à le garder sous les verrous. Quant à sa mère — les larmes lui montèrent aux yeux et elle réprima un sanglot — elle était morte. Sa vie venait d'être complètement chambardée, et il semblait maintenant qu'il faudrait d'autres secousses avant que la situation revienne à la normale.

On frappa doucement à la porte. Tasha essuya ses larmes.

— Tasha ?

C'était Mike.

— Entre.

Il passa la tête dans l'entrebâillement de la porte.

— Je voulais simplement voir si tout allait bien.

Il la couvait d'un œil inquiet, un pâle sourire sur les lèvres.

— Tu dois me trouver un peu débile, vu les circonstances, ajouta-t-il.

Tasha secoua la tête. Mike avait sûrement deviné qu'elle pleurait.

— C'est si bizarre, dit-elle. Je n'arrive pas à y croire. Je ne peux m'empêcher de penser que je vais me réveiller, ou que ça va être bientôt la fin du film.

Mike vint s'asseoir près d'elle. Elle contempla son visage franc et lisse, son nez petit et mince, ses grands yeux noirs.

— Et s'ils avaient raison ? reprit-elle. S'il l'avait vraiment tuée ?

Mike la regarda, interloqué.

— Tu ne peux pas croire ça, n'est-ce pas ?

— Je ne sais plus ce qu'il faut croire.

Elle raconta à Mike tout ce que lui avait dit l'inspecteur Marchand, et tout ce qu'elle-même savait.

Il hocha la tête, lentement.

— Mais il s'agit de ton père, Tasha. C'est un cuisinier, pas un assassin.

Tasha aurait donné n'importe quoi pour en être aussi convaincue.

Elle fut réveillée par le claquement d'une portière de voiture et consulta sa montre.

À sa grande surprise, il était près de trois heures. Trois heures de l'après-midi, car le soleil inondait la chambre. Elle avait dormi la moitié de la journée.

Elle se leva, prit une douche rapide et s'habilla. Elle était en train de faire le lit lorsque Mme Bhupal frappa à la porte.

— Ta tante est là, Tasha.

Tante Cynthia, c'était Catherine Scanlan en plus grande, plus mince et plus blonde. Mais la ressemblance était telle — les yeux pers si pénétrants, la bouche généreuse et la chevelure épaisse qui descendait en cascade — que quiconque connaissant l'une des deux sœurs aurait pu sans hésitation identifier l'autre n'importe où. Tante Cynthia avait les yeux cernés et ses cheveux avaient besoin d'un bon coup de brosse. Elle n'a pas dû dormir beaucoup, pensa Tasha. Pour venir de l'État de Washington, elle a dû prendre un avion très tôt ce matin — tout de suite après avoir appris que sa sœur avait été assassinée.

— Un taxi nous attend, dit-elle à Tasha. Viens, allons ramasser tes affaires.

Tasha eut l'impression qu'on s'adressait à elle comme à une enfant de quatre ans à qui on demande de ranger ses jouets.

— Je n'ai rien ici, répliqua-t-elle avec raideur.

Elle remercia Mme Bhupal pour son hospitalité et suivit sa tante jusqu'au taxi.

— C'est vrai que tu as grandi, dit tante Cynthia une fois dans la voiture. Quel âge as-tu maintenant, quatorze ans ?

— Quinze. Presque seize.

Tante Cynthia secoua la tête.

— Seize ans, fit-elle en soupirant. Le bel âge. Et arrives-tu à tenir le coup ?

— Je pense que oui.

— Pauvre Cathy. J'ai toujours eu l'impression que ton père me cachait quelque chose.

Tasha dévisagea sa tante.

— Es-tu en train de me dire que c'est lui le coupable ?

Tante Cynthia rougit violemment.

— Eh bien... Tasha, il a été arrêté, non ? La police a sûrement de bonnes raisons...

— Je me demande pourquoi Papa t'a fait venir, coupa Tasha. Tu n'es même pas de son côté. Tu es déjà convaincue qu'il est coupable.

Elle s'enfonça dans son siège et n'ouvrit plus la bouche jusqu'à la maison.

— Je sais que tu es en colère contre moi.

Tante Cynthia déposa une assiette de spaghettis devant Tasha. Depuis une heure, elle jacassait sans arrêt en préparant le repas, faisant comme s'il ne s'était rien passé dans le taxi et décrivant de long en large le petit restaurant qu'elle tenait dans l'État de Washington.

Tasha n'avait guère ouvert la bouche et tante Cynthia tentait à présent de détendre l'atmosphère.

— C'est vrai que ton père et moi, on ne s'est jamais très bien entendus. Mais ça n'a rien d'un secret, n'est-ce pas ?

— Je croyais que c'était avec ma mère que tu ne t'entendais pas, répliqua Tasha. J'ignorais que tu avais ce problème avec toute la famille.

— Ta mère et moi, on s'entendait très bien. Elle me manque... elle m'a terriblement manqué. Et apprendre maintenant qu'elle a été...

Les joues de tante Cynthia s'empourprèrent.

— Et puis, ce n'est pas de sa faute si Papa leur a cédé le Café, à elle et à ton père. Mais t'es-tu déjà demandé ce que ça m'a fait, à moi ? Catherine n'était pas la seule cuisinière de la famille. En plus, elle n'a jamais voulu travailler dans la restauration. Elle a accepté uniquement parce que ton père en avait terriblement envie, et qu'elle était follement amoureuse de lui. Celle qui est sortie de l'École du Cordon bleu, à Paris, c'est moi. Le savais-tu ? Mais Cathy a toujours été la préférée de Papa, et il aimait beaucoup Leonard aussi. Si bien que quand il a décidé de prendre sa retraite, il leur a légué le Café. Il ne m'a même pas demandé ce que je voulais ou si je pouvais être intéressée.

L'amertume de sa tante stupéfia Tasha. Comme si cette blessure à son amour-propre était encore toute fraîche.

— Pourquoi ne pas avoir dit à ton père ce que tu ressentais ? Pourquoi reporter ta colère contre ma mère ?

— Je n'ai jamais fait ça, protesta tante Cynthia.

— Vous n'arrêtiez pas de vous chamailler, toutes les deux.

— Ce n'est pas vrai.

— Si, c'est vrai. Chaque fois que tu venais nous voir.

Tante Cynthia rangeait soigneusement les spaghettis sur le pourtour de son assiette.

— On ne se chamaillait pas *tout* le temps, reprit-elle. Tu ne te rappelles probablement que ma dernière visite. Bon sang, ça a chauffé cette fois-là. Quand j'ai appris que Catherine avait vendu sa part du Café à ton père, qui devenait ainsi l'unique propriétaire. Je pense que c'était environ un mois avant qu'elle... avant qu'elle disparaisse. Il ne lui est jamais venu à l'esprit de m'offrir sa part à moi. Elle *savait* pourtant combien j'étais attachée au Café. Et que j'aurais fait n'importe quoi pour m'en occuper.

Elle secoua la tête, comme pour chasser la colère qui la gagnait.

— Notre famille avait tenu le Café pendant plus de soixante ans. Et ta mère l'a vendu à ton père comme un vieux meuble dont on se débarrasse, comme s'il n'avait aucune valeur à ses yeux. Elle n'a même pas pensé à moi. Et puis... tout de suite après...

Elle planta rageusement sa fourchette dans l'assiette de spaghettis.

— ... ton père a vendu le Café. Comme ça. Il ne me l'a annoncé que plusieurs mois après, quand il était trop tard pour que je fasse quoi que ce soit. Je l'aurais repris, moi, le Café. J'aurais été fière de le tenir. Mais personne ne m'en a donné la chance.

Tasha dévisageait sa tante, bouche bée.

— Je ne savais rien de tout ça.

— Comment aurais-tu pu le savoir? répondit sa tante en haussant les épaules. Tu n'étais qu'une enfant.

Assises l'une en face de l'autre à la table de la cuisine, elles jouaient avec leur nourriture sans rien avaler.

— Crois-tu que mon père soit coupable? finit par demander Tasha.

— Tasha...

— Tu n'imagines pas ce que c'est. Les gens parlent dans mon dos, et ils se taisent dès que j'approche. Ils ont tous leur opinion, pour ou contre. Plutôt contre, d'ailleurs. Mais tu connais mon père. Tu sais quel genre de personne il est. Qu'en penses-tu, toi?

Tante Cynthia se mit à tripoter son verre d'eau.

— Je pense qu'il faut laisser ces choses-là aux spécialistes. C'est le travail des policiers et des avocats, de découvrir ce qui s'est réellement passé, de trouver les coupables.

Tasha regarda sa tante en silence. Elle avait l'estomac noué.

— Tu as dit dans le taxi que tu avais toujours su que mon père te cachait quelque chose. Qu'est-ce que tu voulais dire ?

— Et si on changeait de sujet ? répondit tante Cynthia. On a du temps à rattraper, toi et moi. La dernière fois qu'on s'est vues, tu étais pas mal plus petite. Et tu as seize ans, maintenant...

— Quinze.

Tante Cynthia se força à sourire.

— Quinze, fit-elle. J'admets mon erreur.

Tasha abattit son poing sur la table avec une telle violence que les ustensiles et les assiettes s'entrechoquèrent.

— Réponds à ma question, cria-t-elle. Sois honnête avec moi. Est-ce trop te demander ?

Tante Cynthia la regarda, interloquée. Elle saisit son verre d'eau glacée et y porta les lèvres.

— Écoute, Tasha, nous allons devoir vivre ensemble pendant un certain temps. Ça pourrait durer des semaines, peut-être plus. Je pense que le mieux, pour nous deux, serait d'éviter ce sujet, et d'essayer de vivre le plus normalement possible.

Tasha s'était levée avant même que sa tante ait fini sa phrase.

— Si tu l'avais cru innocent, tu l'aurais dit ! cria-t-elle.

— Tasha...

— Je me trompe ? hurla Tasha qui se sentait trahie par sa tante, la propre sœur de sa mère. Si je me trompe, dis-le-moi ! Dis-moi : « Tu fais erreur, Tasha, je crois très sincèrement que ton père est innocent. » Allez, dis-le !

Tante Cynthia la fixait en silence, abasourdie.

Tasha tourna les talons et s'enfuit de la maison.

— Michael est dans le garage.

M. Bhupal l'examinait d'un œil scrutateur qui la mit mal à l'aise. Elle était sûre d'avoir les paupières rouges et gonflées. Et avec sa chance habituelle, ses joues devaient encore porter des traces de larmes. Elle avait pourtant tout fait pour ne pas pleurer, en vain. Elle détestait avoir tout le temps l'air à plaindre. Mais chaque fois qu'elle pensait que ça ne pouvait pas aller plus mal, les choses empiraient. Si tante Cynthia ne croyait pas en l'innocence de son père, qui allait y croire ?

— Tu es sûre que ça va, Tasha ?

— Oui, ça va bien, répondit-elle d'une voix cassée, se forçant à sourire pour qu'il la croie. Je vais bien, monsieur Bhupal. Merci.

À son grand soulagement, il tourna les talons et rentra dans la maison. Elle se dirigea rapidement vers le garage, au fond du jardin, et gratta à la petite porte latérale avant de l'ouvrir. Michael, assis devant un établi, bricolait sur une petite boîte métallique. Un ordinateur portable était ouvert, juste à côté de lui. Il l'accueillit avec un sourire.

— Prends-toi un tabouret.

Quand elle fut installée à son côté, il la regarda attentivement.

—Tu as pleuré, hein ?

Elle hocha la tête et s'empressa de changer de sujet.

— Qu'est-ce que tu fabriques en ce moment ?

Avec Mike, quand il ne s'agissait pas d'ordinateurs, il fallait que ça ait un rapport avec l'électronique. Il adorait les gadgets.

— Je suis en train d'adapter ce dispositif de pistage pour ma grand-mère.

Tasha fronça les sourcils.

— Ta grand-mère a besoin d'un dispositif de pistage ?

— Elle a des doutes sur Charlie.

— Charlie ?

— Son chat. Elle le soupçonne de mener une double vie.

Un peu perdue, Tasha secoua la tête.

— Charlie adore aller rôder la nuit. Mais il prend de l'âge, et ma grand-mère se fait du souci. Tu sais, elle a peur qu'il se perde, qu'il ait un accident et qu'elle ne sache pas où il est. Ce genre de choses.

— Et tu lui bricoles un pisteur ?

— Non, ça, je l'ai acheté. Mais je suis en train de le modifier pour le mettre en interface avec l'ordinateur de Grand-Mère.

— Ta grand-mère a un ordinateur ?

— Bien sûr, répondit Mike en grimaçant un sourire. Sinon, elle ne serait pas *ma* grand-mère. Une fois attaché au collier de Charlie, ce petit truc enverra un signal que Grand-Mère pourra suivre sur son écran. Approche. Qu'est-ce que tu vois ?

Elle scruta l'écran de l'ordinateur.

— On dirait un plan de la ville.

— En fait, c'est un plan du quartier. Regarde.

Il pesa sur la touche de tabulation et le plan glissa vers la gauche.

— J'ai tout le plan de la ville là-dessus, gracieuseté du Service de l'aménagement... gracieuseté de Papa, devrais-je plutôt dire. Bon, surveille l'écran maintenant.

Il se dirigea vers la porte.

— Hé ! Où vas-tu ?

— Surveille l'écran, le point qui clignote !

Tasha baissa les yeux vers l'écran. Le petit curseur remonta la rue Dunlop, celle où habitait Mike, bifurqua à l'est sur Jamieson, plus au sud sur Linders, pour remonter enfin Dunlop. Quelques minutes plus tard, Mike, tout essoufflé, franchissait la porte du garage.

— Sais-tu où je suis allé ? demanda-t-il.

— Tu as fait le tour du pâté de maisons, répondit Tasha en souriant. C'est génial !

Mike rayonnait.

— Avec ça, ma grand-mère peut avoir Charlie à l'œil sur un rayon de deux kilomètres. En fait, ce pisteur peut fonctionner à des distances dix fois plus grandes. Mais Charlie a huit ans. Jusqu'où ça se promène, un chat, d'après toi ?

Tasha haussa les épaules.

— Je ne connais pas grand-chose aux chats.

En fait, elle n'y connaissait rien du tout.

Soudain, l'écran devint noir.

— Oh, oh ! fit Mike.

— Que se passe-t-il ?

— Un petit pépin. Je ne sais pas trop si c'est le plan ou le pisteur qui pose problème.

Il remonta sur son tabouret et commença à démonter le dispositif.

Tasha le regarda faire pendant quelques minutes.

— Ça ne te dérange pas si je te parle pendant que tu travailles ?

— Pas du tout. Tu n'as même pas besoin de le demander, répondit-il avec un sourire.

Ces paroles la réconfortèrent. Elle se détendit un peu en lui rapportant tout ce qu'avait dit sa tante.

— Si tu veux mon avis, c'est une bonne chose qu'elle soit venue, dit Mike quand elle eut fini.

— Une bonne chose ? Comment ça ? As-tu écouté ce que j'ai dit ? Elle croit que mon père est coupable.

— J'ai l'impression que ta tante t'a aidée à finalement te faire une idée à propos de ton père. En fait, il semble bien que tu sois de mon avis.

— Que veux-tu dire ?

— Ton père est innocent, Tasha.

Elle lui jeta un regard perplexe.

—Tu dis ça comme si c'était un fait avéré.

— Ça ne l'est pas ?

— Et qu'est-ce que tu fais de tout ce que je t'ai raconté ? Le fait qu'il ait quitté la maison cette nuit-là ? Qu'il ait vendu ensuite le Café à toute allure et à perte ?

Mike haussa les épaules.

— Il doit bien y avoir une explication logique à tout ça.

— Comment le sais-tu ?

— Ton père a-t-il déjà agressé quelqu'un, à ta connaissance ?

— Non.

— A-t-il déjà frappé ta mère quand ils se disputaient ?

— Non.

— J'aime bien ton père. C'est un type bien et un grand cuisinier. Pas un assassin.

— Mais la police... ?

— Elle fait tout pour lui coller le meurtre sur le dos. Et je suis sûr que le bureau du procureur de la Couronne est avec elle. Et la presse avec. Je ne crois pas qu'il y ait beaucoup de monde qui prenne parti pour ton père.

Mille pensées se bousculaient dans l'esprit de Tasha. Elle refusait de croire son père coupable. Mais tous les faits étaient contre lui. Pourtant, Mike avait raison. Elle le savait au fond de son cœur. Son père était un brave homme. Quand lui et sa mère se disputaient, c'était généralement elle qui commençait, pas lui. Et même s'il pouvait se mettre en colère et perdre son sang-froid, elle ne l'avait jamais vu devenir physiquement violent. Il n'avait jamais levé la main sur elle ou sur qui que ce soit, à sa connaissance. Il ne lui avait jamais donné la moindre fessée.

— Mais si les policiers sont convaincus que c'est mon père le meurtrier, dit-elle, ils ne vont pas perdre leur temps à aller voir ailleurs pour trouver qui a vraiment fait le coup.

Mike hocha la tête.

— Ce qui veut dire, poursuivit Tasha, réfléchissant tout haut, qu'il va falloir que quelqu'un leur prouve qu'ils se trompent.

6

— Où étais-tu ? demanda tante Cynthia, tout essoufflée, en lui ouvrant la porte.

Tasha devina que sa tante avait dû guetter son arrivée à la fenêtre.

— Sortie faire un tour.

Elle en voulait encore à sa tante et aurait préféré qu'elle reste où elle était. Elle aurait aimé cent fois mieux aller chez les Bhupal.

— J'étais inquiète.

« Et après ? » faillit répliquer Tasha.

— Je suis assez grande pour me débrouiller, préféra-t-elle répondre.

— Je n'en doute pas. Tu ressembles à ta mère — tu as du caractère.

Elle grimaça un timide sourire, mais Tasha resta de marbre. Tante Cynthia soupira et secoua la tête.

— Je sais que tu es en colère contre moi, et je suis désolée. Seulement...

— Seulement *quoi* ? coupa Tasha... Seulement tu crois que mon père est un assassin, c'est ça ?

Tante Cynthia resta silencieuse un petit moment. Puis elle hocha lentement la tête.

— Cathy et moi n'étions peut-être pas aussi proches que peuvent l'être deux sœurs, commença-t-elle, mais nous sommes *toujours* restées en contact. Toujours.

Elle jeta un regard interrogateur à Tasha, comme si elle pensait à quelque chose.

— J'ai parlé à ton père quelques mois après que ta mère... après le départ de ta mère. Je voulais savoir où elle était. Il m'a dit qu'il avait reçu quelques lettres de Vancouver. Alors j'ai essayé de retrouver sa trace là-bas. Rien. Mais quand je l'ai dit à ton père, ça ne lui a fait ni chaud ni froid, apparemment. Elle doit être en train de se balader autour du monde, voilà ce qu'il a répondu. Sous-entendu : ça ressemble bien à Cathy de ne penser qu'à elle.

Les larmes lui montèrent aux yeux.

— Mais ce n'est pas vrai, Tasha. Ça ne lui ressemblait pas du tout. Elle avait peut-être des défauts, mais elle n'était pas assez insensible pour quitter sa famille sans jamais redonner de nouvelles. Ton père aurait dû le savoir.

— Et c'est pour ça que tu crois qu'il mentait ?

— Je ne peux pas nier ce que je ressens.

— Moi non plus, répondit Tasha.

Il devait y avoir une raison pour laquelle son père avait réagi ainsi. Peut-être croyait-il vraiment ce qu'il disait ? Peut-être qu'il ressentait le départ de sa femme comme un geste si cruel que cela lui ôtait toute envie d'essayer de la retrouver.

— Tu as le droit de penser ce que tu veux, mais moi aussi. Et je crois — non, j'en suis sûre — que mon père est innocent. Je m'en fiche si je suis la seule personne de cet avis.

Elle songea à Mike.

— En fait, nous sommes deux à le croire. Mon père est innocent, et j'ai bien l'intention de tout faire pour le prouver.

Tante Cynthia ouvrit tout grands ses yeux pers.

— Mais Tasha, c'est le travail des policiers...

— Les policiers pensent que l'affaire est close. Maintenant qu'ils ont arrêté un suspect, je parie qu'ils ne vont même pas se donner la peine d'examiner d'autres pistes. Ils vont tout faire pour que Papa soit reconnu coupable. Personne ne va essayer de prouver qu'il est innocent. Personne, excepté moi et Mike.

— Tasha, attends. L'avocat de ton père va contester...

— Tu peux dire ce que tu veux, tante Cynthia, mais tu ne pourras pas m'en empêcher. Si tu n'es pas d'accord, c'est parfait. Tu peux retourner chez toi, dans l'Ouest. Je suis capable de me débrouiller sans toi.

Tante Cynthia secoua la tête et battit en retraite comme si elle capitulait.

Le lendemain était un dimanche. Tasha se leva de bonne heure et fila chez Mike. Elle le trouva dans le garage.

— J'ai pensé à ça toute la nuit, commença-t-elle. Si nous partons du principe que mon père est innocent, il faut donc que ce soit quelqu'un d'autre qui ait commis le crime. Et pour trouver qui a pu faire ça, il faut reconstituer ce qui est arrivé à ma mère après qu'elle a quitté la maison cette nuit-là — où elle est allée, qui elle a pu rencontrer, tout ça.

— Ça me semble tout à fait logique, répondit Mike.

Il travaillait encore sur son dispositif de pistage, les yeux fixés sur l'écran du portable.

— Ouais, mais comment s'y prendre ? Par où commencer ?

— Il faudrait partir de ce qu'on sait déjà, non ? C'est-à-dire...

Mike réfléchit un moment, et jeta un regard interrogateur à Tasha.

— Que savons-nous exactement ?

— Nous savons que ma mère a quitté la maison très tard le soir de l'ouragan.

— As-tu une idée de l'heure qu'il était ?

— Quelque chose comme dix heures et demie. Peut-être un peu plus tard. Et nous savons qu'elle n'a pas pris la voiture parce que la police dit que mon père s'en est servi plus tard cette nuit-là.

— Elle a dû prendre un taxi, alors. Ou quelqu'un l'a emmenée.

Exaspérée, Tasha secoua la tête.

— Que ce soit l'un ou l'autre, ça ne nous avance pas beaucoup. Si elle est partie avec quelqu'un, comment savoir avec qui ? Et si elle a pris un taxi, quelle chance avons-nous de retrouver la compagnie, et ensuite le chauffeur — en supposant qu'il travaille encore là ? Et qui peut se rappeler une cliente prise il y a cinq ans ? Nous n'avons pas une chance sur un million.

Mike haussa les épaules.

— Mettons ça de côté pour l'instant, et voyons ce que nous savons d'autre.

— Pas grand-chose, répondit Tasha qui commençait à se décourager.

Ils n'y arriveraient jamais. Après tout, Mike et elle n'étaient pas détectives.

— Une chose est sûre, reprit Mike en fixant Tasha sans sourciller. C'est l'endroit où elle a fini.

Tasha sursauta, assaillie par les images qu'évoquaient ces paroles — un sous-sol obscur, des blessures multiples, la longue chevelure châtain de sa mère...

— Je suis désolé, Tasha, mais si nous voulons faire quelque chose, il faut que nous soyons capables d'en parler.

— Je sais, répondit Tasha, la gorge nouée.

Elle prit une profonde inspiration et soutint son regard.

— Que savons-nous d'autre ? enchaîna-t-elle. Qu'elle est allée au Café Montréal à un moment donné dans la nuit. Soit de son plein gré, soit parce qu'on l'y a obligée. Il n'y a pas d'autre solution.

— Peut-être que quelqu'un se souvient de l'avoir vue au Café ce soir-là. Est-ce que c'était encore ouvert à cette heure-là ?

— Le Café était ouvert jusqu'à une heure du matin, sept jours sur sept.

— Alors il y a forcément quelqu'un qui l'a vue. Un membre du personnel.

Il lui lança un regard interrogateur.

— J'imagine que tu ne te souviens pas des gens qui travaillaient au Café à cette époque ?

— M. Horstbueller.

— Horst-quoi ?

— *Horst-buel-ler,* fit-elle en détachant les syllabes. Il a pris la gérance du Café quand ma mère a repris ses études. Evart Horstbueller. Un nom qu'on n'oublie pas. Il devait être là, à coup sûr. Mon père disait tout le temps qu'il était réglé comme une montre suisse, et ça faisait rire ma mère. Et elle lui répondait toujours : « Evart est Hollandais, pas Suisse. »

Elle entendait encore le rire de sa mère en racontant cet épisode. Elle sentit les larmes lui monter aux yeux, mais réussit à tenir le coup. Pleurer n'aiderait en rien son père. Ce qu'il fallait, c'était de la logique et de la détermination.

— Il avait l'habitude d'arriver au restaurant à dix heures le matin et restait toujours jusqu'à la fermeture.

— Parfait, fit Mike. Tout ce que nous avons à faire, c'est de retrouver ce monsieur Horstbueller. Je ne sais pas si ce sera difficile. Reste ici, je reviens tout de suite.

Il sortit précipitamment du garage pour réapparaître quelques minutes plus tard chargé d'un annuaire téléphonique, de deux verres de lait et d'une assiette de tartines de confiture.

— Le pain est encore tout chaud. Maman a eu une machine à pain pour son anniversaire. Tous les soirs avant de se coucher, elle y met les ingrédients qu'il faut, et chaque matin, j'ai l'impression de me réveiller dans une boulangerie. Tiens, sers-toi.

Tasha prit un morceau de pain frais. Elle n'avait pas vraiment faim.

— OK, Horst..., reprit Mike en finissant sa tartine. Horst... Horsten... Pas le moindre Horstbueller, ajouta-t-il l'air dépité.

— Tu es sûr ? Attends, peut-être que tu l'épelles mal.

Elle lui prit l'annuaire des mains et éplucha les colonnes imprimées. Mike avait raison. Pas de Horstbueller.

— Il doit avoir déménagé.

Une idée terrible la frappa.

— Il est peut-être mort. C'était un homme âgé. Dans la cinquantaine, il me semble. Qu'est-ce qu'on fait, maintenant ? ajouta-t-elle effondrée.

— Qui d'autre travaillait au Café ?

Tasha secoua la tête. Puis ce fut l'illumination.

— Mike ! Tu sais, quand tu vas chez le médecin ou le dentiste, ces espèces de diplômes qu'ils ont sur le mur, reprit-elle, tout excitée à l'idée d'avoir trouvé une piste. Mon dentiste en a un. C'est un peu comme un permis de pratique délivré par le collège des dentistes, quelque chose comme ça.

Mike la regarda, perplexe.

— Et alors ?

— Imagine que tu es dentiste et que tu décides de t'installer ailleurs. Tu ne penses pas que l'ordre des dentistes doit savoir dans quel endroit tu t'en vas ? Ça ne fait pas partie de son rôle ?

— Je suppose que oui, mais...

— M. Horstbueller avait un certificat comme ça accroché au-dessus de son bureau. Dans un cadre, avec un de ces sceaux dorés, tu sais, comme la médaille de la Bonne Ménagère. Je m'en souviens parce que quand je l'ai vu, j'ai cru qu'il était docteur. C'était le certificat d'une association de restaurateurs.

— Bien sûr, dit-il. Ça paraît logique. Si ce monsieur Horstbueller travaille dans un restaurant, quelque part, ou s'il a pris sa retraite, ils sauront peut-être où il est.

— Exactement.

Mike feuilletait déjà l'annuaire téléphonique.

— Voilà. Association nationale des restaurateurs. Ils ont un bureau au centre-ville. Viens.

— Au centre-ville ?

— Non, à la maison. Leur téléphoner.

— Pour leur dire quoi ?

Il s'arrêta net, réfléchit un moment. Puis son visage s'éclaira.

— On leur dira qu'on veut ouvrir un nouveau restaurant, et qu'on aimerait retrouver le fameux restaurateur Evart Horstbueller pour lui offrir un poste.

— Pas mal, répondit Tasha en riant.

Mike baissa sa voix d'un ton pour avoir l'air plus convaincant dans son rôle d'entrepreneur en restauration. Sans succès.

— Ils ignorent ce qu'il est advenu de lui, dit-il en raccrochant. Il n'a pas renouvelé sa cotisation depuis environ cinq ans — depuis l'époque où ta mère a disparu.

— Nous voilà revenus à la case départ. À moins que...

Il y avait peut-être autre chose à faire, une autre piste à suivre.

— À moins que quoi ?

— Mon père a gardé un tas de vieilles paperasses qui dataient du Café. Je me souviens de lui avoir déjà demandé pourquoi il ne jetait pas tout ça, et il m'a dit qu'il les conservait à tout hasard. Des histoires d'impôts, je suppose. Peut-être qu'on pourrait y trouver des renseignements sur les gens qui travaillaient au restaurant. Il y avait ce gars, Enrico quelque chose. Il était serveur depuis que j'étais toute petite. Je suis sûre qu'il était là en même temps que monsieur Horstbueller. On pourrait peut-être trouver son nom dans les archives de Papa. Il saura peut-être quelque chose. Peut-être travaillait-il, ce soir-là. Ou peut-être saura-t-il où trouver M. Horstbueller.

— Pas bête, commenta Mike. Où sont ces dossiers ?

— Dans la cave, chez nous.

Tante Cynthia dormait encore quand Tasha et Mike pénétrèrent dans la maison pour disparaître aussitôt à la cave. Tasha se dirigea vers le fond, près de la chaudière et de la machine à laver. Dans le coin trônait un classeur métallique à quatre tiroirs.

— Les dossiers sont là-dedans, dit-elle.

Elle ouvrit le premier tiroir et passa en revue le contenu des multiples chemises cartonnées, toutes soigneusement étiquetées. Il s'agissait de documents récents, qui concernaient la chaîne Lenny et Denny dont son père et Denny Durant étaient propriétaires. Elle attaqua le deuxième tiroir. Là encore, Lenny et Denny. Son enthousiasme commença à faiblir. Son père aurait-il jeté tous ces vieux papiers ?

Le tiroir suivant ne contenait rien d'intéressant non plus. La main de Tasha tremblait lorsqu'elle saisit la poignée du dernier tiroir. S'ils ne trouvaient pas les archives du Café Montréal dans celui-là, cela voudrait dire que son père avait détruit tout ce qui se rattachait au passé, ou encore qu'il avait remis tout ça au nouveau propriétaire au moment de la vente. Elle ouvrit le tiroir en retenant son souffle. Derrière elle, Mike était étonnamment calme.

Elle fouilla parmi les dossiers. Enfin ! Les archives du Café étaient là. De vieilles déclarations d'impôts. D'anciennes demandes de remboursement pour des frais dentaires ou médicaux. Et ça ? Qu'est-ce que c'était ? Une chemise sans étiquette. Fronçant les sourcils, Tasha la sortit du tiroir et lâcha un cri. Un paquet de photographies dégringola pour s'éparpiller sur le sol. Elle resta plantée là, stupéfaite, tandis que Mike s'accroupissait pour les ramasser.

— Hé ! On dirait...

— Ma mère, fit Tasha.

Elle lui prit les photos des mains gentiment, presque avec déférence. La seule photo de sa mère qu'elle ait vue depuis cinq ans était celle qui trônait dans son petit cadre d'argent sur sa table de nuit. On y voyait Tasha, à trois ans, assise sur les genoux de sa mère ; toutes deux portaient une robe de velours bleu marine à col de dentelle, et regardaient l'objectif en souriant.

— Ta mère était drôlement belle, dit Mike. Tu lui ressembles beaucoup.

Tasha triait les photographies d'une main tremblante. Mike avait raison. Sa mère était magnifique. Elle se sentit redevenir la petite fille qui gigotait de plaisir au son des drôles de voix qu'empruntait sa mère quand elle lui lisait ses livres d'images, ou qui riait à perdre haleine quand elles se chatouillaient, ou qui dansait dans la rue, la main dans celle de sa mère, les cheveux saupoudrés de neige. Elle dut se mordre la lèvre pour ne pas éclater en pleurs.

— Je croyais qu'il les avait jetées, dit-elle d'une voix chevrotante. Elles avaient disparu.

Elle replaça les photographies dans la chemise qu'elle posa sur le dessus du classeur, avant de s'agenouiller à nouveau pour fouiller dans le tiroir. Qu'est-ce que c'était que ça ? Des formulaires de demande d'emploi auxquels étaient agrafés des C.V. et des notes griffonnées d'une main que Tasha reconnut : celle de son père.

— Je crois que j'ai trouvé, annonça-t-elle.

Elle feuilleta d'une main tremblante les demandes d'emploi rangées derrière celle de M. Horstbueller. Des noms qui ne lui disaient rien — un aide-serveur, un aide-cuisinier — et soudain, Enrico Zapata.

— C'est lui ! cria-t-elle. C'est le Enrico qui travaillait au restaurant à la même époque que M. Horstbueller.

— Y a-t-il une adresse ?

— Une adresse *plus* un numéro de téléphone !

Tasha replaça le reste des papiers dans la chemise et referma le tiroir.

— Allons l'appeler, dit-elle en emportant les photographies et le dossier d'Enrico Zapata.

Deux minutes plus tard, sa joie était retombée. Elle reposa le combiné d'un air lugubre.

— Il n'y a plus d'abonné à ce numéro, dit-elle, répétant l'enregistrement qu'elle venait d'entendre.

Mike ne semblait pas aussi déçu qu'elle.

— Pousse-toi, et admire le fin limier en pleine action ! fanfaronna-t-il.

Tandis que Tasha se demandait ce qu'il pouvait bien comploter, il attrapa l'annuaire et l'ouvrit aux dernières pages.

— Zapata... Zapata, marmonnait-il.

Elle éclata de rire malgré elle.

— Mais c'est à la portée de tout le monde, dit-elle.

— Peut-être, mais personne n'y a pensé, répliqua-t-il en faisant une grimace. Bon, nous avons sept Zapata, mais pas un seul dont le prénom commence par E.

Nous avons aussi une pizzeria Zapata. Essayons toujours.

Il décrocha le combiné.

— Qu'est-ce que tu fais ? demanda Tasha.

— J'appelle les Zapata.

— Mais tu as dit...

— Peut-être que l'un de ces Zapata est parent de celui que nous cherchons. Ou peut-être qu'Enrico n'est que son deuxième prénom, et qu'il est inscrit dans l'annuaire avec l'autre initiale.

— Ou peut-être qu'il n'habite plus cette ville.

— On ne le saura jamais si on n'essaie pas.

Il se mit à composer un numéro. Assise par terre en tailleur, Tasha suivait l'opération. La série de questions était toujours la même, comme si elle avait été écrite d'avance.

— Puis-je parler à M. Enrico Zapata ? Oh !, il n'y a personne de ce nom chez vous. Je vois. Seriez-vous par hasard parent d'un Enrico Zapata ? Non ? C'est que j'ai trouvé son portefeuille et il semble qu'il contienne une certaine somme d'argent. On dirait qu'il l'a laissé tomber dans quelque chose, du goudron peut-être. Je peux lire le nom, mais pas l'adresse ni le numéro de téléphone. Non ? Eh bien, je vous remercie.

— Pourquoi racontes-tu cette histoire ?

Mike haussa les épaules.

— Nous vivons à l'ère du cynisme, Tasha. Certaines personnes se méfient quand un parfait étranger les appelle pour leur demander le numéro de téléphone d'un parent ou d'un ami. Comme ça, je les appâte un peu pour leur délier la langue.

À une seule occasion, le dernier Zapata, Mike dut dévier de son scénario. Ce Zapata-là commença par prétendre ne connaître aucun Enrico, mais changea d'avis à la mention du porte-monnaie.

— Oh, c'est votre frère ? Je vois. Et il vit avec vous ? Mais vous m'aviez dit... Je vois. Bien, je vais vous donner mon numéro de téléphone, et s'il peut m'appeler pour me dire combien d'argent il avait dans son porte-monnaie et de quelle couleur est celui-ci, je lui remettrai avec grand plaisir.

Il donna un numéro de téléphone qu'il répéta.

— Ce n'est pas ton numéro, dit Tasha quand il raccrocha.

— C'est celui de la bibliothèque municipale. Mais ça n'a aucune importance. Aucun risque qu'il rappelle.

Tasha s'adossa contre le mur.

— Encore une mauvaise piste.

— Il me reste un appel à faire.

— Mais tu disais qu'il y avait sept Zapata...

— Plus la pizzeria.

Avant que Tasha ait pu protester, il composa le numéro.

— Allo, Pizza Zapata ? Puis-je parler à M. Enrico Zapata, s'il vous plaît ?

Il y eut un silence. Soudain, Mike haussa les sourcils.

— Qu'est-ce qu'il y a ? demanda Tasha en se penchant vers lui.

— Allo ? Oui. Oui, c'est ça. Je cherche un monsieur Enrico Zapata qui a déjà été serveur au Café Montréal. Oh... Je vois, ajouta-t-il d'un air déçu.

Tasha retenait son souffle et se croisait les doigts, à l'affût du moindre indice sur le visage de Mike.

— Oui, reprit celui-ci. Oui... c'est ça... Très bien, je vous remercie.

Mike raccrocha d'un air sombre. Le bruit sec du combiné avait quelque chose de définitif. Comme une porte qui claque.

— Bon, dit Mike sur un ton lent, presque à contrecœur. Tout ça prouve bien que... que je suis le gars le plus chanceux du monde !

Tasha écarquilla les yeux. De quoi parlait-il ?

—Viens, on y va, dit Mike, qui était déjà debout et fouillait dans sa poche à la recherche de ses clefs de voiture. Il se baissa pour lui prendre la main et l'aider à se lever.

— Où ça ?

— Chez Pizza Zapata. Parler à Enrico Zapata, ancien serveur du Café Montréal.

— C'était donc lui ? demanda Tasha incrédule. Tu lui as parlé ?

— C'était son neveu. Enrico est là-bas, mais il ne pouvait pas venir au téléphone. Que dirais-tu d'aller y faire un tour pour bavarder un peu avec lui ?

C'était la première fois que Tasha mettait les pieds dans une pizzeria décorée dans le style «Tex-Mex». On avait peint des cactus et des scènes de désert sur les murs d'adobe, et accroché des sombreros et des ponchos autour des fenêtres et au-dessus des banquettes.

— Qu'est-ce que je vous sers ? demanda un jeune homme aux cheveux noirs quand Tasha et Mike arrivèrent au comptoir.

Tasha jeta un regard autour d'elle et repéra un visage familier derrière le muret qui séparait la cuisine de la salle du restaurant.

— C'est lui, souffla-t-elle à Mike. C'est Enrico Zapata.

Au même moment, Enrico Zapata leva les yeux vers la salle. Ses yeux rencontrèrent ceux de Tasha et il fronça les sourcils. Il avança de quelques pas et la fixa à nouveau. Son visage s'illumina soudain. Il sortit précipitamment de la cuisine et vint vers elle.

— Tu ne serais pas la fille de Catherine Scanlan, par hasard ?

Tasha fit oui de la tête.

— Je le savais ! claironna Enrico Zapata. Tu as les mêmes yeux, la même bouche que ta mère.

Son sourire s'évanouit soudain, et la joie céda le pas à la tristesse.

— J'ai appris la nouvelle, reprit-il. C'est terrible. Et aujourd'hui, il est arrivé une chose étrange. Quelqu'un a appelé mon neveu au téléphone pour demander si j'avais déjà travaillé au Café Montréal.

— C'était moi, murmura Mike.

— Ah ! fit Enrico Zapata. Mais venez donc vous asseoir.

Ils le suivirent jusqu'à une table et attendirent pendant qu'il insistait pour leur commander sa fameuse Pizza Cactus Sauvage. En attendant qu'on les serve, Tasha entreprit d'expliquer la raison de sa visite.

— La police a arrêté mon père pour meurtre, commença-t-elle. Mais je ne crois pas qu'il soit coupable. Jamais il n'aurait pu faire une chose pareille.

Enrico Zapata gardait le silence, ce qui découragea Tasha. Elle aurait voulu, pour une fois, que quelqu'un partage son opinion sans hésiter.

— Monsieur Zapata...

— Tu peux m'appeler Rico, tu sais. Comme tout le monde.

Tasha acquiesça d'un signe de tête.

— Rico, reprit-elle, et ce nom résonnait bizarrement à ses oreilles, ma mère est partie de chez nous très tard pendant la soirée du 2 août. Nous ne l'avons jamais revue. Tout ce que nous savons, c'est qu'elle a abouti au Café Montréal. Je me suis demandé si ce soir-là, vous n'étiez pas de service au restaurant. C'était la nuit de l'ouragan, vous vous souvenez ? La pire tempête depuis les années 20.

Le serveur apparut avec la pizza et un pichet de Cola.

— Je me souviens de cette nuit-là, répondit Enrico en servant à chacun une part de pizza. J'étais au Café, mais je suis parti de bonne heure. Mon cousin m'avait appelé — j'habitais avec lui à l'époque. Le vent avait arraché la moitié des bardeaux du toit. Quelle nuit épouvantable !

Il se tut et les gratifia tous deux d'un sourire.

— Comment trouvez-vous ma pizza ? Spéciale, n'est-ce pas ?

Tasha ne pouvait pas dire le contraire. Jamais elle n'avait goûté de pizza aussi épicée.

— Je ne mets pas la sauce tomate ordinaire. J'utilise de la salsa. Beaucoup de *salsa picante* bien forte !

— Très intéressant, opina Mike, en faisant suivre chaque bouchée d'une large rasade de Cola. Donc, le soir de l'ouragan…

— Mon pauvre cousin était en train de devenir fou parce qu'il pleuvait à boire debout dans la maison, reprit Enrico. Alors j'ai demandé au gérant — tu te souviens de lui, Tasha ? M. Horseballer…

Mike réprima un sourire.

— Je lui ai demandé si je pouvais m'en aller plus tôt pour aider mon cousin. « Bien sûr », qu'il m'a répondu. C'était tranquille, ce soir-là. Alors je suis parti.

— Avez-vous une idée de l'heure qu'il était quand vous avez quitté le restaurant ? demanda Tasha.

— C'est vieux, tout ça, répondit Enrico en secouant la tête. Huit heures et demie. Neuf heures peut-être. Je n'en suis pas sûr.

Trop tôt. Ses parents ne s'étaient même pas encore disputés à cette heure-là.

— Mais M. Horstbueller était encore au Café quand vous êtes parti, enchaîna Mike. Pensez-vous qu'il y soit resté longtemps ?

— Le connaissant, je dirais qu'il y est resté jusqu'à la fermeture. C'était le gars à ne pas risquer de rater un client. On était censés ouvrir de onze heures à une heure du matin tous les jours, et il s'arrangeait pour tenir parole. Il avait l'habitude de dire : « Et si nous fermons plus tôt et qu'un client se pointe ? Il ne reviendra jamais. Et il racontera partout que le Café Montréal ne livre pas la marchandise. » Je parie qu'il est resté toute la soirée.

Tasha et Mike échangèrent un regard. Enrico Zapata avait quitté le travail de bonne heure, ce soir-là, et il n'avait donc pu voir la mère de Tasha. Mais il pouvait peut-être encore les aider.

— Je suppose que vous ne savez pas comment nous pourrions trouver M. Horstbueller, Enrico ? demanda Tasha.

— Oh si ! Je le sais, répondit Enrico sans l'ombre d'une hésitation. Vous connaissez la rue Mount Pleasant ? Du côté de l'avenue Lawrence ?

Tasha sentit son pouls accélérer. Enfin, quelqu'un qui pouvait les renseigner !

— Il habite là ? demanda Mike.

— Il y est enterré. Il est mort. Il y a cinq ans, pas longtemps après la grande tempête.

7

— Mort ? répéta Tasha en lançant un regard désespéré à Enrico Zapata.

Retrouver la trace d'Evart Horstbueller avait été la dernière chance de savoir à quelle heure sa mère était arrivée au Café, avec qui, et quelles personnes elle y avait rencontrées.

— Vous en êtes sûr ?

C'était une question idiote, elle le savait — comment peut-on ne pas être sûr que quelqu'un est mort ? Ça lui avait échappé.

— Si j'en suis sûr ? J'étais à l'enterrement. Il est mort dans un accident. Un accident d'auto, si je me souviens bien. En tout cas, c'est ce qu'ils ont raconté.

— Que voulez-vous dire ? demanda Mike. Ce n'était pas un accident ?

Enrico haussa les épaules.

— Les affaires ne marchaient pas très bien au Café. La clientèle avait changé. Le coin aussi avait changé. Ce n'était plus le quartier sympathique qu'on connaissait, avec les familles et tout. Il y avait tous les jours quelque chose dans le journal, des affaires louches. Vous voyez ce que je veux dire ?

Mike acquiesça.

— La drogue et la prostitution, dit-il. Et les gangs.

— Exactement, reprit Enrico en hochant tristement la tête. Il paraît que ça s'était un peu amélioré depuis, mais pendant plusieurs années, le quartier a été dur, vraiment dur. Une bande de voyous s'est mise à traîner autour du Café. Ils ont fait fuir presque toute la clientèle. M. Horseballer pouvait appeler la police deux, trois fois par jour, mais ça ne donnait rien. On lui disait toujours la même chose : « Appelez-nous si quelqu'un commet un crime. » Aucune loi n'interdit à quelqu'un d'entrer dans un restaurant pour commander un café ou une part de tarte. Alors les affaires ont périclité. C'est pour ça que ton père a décidé de vendre sa part, non ?

Tasha acquiesça d'un signe de tête, même si elle ne prêtait guère attention à ce que disait Enrico. Elle était encore sous le choc de la mort de M. Horstbueller.

— Alors, qui sait ? poursuivit Enrico. Quelqu'un peut perdre courage. Il travaille dur toute sa vie pour construire quelque chose, et tout dégringole. Quand on a un accident de voiture dans des conditions pareilles, qui peut dire si c'est vraiment un accident ?

— Et les autres membres du personnel ? demanda Tasha. Est-ce qu'il y avait d'autres personnes qui travaillaient le soir où vous êtes parti aider votre cousin ?

Enrico se gratta la tête et réfléchit un moment.

— Artie Jacobs était là, je crois. Tu te souviens de lui ? C'était le sous-chef.

— Savez-vous où je peux le trouver ?

— Artie ? Il a pris sa retraite après la vente du Café. Aux dernières nouvelles, il vivait quelque part en Floride. Fort Lauderdale ? Tampa, peut-être ? À moins que ce soit en Arizona, dans un de ces endroits où vont les retraités...

Encore un cul-de-sac, pensa Tasha. Quand bien même elle le voudrait, elle n'arriverait jamais à aider son père.

— Et les clients ? demanda Mike. Y avait-il des clients réguliers, ce soir-là ?

Quelqu'un qui aurait pu connaître la mère de Tasha ?

Tasha sentit, au ton de sa voix, que lui aussi commençait à se décourager.

— Personne de particulier, répondit Enrico. Des voyous du coin. Un ou deux drogués. Personne de fiable, ça c'est sûr.

Il jeta un coup d'œil à Tasha.

— Je suis désolé. J'aurais bien voulu pouvoir t'aider. J'ai toujours aimé tes parents, tu sais. C'étaient des gens vraiment bien. Même ton père, à l'époque où il était chef. C'était un bon gars, même s'il perdait les pédales de temps en temps.

— Perdait les pédales ? demanda Tasha.

— Son caractère, tu sais. Il pouvait vraiment se déchaîner des fois, surtout si quelqu'un faisait une gaffe à la cuisine. Il brandissait son grand couteau de boucher, et nous engueulait...

Il s'interrompit brutalement, et détourna les yeux.

— Je suis désolé, murmura-t-il. Je ne voulais pas dire que je crois que ton père...

— Ce n'est rien, dit Tasha.

Un mensonge. Ce n'était pas rien. Et si jamais la police décidait d'interroger les anciens employés du Café ? Qu'allaient-ils penser en entendant Enrico parler des colères de son père ? Le procureur de la Couronne allait presque à coup sûr vouloir le faire témoigner — à charge, bien sûr.

— Merci pour tout, dit-elle en se levant. Et je suis contente de voir que vous vous êtes bien débrouillé depuis que Papa a vendu le Café, ajouta-t-elle gentiment. C'est vraiment un endroit sympathique.

— Et la cuisine est très originale, ajouta Mike enthousiaste, en se levant à son tour. Je n'avais jamais goûté de pizza Tex-Mex !

— C'est une idée de ma fille, dit Enrico. J'ai appris tout ce que je sais du métier en travaillant dans les restaurants, d'abord comme garçon de table, et ensuite comme serveur. Ma fille, elle, a appris tout ça à l'école.

Il se mit à rire.

Ma fille. Il y eut un déclic dans l'esprit de Tasha. Mais oui. Il restait peut-être une piste.

— M. Horstbueller habitait de l'autre côté de la ville, vous vous souvenez ? demanda-t-elle à Enrico. Vous vous rappelez qu'il ne voulait pas passer son permis de conduire ? Il disait qu'il y avait trop de fous au volant.

— Bien sûr, répondit Enrico en grimaçant un sourire. Sa fille le déposait chaque matin. Et repassait le prendre chaque soir aussi. Je m'en souviens parce que je trouvais qu'il avait de la chance d'avoir une fille aussi gentille. Traverser toute la ville deux fois par jour simplement parce que son père était trop têtu pour apprendre lui-même à conduire...

— Savez-vous si elle habite toujours en ville ?

— On n'a trouvé aucun Horstbueller dans l'annuaire, précisa Mike.

— J'ai entendu dire qu'elle s'était mariée environ un an après la mort de son père, dit Enrico.

Tasha hocha la tête. Voilà qui expliquerait pourquoi ils ne l'avaient pas trouvée dans l'annuaire. Elle devait avoir pris le nom de son mari.

— Savez-vous qui est son mari ? demanda Tasha.

— J'ai entendu dire qu'il travaillait dans les pompes funèbres. Ça donne la chair de poule, non ? Tous ces morts, ce malheur. Quelqu'un m'a déjà dit son nom, mais je ne l'ai jamais rencontré. J'oublie rarement le nom de quelqu'un que je rencontre. Mais quelqu'un que je n'ai jamais vu...

Il haussa les épaules.

— Ça ne t'aide pas beaucoup, Tasha, n'est-ce pas ? Mais j'imagine que si tu es venue me voir, c'est qu'il ne te restait pas d'autre choix. M. Horseballer est mort. Artie Jacobs vit quelque part aux États-Unis. Et M. Durant n'a pas dû pouvoir t'aider non plus...

Tasha le regarda, perplexe.

— M. Durant ? Vous voulez dire Denny Durant ?

— Naturellement, répondit Enrico. Lui as-tu parlé ?

Tasha n'était pas sûre de bien comprendre.

— Vous voulez dire que Denny Durant était au Café Montréal le soir de l'ouragan ?

C'était à présent au tour d'Enrico d'ouvrir des yeux ronds.

— Bien sûr. Il était là tous les soirs. Même s'il ne connaissait rien à la restauration. Tout son argent, il l'avait gagné en jouant au hockey. Mais il aimait s'asseoir à une des tables du fond, et jouer les types importants. Il disait à tout le monde qu'il protégeait son investissement.

— Son investissement ? répéta Tasha, complètement perdue.

— Il possédait la moitié de l'établissement. Tu ne le savais pas ?

Tasha secoua la tête. Denny Durant était co-propriétaire du Café, et personne n'avait eu l'obligeance de le lui dire. Cela paraissait impossible.

— Vous en êtes sûr ? demanda-t-elle.

— Sûr et certain. Il se faisait une gloire de le répéter vingt fois par jour. Quand ta mère a vendu sa part, ton père a pris Denny Durant comme associé.

— Et vous avez vu Denny au Café Montréal ce soir-là ?

— Ouais.

— Merci, monsieur... merci, Rico. Merci mille fois.

— Laisse-moi deviner, dit Mike une fois qu'ils furent dehors. Tu veux aller au restaurant Lenny et Denny, c'est ça ?

Tasha hocha la tête.

Le restaurant Lenny et Denny de la rue Eglington, le premier des trois établissements que son père avait ouverts, était aussi le plus grand, et les deux associés y avaient leur bureau. Mike et Tasha avaient de fortes chances d'y trouver Denny.

— J'ai dû passer devant un million de fois, dit Mike, mais je n'y avais jamais mis les pieds. Ils ont vraiment un faible pour le sport, pas vrai ?

Des photos de joueurs de hockey, chandails et autres souvenirs sportifs tapissaient les murs du bar, à droite de la porte d'entrée. Un écran géant de télévision était allumé dans un coin sur lequel on pouvait suivre une partie de soccer.

— Le bar, c'est le rayon de Denny dans leur association, expliqua Tasha. C'est un bar pour sportifs. Denny en est le patron. Le restaurant là-bas, ajouta-t-elle en indiquant du doigt la grande salle de l'autre côté du bar, c'est pour la clientèle familiale. Papa aime à dire qu'on peut emmener femme et enfants ; tout le monde peut trouver son bonheur sur le menu, et à prix raisonnable.

Elle pénétra dans le bar, s'approcha du comptoir et demanda au barman si M. Durant était là.

— Je vais voir, répondit-il en se dirigeant vers le bureau de Denny au fond de la pièce.

En attendant son retour, Mike en profita pour examiner quelques-unes des photos qui ornaient le mur.

— Hé ! Ce sont vraiment des vieilles gloires ! Quel palmarès !

Il avait l'air impressionné.

— Regarde, c'est Claude Dufresne. Et Rick Morrow. Ces gars ont été de grandes vedettes en leur temps.

— Denny aussi. C'est du moins ce qu'il dit, ajouta Tasha.

Elle regarda à peine les photos. Le sport professionnel ne l'avait jamais beaucoup intéressée, et encore moins le hockey. On avait l'impression que tous les matchs finissaient par un pugilat. Les joueurs étaient emmenés à l'extérieur de la patinoire, le visage enflé ou l'arcade sourcilière ouverte, à la plus grande joie des spectateurs, semblait-il. Pas étonnant que les gars qui souriaient sur les photos aient une dent en moins ou le visage cousu de cicatrices. Elle se détourna avec dégoût, juste à temps pour voir arriver le barman.

— Il va falloir attendre une minute, leur dit ce dernier. Il a quelqu'un avec lui.

À ce moment précis, la porte du bureau s'ouvrit sur un homme à la mine patibulaire, qui s'arrêta sur le seuil et se retourna vers son interlocuteur à l'intérieur du bureau.

— Je ne rigole pas, Denny, gronda-t-il. Tu t'occupes de ça, sinon tu vas le regretter !

Il tourna les talons et sortit du bar d'un pas lourd.

— Je crois que vous pouvez y aller, leur dit le barman.

— Qui était-ce ? souffla Mike à voix basse tandis qu'ils se dirigeaient vers le bureau.

— Va savoir, répondit Tasha. Denny prend tellement les gens à rebrousse-poil. Ou c'est peut-être quelqu'un à qui il doit de l'argent. Mon père dit qu'il joue plus qu'il ne devrait.

La porte du bureau était restée ouverte. Denny, qui réarrangeait son nœud de cravate, accueillit Tasha avec un sourire éclatant et lui fit signe d'entrer.

— Comment vas-tu, petite ? fit-il en lui avançant une chaise tout en examinant Mike de la tête aux pieds. C'est pas trop dur ?

— Ça va, répondit-elle.

Elle présenta Mike et s'assit.

— Tu parles d'une tuile, commença Denny. Une sacrée tuile, si tu veux mon avis. Et elle a fini par tomber sur le vieux Len, hein ? Il était tellement mordu de ta mère. Je lui disais tout le temps : « Relaxe, mon vieux. Laisse-la un peu respirer. »

Mais il pouvait pas. Je crois que ce qui a fait déborder le vase, c'est quand elle a décidé de reprendre ses études. Il ne l'a pas très bien digéré, si tu vois ce que je veux dire. Et tu sais comment il est, quand il pique une colère. Je veux dire, si tu as deux sous de bon sens, tu restes à distance, pas vrai ?

Il secoua la tête, comme hanté par quelque image fantasmagorique.

— Je suis vraiment désolé que les choses aient tourné comme ça, petite.

Tasha n'avait jamais aimé Denny Durant. Lui et son père avaient grandi ensemble. Tasha soupçonnait son père d'être aveugle aux défauts de Denny. Ce n'était pas son cas à elle. Elle voyait Denny tel qu'il était. Une grande gueule. Trop avide du prestige rattaché au fait d'être propriétaire de la chaîne de restaurants Lenny et Denny. Et il n'était même pas compétent. D'après elle, il restait assis dans son bureau à rêvasser à d'improbables campagnes de promotion, pendant que son père abattait tout le travail. Et il s'obstinait à appeler Tasha « petite » ! Elle ne se souvenait pas qu'il l'ait un jour appelée par son vrai nom et se demandait même s'il le connaissait.

— On dirait que vous croyez mon père coupable, lança-t-elle d'un ton glacial.

Surpris, Denny cligna des yeux. Le rouge lui monta aux joues.

— Ce n'est pas ce que disent les flics ? Je veux dire... écoute, petite...

— Tasha, coupa-t-elle. Mon nom, c'est Tasha.

— Je le sais bien, répondit Denny en lui souriant. La petite Tasha-Patate. C'est comme ça qu'elle t'appelait, ta mère, non ?

Tasha refusa de lui rendre son sourire.

— Croyez-vous mon père innocent, oui ou non ?

— Écoute, Tasha. Je comprends que tu sois en colère. C'est toujours dur de découvrir des choses qu'on ne veut pas savoir sur les gens qu'on aime. Mais comme je l'ai dit aux flics...

— Vous avez parlé aux policiers ? interrompit Tasha en se levant d'un bond.

— Pour ainsi dire, oui. Je leur ai parlé. Ils m'ont parlé. Ils sont venus ici et m'ont posé un tas de questions, tu sais, parce que ton père et moi, on était associés.

— Et que leur avez-vous dit ?

— Il n'y avait pas grand-chose que je *pouvais* dire, répondit Denny qui changea de position en faisant craquer le cuir de son fauteuil. Juste que tes parents avaient leurs problèmes. Mais quel couple marié n'a pas les siens ? C'est pour ça que je me suis jamais mis la corde au cou, tu vois ce que je veux dire ?

Tasha resta de marbre.

— En tout cas, reprit Denny, quelle importance si ton père piquait une crise de temps en temps ? Ça ne prouve rien, n'est-ce pas ?

Il se mit à rire nerveusement.

— C'est vrai, il pouvait piquer de sacrées colères. Il hurlait des menaces à ta mère qu'on pouvait entendre à dix coins de rues de là. Mais c'est pas ça qui rend un gars coupable pour autant, pas vrai ?

Tasha regardait fixement Denny Durant, dont les petits yeux noirs évitaient systématiquement les siens. S'il avait raconté à la police la même chose que ce qu'il venait de lui dire — et il l'avait fait, il venait de l'admettre —, alors il avait pratiquement annoncé à tout le monde que c'était son père qui avait fait le coup.

Elle n'avait jamais aimé Denny Durant, mais à présent, elle le haïssait. À cette minute, elle comprit comment la rage pouvait amener des gens à poser des actes insensés, des actes qu'ils risquaient de regretter. Elle serra les poings et dut se retenir pour ne pas se mettre à l'injurier.

— Étiez-vous au Café Montréal le soir où ma mère a disparu ? demanda-t-elle d'une voix tremblante.

— Ouais. J'y ai passé un moment. Comme je l'ai dit aux flics, j'y suis resté jusqu'à neuf heures et demie. Et à cause de la tempête, et parce que c'était plutôt tranquille, je suis parti.

Il parlait à présent sur un ton de défi qui tapait sur les nerfs de Tasha. Le ton d'un homme qui a fait son devoir de citoyen, plutôt que de planter un couteau dans le dos de sa conjointe.

— Avez-vous vu ma mère, ce soir-là ?

Denny Durant la regarda droit dans les yeux.

— Non. Je ne l'ai pas vue.

— Qui d'autre y avait-il au Café quand vous êtes parti ?

Les yeux de Denny jetèrent des éclairs.

— Écoute, petite, je veux bien que tu sois fâchée. Mais tu n'es pas un flic, que je sache ! Je n'ai pas l'intention de me laisser cuisiner, et en plus sur ce ton ! Je pense avoir eu ma ration de questions. Entre les flics et les journalistes, mon téléphone n'a pas arrêté de sonner. Sans compter qu'il faut que j'assure ici pendant que ton père n'est pas là. Et toi qui rappliques, par-dessus le marché !

Tasha tint bon, même si elle avait les genoux qui flageolaient. Surtout ne pas perdre son sang-froid : elle ne réussirait plus à tirer de lui le moindre renseignement.

— Je... je suis désolée, articula-t-elle avec effort. Je sais bien que vous ne feriez pas de tort à mon père. Quoi que vous ayez dit à la police, je suis sûre que c'est ce que vous avez vu et ce que vous savez. Mais il faut me comprendre, je ne crois pas une seconde que mon père ait fait ça.

— Nous ne croyons pas qu'il l'ait fait, reprit Mike.

Tasha le regarda et put lire dans ses yeux qu'il partageait son aversion pour Denny Durant.

— Je veux découvrir ce qui s'est passé. Nous avons parlé à Enrico Zapata...

— Rico ? coupa Denny, surpris. Il est encore dans les parages ?

Tasha hocha la tête.

— Il dit que vous étiez encore au Café quand il est parti. Et qu'il y avait Artie Jacobs aussi.

— On m'a dit qu'Artie vit quelque part aux États-Unis. Ou vivait. Peut-être qu'il a cassé sa pipe, à l'heure qu'il est ?

Tasha passa outre à la cruauté de cette remarque.

— Et Evart Horstbueller...

— Celui-là, il l'a cassée pour de bon, sa pipe. Pauvre bougre.

— Avez-vous une idée de qui était au Café ce soir-là, ou de qui était là quand vous êtes parti ?

Le cuir du fauteuil se remit à craquer. Denny se radossa et fixa les yeux au plafond quelques secondes.

— Je ne vois vraiment pas, petite... euh, Tasha. Comme je te l'ai dit, je suis parti de bonne heure. J'ai dit à Evart de fermer boutique, mais il était têtu, celui-là. Jamais il n'aurait fermé avant l'heure, même si la Troisième Guerre mondiale venait d'éclater.

Il haussa les épaules.

— T'as jamais pensé que tu frappais à la mauvaise porte, petite ?

— Que voulez-vous dire ?

— Si je te suis bien, à voir le genre de questions que tu poses, tu penses que si ta mère est allée au Café ce soir-là, quelqu'un doit l'avoir vue ? C'est bien ça ?

Tasha hocha la tête.

— Eh bien, ce n'est pas forcément ce qui s'est passé. Elle avait les clefs du Café, tu sais. Elle aurait pu y aller à n'importe quelle heure du jour et de la nuit. Elle aurait pu entrer dans le Café à trois heures du matin, pour ce qu'on en sait.

Tasha en eut le souffle coupé. Elle eut soudain la nausée. Il avait raison. Elle avait suivi une piste, une seule, sans imaginer qu'il pût en exister une autre et que sa démarche était peut-être vouée à l'échec dès le début.

— Désolé, petite, dit Denny. C'est pas vraiment ce que tu aurais voulu entendre, pas vrai ?

Tasha tourna les talons et se dirigea d'un pas mal assuré jusqu'à la porte. Puis elle sentit le contact d'une main sur son bras. Mike.

— Une dernière chose, monsieur Durant, fit celui-ci. M. Horstbueller avait une fille. Sauriez-vous par hasard où la trouver, ou bien connaissez-vous son nom au cas où elle serait mariée ?

Denny fronça les sourcils.

— Pourquoi la cherchez-vous ? Elle n'était pas là, ce soir-là.

— Elle passait prendre son père tous les soirs, répondit Mike. Si jamais il s'était passé quelque chose d'inhabituel au Café, peut-être qu'il lui en aurait parlé.

Denny haussa les épaules.

— Pas bête, petit. Mais j'ai jamais rencontré cette fille. Et on m'a pas invité au mariage, ça c'est sûr. Je regrette.

— Ouais, murmura Mike, comme s'il doutait fort que le regret soit un sentiment très répandu dans l'entourage de Denny Durant.

Tasha et Mike quittèrent le bureau de Denny et allèrent s'installer à une table pour faire le point. Tandis que Mike siphonnait son Cola, Tasha essayait de décider quoi faire à présent. Que *pouvait*-elle faire ? Enrico Zapata ne pouvait pas l'aider. Denny non plus. Et Evart Horstbueller était mort. Elle tournait encore et encore sa paille dans son verre. Si seulement ses parents s'étaient mieux entendus ! Rien de tout cela ne serait arrivé.

— Peut-être qu'il existe un moyen de retrouver la fille, dit finalement Mike.

— Peut-être, répéta Tasha, sans grande conviction.

Et si Denny avait raison ? Et si sa mère était entrée dans le café une fois tout le monde parti ? Et si...

— Mike, je ne sais pas si c'est sur notre chemin, mais que dirais-tu d'aller faire un tour jusqu'au Café ?

Mike acquiesça et fit signe au serveur pour qu'il apporte l'addition.

— Vous n'avez rien à payer. C'est gratuit, fit ce dernier.

— Gratuit ?

— Aux frais de la maison.

Le barman indiqua du menton le fond du bar. Denny, installé à une table, leur fit un signe de la main.

Sans répondre à son salut, Tasha se leva et sortit.

C'est long cinq ans, pensait Tasha pendant le court trajet jusqu'à l'emplacement du Café. Le quartier n'avait plus rien à voir avec ce qu'il était dans son souvenir. Bien des maisons semblaient décrépites et auraient eu besoin d'un bon coup de peinture et de fenêtres neuves. Quelques-unes, mieux loties, abritaient des gens qui se donnaient la peine de tondre leur minuscule pelouse, mais la plupart n'avaient pour tout parterre que des touffes de mauvaises herbes qui envahissaient les cours et l'asphalte craquelé des trottoirs.

Les devantures des magasins faisaient elles aussi triste mine. Tasha se souvenait d'épiceries et de boulangeries, et de plusieurs petits restaurants qui attiraient assez de clients pour survivre et animer les trottoirs d'un joyeux va-et-vient durant les soirées de printemps et d'été. À présent, on comptait autant de magasins à l'abandon que de commerces prospères, et prospères était peut-être un bien grand mot. Les seuls établissements qui semblaient faire des affaires étaient les bazars à deux dollars, style Dollarama ou Le Coin des soldes. La grande vitrine de la quincaillerie était fendue sur toute la diagonale, et l'on avait essayé, sans conviction, de colmater la brèche avec du ruban adhésif. Aucun client n'apparaissait derrière la terne devanture d'une petite cordonnerie. Quant au Café Montréal, il n'en restait qu'un grand trou clôturé d'une palissade de planches dont l'entrée était barrée par du ruban de plastique jaune posé par la police. Encore une fois, l'image du corps de sa mère enseveli sous ces décombres frappa Tasha de plein fouet.

Elle ravala tant bien que mal ses larmes.

— Ça ne sert à rien de traîner ici, dit-elle d'une voix tremblante. Allons-nous-en.

Elle regrettait d'être venue. Une minute de plus, et cette image horrible, ce vide terrible, allait chasser à jamais tous les agréables souvenirs qu'elle avait nourris pendant si longtemps.

Mais Mike n'avait pas sitôt mis son clignotant qu'elle poussa un cri.

— Non, attends !

Il écrasa la pédale de frein. Les pneus crissèrent sur l'asphalte. Tasha se retourna juste à temps pour apercevoir une Thunderbird noire piler net, à quelques centimètres du pare-chocs arrière de leur voiture. Le conducteur semblait furieux.

— Il va venir me casser la figure, gémit Mike.

Mais le conducteur de la Thunderbird s'empressa de manœuvrer et les dépassa en accélérant.

Mike poussa un soupir de soulagement.

— Ça va ? demanda-t-il à Tasha.

Mais celle-ci sautait déjà de la voiture.

— La dame là-bas, cria-t-elle par-dessus son épaule. Il faut que je la rattrape !

8

Tasha traversa la rue comme une flèche, zigzaguant entre les voitures dans un concert de klaxons furieux. Elle s'en moquait. Une seule chose comptait : rattraper la vieille dame qui trottinait sur le trottoir d'en face. Et surtout ne pas la perdre de vue.

— Madame Mercer ! cria-t-elle. Madame Mercer !

La vieille femme ne se retourna pas. Ce n'est pas elle, pensa Tasha. Ce sont mes yeux, ou ma mémoire, qui me jouent des tours. Mais elle poursuivit sa course et finit par la rattraper.

— Madame Mercer ? appela-t-elle en lui touchant l'épaule. La vieille dame sursauta. Elle se retourna, la main serrée sur la poitrine, les yeux agrandis de terreur.

— Madame Mercer, je suis Natasha Scanlan. Vous vous souvenez de moi ? Mes parents tenaient le Café Montréal.

Elle désigna d'un signe de tête le trou béant de l'autre côté de la rue.

—Vous vous rappelez, madame Mercer? Vous veniez tous les jeudis après-midi prendre un thé avec des scones? C'est moi qui vous les apportais, avec un petit pot des confitures de fraises que faisait ma mère.

La vieille femme cligna des yeux. Lentement, le voile d'appréhension s'efface de son visage, pour faire place à la simple perplexité. Elle scruta le visage de Tasha et secoua la tête.

— J'étais plus petite, à l'époque, s'empressa d'ajouter Tasha. Une gamine.

La vieille dame, sans un mot, l'examinait d'un œil vif et perçant. Puis, très lentement, elle hocha la tête.

— La petite Tasha Scanlan, dit-elle.

Tasha sourit.

— C'est ça, c'est moi.

Au même instant, Mike surgit sur le trottoir devant elles et fit sursauter Mme Mercer, qui à nouveau porta la main sur son cœur.

— N'ayez pas peur, dit Tasha. C'est mon ami, Michael.

Elle se tourna vers Mike pour le mettre au courant.

— Mme Mercer habitait en face du Café. Elle avait l'habitude de venir y prendre le thé une fois par semaine.

— Ça n'a pas changé, ajouta Mme Mercer.

Tasha se demanda comment rappeler avec tact à la vieille dame que le Café avait été rasé, quand elle comprit que Mme Mercer ne parlait pas des scones ni de la confiture de fraises.

— Vous voulez dire que vous habitez toujours le même logement ? En haut du magasin de chaussures ?

Mme Mercer acquiesça d'un signe de tête.

— Sauf que ce n'est plus un magasin de chaussures. C'est un bazar à un dollar.

— Madame Mercer, je me demandais si...

— Pourquoi ne viendriez-vous pas prendre le thé chez moi ? l'interrompit la vieille dame. Je faisais des courses, mais je commence à avoir mal aux pieds. Avant, je pouvais marcher en forêt toute la journée sans problème. Bon, je rentrais à la maison mettre la bouilloire sur le feu. Venez donc avec moi.

Tasha échangea un regard avec Mike, qui haussa les épaules.

— On a une heure au parcomètre.

— Avec plaisir, dit Tasha à la vieille dame.

Elle aurait ainsi l'occasion de demander à Mme Mercer si elle se souvenait de la nuit de l'ouragan, et si elle connaissait des gens qui habitaient dans le coin à l'époque.

Même si Mme Mercer était une habituée du Café et qu'elle habitait juste en face, Tasha n'avait jamais mis les pieds dans son logement. Elle et Mike la suivirent dans un escalier mal éclairé, puis dans un couloir tout aussi sombre sur lequel s'ouvraient les portes de quatre logements. Tasha retenait son souffle. L'aspect sinistre des lieux ne présageait rien de bon, et Tasha eut peur que l'appartement de Mme Mercer s'avère tout aussi déprimant. Ses craintes furent encore renforcées lorsque la porte en face de l'escalier s'entrouvrit soudain. Une tête grisonnante apparut dans l'entrebâillement, deux yeux examinèrent Mike et Tasha de la tête aux pieds, puis disparurent. La porte se referma dans un cliquetis de serrures.

— Cette femme me rend folle, dit Mme Mercer. Elle fourre son nez partout. Un de ces jours, elle va se faire arrêter...

— Parce qu'elle est trop curieuse ? demanda Mike, perplexe.

— Parce qu'elle n'arrête pas d'embêter la police, répliqua Mme Mercer. Pour leur signaler des va-et-vient suspects. M. Turner, au bout du couloir, n'est pas rentré chez lui deux jours de suite. Eh bien, elle est allée signaler sa disparition au poste de police !

— Et il n'avait pas disparu ? demanda Mike.

Mme Mercer secoua la tête.

— Il avait rencontré une femme et passé la fin de semaine chez elle. Il n'était pas très content en rentrant chez lui de trouver la police qui l'attendait devant sa porte pour lui poser des questions sur ses allées et venues.

Le logement de Mme Mercer ne ressemblait en rien à ce que Tasha avait imaginé. Elle et Mike n'y avaient pas plutôt mis le pied qu'ils furent baignés par la lumière qui entrait à flots par l'immense fenêtre panoramique du salon. Les murs de l'appartement étaient peints en jaune lumineux et coquille d'œuf, et décorés de peintures et de photographies brillamment colorées, dont la plupart représentaient des oiseaux. Des oiseaux exotiques — perroquets, cacatoès, flamants roses — et d'autres, des oiseaux d'Amérique du Nord, au plumage moins flamboyant mais tout aussi beau. Tasha identifia des bernaches du Canada en vol, des geais bleus, des cardinaux, des harfangs des neiges, des lagopèdes. Et il y en avait tout autant qu'elle était incapable de nommer.

— Vous avez là toute une collection, commenta Mike, bouche bée.

Toiles, photos et croquis étaient tous joliment encadrés. Sa réaction sembla ravir Mme Mercer.

— J'ai toujours adoré les oiseaux, expliqua-t-elle. Les peintures, je les ai achetées. Je ne pourrais pas dessiner une ligne droite, même si ma vie en dépendait. Mais les photos sont de moi. Je suis... pour ainsi dire... photographe amateur.

Tasha regarda à nouveau les photos. Il y en avait en couleurs, d'autres en noir et blanc, souvent plus saisissantes.

— Faites le tour pendant que je prépare le thé, les invita Mme Mercer. J'en ai pour une minute.

Elle disparut dans la cuisine.

Mike et Tasha se mirent à examiner les photos de plus près. Sous chacune d'entre elles était attachée une petite plaque métallique sur laquelle figuraient le nom de l'oiseau et la date à laquelle avait été prise la photographie.

— Elle a dû parcourir toute l'Amérique du Nord pour les prendre, commenta Tasha. Regarde ces Lagopèdes des rochers. Ils vivent dans l'Arctique.

Elle s'arrêta devant la fenêtre panoramique et plongea son regard dans la rue. D'où elle était, elle avait une vue d'ensemble du trou béant qui avait été l'emplacement du Café. Devant la fenêtre trônait un gros fauteuil confortable flanqué d'une table couverte de livres et d'une lampe. Sur l'une des piles de livres était posée une paire de lunettes en demi-lune — des lunettes de lecture, pensa Tasha. Elle imagina Mme Mercer installée là, un livre sur les genoux, jetant de temps à autre un coup d'œil sur la rue en contrebas. Il était possible, fort possible, qu'elle ait pu voir quelque chose la nuit où sa mère avait disparu.

— Hé ! Viens voir ça ! s'exclama Mike.

Tasha traversa la pièce pour aller admirer la photo d'un couple de cardinaux, le mâle dans sa livrée écarlate et la femelle d'un brun rougeâtre, dans un décor qui ressemblait à une ruelle. Tasha distinguait des poubelles et des sacs à ordures en arrière-plan.

— Tant de beauté dans un décor aussi laid, s'exclama Mike. Quel contraste extraordinaire !

— Jamais je n'aurais pu imaginer..., murmura Tasha.

La plupart des photos valaient tout ce qu'elle avait pu voir dans le *National Geographic*.

— Pour moi, c'était juste une vieille dame qui s'habillait bizarrement et adorait le thé et les scones. Elle portait une espèce de longue jupe de tweed, un blouson de sport et une paire de chaussures montantes qui ressemblaient à des bottes de chantier. Elle avait toujours un sac à dos sur l'épaule. J'imagine qu'elle arrivait d'une de ses excursions et qu'elle s'arrêtait prendre un thé avant de rentrer chez elle.

Tasha secoua la tête, pleine d'admiration.

— C'est drôle comme on peut se faire une fausse idée des gens, ajouta-t-elle. Moi qui pensais qu'elle était un peu fêlée. Alors que c'est une grande artiste.

— C'est prêt ! annonça Mme Mercer.

Tasha se retourna brusquement, le rouge aux joues, espérant que la vieille dame ne l'ait pas entendue. Celle-ci arrivait chargée d'un plateau sur lequel elle avait disposé la théière, des tasses, du sucre, du lait et un gâteau.

— Asseyez-vous, je vous sers.

Tasha accepta une tasse et une tranche de gâteau, qu'elle dévora. Elle avait oublié à quel point elle avait faim. Alors que Mme Mercer la resservait, elle aborda le sujet de sa mère.

— Oh oui, fit Mme Mercer, dont la voix se brisa. J'en ai entendu parler. Quelle terrible histoire !

— C'est pour ça que je suis contente de vous avoir rencontrée, madame Mercer. Je voulais vous poser quelques questions.

— Des questions ? demanda Mme Mercer, dont la tasse et la soucoupe s'entrechoquèrent. Quel genre de questions ?

Tasha raconta brièvement les événements entourant l'arrestation de son père, et expliqua qu'elle et Mike avaient décidé de tout faire pour découvrir ce qui s'était réellement passé cette nuit-là.

— Mon Dieu, dit Mme Mercer, en reposant sa tasse sur la table d'une main mal assurée. Oh, mon Dieu !

— Nous essayons de retrouver des gens qui auraient pu voir quelque chose ce soir-là au Café. Nous avons cherché la trace de M. Horstbueller — vous vous rappelez, c'était le gérant du Café. Mais il est mort dans un accident il y a quelques années. Et aujourd'hui, on tombe sur vous. Vous devez vous souvenir de cette nuit-là. La nuit de la grosse tempête. Il y a eu des arbres arrachés dans toute la ville. Je me demandais si vous n'étiez pas à votre fenêtre ce soir-là. Vous n'auriez pas vu par hasard ma mère arriver au Café ?

— Oh ! s'exclama Mme Mercer comme si on l'avait piquée. Mon dieu, non !

Tasha et Mike échangèrent un regard. De toute évidence, la question avait troublé la vieille dame. Mais pourquoi ?

— Le quartier avait tellement changé, reprit Mme Mercer. C'était plein de gens louches qui traînaient.

Elle frissonna à cette pensée.

— Mais vous n'avez rien vu ? Pas la moindre chose ? demanda Tasha avec impatience. Trop d'impatience, sans doute. La vieille femme sembla se crisper davantage.

— Jusqu'ici, enchaîna Mike sur un ton plus détendu, plus apaisant que celui de

Tasha, les policiers cherchent surtout à prouver que le père de Tasha est coupable. Ils ne s'intéressent pas à d'autres suspects, apparemment. Nous avons pensé que si nous pouvions dénicher un nouvel élément — n'importe quel autre indice — ils pourraient changer d'optique. Alors, si vous avez vu Mme Scanlan arriver au Café ce soir-là, et si elle était avec quelqu'un d'autre que M. Scanlan, ou encore si vous avez reconnu quelqu'un qui entrait ou sortait du Café, ça nous aiderait beaucoup. Vous comprenez, madame Mercer ?

— Oui, je comprends, répondit celle-ci doucement. Mais j'ai bien peur de ne pas pouvoir vous aider.

—Vous n'étiez pas chez vous ce soir-là ?

— Oh !, si, j'y étais. Il fallait être fou pour sortir un soir pareil. Elle jeta un regard à Tasha, comme pour s'excuser.

— Je veux dire, pour quelqu'un de mon âge. Non, je suis restée ici, dans mon fauteuil, à lire.

— Ce fauteuil-là ? demanda Tasha en désignant d'un geste le grand fauteuil confortable campé devant la fenêtre.

— Je pense que... oui. Oui, ce devait être celui-là. Mais je n'ai rien vu, j'en ai peur, ajouta-t-elle avec un rire forcé. Ma vue n'est plus ce qu'elle était. Même si j'avais regardé par cette fenêtre, et je vous l'assure, je ne l'ai pas fait, je n'aurais pas pu distinguer grand-chose. On vieillit, vous savez. Mes yeux ne sont plus aussi bons qu'avant. Je suis navrée, mon enfant.

— Ça ne fait rien, répondit Tasha.

Encore une déception. Ne pouvait-elle pas avoir un peu de chance, rien qu'une fois ? Tasha aurait tout donné pour apprendre la moindre chose susceptible de rendre à son père sa liberté. Mais apparemment, ce n'était pas encore pour aujourd'hui.

— Connaissez-vous quelqu'un d'autre dans le voisinage qui pourrait nous aider, madame Mercer ? demanda Mike. Quelqu'un qui vivait dans le coin il y a cinq ans et qui aurait pu voir quelque chose ?

Mme Mercer réfléchit un moment, puis secoua la tête.

— Non, je ne vois pas. Je regrette.

Tasha et Mike remercièrent leur hôtesse. Tasha dut se forcer pour se montrer aimable au moment de dire au revoir. Comme elle et Mike allaient s'engager dans l'escalier, la porte d'en face s'ouvrit, et le même vieux visage ridé apparut dans l'entrebâillement. La porte se referma aussi vite qu'elle s'était ouverte. Tasha dévala l'escalier pour se retrouver en plein soleil. Apparemment, il n'y avait rien qu'elle puisse faire pour aider son père.

— Désolé, Tash, lui dit Mike en la laissant devant sa porte. Je sais bien que tu espérais dénicher quelque chose. On aura peut-être plus de chance demain ?

— Bien sûr, répondit Tasha, même si elle n'en croyait pas un mot. Qu'est-ce qu'ils pourraient bien dénicher ? Elle ne savait même pas par où commencer les recherches. Et elle était complètement à court d'idées. Mais Mike essayait tant bien que mal de faire preuve d'optimisme, et elle ne voulait pas le décourager davantage.

— OK. Je t'appelle demain.

Tante Cynthia, assise dans le salon, se leva d'un bond quand Tasha ouvrit la porte.

— Où étais-tu passée ? demanda-t-elle. Tu es partie toute la journée. Tu n'as même pas donné un coup de fil. Je n'avais aucune idée de l'endroit où tu pouvais être.

Tasha fut prise de court. Tante Cynthia semblait plus inquiète que fâchée, comme l'aurait été son père si elle était sortie sans lui dire où elle allait. Sa tante avait beau ne pas avoir une très haute opinion de Leonard Scanlan, et ne pas s'entendre toujours très bien avec Catherine Scanlan, elle semblait en tout cas prendre ses responsabilités vis-à-vis de Tasha très au sérieux.

— Excuse-moi, répondit Tasha. J'aurais dû téléphoner. Je ne le ferai plus.

— Mais où es-tu allée ? répéta tante Cynthia d'une voix plus douce.

— Je me suis promenée.

— Pour essayer d'aider ton père, je suppose ?

Tasha se raidit.

— C'est ça, répondit-elle, en se préparant à un affrontement.

Tante Cynthia poussa un soupir et se rassit dans le canapé. Elle secoua lentement la tête.

— Nous ne sommes pas parties du bon pied hier, toutes les deux, n'est-ce pas ? Et comme tu as été absente toute la journée, on n'a pas pu se parler. Assieds-toi, Tasha.

Tasha resta debout.

— S'il te plaît, implora tante Cynthia. Que tu le veuilles ou non, nous allons devoir vivre sous le même toit pendant un bon bout de temps. Il n'y a personne d'autre pour s'occuper de toi. Alors, assieds-toi, s'il te plaît. J'ai quelque chose à te dire.

À contrecœur, Tasha alla s'installer à l'autre extrémité du canapé. Elle ne se sentait pas d'humeur à subir une autre tirade contre ses parents.

— Je n'ai jamais eu d'enfants, commença tante Cynthia. Je ne me suis jamais mariée. Les gens qui me connaissent disent que c'est parce que j'ouvre la bouche avant de réfléchir.

Elle se mit à rire, mais s'arrêta net en voyant Tasha rester de glace.

— Ce que j'essaie de te dire, c'est que je suis désolée. Je n'avais aucun droit de te dire ce que je t'ai dit hier soir. J'ai vraiment manqué de tact à te raconter ce que *moi* je ressens, à te ressortir *mes* vieilles rancunes. J'aurais dû faire plus attention à ce que toi, tu vis en ce moment. Je sais que c'est ton père, Tasha. Peut-être que nous n'avons pas toujours été d'accord lui et moi, et peut-être qu'il n'a pas toujours été d'accord avec ta mère, mais au fond, si j'étais à ta place, j'agirais exactement de la même manière que toi.

Tasha fixa sa tante un instant avant de répondre. Cela voulait-il dire qu'elle croyait son père innocent ? Ce n'est pas ça qu'elle avait dit. Elle pensait probablement la même chose que la veille — à savoir que tout au moins les policiers avaient eu raison de l'arrêter et d'en faire leur suspect numéro un. Mais Tasha se moquait de l'opinion de sa tante. Rien ne pourrait la faire, elle, changer d'avis. Mais en attendant, sa tante avait raison. Elle avait la responsabilité de s'occuper d'elle jusqu'au retour de son père à la maison. Et si jamais il ne revenait pas avant des années... Tasha chassa cette idée de son esprit. Il fallait voir les choses avec optimisme. Le désespoir ne mènerait à rien.

— C'est très important pour moi que tu acceptes mes excuses, reprit tante Cynthia. On pourrait recommencer à zéro. Qu'en penses-tu ?

Elle tendit la main. Il fallut un moment à Tasha pour comprendre l'invitation.

— D'accord, fit-elle en tapant dans la paume offerte.

Tante Cynthia lui sourit.

— Et si on soupait ?

Tasha n'avait pas faim, mais elle savait que sa tante voulait la voir manger. Une odeur de cuisine flottait dans la maison.

— Ça sent bon, dit-elle.

Au moins, c'était la vérité.

Tante Cynthia sourit.

— Parfait. Il y a un spécimen de ma célèbre soupe aux légumes et à la saucisse italienne qui mijote sur le feu. Et j'ai du pain frais et du fromage !

Étendue sur son lit, tout habillée, Tasha contemplait le plafond obscur. Rarement avait-elle mangé une soupe aussi succulente. Ça valait la cuisine de son père, et en plus intéressant, en plus audacieux. Poivrons jaunes et rouges et morceaux de saucisse épicée baignaient dans un bouillon parfumé d'épices dont Cynthia ignorait le nom.

— J'appelle ça ma soupe à la saucisse italienne à la mode indonésienne, avait expliqué une tante Cynthia rayonnante de fierté devant les compliments de Tasha. Elle est célèbre jusqu'à Djakarta !

Aussitôt la vaisselle terminée, Tasha avait souhaité le bonsoir à sa tante en prétextant qu'elle était très fatiguée.

— Pas de problème, avait répondu tante Cynthia, décidément plus gaie depuis qu'elle pensait avoir détendu l'atmosphère.

Tasha, allongée sur son lit depuis des heures, se demandait comment allait son père et si elle pourrait lui rendre visite. Elle décida de s'en occuper à la première heure le lendemain. Elle se demandait aussi que faire d'autre pour l'aider. À qui d'autre pourrait-elle parler ? Qui d'autre aurait pu se trouver à l'intérieur ou aux alentours du Café cette nuit-là ?

Mme Mercer avait dit que tous ceux qui habitaient dans le quartier cinq ans auparavant étaient partis. Mais elle pouvait se tromper. En faisant du porte-à-porte, Mike et elle pourraient peut-être tomber sur quelqu'un qui avait été témoin d'un fait susceptible d'aider la cause de son père. Il fallait qu'elle le fasse sortir de prison. Il le fallait.

Ce sentiment de frustration lui nouait l'estomac. Son père était innocent. Il fallait qu'il le soit, parce que sinon... Elle serra les paupières, comme pour chasser le doute de son esprit. Parce que s'il n'était pas innocent, cela signifiait qu'elle avait vécu aux côtés d'un meurtrier pendant cinq ans. Cela signifiait que les lettres qu'il lui avait fait lire en prétendant qu'elles étaient de sa mère, n'étaient que des faux, et que la sympathie qu'il lui avait manifestée quand elle avait du chagrin ou que l'absence de sa mère l'accablait, n'était que du vent elle aussi. S'il avait vraiment fait ce qu'on lui reprochait, chacun des mots qui étaient sortis de sa bouche pour la consoler avait été calculé, et il avait su au plus profond de lui-même, chaque fois qu'il les prononçait, que la mère qui manquait si cruellement à Tasha, dormait de son dernier et terrible sommeil depuis très longtemps.

C'était impossible. Tout simplement impossible.

Si seulement Mme Mercer avait pu parler.

Si seulement. Son père avait dit un jour que c'étaient les deux mots les plus tristes de la langue.

Tasha se redressa d'un bond. Mais bien sûr ! Elle aurait dû s'en apercevoir avant. Faire le rapprochement quand elle était dans l'appartement de Mme Mercer. Celle-ci avait semblé profondément troublée par les questions de Tasha. Et Tasha avait pensé que c'était le sujet qui avait rendu la vieille dame si nerveuse. Mais elle savait à présent que c'était tout autre chose.

Elle s'assit sur le bord de son lit et tendit la main vers le téléphone posé sur sa table de nuit. Elle composa rapidement le numéro de Mike et retint son souffle. Il était plus de onze heures. M. et Mme Bhupal risquaient de ne pas apprécier.

— Je vous en prie, implora-t-elle dans la pénombre. Faites que ce soit Mike qui réponde.

— Allo ?

— Mike ?

— Tasha ! Qu'est-ce qui se passe ?

— Elle mentait.

— Quoi ?

— Mme Mercer. Elle mentait. Tu te souviens des photos dans son appartement ?

— Oui, bien sûr, mais...

— Les photos qu'elle a prises. Il y avait des dates dessus. As-tu remarqué ?

— Oui, mais...

— Il y en a qui dataient de presque exactement cinq ans. Et elle en a même pris d'autres plus tard, il y a deux ou trois ans.

— Tash, j'ai de la misère à te suivre.

— Mme Mercer a dit qu'elle était assise dans son fauteuil ce soir-là, le fauteuil qui est juste devant la grande fenêtre qui donne sur le Café. Elle a raconté qu'elle était là, mais qu'elle n'a rien remarqué à cause de sa vue qui avait tant baissé. Tu te souviens ?

— Oui...

— Si sa vue était si faible il y a cinq ans, comment a-t-elle fait pour prendre des photos aussi spectaculaires ? Et elle faisait encore de la photo deux ans plus tard.

— Peut-être qu'elle portait des lunettes.

— Elle en porte, Mike. Je les ai même vues, sur une pile de bouquins. Tu sais, sur la table à côté du fauteuil. Mais c'étaient des lunettes de lecture. Quand les gens portent des lunettes en demi-lune comme ça, c'est qu'ils n'en ont besoin que pour lire. Je parie que Mme Mercer voit parfaitement de loin.

Il y eut un long silence. Quand Mike reprit enfin la parole, il semblait aussi excité qu'elle.

— Ce qui veut dire...

— Ce qui veut dire qu'elle voyait tout aussi bien il y a cinq ans. Et qu'elle nous a menti en disant être incapable de distinguer ce qui se passait de l'autre côté de la rue. Et as-tu remarqué comme elle est devenue agitée quand on s'est mis à parler de cette nuit-là ? Peut-être qu'elle a vu quelque chose qui lui a fait très peur. Quelque chose qu'elle a voulu nous cacher cinq ans plus tard.

Tasha entendait la respiration tranquille de Mike en train de réfléchir à l'autre bout du fil.

— Bien, dit-il enfin. Et qu'est-ce que tu comptes faire ?

— Retourner la voir demain. Et la mettre en face de ses mensonges.

— Je passe te prendre à dix heures.

Tasha sourit. Il avait dit ça comme ça, tout bonnement, comme si elle avait raison et que bien sûr, ils devaient retourner voir Mme Mercer, peu importe la réaction qu'aurait la vieille dame en les voyant réapparaître à sa porte, comme si c'était la seule chose à faire. Elle essaya de s'imaginer entreprenant cette démarche toute seule, sans l'aide de quelqu'un qui lui faisait confiance.

— Mike ?

— Oui ?

— J'apprécie vraiment, tu sais.

— Quoi ? Le fait de t'accompagner demain ?

— Non. Je veux dire, tout ce que tu fais. Par rapport à mon père, par rapport à moi. Tout.

— Ce n'est rien, répondit Mike. C'est à ça que servent les amis, non ?

Tasha, fin prête, attendait sur le trottoir quand Mike se gara devant la maison le lendemain matin. Tandis qu'elle bouclait sa ceinture, il lui tendit un petit sac de papier brun.

— Qu'est-ce que c'est ?

— Un des muffins au citron et aux graines de pavot de ma mère. Elle s'est mis dans la tête que tu ne mangeais pas assez. Je lui ai promis de rester derrière ton dos avec un gros bâton jusqu'à ce que tu aies avalé ça.

Tasha ouvrit le sac et en flaira le contenu.

— Laisse tomber le bâton, fit-elle en dévorant le muffin tandis qu'ils traversaient la ville.

Le grand moment était peut-être arrivé pour son père. Dans une heure, elle serait peut-être sur le chemin du poste de police avec en mains l'élément de preuve susceptible de le faire libérer.

Tasha et Mike s'engagèrent dans l'entrée attenante au bazar. Tasha, brûlant d'impatience, grimpa l'escalier quatre à quatre. Quand Mike la rejoignit, elle était déjà en train de frapper vigoureusement à la porte de Mme Mercer. Pas de réponse.

— Elle est peut-être allée à l'église, dit Mike. C'est dimanche aujourd'hui.

Tasha s'effondra contre la porte. Elle n'avait pas prévu ça. Au même moment, une tête apparut dans l'entrebâillement de la porte d'en face. La même tête que la veille.

— Excusez-moi, dit Tasha. Sauriez-vous où on peut trouver Mme Mercer ?

La femme, paniquée, commença à battre en retraite.

— Attendez ! cria Tasha. Nous sommes des amis de Mme Mercer. Nous sommes venus hier, vous vous souvenez ?

La porte s'ouvrit sur une frêle silhouette perdue dans un survêtement violet trop grand, et qui paraissait encore plus âgée que Mme Mercer.

— Je me souviens, fit-elle d'une voix fluette.

— Et sauriez-vous par hasard où se trouve Mme Mercer ? demanda Tasha. Il faut absolument que nous lui parlions.

— Ce sera difficile, répondit la vieille dame. Elle est à l'hôpital.

— Quoi ?

— Ils croient que c'est un accident, même si je leur ai dit le contraire. Je leur ai bien dit que ça n'avait rien d'accidentel. Qu'il avait essayé de la tuer.

— Qui ça, il ? Qui a essayé de la tuer ?

— Le type qui l'a poussée dans les escaliers, voyons, répondit la vieille dame. On ne pousse pas quelqu'un dans un escalier à moins de vouloir lui faire du mal. Et on ne le pousse pas aussi sauvagement, à moins de vouloir le tuer.

9

Tasha dévisageait la vieille femme.

— Vous voulez dire que vous avez vraiment vu quelqu'un pousser Mme Mercer dans les escaliers ?

— Oui, répondit la femme, en hochant la tête avec excitation. Exactement ! Et c'est ce que je leur ai dit quand ils sont venus la chercher. Je leur ai dit que quelqu'un l'avait poussée, que quelqu'un avait essayé de la tuer, mais ils n'ont rien fait.

— Qui ça, ils ? demanda Tasha.

— Les gars de l'ambulance. Je leur ai dit : Edith n'a pas sauté toute seule dans ces escaliers, vous savez. Il y a un sale type qui l'a poussée.

Mike haussa le sourcil et échangea un regard avec Tasha.

— Et pourriez-vous le reconnaître, ce type, madame... ?

— Zaddor. Madame Minnie Zaddor. M. Zaddor était un artiste de cirque, vous savez. Le Grand Zaddor, comme on l'appelait. Un magicien de l'évasion, encore meilleur que Houdini.

Mike eut un sourire indulgent.

— Madame Zaddor, avez-vous pu voir l'homme qui a poussé Mme Mercer ?

— Oui, je l'ai vu. Un type très grand. Avec des cheveux jaunes...

— Blonds, vous voulez dire ?

— Non, jaunes. Aussi jaunes qu'un bouton-d'or. Et il avait un oiseau sur la figure.

— Un oiseau ? demanda Mike, sceptique.

— Un oiseau, répondit la vieille dame. Sur la joue.

— Vous voulez dire un tatouage ?

— Non. Pas un tatouage. Un oiseau. Un peu comme un héron. Edith aurait su le nom, elle. Elle adore les oiseaux, vous savez.

— Et pourriez-vous reconnaître cet homme, madame Zaddor ? L'aviez-vous déjà vu ?

La vieille dame secoua sa tête grisonnante.

— Avez-vous parlé aux ambulanciers de cet homme avec un oiseau sur le visage ? demanda Mike.

— Naturellement ! Je leur ai dit d'appeler la police pour retrouver ce type et l'arrêter.

— Et est-ce qu'ils l'ont fait ?

— Pas que je sache, fit Mme Zaddor en fronçant les sourcils. Ils croient que je suis folle. J'étais cracheuse de feu, je ne vous l'ai pas dit ? Avaleuse de sabres, aussi. Il faut avoir toute sa tête pour faire ça. Je leur ai dit : retrouvez l'homme avec un oiseau sur la figure, c'est lui qui l'a poussée. Mais ils n'ont rien fait. Ils l'ont juste embarquée dans l'ambulance et emmenée à l'hôpital.

— Savez-vous à quel hôpital ? demanda Tasha.

— L'Hôpital général.

Tasha et Mike remercièrent Mme Zaddor et redescendirent l'escalier.

— Une avaleuse de sabres, fit Mike en déverrouillant sa portière. Alors moi, je suis voyant extralucide. Je peux lire dans tes pensées comme dans un livre.

— Ah oui ? Et qu'est-ce que tu lis ?

— Que tu veux aller à l'Hôpital général.

— C'est bon de savoir que si jamais l'informatique ne marche pas, tu pourras toujours te rabattre sur autre chose !

— Devenir voyant, tu veux dire ?

— Ou bien chauffeur.

Une demi-heure plus tard, Tasha, assise dans l'auto, fixait le pare-brise, le regard absent. Elle s'était levée quelques heures plus tôt remplie d'espoir. Aujourd'hui était le grand jour, avait-elle pensé. Mme Mercer allait lui révéler quelque chose, et grâce à ce renseignement, elle pourrait faire libérer son père. Mais les choses avaient tourné bien différemment de ce qu'elle avait prévu.

— Mme Mercer ne peut pas recevoir de visiteurs, j'en ai peur, leur avait dit l'infirmière à la réception.

— Même pas une minute ? avait plaidé Mike. C'est très important. Tasha est la petite-fille de Mme Mercer. Elles sont très proches.

Tasha avait réussi à cacher sa surprise, mais en vain.

— Je suis désolée, ma chérie, avait répondu l'infirmière avec gentillesse, mais sur un ton ferme. Ta grand-mère va très mal. Elle est dans le coma. Et le médecin a donné des ordres très stricts — pas de visites. Pourquoi ne rappelles-tu pas cet après-midi ? Il y aura peut-être une amélioration.

Coma. Le mot résonna dans la tête de Tasha. Mme Mercer était âgée, et elle risquait donc de ne jamais reprendre conscience. Et dans ce cas, tout ce qu'elle avait pu savoir ainsi que les raisons qui l'avaient poussée à mentir sur ce qui s'était passé cinq ans plus tôt demeureraient à jamais secrets.

Tasha jeta un coup d'œil par la vitre de la portière et aperçut Mike qui revenait.

— Et voilà, fit-il sur un ton désinvolte. Mais Tasha savait qu'il n'était pas d'aussi bonne humeur qu'il s'en donnait l'air. Il se forçait pour elle.

— Deux cafés au lait et un croissant aux amandes. Tu es sûre que tu ne veux rien manger ?

— Absolument.

Elle lui prit les deux gobelets des mains pour qu'il puisse s'installer derrière le volant. Ils demeurèrent silencieux quelques instants.

— Bon, fit Mike après avoir englouti quelques bouchées de son croissant. Qu'est-ce qu'on fait maintenant ? J'ai pensé aller frapper chez les voisins de

Mme Mercer. On pourrait tomber sur quelqu'un qui se rappelle avoir vu quelque chose.

— J'y ai pensé moi aussi, répondit Tasha.

— Ça n'a pas l'air de t'enthousiasmer. Veux-tu essayer autre chose ? Veux-tu qu'on aille à la police ? On pourrait leur dire ce qui est arrivé à Mme Mercer, et ce que nous a raconté Mme Zaddor aussi.

— Leur dire qu'elle a vu madame Mercer se faire pousser dans l'escalier par un type qui a un oiseau sur la figure ?

— C'est bien ce qui est arrivé, non ?

— Peut-être, admit Tasha. Mais rends-toi compte, Mike, ça a l'air complètement invraisemblable ! Un gars aux cheveux jaunes avec un oiseau sur la joue ! Et en plus, qu'est-ce qui nous dit que ce type a quelque chose à voir avec ma mère ? Peut-être qu'il l'a poussée dans l'escalier pour une tout autre raison ? Peut-être qu'il y a une guerre de clans chez les ornithologues ?

Mike lui jeta un regard narquois.

— Et ça, tu trouves que c'est vraisemblable ?

Tasha poussa un soupir. Elle était à court d'idées. Elle avala la dernière goutte de son café au lait, puis replaça le couvercle sur le gobelet.

— D'accord, fit-elle. En route pour le poste de police. Ils me laisseront peut-être voir Papa.

— Et tu vas leur parler de Mme Mercer et de l'homme-oiseau, n'est-ce pas ? On n'a rien à perdre. Et on ne sait jamais, Tash. Ça pourrait peut-être nous aider.

— Peut-être, répondit Tasha avec un soupir. Pourquoi pas ?

— Bon, entendons-nous bien, récapitula l'inspecteur Pirelli d'un ton cinglant quand Tasha eut fini son histoire. Une ancienne avaleuse de sabres te raconte que sa voisine a dégringolé un escalier et tu penses que cette histoire a quelque chose à voir avec le fait que ton père soit sous les verrous ?

Tasha avait les joues en feu, en partie parce que son histoire semblait totalement invraisemblable une fois revue et corrigée par l'inspecteur Pirelli, et en partie parce qu'il parlait d'une voix si forte qu'une demi-douzaine de paires d'yeux, à l'extérieur du cubicule, se tournèrent vers elle.

— Mme Zaddor dit qu'elle a tout vu, reprit Tasha. Elle a dit que c'était un homme très grand...

— Mme Zaddor mesure quatre pieds dix, l'interrompit gentiment l'inspecteur Marchand. Dès que quelqu'un fait plus de cinq pieds, elle trouve qu'il est grand.

Tasha fronça les sourcils. Comment se faisait-il que l'inspectrice sache combien mesurait Mme Zaddor ? Et à bien y penser, par quel hasard l'inspecteur Pirelli savait-il qu'elle avait été avaleuse de sabres ? Tasha n'en avait rien dit. Elle avait eu peur que ces détails ne rendent son histoire encore plus abracadabrante.

—Vous avez déjà parlé à Mme Zaddor, n'est-ce pas ? demanda Tasha, plus découragée que jamais.

«Vous lui avez parlé et vous avez refusé de la croire», ajouta-t-elle en son for intérieur.

— Il n'y a pas un seul agent dans ce service qui n'ait pas au moins une fois parlé à Mme Zaddor, dit l'inspecteur Pirelli. Cette femme est une nuisance. Un de ces jours, je vais la citer à comparaître pour déclaration mensongère.

— Les ambulanciers nous ont appelés, expliqua l'inspecteur Marchand, d'un ton plus aimable. À cause de ce que leur avait dit Mme Zaddor, et à cause de l'endroit — juste en face de l'emplacement du Café Montréal. Et nous avons étudié le cas. Mais pour te dire la vérité, Tasha, Mme Zaddor n'est pas crédible. On ne peut plus lui accorder foi. Et personne d'autre n'a vu quoi que ce soit.

— Mais Mme Mercer a été poussée, insista Tasha.

— Elle a été poussée ou elle est tombée ? Qui sait ? reprit l'inspecteur Pirelli. Quoi qu'il en soit, il n'y a rien qui permette de relier cet incident à ton père.

— Mais Mme Mercer m'a *menti*, répliqua Tasha. Elle m'a dit qu'elle n'avait rien vu ce soir-là, mais c'est faux. Elle a vu quelque chose.

— Ce n'est pas ce qu'elle t'a dit, Tasha, dit l'inspecteur Marchand.

— Mais *je sais* qu'elle mentait. Vous n'étiez pas là. Si vous aviez vu comme elle est devenue nerveuse quand nous lui avons posé des questions sur cette soirée-là ! Elle a aussi menti en nous disant qu'elle avait une mauvaise vue.

L'inspecteur Marchand fixa Tasha de ses yeux améthyste.

— On ne peut pas faire grand-chose tant que Mme Mercer ne sera pas en état de parler, dit-elle. Mais je te promets une chose, Tasha. Dès qu'elle reprendra conscience, j'irai à l'hôpital et je lui parlerai. Et je lui demanderai aussi ce qu'elle a vu cette nuit-là. D'accord ?

Tasha regarda le visage sympathique de l'inspecteur Marchand, puis celui de l'inspecteur Pirelli, dur et fermé, et comprit qu'elle n'obtiendrait rien de plus.

— D'accord, fit-elle. Est-ce que je peux voir mon père ?

— Bien sûr, répondit l'inspectrice. Mais il est au Centre de détention provisoire.

— Où ça ?

— En détention provisoire. C'est là qu'on garde les gens en attente de procès. Il est à la prison Don. Attends ici, je vais arranger ça et t'y emmener.

Derrière l'épaisse paroi de plexiglas, Leonard Scanlan avait le visage gris, les yeux hagards. Les vêtements qu'il portait

— un jeans et une chemise bleu pâle, qui ne lui appartenaient pas — pendaient sur lui comme un sac. En le voyant dans cet état, Tasha sentit les larmes lui monter aux yeux. Elle baissa vivement la tête pour qu'il ne la voie pas pleurer. Puis elle attrapa maladroitement le combiné.

— Je vais bien, insistait-il.

L'optimisme forcé qu'elle lut dans ses yeux peina Tasha.

— C'est à propos de toi que je me fais du souci, dit-il. Comment t'entends-tu avec ta tante ?

— Ça va bien.

— J'espère que ce ne sera plus très long, reprit-il en souriant d'un air brave. Je comparais demain matin. Me Brubaker semble croire que j'ai une chance d'être libéré sous caution. Il va venir te voir ce soir. Il veut que tu sois à l'audience. Je lui ai dit que ce n'était pas une bonne idée — d'ailleurs, tu vas à l'école. Mais il veut que tu y sois. Il pense que...

Tasha vit son père baisser la tête, comme s'il avait honte.

— Il pense que les choses iront peut-être mieux si le juge voit que je suis un père de famille, et que ma fille me soutient.

Les larmes montèrent aux yeux de Tasha. Elle aurait tant voulu traverser la vitre pour aller embrasser son père, pour qu'il sache combien elle l'aimait.

— Bien sûr que je te soutiens, Papa. Je sais bien que ce n'est pas toi, et je vais faire tout ce que je peux pour t'aider. Absolument tout.

Elle posa la paume de sa main contre la vitre. Son père leva des yeux mouillés de larmes vers elle, et tendit lui aussi le bras pour appliquer sa paume contre la sienne.

— Papa, est-ce que je peux te demander quelque chose ? demanda-t-elle d'une voix tremblante.

Son père hocha mollement la tête.

— Ce soir-là, Papa...

Elle détestait le fait d'avoir à poser cette question. Elle avait l'impression, en prononçant ces mots, de le trahir.

— Ce soir-là, après que vous vous êtes disputés, toi et Maman, tu as quitté la maison. Où es-tu allé ?

Son père détourna les yeux et se mit à fixer le sol pendant un moment qui lui parut interminable.

— Je... j'avais besoin de prendre l'air. De réfléchir.

— Mais il faisait un temps épouvantable, Papa. Et tu m'as laissée toute seule à la maison.

— Je sais, articula-t-il d'une voix angoissée. Je le sais, Tasha, et je suis désolé. Je... je n'avais pas toute ma tête. J'aimais ta mère. Je croyais qu'elle m'avait quitté pour de bon. Il fallait que je sorte de la maison. Que je réfléchisse.

La question suivante était encore plus difficile à poser que la première.

— Et où es-tu allé ? murmura-t-elle.

— J'ai pris le volant. Je ne sais même pas où je suis allé. J'ai tourné et tourné pendant des heures, et je suis rentré.

Ce n'était pas la réponse qu'elle attendait. Trop évasive. Le procureur de la Couronne en conclurait qu'il n'avait pas vraiment d'alibi. Et le fait que son père reste aussi vague n'inspirait guère confiance non plus.

— Et les lettres ?

— Quelles lettres ?

— Celles de Maman. Tu n'as jamais trouvé bizarre qu'elle les ait tapées à la machine ? Elle détestait taper. Et elle tapait plutôt mal, en plus.

Son père la regarda d'un air absent. Cette passivité la rendit furieuse.

— L'idée que Maman n'ait pas écrit ces lettres ne t'a jamais traversé l'esprit ? Tu n'as jamais pensé que quelqu'un d'autre ait pu les écrire ?

Il hocha lentement la tête, avec une telle lenteur que Tasha se demanda s'il répondait à ce qu'elle venait de dire. Elle jugea inutile de lui poser sa dernière question : pourquoi as-tu détruit ces lettres ? Pourquoi ne les as-tu pas conservées comme tu me l'avais promis ?

La fin de la visite arriva trop vite. En voyant son père escorté vers une lourde porte de métal, Tasha laissa enfin libre cours à ses larmes.

— Si je veux retrouver la personne que quelqu'un a épousée, demanda Tasha à l'inspecteur Marchand tandis qu'elles quittaient la prison, comment dois-je m'y prendre ?

La policière lui jeta un regard perçant.

— Ça va bien, Tasha ?

Oh oui, ça va très bien, aurait aimé rétorquer celle-ci. Ma mère est morte, mon père est en prison, et vous vous démenez 24 heures sur 24 pour faire en sorte qu'il y reste. Tout va comme sur des roulettes, merci bien !

— Ça pourrait aller mieux, préféra-t-elle répondre en s'obligeant à sourire pour inciter l'inspectrice à répondre à sa question. Supposons que je connaisse une personne, et qu'elle ait changé de nom en se mariant, mais j'ignore avec qui. Comment faire pour retrouver sa trace ?

L'inspecteur Marchand plissa les yeux. Elle doit se demander si cette question a quelque chose à voir avec mon père, se dit Tasha.

— As-tu une idée de l'endroit où s'est mariée cette personne ? demanda la policière. Est-ce que c'est ici ? Ou au moins dans la province ?

— Je crois que c'est ici, répondit Tasha, qui se dit qu'à la réflexion, cela pourrait être n'importe où ailleurs.

— Dans ce cas, il suffit de te rendre au Service de l'état civil. C'est là qu'ils gardent tous les renseignements sur les mariages, les naissances et les décès. Ils pourront peut-être t'aider.

Étonnée que l'inspectrice ne lui pose pas davantage de questions, Tasha décida de se rendre dès le lendemain au Bureau de l'état civil voir ce qu'elle pourrait trouver.

10

— Notre objectif, demain, c'est d'essayer de faire libérer ton père sous caution, annonça Me Brubaker.

— *Essayer* ? répéta Tasha.

— Il est accusé de meurtre. Ça n'ira pas de soi, admit l'avocat. Mais ça vaut la peine d'essayer. Et il va falloir qu'on travaille ensemble pour y arriver. Mon rôle à moi sera de démontrer que ton père doit être libéré en attendant son procès. Le *tien* sera de faire tout ton possible pour convaincre le juge que ton père est un homme aimant, qui a toute la confiance de sa famille et qui ne représente aucune menace pour la société. Tu comprends, Natasha ?

Tasha répondit d'un signe de tête à la question de l'avocat, installé dans le canapé devant une tasse de café. Il était entré dans la maison d'un pas énergique, comme un vieil ami de la famille, et avant de parler de la comparution du lendemain, il avait pris quelques minutes pour expliquer à Tasha qu'ils avaient toutes les raisons d'être optimistes. Elle désirait désespérément le croire, mais quand elle lui avait demandé comment il comptait s'y prendre pour répliquer aux accusations portées par la police, il s'était contenté de sourire. « Disons que ça, c'est mon problème », avait-il répondu. Et avant que Tasha ait pu lui poser d'autres questions, il s'était tourné vers tante Cynthia : « Est-ce qu'on peut avoir une tasse de café ? »

— Il y a deux raisons pour lesquelles nous devons tout faire pour que ton père soit libéré jusqu'au procès, reprit l'avocat. D'abord, cela compte énormément pour lui de rentrer chez lui et de mener une vie aussi normale que possible. La prison n'est pas un endroit facile, comme tu l'imagines, et pour être franc, je crois que ton père a bien de la misère à la supporter.

— Que voulez-vous dire ? demanda tante Cynthia.

Me Brubaker la regarda d'un air pontifiant avant de reprendre son exposé, sans d'ailleurs répondre à la question.

— Deuxièmement, si ton père était libre, cela aiderait sa cause. Si nous arrivons à le faire libérer sous caution, cela donnera aux jurés l'impression qu'il n'est pas dangereux. Parce que sinon, jamais il n'aurait été relâché. Si, par contre, nous n'arrivons pas à le faire libérer, inutile de te dire que le jury aura une impression totalement différente. C'est pour ça que tu ne dois pas quitter ton père des yeux pendant l'audience de demain, Tasha. Regarde-le comme si tu lui faisais pleinement confiance...

— Mais je lui fais confiance ! coupa Tasha d'un ton sec.

Me Brubaker était peut-être un bon avocat, comme l'avait dit son père, mais Tasha n'était pas sûre de l'aimer. Elle se demandait aussi si *lui* croyait vraiment en l'innocence de son père. Même tante Cynthia semblait décontenancée par son côté roublard.

Me Brubaker sourit.

— Bravo, ma fille ! Voilà exactement l'attitude que je veux que tu prennes. *Bien sûr* que tu crois en l'innocence de ton père. Il est innocent. Pourquoi ne lui ferais-tu pas confiance ? C'est important, Tasha. Si le juge voit qu'il n'y a aucun doute dans ta tête, que tu es avec lui à 100 %, cela peut nous aider beaucoup. Bon, parlons garde-robe, à présent.

— Garde-robe ? répéta Tasha, pas sûre d'avoir bien compris.

— L'habit fait le moine, répondit l'avocat. Je veux que demain, tu aies une tenue qui dise au juge : je suis un membre fiable et responsable de la société. Je suis une personne qui a été élevée par un père aimant. Je suis quelqu'un dont vous devez respecter l'avis, et je suis d'avis que mon père est innocent.

— Pourquoi pas un t-shirt avec un message imprimé dessus ? ironisa tante Cynthia. Genre : « libérez mon père ! »

Me Brubaker lui jeta un regard condescendant.

— Ce n'est pas une attitude très constructive, madame... euh...

Il consulta un bloc de formulaires juridiques sur lequel il avait gribouillé des notes.

— ... *mademoiselle* Jarvis. Vous devriez plutôt donner l'exemple à Natasha. Et par la même occasion, j'aimerais vous voir vous aussi à l'audience demain et adopter la même attitude de confiance.

Il se tourna vers Tasha.

— Je veux te voir en robe. Tu as bien une robe, n'est-ce pas ?

— Oui, une ou deux.

— Quelque chose de simple, de classique. Rien de trop court, ou de décolleté. Des couleurs sombres, de préférence. Avec des bas et des souliers appropriés.

— On dirait qu'elle s'en va à un enterrement, fit tante Cynthia.

— C'est précisément ce que je cherche à éviter, mademoiselle Jarvis.

Me Brubaker fourra son bloc-notes dans sa serviette de cuir, qu'il referma, et se leva.

— L'audience est à dix heures demain matin. Arrangez-vous pour arriver cinq ou dix minutes à l'avance. Et ne t'inquiète pas, Natasha. Nous allons faire tout notre possible pour que ton père soit ici demain soir.

En voyant son père qu'on escortait dans la salle d'audience, Tasha pensa que ce serait la plus dure épreuve qu'elle aurait à subir de toute la journée. Il avait l'air plus petit que d'habitude. Et avec ses épaules voûtées et son visage blême, il paraissait aussi plus vieux. Comment faire, à le voir si malheureux, pour ne pas se lever d'un bond pour courir l'embrasser ? pensa-t-elle. Elle faillit d'ailleurs céder à la tentation, mais le regard sévère que lui lança Me Brubaker l'en dissuada. Et tante Cynthia lui toucha doucement le bras, pour lui rappeler la gravité de la situation. Elle ne devait en aucun cas poser le moindre geste susceptible de compromettre les chances de son père.

Elle suivit à la lettre les instructions de Me Brubaker. Pas une fois elle ne détourna les yeux de son père. Elle put lire l'espoir s'allumer dans ses yeux lorsque Denny Durant expliqua qu'il était prêt à verser la caution, que Leonard Scanlan était un homme d'affaires respecté et qu'il était ridicule d'imaginer qu'il puisse prendre la fuite et quitter le pays. Elle vit cet espoir vaciller lorsque soumis à l'interrogatoire de la procureure de la Couronne, Denny dut admettre que les restaurants Lenny et Denny avaient beaucoup souffert de la récession prolongée, et que lui et Leonard avaient dû hypothéquer deux des établissements. Oui, il était permis de supposer qu'un homme surchargé de dettes avait moins de raisons de rester au pays qu'un entrepreneur dont les affaires florissaient. Elle vit cet espoir s'éteindre lorsqu'un homme qu'elle n'avait jamais vu, un comptable, raconta que Leonard lui avait confié quelques mois plus tôt qu'il pensait jeter l'éponge et abandonner la chaîne de restaurants. Enfin, lorsqu'un cuisinier d'un des restaurants expliqua que Leonard Scanlan avait un tempérament colérique et qu'il l'avait physiquement menacé à plusieurs occasions, le visage de son père exprima un tel désespoir qu'elle dut détourner les yeux.

La procureure de la Couronne multiplia les arguments contre Leonard Scanlan. Elle plaida que c'était un homme dangereux qui avait brutalement assassiné son épouse et avait réussi à cacher son forfait pendant des années, grâce à sa fourberie et à ses talents de criminel. Vu ses difficultés financières, il aurait toutes les raisons de fuir à l'étranger dès sa libération sous caution. La Cour devait donc ordonner qu'il reste derrière les barreaux jusqu'à son procès.

Quand la procureure de la Couronne eut terminé, Me Brubaker se leva à son tour. Il se tourna vers Tasha et lui sourit avant d'entamer sa plaidoirie. Leonard Scanlan n'est pas un homme dangereux, commença-t-il. Bien sûr, il s'emporte facilement, mais avant son arrestation, il n'avait jamais eu de démêlés avec la justice. Et quant au risque qu'il prenne la fuite, l'avocat estimait au contraire qu'il n'en existait aucun.

— M. Scanlan est un citoyen respecté dans cette ville. Il a une entreprise à administrer. C'est vrai que les temps ont été difficiles. Mais M. Scanlan n'est pas le seul homme d'affaires qui ait souffert de la situation économique. En fait, en le gardant en détention, on l'empêcherait de veiller aux intérêts de son entreprise. Et puis il y a sa fille, Votre Honneur.

Il se tourna à nouveau vers Tasha.

— Sa mère a été assassinée. La pauvre enfant est traumatisée. Elle a besoin de son père. Elle a besoin de retrouver une vie à peu près normale si elle veut surmonter cette épreuve. Maintenir son père en détention lui causera du tort. À elle comme à M. Scanlan. Et cela ne fera en rien avancer la cause de la justice.

Me Brubaker enchaîna sur les choses positives qu'avait accomplies Leonard Scanlan par le passé, contre-interrogea le cuisinier qui avait parlé de ses accès de violence, et appela d'autres membres du personnel pour témoigner. Pendant toute la plaidoirie, Tasha ne quitta pas des yeux le visage triste de son père. L'avocat se rassit, et le silence envahit la salle d'audience.

Tasha, assise bien droite, regardait son père comme on le lui avait demandé, tout en jetant de temps à autre un coup d'œil au juge. Celui-ci prenait une éternité à délibérer. Que pouvait bien penser cet homme au visage impassible ? Penchait-il davantage du côté de la Couronne, ou se rendait-il aux arguments présentés par Me Brubaker ?

Enfin, le juge se leva. Tasha avait les yeux fixés sur son père, qui avait penché la tête et regardait le plancher, perdu dans ses réflexions... À quoi pensait-il ? Elle ne pouvait que l'imaginer. Elle savait quel genre d'idées folles lui auraient traversé l'esprit si elle s'était retrouvée à sa place. Me Brubaker se redressa. Tante Cynthia posa la main sur le bras de Tasha.

— La Cour accueille favorablement l'argument présenté par Me Brubaker, commença le juge, en particulier en ce qui regarde la situation de la fille de l'accusé — il marqua une pause pour regarder Tasha — et elle reconnaît qu'il est incontestablement dans son intérêt de retrouver des conditions de vie normales.

Tasha retenait son souffle. Jusqu'ici, ça va, pensa-t-elle. Apparemment, le juge avait trouvé les arguments de Me Brubaker plus convaincants. Son père n'était pas un boucher psychopathe. C'était un chef cuisinier, un homme de bien qui n'avait jamais commis la moindre exaction de toute sa vie. À coup sûr, ils allaient le laisser en liberté jusqu'à son procès. Ils ne pouvaient pas le traiter comme quelque assassin sanguinaire qu'il faut garder sous les verrous pour protéger la société.

— *Toutefois*..., reprit le juge.

Toutefois, un mot qui ne présageait rien de bon. Tasha sentit son cœur flancher. Elle vit son père se voûter, comme s'il vieillissait à vue d'œil, et avait peine à prêter attention à ce que disait le juge. Les mots se télescopaient comme les éclats de verre dans un kaléidoscope — caractère brutal du crime, tempérament violent, force des arguments de la Couronne, risque de fuite... Elle entendit le juge indiquer la date du procès, qui résonna à ses oreilles comme s'il l'avait criée dans un puits sans fond. Tasha ne pouvait détacher les yeux de son père, effondré sur sa chaise comme si on l'avait assommé. Elle se leva pour aller le rejoindre, mais tante Cynthia la retint par la manche.

— Il va tenir le coup, murmura-t-elle. Pas d'imprudence, Tasha.

Le juge avait déjà le nez dans le dossier suivant, et Me Brubaker aidait son père à se relever, avec l'assistance d'un fonctionnaire du tribunal. Avant que Tasha ait pu lui dire quoi que ce soit, il était escorté à l'extérieur de la salle d'audience pour être ramené en prison.

Tasha leva la tête de son oreiller et tendit l'oreille, jusqu'à ce qu'elle reconnaisse la voix de Mike et comprenne qu'il parlait à tante Cynthia.

— Mais je lui ai promis de passer la prendre, disait-il. Je pense qu'elle veut me voir.

— Je te l'ai dit, Tasha dort, répondit fermement tante Cynthia.

Pour une fois, le ton inflexible ne la dérangea pas. Elle était contente que sa tante monte la garde comme un doberman bien dressé. Elle ne voulait parler à personne, pas même à Mike. À quoi bon ?

Tout le monde pensait que son père était coupable. Même le juge l'avait trouvé trop dangereux pour le laisser en liberté pendant que la justice suivait son cours. Et que font-ils de la présomption d'innocence ? se demandait-elle. Pour le reste du monde entier, son père avait déjà été jugé et reconnu coupable. Qui était-elle pour leur faire changer d'avis ?

— J'ai promis à Tasha que je passerais la prendre pour l'emmener au centre-ville, insistait Mike d'une voix qui semblait à présent moins lointaine. Et quand je promets quelque chose à quelqu'un, surtout quand c'est Tasha, je tiens parole, OK ?

— Écoute, mon garçon...

Tasha avait maintenant l'impression qu'ils étaient juste de l'autre côté de sa chambre. Elle s'assit dans son lit, essuya ses larmes. Des coups se mirent à résonner contre sa porte. Puis elle entendit un bruit sourd, comme si quelqu'un s'était cogné. Elle bondit de son lit et se précipita pour ouvrir. Elle rattrapa Mike avant qu'il ne tombe à la renverse. Tante Cynthia, alarmée, arriva juste à temps pour le soutenir.

— Ça va ? demanda Tasha à Mike.

— Je ne voulais pas faire irruption chez toi, répondit-il en se redressant. Si tu ne veux pas me voir, tu n'as qu'à le dire et je m'en vais.

— Je croyais que tu dormais, dit tante Cynthia. Je pensais que tu ne voulais pas qu'on te dérange.

— Non, ça va, répondit Tasha.

Elle ne dormait pas, elle était en train de pleurer. Elle s'était sentie si seule au monde, et voilà ces deux-là qui la couvaient du regard et qui de toute évidence se faisaient un sang d'encre pour elle. Leur présence lui réchauffa un peu le cœur.

— J'ai oublié de te dire que Mike allait passer, dit Tasha à sa tante. J'ai besoin de quelques minutes pour me préparer, ajouta-t-elle à l'intention de Mike. Si tu lui demandes gentiment, tante Cynthia t'offrira peut-être quelques-uns de ses fameux biscuits au chocolat blanc et aux noix. C'est une fabuleuse cuisinière, tu sais.

Elle sourit à sa tante, qui parut soulagée.

Mike et tante Cynthia se dirigèrent vers la cuisine tandis que Tasha, qui portait encore la robe bleu marine qu'elle avait mise pour aller au tribunal, rentra dans sa chambre se changer.

— Ta tante m'a raconté ce qui s'est passé, dit Mike quand ils furent dans la voiture. Je suis vraiment désolé que les choses aient tourné comme ça. J'espérais bien qu'ils le remettent en liberté. Tout le monde l'espérait.

— *Tout le monde* ?

— Mes parents et moi. Les élèves, à l'école. Plein de gens.

Tasha hocha doucement la tête.

— Tu veux dire qu'il y en a, à l'école, qui pensent que mon père est innocent ?

Mike eut l'air surpris.

— Bien sûr. À part quelques-uns qui croient le contraire, mais ce sont des imbéciles. Ils pensent que parce qu'on arrête quelqu'un, cette personne est nécessairement coupable. Ils n'ont pas encore compris qu'on doit examiner tous les faits avant de porter un jugement. C'est à ça que servent les procès, non ?

— C'est vrai, répondit Tasha, qui n'avait pas encore complètement assimilé le fait qu'elle n'était pas la seule à croire que la place de son père n'était pas derrière des barreaux.

— Oh non, grogna Mike quand ils mirent le pied dans la salle surpeuplée du Service de l'état civil. Le cauchemar de la bureaucratie municipale ! Il y a neuf personnes qui attendent, et un seul guichet d'ouvert !

Ils durent faire la queue près d'une heure avant de savoir un peu mieux où s'adresser pour obtenir les renseignements qu'ils désiraient. Ils finirent par accéder à un autre guichet et Tasha expliqua ce qui l'amenait.

— Je ne peux rien pour vous, répondit la femme derrière le comptoir, qui leva les yeux pour appeler la personne suivante.

Tasha resta plantée là.

— Comment ça, vous ne pouvez rien faire ?

— Ce sont des renseignements confidentiels, expliqua la femme avec impatience. Si vous voulez, on peut faire une vérification. Mais la seule chose que vous apprendrez, c'est si cette personne est inscrite ou non au registre des mariages. Tous les autres renseignements personnels doivent demeurer confidentiels. Nous n'avons pas le droit de les divulguer, sauf à la personne elle-même.

— C'est idiot, fit Mike. Qui a besoin de savoir qui est son propre conjoint ?

L'employée lui lança un regard méprisant.

— Il y a des lois pour protéger la divulgation des renseignements personnels.

— Mais je croyais que les mariages étaient du domaine public, insista Mike.

— Eh bien, vous avez tort, répliqua l'autre d'un ton sec.

On nageait en pleine absurdité.

— Il doit bien y avoir un moyen de savoir quel nom une femme a pris en se mariant.

— Si elle l'a fait *officiellement*, répondit la femme avec lenteur, c'est effectivement enregistré.

— Quand une femme se marie et prend le nom de son conjoint, c'est un changement de nom officiel, non ?

— Pas nécessairement. Il faut qu'elle l'enregistre. Et bien des femmes ne le font pas. Elles portent simplement le nom de leur mari. Et dans ce cas, aucun document n'en fait foi.

— Ça ne nous servirait donc à rien de consulter le registre des changements de noms ? C'est bien ce que vous nous dites ?

La femme opina.

— Mais c'est complètement ridicule, reprit Mike, exaspéré.

Tasha le tira par la manche pour l'éloigner du guichet.

— Il y a peut-être un autre moyen, lui dit-elle.

— Lequel ?

— La bibliothèque centrale, suggéra-t-elle en consultant sa montre. À condition de se dépêcher.

La bibliothécaire se montra plus aimable que l'employée de l'État civil, mais ne leur fut pas d'un grand secours non plus.

— Savez-vous quand cette personne s'est mariée ? demanda-t-elle.

Tasha secoua la tête.

— Il y a trois ou quatre ans. Enfin, je crois...

— Connaissez-vous quelqu'un qui aurait assisté à ce mariage ? Il pourrait peut-être vous aider.

Autre hochement de tête.

— Je pensais, reprit Tasha, qu'il y avait moyen de faire une recherche par Internet. Ils ont peut-être annoncé leur mariage dans les journaux...

— J'ai bien peur que ça ne marche pas, répondit la bibliothécaire. Les journaux mettent en ligne une grande partie de leurs pages, mais pas les avis de décès, de naissance, les mariages, les annonces publicitaires... En plus, les grands quotidiens publient les avis de décès et de naissance, mais pas les fiançailles ou les mariages, qui sont plutôt annoncés dans les hebdomadaires locaux, trop petits pour s'offrir le luxe d'Internet.

—Vous voulez dire qu'il n'y a aucun moyen de trouver le renseignement que je cherche ? gémit Tasha.

— Sauf si vous n'êtes pas pressés. Vous pouvez consulter les microfilms des journaux. Ça va vous prendre du temps, mais si cette personne a publié les bans ou annoncé son mariage, vous avez des chances de la retrouver.

Tasha lança un coup d'œil à Mike, qui haussa les épaules.

— Parfait, dit-elle à la bibliothécaire. Et par où on commence ?

— Eh bien, vous revenez demain...

— *Demain* ?

La bibliothécaire sourit d'un air désolé.

— Nous fermons dans dix minutes. Mais si vous revenez demain, quelqu'un se fera un plaisir de vous montrer comment manipuler les visionneuses.

— Bon, fit Mike comme ils sortaient de la bibliothèque. Je sais ce que je vais faire demain matin.

— Et l'école ?

Il haussa les épaules.

— Quelle école ?

Le lendemain matin, ils étaient sur le perron de la bibliothèque avant même l'ouverture des portes. Un bibliothécaire leur indiqua où trouver le microfilm ; un autre leur montra comment installer la bobine et actionner la visionneuse.

— Penses-tu que ça va être difficile ? demanda Mike.

— Je n'en sais rien, répondit Tasha en examinant d'un air dubitatif la bobine de microfilm qu'elle introduisait dans la visionneuse. Ce qui est sûr, c'est qu'ils emmagasinent beaucoup de choses sur chaque film. Et même si la fille de Horstbueller s'est mariée dans le coin, cela veut dire tout un paquet d'hebdomadaires à éplucher. Ça pourrait être plus compliqué qu'on le pense.

Mike se mit à rire.

— C'est pourtant simple, ce que nous cherchons. Combien de temps ça va nous prendre ?

Il leur fallut des heures, en fait. Et ce ne fut pas Tasha qui tomba dessus, mais Mike.

— Eurêka ! s'exclama-t-il d'une voix si forte que plusieurs têtes se tournèrent vers lui. Tasha, viens voir ! souffla-t-il. Viens voir ça !

Elle se leva et vint se pencher par-dessus son épaule. Sur l'écran, au beau milieu d'une page de photos de mariage et d'avis de fiançailles, figuraient les quelques lignes qui leur livraient le nom qu'ils cherchaient : Herbert Frederick Marcuse. Lucille Horstbueller avait épousé Herbert Marcuse qui, au moment de la publication des bans, résidait dans York Nord.

— Crois-tu qu'il habite encore là ? demanda Mike.

Elle s'était posé la même question. Elle jeta un coup d'œil à la ronde, repéra la rangée de téléphones publics près de la sortie, vers laquelle elle se dirigea aussitôt. Mike lui emboîta le pas.

— Mara... Marborough... Marchant... Marcus... Marcuse, A... Marcuse, C... Marcuse, George... Ah ! Il est là ! s'exclama Tasha. Herbert Frederick Marcuse. 1913, Hyacinth Crescent.

Mike était aussi excité qu'elle.

— Qu'est-ce qu'on attend ?

11

Assise dans la voiture de Mike, un plan de la ville sur les genoux, Tasha examinait de l'autre côté de la rue une maison de pierre à deux étages entourée de parterres soigneusement entretenus. Au-dessus de la porte, une plaque portait le numéro 1913 en chiffres de laiton.

— Nous y voilà, dit Tasha.

Tout bien considéré, il leur avait été facile de retrouver la trace d'Herbert Marcuse. Mike ouvrit sa portière.

— Attends ! cria Tasha. Où vas-tu ?

— Parler à la fille d'Evart Horstbueller, tiens !

Il fronça les sourcils.

— Il y a quelque chose qui ne va pas, Tash ? Je pensais qu'il s'agissait de demander à Lucille Horstbueller si elle savait quelque chose sur ce qui s'est passé cette nuit-là.

— Oui... mais...

— Mais quoi ?

— Rien... Rien et tout.

Juste en face d'elle se dressait la maison d'Herbert Marcuse. L'homme qu'avait épousé Lucille Horstbueller. Il n'était pas impossible — pas absolument impossible, supposait Tasha maintenant qu'elle ne pouvait plus reculer — qu'Evart Horstbueller ait été au Café Montréal ce soir-là et qu'il ait vu Catherine Scanlan arriver. Il aurait donc pu savoir si elle était seule ou non. Et dans ce cas, peut-être connaissait-il la personne qui l'accompagnait. Et peut-être en avait-il parlé à sa fille Lucille, passée le prendre pour le ramener à la maison.

Jusque-là, Tasha avait placé tous ses espoirs dans le fait de retrouver Lucille Horstbueller pour lui demander si son père lui avait dit quelque chose. Et maintenant qu'elle était tout près du but, elle avait soudain l'impression de jouer à une loterie où elle risquait gros. Son avenir dépendait de ce qui allait suivre. Si elle avait tiré le mauvais numéro — s'il advenait que Lucille Horstbueller ne sache rien de ce qui s'était passé cette nuit-là — alors tout serait fini.

Elle n'aurait aucune autre chance de rafler le gros lot — la liberté de son père —, sauf peut-être si Mme Mercer se rétablissait et acceptait de dire la vérité.

— Si tu veux, proposa doucement Mike, tu peux rester ici et j'irai lui parler. Ça m'est égal.

Ce bon vieux Mike. Que n'aurait-il pas fait pour elle ? Mais Tasha ne voulait pas lui laisser cette corvée. C'était à elle de le faire, que ça lui plaise ou non.

— Merci, ça va aller, dit-elle.

Elle prit une profonde inspiration et ouvrit la portière de la voiture. Les jambes tremblantes, elle resta plantée sur le trottoir, les yeux fixés sur la maison, puis se retourna vers la voiture et se pencha vers la vitre de la portière.

— Je ne dirais pas non à un petit soutien moral, fit-elle avec un pauvre sourire.

Mike sortit de la voiture en un éclair. Côte à côte, ils remontèrent le sentier dallé et gravirent les marches du perron. Tasha s'obligeait à respirer lentement et à un rythme régulier — un, deux, trois, quatre ; un, deux, trois, quatre — pour se calmer. Elle appuya sur le bouton de la sonnette et attendit.

Pas de réponse.

Elle jeta un regard à Mike, qui haussa les épaules et pesa à nouveau sur le bouton.

Les secondes s'écoulèrent.

Tasha s'apprêtait à faire demi-tour lorsqu'un visage apparut dans la lucarne de la porte. Celle-ci s'ouvrit soudain.

— Ce n'est pas trop tôt, s'exclama une femme que Tasha reconnut immédiatement.

Mme Marcuse, une version légèrement vieillie de Lucille Horstbueller, regardait Mike d'un air peu amène.

— La première chose à apprendre, monsieur Simmons, c'est que les leçons commencent toujours à l'heure. Si la vôtre est prévue à quatre heures trente, vous êtes prié de sonner à cette porte à quatre heures vingt-cinq. La deuxième chose, enchaîna-t-elle en foudroyant Tasha du regard, c'est de laisser votre petite amie chez elle. Pour cette fois, elle peut rester. Elle attendra dans le vestibule pendant que vous me montrerez ce que vous savez faire. Allons, dépêchons, nous n'avons pas toute la journée. Vous n'êtes pas mon seul élève, vous savez. Et il va falloir me montrer que vous avez du potentiel ; sinon, ce sera votre première et dernière leçon.

Elle recula pour laisser entrer Tasha et Mike, puis entraîna celui-ci le long d'un couloir jusqu'à une grande pièce ensoleillée où trônait un piano à queue. Avant d'entrer, Mike se retourna vers Tasha. Au secours ! l'implora-t-il des yeux.

Tasha se précipita vers lui. Elle atteignit la porte juste au moment où Mme Marcuse la refermait.

— Je croyais vous avoir dit d'attendre dans le vestibule !

— Nous ne sommes pas ici pour des leçons de piano.

Mme Marcuse, perplexe, se tourna vers Mike.

— Vous n'êtes pas Albert Simmons ?

— Non. Mike Bhupal.

— Alors pourquoi êtes-vous ici ? Qu'est-ce que vous voulez ?

— En fait, expliqua Tasha, nous espérions pouvoir vous poser quelques questions au sujet de votre père.

— Mon père ? Mais qui êtes-vous ? demanda-t-elle en scrutant Tasha.

— Je m'appelle Natasha Scanlan. Votre père travaillait au Café Montréal quand mes parents en étaient propriétaires. Ma mère...

— Tasha ?

Mme Marcuse la regardait comme si elle voyait un fantôme.

— La petite Tasha Scanlan ?

Tasha fit oui de la tête.

— Je ne sais pas si vous avez entendu ce qui est arrivé à mon père...

Mme Marcuse hocha la tête d'un air grave.

— Et c'est pour ça que tu es ici ? demanda-t-elle. À cause de ton père ?

— Oui. Vous savez... nous... j'espérais que vous sauriez peut-être quelque chose sur ce qui s'est passé le soir où ma mère a disparu.

Mme Marcuse écarquilla les yeux.

— Moi ? Comment pourrais-je savoir quelque chose ?

— Je me souviens que vous aviez l'habitude de passer prendre votre père chaque soir après le travail. J'ai pensé que peut-être...

— Mon père est mort, coupa Mme Marcuse d'un ton cinglant, comme si Tasha y était pour quelque chose. Il est mort il y a quelques années.

— Oui, je sais, reprit Tasha. J'en suis navrée. Mais j'ai pensé qu'il vous avait peut-être parlé de ce qui s'était passé ce soir-là. Ma mère a dû passer au Café. Puisque c'est là qu'on l'a retrouvée.

— Es-tu en train de dire que mon père a quelque chose à voir avec ce qui est arrivé à ta mère ? répliqua Mme Marcuse d'une voix stridente.

Elle était devenue toute rouge.

— Non ! répondit Tasha, mortifiée de ne pas être comprise. Pas du tout. J'ai simplement pensé que si votre père avait remarqué quelque chose, s'il avait vu arriver ma mère, il vous en aurait peut-être parlé. Il aurait pu avoir une idée de la personne qui voulait la tuer...

Le regard de Mme Marcuse se durcit.

— Je ne sais rien. Rien du tout, dit-elle. C'est à cause de votre mère que... Elle s'interrompit soudain.

— S'il vous plaît, reprit-elle. J'attends un élève d'une minute à l'autre.

Mais Tasha ne pouvait pas en rester là. Il fallait bien que quelqu'un sache quelque chose. C'était impossible que personne n'ait rien vu.

— Votre père aimait beaucoup ma mère. Je le sais.

Les yeux de Mme Marcuse brillaient de larmes mal contenues.

— Je vous en prie, plaida Tasha. Essayez de vous rappeler. Juste une minute. Peut-être vous a-t-il dit quelque chose, n'importe quoi, qui pourrait nous aider à prouver que mon père est innocent. S'il vous plaît, madame Marcuse. S'il y avait le moindre indice que la police pouvait explorer...

— La police ? Qu'est-ce qu'elle vient... Es-tu en train de me dire que la police va venir frapper à ma porte ?

— C'est ce que nous aimerions qu'elle fasse, fit Mike.

Mme Marcuse se retourna vers lui en le fusillant du regard.

— Que veux-tu dire ? Tu m'accuses de quelque chose ?

— Mais pas du tout, s'empressa de la rassurer Tasha. Il veut simplement dire que si vous vous rappelez quoi que ce soit qui puisse intéresser la police, cela pourrait aider mon père.

— Je suis désolée, répondit Mme Marcuse d'une voix glaciale. Comme je te l'ai dit, je ne sais rien. À présent, si tu veux bien m'excuser...

Elle traversa le couloir et ouvrit la porte d'entrée.

— Je dois vous demander de partir. Immédiatement, ajouta-t-elle comme Tasha ouvrait la bouche pour plaider sa cause. S'il vous plaît, partez, avant que j'appelle moi-même la police pour vous faire sortir d'ici.

Déçue et tremblante d'indignation, Tasha suivit Mike jusqu'au trottoir. Elle se retourna vers la maison en pierre tandis que Mike déverrouillait sa portière. Madame Marcuse était rentrée et la maison semblait tranquille, excepté un léger mouvement des rideaux dans la pièce d'en avant. Tasha était sûre que Mme Marcuse les surveillait en attendant qu'ils s'en aillent. Elle entra dans la voiture et boucla sa ceinture. Ils roulèrent le long de deux ou trois pâtés de maisons, puis Mike se gara le long du trottoir et éteignit le contact.

— Qu'est-ce qui se passe ? demanda Tasha. Pourquoi t'arrêtes-tu ?

— Pour procéder à l'autopsie.

— À *quoi* ?

— L'autopsie. L'examen des faits après coup. Je me trompe peut-être, mais Lucille Horstbueller, alias Mme Herbert Marcuse, n'est-elle pas devenue très agitée quand tu as commencé à lui poser des questions sur son père ?

— Tu ne te trompes pas, répondit Tasha. Mais en un sens, tu ne peux pas la blâmer.

Elle se montrait d'une générosité qu'elle était loin de ressentir. Elle cherchait désespérément une raison de critiquer cette femme.

— Elle a littéralement figé quand tu as dit que la police pourrait éventuellement vouloir l'interroger.

— Ouais, répondit Mike. Ce n'était peut-être pas la chose la plus intelligente à dire.

Tasha haussa les épaules, plongée dans ses réflexions. Non seulement Lucille Marcuse ne les avait pas aidés, mais elle s'était montrée hostile. Elle les avait même menacés. Mais là encore, Tasha dut admettre qu'à la place de Lucille, elle aurait peut-être réagi de la même façon.

— Qu'est-ce que tu ferais si quelqu'un que tu n'as pas vu depuis cinq ans sonnait un beau jour à ta porte pour te poser des questions sur ton père décédé ? Tu t'énerverais aussi, non ?

— Probablement, répondit Mike.

Il réfléchit une minute.

— Mais je ne pense pas que je menacerais cette personne d'appeler la police pour la flanquer dehors. Je trouve cette réaction un peu excessive.

— D'après ce que nous avons pu voir, Mme Marcuse est une personne excessive.

— C'est une possibilité. Mais dans ton souvenir, est-ce qu'elle était comme ça quand elle venait au Café ?

— Pas vraiment, mais je ne la connaissais pas très bien. Pourquoi ? Tu as une théorie là-dessus ?

— Peut-être. Mais parfois, les gens s'énervent quand ils sont pris dans leurs mensonges. Et je peux me tromper, mais j'ai eu l'impression qu'elle en voulait à ta mère, presque comme si elle lui reprochait d'y être pour quelque chose dans la mort de son père.

— Que veux-tu dire ? Qu'elle nous racontait des histoires ? Que c'est Evart Horstbueller qui a tué ma mère ?

— Pourquoi pas ? répondit Mike en haussant les épaules. Ce n'est pas parce que quelqu'un est mort qu'il n'a rien fait de mal de son vivant. Je veux dire, il n'y a pas de loi qui interdise à un meurtrier de mourir avant d'être traduit en justice.

— C'est vrai, admit Tasha, qui n'avait pas envisagé cette possibilité. Mais à supposer que tu aies raison. À supposer qu'Evart Horstbueller soit — ou ait été — le meurtrier. Pourquoi cela énerverait-il encore sa fille cinq ans *après* sa mort ?

Mike haussa les épaules.

— Rappelle-toi ce que disait Enrico Zapata, dit-il. Que la mort de Horstbueller n'était peut-être pas un accident. Il pensait à un suicide.

— Tu veux dire qu'Horstbueller aurait tué ma mère et que pris de remords, il se serait suicidé ?

— C'est possible.

Tasha réfléchit un instant.

— Je ne sais pas, dit-elle. En plus, c'est difficile de croire qu'il l'ait fait. Il aimait beaucoup ma mère. Ils s'entendaient bien.

— Tu penses donc que Mme Marcuse a réagi comme ça simplement parce que tu es arrivée un beau jour pour lui poser des questions sur son cher papa depuis longtemps enterré ? Et que le fait qu'elle ait une dent contre ta mère ne veut rien dire ?

— Je n'ai pas dit *ça*.

Tasha poussa un soupir. Les choses se compliquaient davantage, alors qu'elle aurait tant voulu que tout soit plus simple.

— Ça, par exemple, marmotta Mike. Tu vois ce que je vois ?

Tasha se retourna juste à temps pour apercevoir une décapotable verte filer devant eux. Lucille Marcuse était au volant. Plutôt que de freiner pour respecter le stop, elle se contenta de ralentir une fraction de seconde pour ensuite accélérer et traverser le carrefour.

— Elle a l'air bien pressée, commenta Tasha.

Mike tourna le contact, alluma son clignotant et s'engagea sur la chaussée.

— Trop pressée pour quelqu'un qui attendait un élève d'une minute à l'autre, fit-il. On la suit ?

— J'allais le proposer.

Tasha s'avança sur le bord du siège, en tirant sur sa ceinture, pour mieux suivre des yeux la voiture verte.

— Elle tourne au feu vert. À gauche.

Mais juste quand ils arrivèrent au carrefour, le feu passa au rouge.

— Zut ! s'exclama Mike en frappant le volant de ses deux mains.

— Je l'aperçois encore, cria Tasha. Là-bas. Il n'y a pas beaucoup de circulation.

Mais quand ils purent enfin tourner, une fois le feu passé au vert, la décapotable verte s'était volatilisée. Ils explorèrent le coin quelques minutes pour retrouver la piste de Lucille Horstbueller, mais sans succès.

— Ce n'était probablement rien d'important, conclut Mike quand il décida enfin d'abandonner la poursuite.

— Tu le penses vraiment ?

Il regarda longuement Tasha dans les yeux avant de répondre.

— Tu veux que je te dise la vérité ?

— Oui.

— Je trouve la réaction de Mme Marcuse bien trop exagérée pour qu'il n'y ait pas anguille sous roche. Quand nous sommes arrivés, elle attendait un élève, ça c'est sûr. Elle a même cru que c'était moi. Mais avant que l'élève en question ait pu se montrer le bout du nez, la voilà qui saute dans son auto et qui démarre à fond de train. As-tu déjà vu une prof de piano conduire comme ça ? Je suis sûr qu'il y a quelque chose d'autre, Tasha, quelque chose qui explique pourquoi elle agit comme ça.

— Je veux bien, mais quoi ? demanda Tasha.

Elle ne désirait rien tant que le croire, et aurait donné tout ce qu'elle avait pour prouver que la réaction de Lucille avait quelque chose à voir avec la disparition de sa mère cinq ans plus tôt. Si seulement elle pouvait être sûre que Mme Marcuse se conduisait de manière inhabituelle...

Elle claqua soudain des doigts.

— On retourne chez elle ! annonça-t-elle.

— Pour quoi faire ?

— S'il te plaît, Mike. On y va. Tout de suite.

Pendant le trajet, Tasha se demanda s'ils étaient sur une piste ou s'ils se raccrochaient à un semblant d'espoir. Elle jeta un coup d'œil derrière elle, s'attendant presque à voir réapparaître l'auto de Mme Marcuse rentrant innocemment chez elle.

— Hé ! s'exclama-t-elle, surprise.

— Quoi ?

Une Thunderbird noire roulait à une cinquantaine de mètres derrière eux et pendant un court instant, Tasha crut reconnaître le conducteur.

— On dirait l'auto qui a failli nous rentrer dedans en face de chez Mme Mercer. Qu'est-ce qu'il fait ici ?

— Quelle auto ? demanda Mike.

Tasha se retourna juste à temps pour apercevoir la Thunderbird tourner à gauche et disparaître.

— Bizarre, murmura-t-elle.

— Qu'est-ce que tu trouves bizarre ?

— Pendant une minute, j'ai eu l'impression qu'on nous suivait.

Mike haussa les épaules.

— Une coïncidence, probablement. Et rien ne dit que c'était la même voiture.

— C'est vrai.

Ils étaient arrivés dans la rue de Lucille Marcuse. Mike se gara à quelques maisons de la grande demeure en pierre.

— Qu'est-ce qu'on fait à présent ?

— On attend.

— On attend quoi ?

Tasha n'en était pas sûre.

— Il faut simplement éliminer quelques hypothèses. Hé ! regarde !

Un garçon de l'âge de Mike remontait le chemin dallé qui menait au perron des Marcuse.

— Albert Simmons ? fit Mike.

— Je parierais que oui.

Ils regardèrent le garçon sonner à la porte, attendre, sonner encore. Et encore. Après la troisième tentative, il descendit le perron et traversa la pelouse pour aller coller son nez contre la grande fenêtre, mais apparemment sans succès. Il retourna vers la porte d'entrée, remonta les marches et se remit à sonner. Finalement, il se résigna à quitter les lieux, non sans se retourner tous les trois pas pour regarder la maison. Il semblait perplexe.

— Est-ce qu'on peut partir ? demanda Mike. Ou est-ce qu'on attend quelque chose en particulier ?

— On attend.

Au bout d'une demi-heure, un autre élève s'engagea dans l'allée des Marcuse. Une fille, cette fois, qui devait avoir onze ou douze ans. Elle répéta le même manège qu'Albert Simmons, excepté qu'elle redescendit l'allée en arborant un large sourire.

— En voilà une qui ne regrette pas sa leçon de piano hebdomadaire, commenta Mike.

Trente minutes plus tard, exactement, un autre enfant arriva devant la maison, remonta l'allée, sonna à plusieurs reprises et rebroussa chemin.

— Mme Marcuse semble être quelqu'un qui prend son travail au sérieux, dit Tasha.

Quelqu'un de très exigeant avec ses élèves. Tu l'as entendue — elle leur demande d'arriver cinq minutes avant l'heure.

— Elle pourrait au moins pratiquer ce qu'elle prêche.

— Exactement. Elle a filé à cause de quelque chose que nous avons dit, ça je le parierais aussi.

— Mais où est-elle allée ? demanda Mike.

— Partie prévenir quelqu'un, peut-être.

— Mais qui ? Et pourquoi ne pas l'avoir appelé au téléphone, plutôt que de partir comme une dératée je ne sais où ? Il y a quelque chose qui m'échappe.

— Moi aussi, dut admettre Tasha. Mais c'est notre seule piste.

— On s'en va ? Ou on attend encore ?

— On attend, répondit Tasha. Peut-être qu'elle est passée prendre la personne à qui elle voulait parler. Et qu'elle va la ramener ici.

— Ce serait un sacré coup de chance. Elle a peut-être reçu un coup de fil après notre départ. Pour la prévenir de quelque chose, un accident. Peut-être que son mari a eu un pépin...

Une autre fillette remontait le sentier dallé. Elle sonna à la porte. Au même moment arriva une auto qui vint se garer dans l'allée. Un homme en complet sombre en sortit. Il fit un signe à la fillette, qui lui cria quelque chose. L'homme fronça les sourcils et se dirigea vers la porte d'entrée. Il fouilla dans sa poche, en sortit une clef qu'il introduisit dans la serrure.

— Ce doit être M. Marcuse, fit Mike.

L'homme ouvrit la porte et disparut à l'intérieur. Une minute plus tard, il réapparut sur le perron, perplexe. Il parlait à la fillette tout en examinant la feuille de papier qu'il tenait à la main. La fillette hocha la tête. Ils échangèrent encore quelques mots, puis l'élève tourna les talons et redescendit le sentier. M. Marcuse retourna vers le garage, ouvrit la porte et constata qu'il était vide.

— Allons-y ! dit Tasha.

— Où ça ?

— À toi de jouer à présent. Albert Simmons entre en scène. Un Albert Simmons pas content du tout.

Mike la regarda d'un air complètement ahuri.

— Je ne comprends pas.

— Viens. Je vais t'expliquer.

— Mme Marcuse n'est pas là ? demanda Mike à M. Marcuse d'un air contrarié. Il jouait son rôle à merveille.

— Comment se fait-il qu'elle ne soit pas là ? Nous avions rendez-vous pour discuter des leçons. C'était convenu. Elle a même insisté pour que j'arrive quelques minutes à l'avance.

— Oui, je comprends bien, monsieur... ?

— Simmons. Albert Simmons, répondit Mike avec toute la raideur voulue. J'avais pourtant l'impression que Mme Marcuse était quelqu'un de sérieux. On m'avait dit que c'était un professeur très rigoureux.

— Mais c'est le cas, répondit M. Marcuse, visiblement très embarrassé. Je suis désolé de ce contretemps, mais ma femme a dû avoir un imprévu.

Il fixait le morceau de papier qu'il tenait à la main comme s'il recelait un profond mystère.

— Je vais lui dire que vous êtes passé. Et lui demander de vous appeler pour fixer un autre rendez-vous.

— Vous ne savez pas où elle est ? demanda Tasha. Albert doit partir ce soir pour plusieurs jours. Si on pouvait rejoindre Mme Marcuse avant son départ...

M. Marcuse secoua la tête.

— J'ai bien peur qu'il n'y ait pas de téléphone là où elle est, dit-il. Mais je vais lui demander de vous rappeler dès son retour. Vraiment, je suis désolé de ce désagrément.

Quand ils eurent regagné la voiture, Mike se tourna vers Tasha.

— Est-ce qu'on s'en va, *maintenant* ? demanda-t-il. Je commence à avoir faim.

— Ce ne sera pas long, promit Tasha.

Une heure et demie plus tard, ils attendaient encore. Le soleil était presque couché lorsque la décapotable verte surgit au coin de la rue. Lucille Marcuse vint se garer dans l'allée, derrière l'auto de son mari, et rentra précipitamment dans la maison.

— On s'en va, gémit Mike. Je meurs de faim.

— Dans une minute, répondit Tasha en ouvrant sa portière.

— Où vas-tu ?

— Jeter un coup d'œil à sa voiture.

— Pour quoi faire ?

Tasha ne le savait pas vraiment. Pour trouver un signe, un indice qui pourrait lui permettre de deviner où avait bien pu aller

Lucille Marcuse. Elle sortit de la voiture et remonta le trottoir d'un pas nonchalant. Elle ralentit en arrivant devant l'allée des Marcuse, et jeta un coup d'œil à la ronde. Personne en vue. Elle se faufila jusqu'à la décapotable pour mieux l'inspecter. Sans résultat.

Dépitée, elle serra les poings. Il y avait de toute évidence quelque chose d'étrange dans le comportement de Lucille Marcuse. Même son mari avait paru surpris. Où était-elle partie si précipitamment, et pourquoi avait-elle réagi si violemment ? C'était frustrant, cette intuition que quelque chose clochait sans pouvoir rien faire pour l'expliquer. Frustrant au point de vouloir flanquer un bon coup de pied dans le premier objet venu — le pneu de la décapotable, par exemple. Elle l'aurait fait si le pneu en question n'avait pas été couvert de boue.

12

Mike avait à peine coupé le contact que tante Cynthia sortit en trombe de la maison et courut vers eux.

— Tasha, Dieu merci ! cria-t-elle. Je me demandais où tu étais !

Tasha se hâta de la rejoindre. Tante Cynthia devenait vraiment très mère poule.

— Mike et moi sommes allés parler à quelqu'un, expliqua-t-elle. Une femme dont le père travaillait au Café...

— Oh ! Tasha ! reprit tante Cynthia d'une voix angoissée. Ton père...

Tasha sentit son estomac se nouer devant le visage défait et les yeux affolés de sa tante.

— Qu'est-ce qui ne va pas, tante Cynthia ? Il est arrivé quelque chose à Papa ?

— Il est à l'hôpital.

Le cœur de Tasha s'arrêta presque de battre.

— Ils m'ont parlé d'un accident, reprit tante Cynthia, mais je n'en sais pas plus. Ils n'ont pas voulu m'en dire plus long.

— Mais il va bien quand même ? demanda Tasha. Ce n'est pas grave, hein ? Mike, qui était resté dans la voiture, se retourna pour ouvrir la portière arrière.

— Montez, mademoiselle Jarvis. Je vous emmène toutes les deux à l'hôpital.

Un agent armé montait la garde devant la porte de la chambre de Leonard Scanlan. Il refusa de laisser entrer Tasha sans avoir au préalable appelé le poste de police pour recevoir des instructions.

— J'ai bien peur que tu doives attendre, lui dit-il quand il eut parlé à ses supérieurs.

— Attendre ?

Maintenant qu'elle était si près de lui, jamais elle ne pourrait attendre ne serait-ce que quelques secondes de plus pour voir comment il allait.

— Si mon père a été blessé, je veux le voir.

— Je comprends, répondit l'agent de police. Mais tu ne peux pas le voir maintenant. Pourquoi ne vas-tu pas t'asseoir dans la salle d'attente ? Je te ferai signe dès que tu pourras entrer.

Tasha n'aurait pas bougé d'un pouce si tante Cynthia et Mike ne lui avaient pas pris chacun un bras pour l'emmener. Elle eut la surprise de trouver Denny Durant qui faisait les cent pas dans la petite salle d'attente.

— Qu'est-ce que vous faites ici ? demanda-t-elle.

— La même chose que toi. J'attends de savoir ce qui se passe. Les policiers étaient dans mon bureau quand on les a prévenus. Il est arrivé quelque chose à ton père, petite, et ils n'ont pas voulu me dire quoi.

Tasha se laissa tomber dans une des chaises de plastique, en essayant de ne pas penser au pire.

Au bout d'une éternité, les inspecteurs Marchand et Pirelli firent leur apparition, Me Brubaker sur leurs talons.

Tasha bondit sur ses pieds.

— Qu'est-il arrivé ? demanda-t-elle. Pourquoi est-ce que je ne peux pas voir mon père ?

— Mais si, tu le peux, répondit l'inspecteur Marchand. Dans une minute.

Nous voulons d'abord te parler, pour te préparer.

Tasha jeta un regard éperdu à sa tante.

— Qu'est-ce que c'est censé vouloir dire ? demanda celle-ci d'un ton cinglant. Qu'est-il arrivé à Leonard ?

L'inspecteur Marchand, à la grande surprise de Tasha, lança un regard à Me Brubaker qui ressemblait à un appel à l'aide.

— Peut-être vaut-il mieux que tu t'assoies, Tasha, dit l'avocat d'un ton grave.

Tasha sentit ses jambes se dérober sous elle. *Peut-être vaut-il mieux que tu t'assoies.* C'était l'expression consacrée, à la télévision ou dans les films, avant l'annonce d'une terrible nouvelle, une maladie fatale ou un décès, par exemple. Elle s'accrocha au bras de Mike pour ne pas tomber.

— Je crois qu'elle préfère rester debout, dit celui-ci. Me Brubaker n'insista pas.

— Ton père... comme tu peux l'imaginer, a été très secoué par ce qui s'est passé. Il s'est fait énormément de souci pour toi, et il s'inquiète pour ses restaurants.

— Quoi, les restaurants ? Je suis là, non ? l'interrompit Denny Durant d'un air insulté.

— On ne peut pas dire que leur santé financière soit florissante, enchaîna Me Brubaker. Leonard a eu peur qu'avec son arrestation, ils ne fassent faillite.

Tasha attendit que Denny contredise l'avocat, mais il s'en abstint.

— Ça n'a pas été facile ces derniers temps, c'est vrai, admit Denny. Mais jamais je ne laisserai la chaîne faire faillite. Pas question.

Tasha avait entendu à plus d'une occasion son père affirmer que Denny ne connaissait strictement rien à la gestion de restaurant. Pas étonnant qu'il se soit inquiété.

Me Brubaker se tourna vers Tasha.

— Il s'est fait du souci pour toi aussi, Tasha. Il craint que tout cela t'affecte. J'ai peur qu'il ne se sente responsable...

— *Responsable* ? l'interrompit Tasha. Vous voulez dire qu'il a vraiment fait ce dont on l'accuse ?

— Non, pas du tout, répondit l'avocat en secouant la tête. Je veux dire qu'il regrette de s'être disputé avec ta mère et de l'avoir laissée partir ce soir-là. Il regrette de ne pas l'avoir épaulée quand elle a voulu laisser la restauration pour un temps.

Il regarda Tasha pendant un moment.

— Ce n'est jamais facile d'annoncer ça, tu sais. Il semble que ton père ait tenté de se suicider.

Si Mike ne l'avait pas fermement soutenue, Tasha se serait effondrée. Il la fit reculer vers une des chaises où il l'aida à s'asseoir. Tout se mit à tourner autour d'elle, tandis qu'elle s'efforçait de saisir ce que Me Brubaker avait dit. Elle essayait d'imaginer le désespoir dans lequel son père avait dû sombrer pour poser un geste pareil. Il lui avait paru si angoissé la dernière fois qu'elle l'avait vu. Si seulement il avait été libéré sous caution ! Elle était persuadée que s'il avait pu rentrer à la maison plutôt que de croupir dans une cellule, les choses auraient été plus faciles pour lui.

— Comment va-t-il ? demanda-t-elle lentement. Est-ce qu'il s'est... gravement blessé ?

— Non, répondit Me Brubaker. Quelqu'un s'est aperçu de ce qui se passait avant que les choses n'aillent trop loin. Mais il est sous sédatifs, et ils veulent le garder en observation toute la nuit.

— Est-ce que je peux le voir ?

— Bien sûr, répondit l'inspecteur Marchand. Nous voulions seulement t'apprendre ce qui s'est passé. Bien sûr que tu peux le voir.

Tasha eut l'impression de marcher dans les couloirs de l'hôpital sur des jambes qui ne lui appartenaient pas. Tout semblait si irréel — le trajet vers la chambre, le mouvement brusque de l'agent en faction qui se leva d'un bond pour lui ouvrir la porte, la main fraîche de sa tante posée sur son bras tandis qu'elle franchissait le seuil, la triste chambre d'hôpital dont la minuscule fenêtre était munie de barreaux.

Leonard Scanlan gisait sur le lit d'hôpital, les yeux clos et le visage aussi pâle que son oreiller. Il semblait amaigri, et elle devina qu'il n'avait guère mangé ces derniers jours, mais ne put déceler aucun signe de blessure. Elle s'approcha du lit sur la pointe des pieds et posa la main sur la sienne. La chaleur qui s'en dégageait la rassura.

— Papa ?

Il battit des paupières, et dès qu'il la vit, ses yeux s'emplirent immédiatement de larmes.

— Tasha...

— Tout va bien, Papa, chuchota-t-elle, en pleurant elle aussi.

Elle essuya ses larmes du revers de la main et essaya d'avoir l'air brave. Elle se pencha pour l'embrasser, et le fait qu'il réponde avec vigueur à son étreinte la réconforta. Quand elle se releva, elle remarqua quelque chose d'étrange sur son cou, une marque rouge qui semblait en faire le tour, comme s'il s'était...

Son père porta brusquement la main sur le col de sa chemise d'hôpital pour se couvrir le cou.

— Comment te sens-tu, Papa ? Est-ce que ça va ?

Leonard Scanlan hocha légèrement la tête.

— Tasha, je suis désolé. Je voulais juste... Sa voix se brisa pour n'être plus qu'un murmure.

— Tu ne peux pas savoir, Tasha, ce que c'est que vivre ça.

— Je sais, répondit-elle, même si elle avait du mal à imaginer à quoi avait pu ressembler sa vie depuis son arrestation.

— Il y a autre chose, Tasha, reprit-il. Une chose dont j'espérais que tu n'aurais jamais à t'inquiéter...

— Si ce sont les restaurants qui te donnent du souci, Leonard, intervint tante

Cynthia en s'approchant du lit, je serais ravie de te donner un coup de main. J'en connais un petit rayon, question restauration, tu sais.

Leonard Scanlan lança un regard plein de gratitude à sa belle-sœur.

— Tu ferais ça pour moi ?

— Avec grand plaisir. Et ne t'inquiète pas pour Tasha. C'est une enfant solide. Forte et déterminée. Elle tiendra le coup.

Une autre larme roula sur la joue de Leonard Scanlan. Il serra la main de Tasha.

— Assieds-toi, mon petit, dit-il. Reste un moment avec moi.

Tasha lança un regard à l'inspecteur Marchand, restée sur le seuil de la chambre, qui hocha la tête. Elle tira une chaise près du lit, s'assit et prit la main de son père dans la sienne.

Quand vint le temps de partir, elle protesta. Pourquoi ne la laissait-on pas passer la nuit près de son père ? Pourquoi devait-elle le laisser tout seul ? Ça ne la dérangeait pas de rester toute la nuit assise sur une chaise. Elle était prête à rester debout sur un pied, du crépuscule jusqu'à l'aube, si cela pouvait lui faire du bien. Mais l'infirmière invoqua les politiques de l'établissement, et l'inspecteur Marchand ajouta qu'en pratique, son père était encore en détention. En plus, ajouta-t-elle gentiment, il dormait à présent comme une bûche. Tasha posa un baiser sur la joue creuse de son père et sortit de la chambre.

Tante Cynthia était dans la salle d'attente, en grande conversation avec Denny Durant. Elle se leva en voyant arriver Tasha.

— Je racontais justement à Denny quelle fille déterminée tu étais, dit-elle, et tout ce que tu faisais pour aider ton père.

— Où est Mike ? demanda Tasha.

Tante Cynthia haussa les épaules.

— Il a dit qu'il revenait tout de suite, mais ça fait déjà un moment.

— Je peux vous déposer chez vous, proposa Denny.

— Non, merci, répondit Tasha.

C'était peut-être injuste, mais elle lui en voulait encore. Tout le temps qu'elle était restée assise au chevet de son père, elle s'était imaginé Denny en train de parler aux policiers, de leur raconter combien son père avait un tempérament colérique. Elle eut beau se souvenir de son témoignage à l'audience de la veille, rien n'y fit.

— Je peux appeler un taxi, proposa tante Cynthia.

— Qui parle de taxi? lança derrière eux une voix familière.

Tasha se retourna. C'était Mike.

— Désolé, fit celui-ci. Mais j'ai pensé que vu qu'on était sur place, autant en profiter pour aller voir comment allait Mme Mercer.

Tasha sentit son pouls accélérer.

— Et comment va-t-elle?

Elle sentit dans son cou la respiration de Denny Durant, qui s'était avancé pour entendre la réponse.

L'expression de Mike n'annonçait rien de bon.

— Ni mieux, ni pire, dit-il. Les infirmières n'ont rien voulu me dire. Mais une dame dans la chambre voisine — Mme Delvecchio, qui est ici pour une prothèse de la hanche — m'a raconté qu'elle avait entendu des aides-soignantes parler de Mme Mercer. Elles ont dit qu'elle pouvait encore sortir du coma, mais que les chances étaient minces. Et comment va ton père, Tasha?

Tasha secoua la tête.

—Viens, dit Mike. Je vous ramène chez vous.

Tasha resta dans la voiture avec Mike longtemps après que tante Cynthia fut rentrée dans la maison.

— Tu n'as même pas mangé, dit-elle. Je suis désolée.

— Ne t'en fais pas, répondit-il en prenant sa main dans la sienne. J'ai avalé une bouchée à la cafétéria de l'hôpital. Et je peux te dire que c'est un miracle que les patients puissent sortir de là, vu la bouffe qu'on leur sert. Comment peut-on survivre à un menu pareil ? La résistance humaine m'émerveillera toujours.

Il lui lança un sourire malicieux.

— Tu t'inquiètes pour ton père, n'est-ce pas ? enchaîna-t-il d'un ton plus grave.

À l'évocation de son père, Tasha sentit son cœur se serrer.

— Je crois... j'ai peur qu'il ait abandonné la partie, chuchota-t-elle.

Mike garda le silence. Il attendit qu'elle soit en mesure de continuer.

— Il faut que je fasse *quelque chose,* reprit-elle. Il faut trouver un moyen de l'aider.

Elle s'enfonça dans le siège et leva les yeux vers les étoiles qui scintillaient dans un ciel d'encre.

— Il y avait de la boue sur ses pneus.

— Quels pneus ?

— Ceux de Lucille Marcuse. Il n'a pas plu depuis des jours, mais quand elle est rentrée de je ne sais où, ses pneus étaient couverts de boue.

Mike prit le temps d'assimiler la nouvelle.

— Ça fait des semaines qu'il n'est pas tombé une goutte d'eau dans tout le sud de l'Ontario. Combien de temps est-elle partie ?

— Deux heures et demie. Peut-être trois.

— Ce qui veut dire une heure et quart aller, une heure et quart retour, au maximum.

Il réfléchit un moment.

— Elle a pu aller au bord d'un lac... ce qui expliquerait la boue. Ou alors dans une région agricole.

— Agricole ?

— Quelque part au nord de la ville. Un endroit où ils font de l'irrigation. Ou bien de la culture en serres. Ou bien...

— Bref, tu es en train de dire qu'on n'a aucune idée de l'endroit où elle a pu aller.

Mike haussa les épaules.

— C'est exactement ça.

Ils restèrent un instant silencieux.

— Mais pourquoi ? reprit Tasha. Qu'est-ce qui a bien pu la pousser à partir si vite ? Elle n'a même pas pris le temps de prévenir ses élèves. Elle n'a même pas appelé son mari. Pourquoi ?

— Souviens-toi de ce qu'a dit M. Marcuse quand on lui a demandé, enfin quand Albert Simmons lui a demandé si on pouvait la rejoindre pour fixer un autre rendez-vous. Il a répondu qu'il n'y avait pas le téléphone là où elle était.

Tasha se redressa brusquement.

— Tu penses à la même chose que moi, non ? Elle sait qui a tué ma mère ! Ou elle connaît *quelqu'un* qui sait quelque chose. Et elle s'est précipitée pour aller prévenir cette personne que toi et moi on fourrait un peu trop notre nez dans leurs affaires... C'est une possibilité, n'est-ce pas ?

— Plus qu'une possibilité, si tu veux mon avis. Ça expliquerait parfaitement pourquoi elle a agi si bizarrement.

— Si seulement on pouvait savoir où elle est allée et qui elle a pu prévenir.

— Veux-tu retourner chez elle demain pour lui reparler ? demanda Mike.

— Elle n'a rien voulu nous dire aujourd'hui. Pourquoi changerait-elle d'avis demain. À moins que... Dis donc, ce truc que tu es en train de fabriquer pour ta grand-mère... tu me suis ?

Mike se mit à sourire.

— Je crois bien que oui.

13

Tasha jeta un coup d'œil par-dessus son épaule, mais ne put apercevoir l'auto de Mike, garée plusieurs maisons plus loin. Elle s'emplit les poumons de l'air frais du matin, en regrettant d'avoir été trop poule mouillée pour se présenter aux auditions du club de théâtre, en huitième année. Avec un peu d'expérience de la scène, peut-être se sentirait-elle moins nerveuse aujourd'hui. Peut-être pourrait-elle marcher avec assurance jusqu'à la grande maison en pierre, frapper à la porte sans hésitation et jouer son rôle avec conviction. Peut-être.

Mais elle ne s'était pas présentée aux auditions du club de théâtre. Elle avait eu peur que sa performance ne trompe personne. Son père lui avait si souvent répété qu'elle ne savait pas mentir. « On peut lire sur ton visage, disait-il. Si tu veux un conseil, ne joue jamais au poker pour de l'argent. Tu y perdrais ta chemise.»

Mais aujourd'hui, on ne jouait pas pour quelque chose d'aussi insignifiant que de l'argent. L'enjeu était bien plus important. Si important que ses genoux s'entrechoquaient presque lorsqu'elle s'engagea sur le sentier dallé.

«Ressaisis-toi, se dit-elle. Tu ne peux pas te permettre de cafouiller. Si tu n'arrives pas à convaincre Lucille Marcuse que tu penses vraiment ce que tu dis, tu perdras ta dernière chance de faire libérer ton père.»

Elle s'obligea à regarder droit devant elle en approchant de la porte, même si elle brûlait de jeter un coup d'œil à l'auto garée dans l'allée. Mike avait-il fixé comme il faut son dépisteur? Est-ce qu'on pouvait le voir? Lucille Marcuse allait-elle remarquer quelque chose au moment de monter dans sa voiture? À supposer bien sûr qu'elle-même parvienne à la convaincre de le faire. Peut-être que Lucille avait vu Mike se faufiler dans l'allée un peu plus tôt? Peut-être qu'elle se doutait qu'il se tramait quelque chose?

«Regarde devant toi, se dit Tasha. Ne tourne pas la tête, ne pense pas, et contente-toi de réciter ton rôle.»

Le soleil faisait étinceler les chiffres de laiton au-dessus du cadre de porte. Tasha appuya sur le bouton de la sonnette et attendit.

Les secondes s'égrenèrent. Elle avait les paumes moites. Elle s'apprêtait à resonner quand la porte s'ouvrit brusquement.

Lucille Marcuse, le visage crispé par la colère, la dévisageait.

— Qu'est-ce que tu fais ici ? Je t'ai dit que je ne savais rien. Et que j'allais appeler les policiers si tu remettais les pieds chez moi. Tu crois que j'en suis incapable ?

La nervosité de Tasha disparut comme par enchantement. Elle voulait lui faire peur ? Eh bien, on allait jouer à deux !

— Allez-y, appelez-les donc, répliqua-t-elle. Je voulais vous donner quelques heures de délai, mais si vous préférez les voir tout de suite, ne vous gênez pas !

Comme prévu, le coup porta.

— Que veux-tu dire ? De quoi tu parles ?

— Je sais où vous êtes allée hier.

Lucille Marcuse battit en retraite et commença à refermer la porte.

— Mon ami et moi, on vous a vue quitter la maison, lança Tasha. Et on vous a suivie.

Lucille Marcuse devint blême.

— Dans ce cas, pourquoi n'es-tu pas allée voir la police ?

— Votre père et ma mère étaient amis. Bons amis. C'est pour ça que j'ai préféré venir vous parler avant, pour vous donner la chance de faire votre devoir. Je veux que vous alliez tout raconter aux policiers...

— Jamais ! aboya Lucille Marcuse. Tu ne peux rien prouver !

— Je vous donne trois heures, reprit Tasha en jetant un coup d'œil à sa montre. Ou vous allez au poste de police d'ici midi pour tout leur raconter, ou c'est moi qui vais le faire. Je leur dirai exactement où vous êtes allée et qui vous avez vu là-bas. Je regrette pour votre père, madame Marcuse, mais mon père *à moi* est accusé d'un crime qu'il n'a pas commis. Et je dois faire tout ce que je peux pour l'aider.

Elle tourna les talons sans attendre une réponse et partit d'un bon pas dans la direction opposée à celle par laquelle elle était venue. Elle sentit le regard de Lucille Marcuse la suivre jusqu'à ce qu'elle soit tout à fait hors de vue. Puis, elle attendit Mike à l'endroit convenu.

Cinq minutes passèrent. Puis cinq autres. Et si Lucille Marcuse n'avait pas mordu à l'hameçon ? Et si elle était tout simplement rentrée dans sa belle maison pour s'installer devant son piano ? Et si leur plan avait échoué ?

Tasha se rongeait les sangs en faisant les cent pas sur le trottoir. La voiture de Mike apparut enfin. Tasha courut à sa rencontre et s'y engouffra.

— Ça a marché ?

— Je crois que oui. Elle a sauté dans son auto il y a deux minutes et elle est partie en trombe. Sans s'occuper des limites de vitesse.

Il ouvrit le couvercle du portable installé entre lui et Tasha.

— Peux-tu la voir ?

Un petit point blanc clignotait sur l'écran.

— On dirait un radar dans une tour de contrôle, dit Tasha. En mieux. Je peux suivre sa position exacte.

Mike avait intégré un programme avec le plan complet de la ville.

— Et si jamais elle sort des limites du plan ?

— Pas de problème. Tant qu'elle reste à l'intérieur de la municipalité. Si elle quitte la ville, par contre, il faudra plus ou moins se débrouiller tout seuls. Mais il y aura moins de routes, moins de carrefours. Elle sera plus facile à suivre. C'est du moins ma théorie.

Comme Mike l'avait prédit, ce fut un jeu d'enfant de suivre Lucille Marcuse en direction du nord. Mais soudain, le petit point blanc franchit les limites du plan et Tasha dut s'efforcer de le suivre dans un territoire sans repères familiers.

— Où sommes-nous ? demanda-t-elle en levant les yeux de l'écran qu'elle fixait depuis 30 minutes.

— On arrive à Holland Landing. Si elle va au même endroit que la dernière fois, ajouta-t-il après avoir jeté un coup d'œil à sa montre, on ne doit plus être très loin. Cela fait près d'une heure qu'on roule.

— Elle prend un léger virage à gauche.

— La route aussi. Préviens-moi si elle change brusquement de direction.

Ce ne fut pas le cas. Ils restèrent sur la route à deux voies et s'enfoncèrent de plus en plus dans la campagne. Puis, sans avertissement, l'écran devint tout noir.

— Ça ne marche plus, s'écria Tasha. L'écran s'est éteint !

— Remets-le en marche, répondit Mike sans se démonter.

Tasha le regarda, tout agitée.

— Réinitialise-le. Ça va repartir.

Elle pesa sur les touches *control/alt/delete*, et entendit l'ordinateur redémarrer. Les lumières clignotèrent et l'écran s'éclaircit.

— À présent, tape « plan.ext ».

Tasha obéit. Et soudain, le plan et le petit point blanc réapparurent.

— Maintenant, continua Mike toujours imperturbable, dis-moi où elle est.

— À l'est. Elle est à l'est d'ici, en ligne droite.

Mike ralentit.

— Qu'est-ce que tu fais ? demanda Tasha, soudain inquiète. On va perdre sa trace.

— C'est trop dégagé ici. Il ne faut pas qu'elle puisse nous repérer.

Tasha regarda autour d'elle. Les champs qui s'étendaient des deux côtés de la route étaient fraîchement labourés, ou il n'y poussait que de l'herbe ou du trèfle. Rien de bien haut. Et à part quelques haies d'arbres plantées pour couper le vent, le paysage était assez plat pour que le regard puisse embrasser de grandes distances. De temps à autre, ils passaient devant une grange peinte en rouge ou en gris qui flanquait une maison en pierre. Mais la plupart des fermes se dressaient à distance, le long des routes de rangs.

— Il faut faire attention à ce qu'elle ne nous voie pas, mais nous, au moins, on pourra la voir.

Tasha hocha la tête.

— Ça a l'air si paisible, ici.

Elle baissa sa vitre pour prendre une bouffée de grand air. Elle se sentait si bien qu'elle ne remarqua pas tout de suite que la décapotable verte de Lucille Marcuse avait changé de direction.

— Elle a tourné, s'écria-t-elle. Elle a changé de direction !

— Ouvre l'œil, dit Mike. Il doit y avoir une intersection tout près.

Tasha se pencha en avant.

— Là ! cria-t-elle enfin. Il y a une route... Et j'aperçois sa voiture, ajouta-t-elle quand ils arrivèrent à l'intersection. Il m'a semblé la voir, en tout cas.

La voiture avait disparu.

Mike tourna à gauche et ralentit encore l'allure une fois engagé sur la toute petite route.

— Qu'est-ce que tu vois sur l'écran ? demanda-t-il.

— Elle a tourné à droite... Attends. Hé ! on dirait qu'elle s'est arrêtée !

Tasha leva la tête.

— Il y a une ferme juste à droite.

Mike appuya sur l'accélérateur.

— Qu'est-ce que tu fais ? cria Tasha alors qu'ils passaient à toute allure devant une vieille ferme.

La voiture de Lucille Marcuse était garée devant.

— Nous sommes deux voyageurs que Lucille Marcuse ne connaît pas et qui poursuivent leur route vers leur destination, répondit Mike.

— Pardon ?

— Tasha, si nous nous arrêtons maintenant, elle va nous repérer. Et on ne saura jamais ce qu'elle est venue faire ici.

— Tu as raison.

La route se mit à descendre en pente douce. La ferme était maintenant hors de vue. Mike se gara sur le bas-côté.

— Il va falloir marcher jusque là-bas, dit-il. Et faire attention à ne pas se faire voir.

Ils sortirent de voiture et évaluèrent le trajet.

— Il faudrait couper à travers champ, par là, dit Tasha.

Elle repéra un bouquet d'érables et de chênes à l'extrémité du champ, tout près de la ferme.

— En restant derrière ces arbres, on va peut-être y arriver, ajouta-t-elle.

Mike acquiesça d'un signe de tête. Ils se courbèrent pour se faire le plus discrets possible et se mirent à courir vers le couvert des arbres. Une fois arrivés, ils n'étaient plus qu'à 20 ou 30 mètres de la cour où était garée la voiture de Lucille Marcuse. Ils se postèrent derrière le tronc d'un gros chêne et aperçurent Lucille Marcuse disparaître dans une vieille grange.

— La personne qu'elle est venue prévenir doit se cacher là-dedans, chuchota Tasha.

Mike hocha à nouveau la tête.

— Bon, qu'est-ce qu'on fait maintenant ? demanda-t-il après une minute de réflexion. On va carrément les voir ? Ou bien on reste cachés pour suivre ce qui se passe et aller raconter ça à la police ?

— Ni l'un ni l'autre. Il faut absolument savoir qui elle est venue voir. Et ensuite essayer de voir de quoi il retourne, pour avoir quelque chose à dire aux policiers.

Mike aquiesça.

— Allons-y, fit-il.

— *C'est moi* qui y vais, trancha Tasha. Tu restes ici.

— Mais ça peut être dangereux.

— Raison de plus pour que tu restes ici. S'il arrive un pépin, autant qu'il n'y en ait qu'un qui coure le risque. Comme ça, l'autre pourra aller chercher de l'aide.

— D'accord, répondit Mike. Sauf que c'est toi qui restes là...

Tasha secoua la tête.

— Ça concerne mon père, Mike. C'est à moi d'y aller.

Il commença à protester, mais elle lui fit signe de se taire d'un geste de la main.

— Nous perdons du temps.

Elle jeta un coup d'œil à la ronde et sortit à découvert.

— Sois prudente, chuchota Mike derrière elle.

Elle garda ce conseil à l'esprit tandis que courbée en deux, elle traversait la cour comme une flèche. Elle franchit les derniers mètres sur la pointe des pieds et une fois arrivée à la grange, colla son oreille contre le vieux portail battu par les intempéries. Pas un bruit. Elle poussa un des panneaux et jeta un coup d'œil dans l'entrebâillement. Rien qu'une grange déserte. Elle se glissa promptement à l'intérieur et attendit, en retenant son souffle.

Des voix. Assourdies. Elle tendit l'oreille et s'approcha. Les voix devinrent plus audibles. Elle reconnut celle de Lucille Marcuse qui parlait avec un homme.

— Écoute-moi. Tu dois partir immédiatement. Elle sait tout. Elle va aller le raconter à la police.

— Si elle sait tout, c'est parce que tu as paniqué, répliqua la voix de l'homme.

Celui-ci ne semblait pas fâché, ce qui déconcerta Tasha. À sa place, elle aurait été furieuse d'avoir été trahie par la stupidité de quelqu'un d'autre. Mais l'homme parlait plutôt d'un ton las.

— Je sais, et je le regrette, répondit Lucille Marcuse.

Tasha s'enfonça davantage dans la pénombre de la grange.

— Mais on ne peut plus revenir en arrière. Tu dois partir d'ici. Sur-le-champ. Il n'y a plus de temps à perdre.

Tasha aperçut au fond une autre porte, entrouverte, aussi branlante que le reste du bâtiment. Elle s'en approcha sur la pointe des pieds, en osant à peine respirer. Elle put enfin se glisser dans l'entrebâillement. Devant elle s'étendait une autre section de la grange, qui avait dû être une écurie. Les stalles étaient aujourd'hui désertes et l'endroit sentait le moisi. Tasha aperçut Lucille Marcuse. L'homme à qui elle parlait lui tournait le dos.

— Ma voiture est dehors. Va ramasser tes affaires. Je t'emmène à l'aéroport.

— Et pour aller où ? demanda l'homme.

Il était grand et mince et portait un chapeau qui lui couvrait si bien le crâne que Tasha ne pouvait distinguer la couleur de ses cheveux. Aussi jaune qu'un bouton-d'or, à coup sûr. Elle aurait voulu que l'homme se tourne légèrement sur le côté pour voir s'il portait un tatouage sur le visage.

— Ça n'a pas d'importance, répondit Lucille. Le principal, c'est que tu partes d'ici. Et sans tarder.

Lucille Marcuse fit un pas vers l'homme et lui saisit la main. C'était une main de vieillard, fripée et tavelée. Tasha recula précipitamment pour ne pas se faire voir, mais elle trébucha et perdit l'équilibre. Elle battit des bras pour essayer de trouver un point d'appui où s'accrocher, mais sans succès. Elle tomba lourdement par terre, en fermant les yeux au moment de toucher le sol. Quand elle les rouvrit, ce fut pour découvrir, penché sur elle, le visage buriné d'Evart Horstbueller.

14

— Natasha !

Il avait chuchoté son nom si bas qu'on aurait dit un soupir.

Tasha inspectait le vieux visage tanné d'Evart Horstbueller. C'était bien lui. Ses yeux ne lui jouaient pas un tour. Elle chercha à se relever, et il lui tendit la main pour l'aider.

— Je pensais..., commença-t-elle.

— On se fiche de ce que tu penses ! coupa Lucille Marcuse, d'un ton aussi glacial que l'éclat métallique du revolver qu'elle brandissait. Tasha écarquilla les yeux. Elle n'avait jamais vu de revolver auparavant, et encore moins braqué sur elle. Evart Horstbueller suivit son regard et fit claquer sa langue en signe de réprobation.

— Grand Dieu, Lucille, ce n'est qu'une gamine. Range-moi cet engin avant de blesser quelqu'un !

Mais Lucille maintint l'arme braquée.

— C'est peut-être une gamine, mais ça ne veut pas dire qu'elle ne soit pas dangereuse. Si elle ignorait que tu étais toujours vivant, maintenant elle le sait. Il faut partir, Père. Tu ne peux plus rester ici.

Les idées se télescopaient dans la tête de Tasha. Tout le monde lui avait dit qu'Evart Horstbueller était mort cinq ans auparavant, un peu après la disparition de sa mère. Et il se tenait là, juste devant elle. Et sa fille, qui braquait un revolver sur Tasha, implorait son père de partir. Tout cela ne pouvait signifier qu'une chose.

— C'est *vous* ! s'écria-t-elle. C'est vous qui avez tué ma mère. Et vous avez fait le mort pour échapper à la justice !

Quelque chose ne collait pas.

— Mais *pourquoi* ? Ma mère vous aimait bien. Elle vous respectait. Et je croyais que vous l'aimiez bien aussi. Pourquoi avez-vous fait ça ?

Evart Horstbueller la dévisageait de ses yeux pâles et tristes.

— Natasha...

— Rentre dans la maison, Père. Va faire tes valises. Je vais m'occuper d'elle.

— T'occuper d'elle ? lança Evart Horstbueller d'un air dégoûté. Qu'est-ce que tu comptes faire ? L'abattre ?

— Je vais l'enfermer dans la grange au tracteur. Ça te donnera le temps de filer.

— Et ensuite ? répliqua-t-il.

Tasha remarqua une fois de plus à quel point il semblait las.

— Tu ne peux pas la garder éternellement là-dedans. Il faudra bien que tu la libères à un moment donné. Et une fois dehors, elle ira tout droit à la police.

— Peut-être, concéda Lucille. Mais ça n'aura plus d'importance. Tu auras pris le large.

— Et toi, Lucille ? Que va-t-il t'arriver ? Une fois qu'ils sauront que je ne suis pas mort, ta vie sera en danger.

— Alors je pars avec toi. Je t'en prie, Père ! Tu sais ce qui t'attend si tu restes !

Evart Horstbueller demeura immobile pendant de longues minutes, les yeux fixés sur Tasha. Puis il les baissa vers le sol. Finalement, il haussa ses maigres épaules.

— Je suis désolé, Natasha, dit-il. Vraiment navré.

Il s'éloigna. Lucille fit signe à Tasha de la pointe de son arme.

— Par ici, fit-elle. Doucement. Pas de gestes brusques. Je ne te veux aucun mal, mais si je dois choisir entre toi et mon père, tu peux deviner où ira mon choix.

Tasha ne le savait que trop. Elle traversa lentement la grange, puis la cour, et se laissa emmener vers le bâtiment apparemment le moins délabré de la ferme, un garage de tôle que Lucille appelait la grange au tracteur. Tasha se demandait tout ce temps où pouvait bien être Mike. Assistait-il à la scène ? Était-il déjà parti chercher du secours ? Il n'allait sûrement pas tenter de désarmer Lucille. Pour une prof de piano, elle semblait savoir tenir un revolver. Elle paraissait aussi bien décidée à protéger son père de la police.

— Entre ! ordonna Lucille quand elles furent arrivées au garage.

Tasha aperçut un énorme cadenas accroché au loquet de la porte entrouverte. Tout était noir à l'intérieur.

— J'ai dit « entre » ! gronda Lucille, en la poussant du canon de son revolver. Lucille poussa brusquement un cri, comme si on l'avait brûlée. Tasha se retourna vivement et aperçut en un éclair le revolver s'envoler de la main de Lucille pour atterrir près d'elle. Lucille, pliée en deux, se tenait le poignet. Derrière elle se tenait Mike, qui grimaçait de douleur.

— Le revolver ! cria-t-il à Tasha. Attrape-le !

Il se frottait la main.

— Bon Dieu ! ajouta-t-il, ça fait plus mal que dans les films, ces trucs de karaté ! J'ai dû me casser quelque chose !

Tasha plongea pour attraper le revolver. Elle allait le saisir quand Evart Horstbueller sortit de la maison, en tenant à la main quelque chose qui ressemblait à un fusil.

— Laisse ce revolver ! cria Lucille à Tasha. Père, empêche-la de le prendre !

Evart Horstbueller vit Tasha tendre la main vers l'arme. Il regarda sa fille, le visage crispé. Puis il abaissa son arme.

— On ne joue plus, dit-il.

Pendant quelques secondes, Tasha n'osa pas bouger. Elle se méfiait. Evart Horstbueller était un meurtrier. Il avait tué sa mère et l'avait enterrée dans le sous-sol du Café Montréal. Comment pouvait-il abandonner la partie aussi vite ? Peut-être attendait-il qu'elle se saisisse du revolver. Peut-être...

Evart Horstbueller posa son fusil, traversa la cour vers eux et se pencha pour ramasser le revolver. Il vida le barillet et jeta l'arme dans les buissons qui longeaient le garage.

— Pourquoi ne viendriez-vous pas à la maison, toi et ton ami ? demanda-t-il à Tasha. On va se faire une tasse de thé.

Le contraste entre l'aspect extérieur de la maison d'habitation, vieux et décrépit, et l'intérieur lumineux et meublé avec simplicité, était saisissant. Tout brillait de propreté. Le carrelage de la cuisine luisait sous les rayons du soleil qui entraient par les fenêtres. Les comptoirs de la cuisine étaient immaculés et rien n'y traînait. Même les brûleurs de la grosse cuisinière à gaz étincelaient à force d'être astiqués.

— Je vous en prie, asseyez-vous, dit Evart Horstbueller, en indiquant les chaises de bois blanc qui entouraient la table.

Personne ne bougea. Pour rien au monde, Tasha n'aurait accepté de prendre le thé en compagnie du meurtrier de sa mère. Elle n'avait aucune confiance en lui. Son hospitalité n'était probablement qu'un truc pour la désarmer. Lucille regardait d'un air renfrogné son père qui s'affairait à remplir la bouilloire ; elle était visiblement convaincue qu'il était en train de faire une erreur. Mike, crispé, s'obstinait à regarder par la fenêtre.

Evart Horstbueller alluma le gaz sous la bouilloire. Il tendit la main vers la boîte à thé sur le comptoir, puis les contempla tous les trois un moment. Il secoua la tête.

— Tu sais, Tasha, jamais je n'aurais fait de tort à ta mère, commença-t-il.

— Père, je t'en prie...

Il la fit taire d'un signe de la main.

— Pendant ces cinq années, j'ai cru que rester ici était la meilleure chose à faire. Après tout, je ne faisais de mal à personne. Le pire était déjà arrivé, mais personne ne s'en était aperçu. Tout le monde pensait que Catherine — ta mère — avait quitté ton père. Personne ne savait ce qui s'était réellement passé, si bien que c'était facile de me dire qu'en restant caché ici, je ne faisais de tort à personne et je sauvais ma peau.

Il lança à sa fille un regard rempli de tristesse.

— Je me suis même arrangé pour croire que je faisais ça pour Lucille, pour qu'elle soit en sécurité, enchaîna-t-il en secouant la tête. Maintenant, je sais que je n'ai été qu'un couard. J'aurais dû sortir de mon trou dès que j'ai appris que Leonard avait été arrêté. J'ai mal agi, Tasha. Je le regrette.

Tasha ne savait plus où elle en était. À l'entendre, on aurait cru qu'il n'avait pas commis le meurtre. Mais alors, pourquoi se cachait-il, et pourquoi Lucille avait-elle braqué un revolver sur elle pour qu'il ait le temps de prendre le large ?

— Je ne comprends pas, dit Tasha. C'est vous qui avez tué ma mère, non ?

— Non, répondit Evart Horstbueller. Bien que parfois, quand j'y pense, je me dise qu'en gardant le silence toutes ces années, je ne vaux guère mieux que le meurtrier. Non, ce n'est pas moi qui l'ai tuée.

— Mais alors, pourquoi... ?

— Pourquoi je me cache ?

Tasha hocha la tête.

— Père, s'il te plaît...

— Ça fait sept ans que je me cache, reprit Evart Horstbueller d'un ton las.

— Sept ans ? coupa Tasha. Mais il n'y a que cinq ans que ma mère...

— Père...

— Non, Lucille. Fini les secrets. Il est grand temps que la vérité sorte au grand jour.

Il tourna les yeux vers Tasha.

— Laisse-moi t'expliquer. Il y a sept ans, quand je vivais en Hollande, ma femme a été tuée par un chauffard. Le gars a écopé d'une peine avec sursis. Une peine avec sursis ! Pour un délit de fuite ! Il méritait bien plus !

Tasha jeta un coup d'œil à Mike, qui semblait aussi perdu qu'elle.

— Je ne comprends pas, dit-elle.

— Peu de temps après avoir été relâché, le chauffard en question a été assassiné.

Evart se tut un moment.

— Et on m'a accusé du crime.

— Et vous allez nous dire que ce n'est pas vous qui l'avez tué, lança Mike.

— Ce n'est pas lui ! s'écria Lucille.

— Non, ce n'est pas moi. Mais bien des gens m'avaient entendu proférer des menaces contre lui. C'était stupide de ma part. Je ne lui aurais pas fait de mal. Mais quand on perd quelqu'un qu'on aime, on peut faire n'importe quoi.

Il baissa les épaules.

— Tout le monde se rappelait m'avoir entendu lancer des menaces. Et quand on m'a accusé, j'ai fait une autre chose stupide. Je n'avais pas confiance dans les tribunaux. Comment aurais-je pu, quand l'homme qui avait tué ma femme s'en était tiré à si bon compte ? Si bien que...

Il hésita, fronça les sourcils.

— Comment dites-vous, déjà ? Je ne me suis pas présenté devant le tribunal. J'ai quitté le pays avec Lucille et nous sommes venus nous installer ici, sous une autre identité.

Tasha dévisageait le vieil homme, perplexe. Quand elle était petite, il gardait toujours une tranche de gâteau ou une part de tarte pour elle, dans la cuisine du Café, et il lui laissait toujours lécher le bol où il avait préparé du glaçage à gâteau. Comment imaginer que cet homme ait pu tuer qui que ce soit ?

— Mais je ne comprends pas, dit-elle. Quel rapport avec ma mère ?

— Elle était au courant, répondit Evart.

— Et alors ? demanda Tasha en fronçant les sourcils. Ça n'explique toujours pas quel rapport cette histoire peut avoir avec elle.

— Laisse-moi terminer, Natasha. Je n'ai pas tué ta mère. Mais je sais qui l'a tuée. C'est pour ça que je me cache ici, en faisant semblant d'être mort et enterré. Je sais qui l'a tuée et, depuis cinq ans, je vis dans la peur — peur pour ma propre vie, et encore plus pour celle de Lucille.

Tasha jeta un coup d'œil à Mike, qui haussa les épaules.

— Je ne comprends pas, dit-elle.

La bouilloire se mit à siffler.

— Je t'en prie, supplia Evart. Assieds-toi. Je vais tout t'expliquer.

— Mais Père, nous n'avons pas le temps...

— Tout, répéta-t-il. Natasha a le droit de savoir.

Tasha, captivée par l'histoire d'Evart Horstbueller, en oublia son thé, qui refroidit dans sa tasse.

— Quand je suis arrivé au Canada, j'ai changé d'identité et je me suis inventé une nouvelle vie. J'ai trouvé cet emploi au restaurant de tes parents. Tout allait comme sur des roulettes. Et puis ta mère a fait ce voyage en Europe...

— Je m'en souviens, interrompit Tasha.

Elle se rappelait surtout le retour de sa mère après cette longue absence, les yeux brillants d'excitation et les bras chargés de cadeaux.

— Elle m'avait rapporté des sabots, reprit Tasha.

Evart sourit gentiment.

— À Amsterdam, elle s'était fait voler son sac à main.

— Je me rappelle, dit Tasha.

Un autre souvenir. Celui de son père au téléphone, qui d'un ton ferme et rassurant, essayait de calmer sa mère.

— Papa lui a conseillé d'aller au poste de police signaler le vol.

— Et c'est ce qu'elle a fait, enchaîna Evart. Et c'est là qu'elle a vu l'avis de recherche avec ma photo. Pour une raison que j'ignore — j'ai d'ailleurs cru au miracle à l'époque — elle n'a rien dit aux policiers.

Tasha essayait d'imaginer sa mère découvrant que quelqu'un qu'elle connaissait était recherché pour meurtre, et gardant ça pour elle. Pour Tasha, cela n'avait rien d'un miracle. Cela ressemblait tout à fait à sa mère.

— Elle a toujours eu de l'affection pour vous, dit-elle. Et elle avait le sens de la justice. Elle voulait probablement entendre votre version de l'histoire avant de dire quoi que ce soit.

Evart aquiesça. Son regard s'assombrit.

— À son retour, elle m'a posé la question. Quand je lui ai raconté ce qui s'était passé, elle m'a dit qu'elle me croyait. Catherine était une femme merveilleuse. Elle m'a même proposé de me prêter de l'argent pour engager un détective et trouver le véritable meurtrier.

Il essuya une larme.

— Je pensais mon secret bien gardé, connaissant ta mère. Mais je me suis rendu compte que quelqu'un avait entendu notre conversation.

— Qui ça ?

Evart Horstbueller ne répondit pas. Il semblait perdu dans un autre monde, à la recherche d'anciens souvenirs. Il revint enfin sur terre et plongea ses yeux dans ceux de Tasha.

— C'est à cette époque qu'elle n'a plus voulu venir au Café. Elle voulait voyager, elle voulait que ton père vende le restaurant et parte avec elle. Mais il a préféré prendre Denny Durant comme associé. Ta mère a piqué une de ces colères quand elle l'a appris ! Elle n'aimait pas Denny.

— Pour quelle raison ? demanda Tasha.

— À cause des gens qu'il fréquentait. Sa carrière au hockey était finie. Personne ou presque ne se souvenait de lui. Mais il aimait ça, jouer les types importants.

Alors il a décidé de se faire un nom dans la restauration et s'est mis à frayer avec des individus plutôt louches. Il venait au Café tous les soirs, s'installait à une table du fond — il appelait ça son bureau — et offrait la tournée à ses amis. Je ne crois pas que ces types-là le respectaient, mais ils venaient parce qu'avec lui, ils avaient un endroit où traîner et régler leurs affaires.

— Leurs affaires ? interrogea Mike.

— Vendre de la drogue, se débarrasser de marchandises volées, tout ce que tu peux imaginer.

— Mais dans ces conditions, demanda Mike, pourquoi êtes-vous resté ? Pourquoi n'avez-vous pas changé d'emploi ?

— Il *allait* le faire, répondit Lucille en s'adressant à Tasha. Il avait donné son préavis à ton père. Il devait partir une semaine après que ta mère...

— Une semaine de plus, reprit Evart, et tout aurait été différent.

Tasha scruta le vieux visage buriné d'Evart Horstbueller, et prit une profonde inspiration. Lui connaissait la réponse. Il suffisait qu'elle lui pose la question.

— Et qu'est-il arrivé ce soir-là ?

Evart baissa les yeux et fixa sa tasse, qu'il enserrait de ses deux mains comme s'il s'était agi d'une bouée de secours.

— Il n'y avait presque pas de clients au Café ce soir-là. Je veux dire, de vrais clients. Seulement des *amis* de Denny.

Il cracha ces mots avec mépris.

— Ils étaient là, à manger et boire gratis. De la cuisine où j'étais, je les entendais se disputer. Une histoire d'argent. Je n'en pouvais plus. Tout ce que je voulais, c'était fermer le Café et rentrer chez moi. Il faisait une de ces tempêtes ! Rico était déjà parti, alors je suis sorti déposer les poubelles en arrière. Quand je suis revenu, ta mère était dans la petite pièce attenante aux cuisines. Le bureau, tu te souviens ?

Tasha hocha la tête. Elle voyait très clairement tout ce que racontait Evart Horstbueller, comme s'il lui lisait un livre à haute voix et qu'elle, les yeux fermés, imaginait la scène, les acteurs, chaque geste.

Sa mère se tient dans le petit bureau et sourit tristement à Evart en lui annonçant qu'elle est venue lui dire adieu, qu'elle quitte Leonard. Les types dans la salle à côté crient tellement fort que sa mère doit hausser la voix pour se faire entendre. Jusqu'à ce qu'elle perde patience. « Ce Denny, lance-t-elle d'un ton acerbe, je ne sais pas comment fait Leonard pour le supporter. » Elle sort du bureau d'un pas déterminé, traverse la cuisine et se dirige vers la salle pour aller dire son fait à Denny. Evart se précipite derrière elle, la tire par la manche : « Laissez-le, Catherine, ça n'en vaut pas la peine. » Mais Catherine débouche dans la salle, juste au moment où l'un des amis de Denny dit : « Je n'ai pas descendu ces deux types du fourgon blindé pour rien... » Quand elle réalise ce qui vient de se dire, elle s'arrête si brusquement qu'Évart, qui la suivait, vient se cogner contre elle.

— Il y avait eu un gros hold-up une semaine avant, près d'un million de dollars, expliqua Evart. L'attaque d'un fourgon blindé. Et deux agents de sécurité avaient été tués. Les journaux n'avaient parlé que de ça toute la semaine. Et les deux types qui avaient fait le coup étaient là, et ils venaient juste de l'avouer, haut et fort. Même Denny avait l'air sous le choc.

Tasha imagina l'horreur sur les visages d'Evart et de Catherine, tandis qu'ils dévisageaient l'homme qui venait de parler. Un homme aux yeux féroces, qui venait de confesser un double meurtre.

— Pendant quelques secondes, il y a eu un silence de mort. Et puis Denny a repris ses esprits. « Catherine ! Qu'est-ce qui t'amène par un temps pareil ? » Il parlait comme s'il était content de la voir. Catherine n'a pas compris au début. Moi non plus. Pourquoi Denny semblait-il si heureux de la voir ? Ne venions-nous pas d'entendre quelqu'un confesser un meurtre ? Et c'est alors que j'ai vu le désespoir dans ses yeux. Comme s'il nous suppliait de jouer le jeu, de faire comme si nous n'avions rien entendu.

Tasha hocha la tête, les deux mains agrippées au rebord de la table.

— Ta mère aussi avait l'esprit vif. Je n'en reviens pas de ce qu'elle a fait. Elle a répondu à Denny aussi naturellement que si elle venait de le rencontrer dans la rue. Elle lui a dit que Leonard était à la maison, qu'elle l'avait quitté et qu'elle s'en allait à l'aéroport. « Evart me reconduit, a-t-elle dit. Il y a un taxi qui m'attend. » Et pendant qu'elle parlait, elle reculait très lentement vers la porte, et moi aussi. On essayait tous les deux de rester très calmes. Je ne sais pas ce qu'a pensé Catherine, mais j'ai cru qu'on allait s'en sortir. J'ai cru qu'on avait encore une chance.

Tasha retint son souffle. Le moment tant attendu, le moment qu'elle redoutait tant, était enfin arrivé. *J'ai cru qu'on avait encore une chance.*

— Et ensuite, demanda-t-elle. Qu'est-ce qui s'est passé ?

— Les deux types nous ont arrêtés. L'un d'eux nous a bloqué la voie. L'autre a sorti un couteau. Catherine a compris ce qui se préparait. Alors elle a fait la seule chose qu'elle pouvait faire. Elle s'est mise à hurler. Et c'est là que le type au couteau s'est mis à la frapper. Il l'a poignardée encore et encore, même une fois qu'elle s'est effondrée sur le sol.

Evart racontait la scène d'une voix monocorde.

— J'ai tout vu. J'ai tout vu, et je n'ai rien dit. Je... Je ne pouvais pas articuler un son.

Tasha enfouit son visage dans ses mains, pour chasser de son esprit l'horreur de la scène. Sa pauvre mère. Elle était tombée à la mauvaise place au mauvais moment, et personne, absolument personne n'avait fait quoi que ce soit pour l'aider.

— Denny... souffla-t-elle. Denny Durant était là ? Il a vu tout ça ?

Evart fit oui d'un signe de tête.

— Je voulais m'enfuir, mais j'avais peur qu'ils me tuent moi aussi au moindre geste. Denny lui aussi avait l'air effrayé. Il leur a dit : « Qu'est-ce que vous allez faire maintenant ? Nous tuer nous aussi ? »

— C'est vrai ça, comment se fait-il qu'ils ne l'aient pas fait ? demanda Mike.

Lucille lui jeta un regard mauvais.

— L'un des deux hommes, pas celui au couteau, l'autre, a répondu : « Pas toi, Denny. Tu es un type réglo. Pas vrai ? » Denny a fait oui. Alors le gars lui a dit : « Tu vas nous le prouver en réglant son compte à l'Allemand. » C'est de moi qu'il parlait.

— Ils voulaient que Denny vous tue ? demanda Tasha, abasourdie.

— Si Denny me tuait, personne ne pouvait plus les dénoncer à la police. Tout le monde aurait été coupable de meurtre. C'était ça leur idée.

— Mais Denny ne l'a pas fait.

Evart secoua la tête.

— Denny n'est peut-être pas un vrai dur, même s'il se prend pour un caïd, mais il est malin. Il leur a dit qu'ils faisaient fausse route. «Tuer la femme est une chose, leur a-t-il dit. Tout ce qu'on sait, c'est qu'elle a quitté son mari et a pris l'avion pour je ne sais où. On récupère sa valise, on renvoie le taxi et le tour est joué.» Il leur a dit qu'il pouvait s'arranger pour que tout le monde la croie saine et sauve à l'autre bout du pays, et que personne n'ait même l'idée de la chercher.

Les lettres, songea Tasha. C'est Denny qui avait écrit les lettres envoyées de Vancouver. Il connaissait le surnom de Tasha!

— Mais il leur a dit qu'avec moi, c'était une autre histoire, enchaîna Evart. Il leur a rappelé que Lucille passait me prendre tous les soirs, et que si je n'étais pas au rendez-vous, elle appellerait la police. J'ai cru que jamais il n'arriverait à convaincre les deux autres de ne pas me tuer. Alors il a dit: «Ce cher Evart sait à quel point il est important de tenir sa langue, pas vrai? Il sait qu'il vaudra mieux pour lui — et pour sa fille — de faire comme s'il ne s'était rien passé ici ce soir.» Les deux tueurs lui ont dit qu'il était cinglé. «Tu as vraiment confiance en ce type?» Il leur a répondu que ça n'avait rien à voir avec la confiance.

Tasha comprit tout en un éclair.

— Denny avait entendu votre conversation avec ma mère, c'est ça ?

— Et il s'en est servi contre mon père, intervint Lucille. Denny a dit à mon père que s'il ouvrait la bouche, il le dénoncerait à la police et le ferait expulser aux Pays-Bas. Il a promis à ses amis qu'il surveillerait mes allées et venues.

— Denny aurait fait un bon vendeur, ajouta Evart, parce qu'il a réussi. Il les a dissuadés de me tuer. Après ça...

Il réprima un sanglot.

— Oh, Père...

— Non, fit Evart. Je dois tout raconter. Les amis de Denny — il cracha le mot avec mépris — nous ont obligés à creuser un trou dans la cave. Ils nous ont photographiés en train de creuser et nous ont dit qu'ils s'en serviraient contre nous le cas échéant. Ils nous ont dit que maintenant, on était dans le coup. Et qu'on était aussi responsables qu'eux de la mort de ta mère. Et ils ont prévenu Denny que si jamais la chose s'ébruitait, ils nous tueraient tous les deux.

Tasha aurait voulu se boucher les oreilles, ne plus rien entendre de l'horrible vérité, mais elle savait qu'il fallait qu'elle aille jusqu'au bout si elle voulait sauver son père, si elle voulait que les assassins de sa mère soient traduits en justice.

— Je comprends pourquoi vous n'êtes pas allé à la police, dit alors Mike. Mais pourquoi faire le mort ? Et comment vous y êtes-vous pris ?

Evart fixa la table. Il paraissait plus vieux que lorsqu'il avait commencé son récit, plus chétif.

— Je n'avais pas confiance en Denny, ni en ses amis. Je ne voulais pas courir le risque qu'ils me dénoncent à la police. Je devais protéger Lucille.

— Nous avons pensé que le seul moyen d'être en sécurité, c'était de leur faire croire que mon père était mort. Alors nous avons simulé un accident. Un terrible accident de voiture.

— Mais comment avez-vous fait ? insista Mike. Il fallait qu'il y ait un cadavre.

Tasha se souvint de ce que leur avait dit Enrico Zapata : le mari de Lucille travaillait dans une entreprise de pompes funèbres.

Pour la première fois depuis qu'Evart avait entamé son récit, Lucille détourna son regard de celui de Tasha.

— Herbert et moi, cela ne faisait que quelques mois qu'on se fréquentait. Mais quand je lui ai expliqué que j'avais besoin d'aide, il a su exactement quoi faire. Au salon funéraire où il travaillait, il lui arrivait d'organiser l'enterrement d'indigents pour la Ville. Il devait justement enterrer un homme qui était mort dans l'incendie d'un entrepôt abandonné.

— Et il a enterré cet homme sous l'identité de votre père ?

Lucille fit oui de la tête.

— Et depuis, je me cache, reprit Evart. Mais il est temps de sortir de mon trou. Il eut un pauvre sourire pour Tasha.

— Je suis terriblement désolé. J'aurais dû le faire avant. Je n'ai pas pu sauver ta mère, mais je peux aider ton père.

— Et vous pouvez aussi voir à ce que Denny et ses copains soient traités comme ils le méritent, ajouta tranquillement Tasha.

Il y eut un silence.

— Je vais te conduire en ville, Père, dit soudain Lucille.

Tasha échangea un regard avec Mike. Elle n'était pas sûre que Lucille accepte complètement la décision de son père.

— On peut prendre ma voiture, si vous êtes d'accord, proposa Mike. Elle est garée un peu plus loin.

Lucille se rebiffa.

— Veux-tu dire que tu ne me fais pas confiance ?

— Lucille, intervint gentiment son père. Peux-tu le blâmer ? Nous prendrons ta voiture, jeune homme.

Ils attendirent tandis qu'il rangeait la cuisine et se changeait. Puis, alors que Mike lui ouvrait la porte en s'effaçant pour le laisser passer, un coup de feu retentit. Evart Horstbueller s'effondra sur le seuil.

15

Tasha, Mike et Lucille se précipitèrent à l'intérieur de la maison en traînant Evart avec eux. Il n'avait pas perdu conscience, mais son bras droit pendait, inerte, à son côté. Le sang dégouttait de sa manche sur le carrelage immaculé de la cuisine. Lucille, affolée et en sanglots, les guida jusqu'au salon. Tasha et Mike soutinrent Evart jusqu'au canapé tandis que Lucille grimpait quatre à quatre à l'étage pour aller chercher la trousse de premiers secours. Elle ramena aussi une taie d'oreiller qu'elle déchira pour en faire des bandages. Les mains tremblantes, elle se mit à panser la blessure de son père. Mike tira en hâte tous les stores et les rideaux pour que leur assaillant, quel qu'il soit, ne puisse voir ce qui se passait à l'intérieur.

— Où est le téléphone ? demanda Tasha.

— Il n'y a pas de téléphone, rappelle-toi, répondit Mike.

Tasha se tourna vers Evart, qui ne put que confirmer le fait.

— Je pensais qu'en limitant au maximum mes contacts avec le monde extérieur, y compris la compagnie de téléphone, je courais moins de risque que l'on découvre que j'étais toujours en vie, expliqua-t-il. Lucille...

Il grimaça de douleur.

— Lucille ne voulait même pas que j'aie un téléphone cellulaire. Elle avait peur que je me fasse repérer.

— Les cellulaires ne sont pas sûrs. Trop faciles à mettre sur écoute. Et Denny savait où j'habitais, même après mon mariage. J'avais peur qu'il continue à me surveiller, à tout hasard.

Mike rampa vers la porte, et essaya de regarder dehors. Tasha se précipita vers lui et le tira sans ménagement.

— On peut te voir, cria-t-elle.

Son cœur battait à se rompre. Quelqu'un leur avait tiré dessus, et avait blessé Evart. Il pouvait tout aussi facilement l'abattre, elle, ou encore Mike.

— S'il n'y a pas de téléphone pour appeler à l'aide, il faut trouver un moyen de sortir d'ici, conclut Mike.

— J'ai un téléphone portable dans mon auto, annonça Lucille, encore affairée à panser le bras de son père. Dans la boîte à gants.

Ça nous fait une belle jambe, songea Tasha. La voiture de Lucille était garée au beau milieu de la cour, à une trentaine de mètres de la porte de devant. Là où était caché le tireur.

— Et votre revolver ? demanda Tasha. Où est-il ?

— Dehors, marmonna Lucille, et les balles avec. Quelqu'un, ajouta-t-elle en regardant son père, qui était aussi blanc que son pansement, a eu la bonne idée de le vider dans la cour.

— La carabine, alors, dit Tasha.

Elle avait vu Evart ramener l'arme dans la maison.

— C'est un fusil de chasse, pas une carabine. Et il n'a pas servi depuis au moins cinq ans. Je l'ai trouvé dans la grange quand nous avons acheté cette ferme. Je n'ai même pas de cartouches pour le charger.

Les idées se télescopaient dans la tête de Tasha. Pas de cartouches ! C'était vraiment le comble, même si elle n'aurait pas vraiment su quoi faire d'un fusil chargé.

Lucille semblait encore plus mécontente que Tasha.

— Père, je croyais qu'on s'était mis d'accord...

— D'accord sur quoi ? répondit Evart Horstbueller. Que j'allais passer le reste de mes jours à vivre comme dans un western ? Que j'allais rester coincé ici avec un fusil chargé à portée de la main ? Non, Lucille, je ne veux pas de cette vie-là. Je n'en ai jamais voulu.

— Mais Père...

— Excusez-moi de vous interrompre, coupa Mike. Mais je viens de voir quelque chose — *quelqu'un* — bouger. Il faut agir, et vite, avant que ce quelqu'un se doute que nous ne pouvons pas faire grand-chose et se pointe ici et... vous voyez ce que je veux dire...

— Et tu n'as rien à nous proposer, j'imagine ? fit Lucille.

— Il faut trouver un moyen d'atteindre votre voiture, répondit Tasha. Mettre la main sur votre cellulaire et appeler la police.

— Mais comment faire ? demanda Mike. On pourrait créer une diversion, détourner son attention. Je pourrais sortir par en arrière et faire le tour jusqu'à la voiture.

Il secoua la tête.

— Non, c'est débile. Ce type est armé. Si nous créons une diversion, il va peut-être se mettre à tirer. Et cette fois-ci, *tuer* quelqu'un.

Tasha réfléchit une minute. Qu'est-ce que le tireur avait bien pu voir ? Avait-il vu Evart jeter le revolver de Lucille dans les buissons ? Savait-il qu'ils n'avaient pour se défendre qu'un vieux fusil inoffensif ? Pas nécessairement...

— Peut-être qu'on devrait tout simplement ne rien faire, dit-elle.

— Quoi ? grogna Lucille. Penses-tu que si on ne fait rien, il va tout simplement s'en aller ?

— Ou bien il va attendre, ou alors...

— Il n'attendra pas longtemps, coupa Mike, dont la voix avait monté dans l'aigu. Je viens encore de voir quelque chose bouger.

— Supposons qu'il soit venu ici pour nous tuer tous, ou au moins pour tuer M. Horstbueller, dit Tasha. Et supposons qu'il nous croie inoffensifs, complètement désarmés.

— Ce qui est le cas, fit Lucille.

Elle jetait des regards furieux à son père, lui reprochant encore d'avoir jeté son revolver dans les buissons.

— Si nous restons ici, il faudra que lui vienne à nous. Et s'il nous croit sans armes, il va probablement penser qu'il ne peut rien lui arriver s'il entre dans la maison.

— Et il aura raison, insista Lucille. S'il entre ici avec un revolver, nous serons faits comme des rats.

— Mike, va chercher le fusil, ordonna Tasha.

— Mais il n'est pas chargé !

Les yeux d'Evart pétillèrent.

— Mais il ne le sait pas. C'est ça, Natasha ?

— Mais...

—Va chercher le fusil, Lucille, répéta Evart d'un ton qui ne supportait pas la réplique.

— Il nous faudrait aussi quelque chose pour le ligoter, ajouta Tasha. Avez-vous de la corde, monsieur Horstbueller ?

— À la cave.

Mike se précipita vers l'escalier.

Au moment même où Lucille revenait avec le fusil, on entendit craquer les planches de la galerie. Lucille laissa échapper un petit gémissement.

Tasha sentit ses genoux flancher. Un homme armé se tenait juste là, sur la galerie, un revolver à la main, une arme dont il s'était déjà servi une fois. Il approchait, de toute évidence avec l'intention de s'en resservir.

— Va te poster près de la porte d'en arrière, dit Tasha à Mike. Dès qu'il entre, tu files jusqu'à l'auto de Lucille, tu prends le téléphone et tu vas te mettre à couvert pour appeler la police.

Il avait une chance, une bonne chance même, d'y arriver, à condition que leur visiteur reste assez longtemps dans la maison. Et à condition que Mike fasse vite.

— Et toi ?

Tasha prit le fusil des mains de Lucille.

— Je me cache derrière la porte, répondit-elle, avec ça. Lucille, allez vous asseoir sur le canapé avec votre père. Et ne bougez plus.

Mike essaya de lui prendre le fusil.

— C'est *moi* qui reste ici. Toi, tu cours chercher le téléphone.

Tasha avait deviné ce qu'il essayait de faire. Il pensait qu'il était moins risqué d'être dehors une fois le tueur à l'intérieur de la maison. Il voulait la protéger. Elle secoua la tête.

— C'est *moi* qui reste ici, Mike, et tu ne me feras pas changer d'a...

La poignée de la porte tourna tout doucement.

Lucille, le souffle coupé, s'enfonça dans le canapé.

Tasha indiqua d'un signe de tête la porte d'en arrière, et Mike, renonçant à discuter, se dirigea, courbé en deux, vers son poste. Tout en jetant à Tasha des regards inquiets, il s'installa à côté de la porte, prêt à filer à toutes jambes vers la voiture de Lucille.

Tasha s'adossa contre le mur, derrière la porte d'en avant. D'un côté, elle espérait que l'homme s'en aille et les laisse tranquilles. Mais elle savait bien qu'il n'en ferait rien. D'un autre côté, elle souhaitait qu'on en finisse, que l'homme se décide à pousser la porte et à faire irruption dans la maison.

On aurait entendu une mouche voler. Lucille était assise, toute raide, à côté de son père, qui était d'une pâleur mortelle.

Le sang traversait déjà son pansement. « Il lui faut de toute urgence des soins médicaux, pensa Tasha. Sinon, il risque de mourir au bout de son sang. »

Derrière la porte, Tasha retenait son souffle. Elle perdit tout sens du temps et de la réalité. Jamais elle n'aurait pu imaginer se retrouver dans une situation pareille, adossée contre un mur, un fusil déchargé dans les mains, attendant qu'un homme armé fasse irruption dans la maison et se mette à lui tirer dessus. Elle avait l'impression de se retrouver dans une série télévisée. Excepté que les héros de la télé, eux, ne craignaient pas vraiment pour leur vie. Contrairement à elle.

Elle fixait la poignée de la porte.

Rien ne bougeait.

Et brusquement, la porte s'ouvrit toute grande. Tasha vit Lucille se redresser comme un piquet sur le canapé, les yeux agrandis de terreur, en se mordant le poing pour ne pas crier. « Cours, Mike, cours vite ! » pria-t-elle silencieusement.

— Voyez-vous ça, dit une voix, quel gentil tableau !

L'homme était grand et musclé. Il avait les cheveux exactement de la couleur qu'avait indiquée Mme Zaddor — d'un jaune aussi brillant qu'une fleur de bouton-d'or.

— Et vos petits amis, où sont-ils ?

« Exactement comme à la télé, se dit Tasha, qui trouva soudain son projet absurde. Je m'apprête à braquer un fusil totalement inoffensif sur un homme qui est de toute évidence un tueur, et je n'arrive *toujours* pas à croire que c'est à moi que ça arrive ! »

Elle s'avança sur la pointe des pieds et vint planter le canon du fusil dans le dos de l'homme.

— Lâchez cette arme ! ordonna-t-elle de la voix la plus grave qu'elle put.

À la télé, l'homme aurait obéi. À la télé, les deux personnages assis sur le canapé auraient sauté sur le tueur pour lui lier les mains. Après un intermède publicitaire, les policiers seraient arrivés et justice aurait été faite.

Mais l'homme ne lâcha pas son arme. Il ne la baissa même pas, à ce que Tasha put voir.

— Allons bon ! Et à quoi tu joues, petite ? lança-t-il sans se démonter.

De toute évidence, son attitude et son ton de voix prouvaient qu'il n'était guère impressionné.

— Qu'est-ce que tu comptes faire ? Me tirer dans le dos ? reprit-il comme s'il savait qu'elle en était incapable, même avec un fusil chargé. Ce qui n'était pas le cas. Et visiblement, ça aussi, il le savait.

— Allons donc ! ajouta l'homme d'une voix moqueuse, comme s'il s'adressait à un tout petit enfant.

Il tourna lentement la tête et Tasha aperçut la cicatrice irrégulière qui lui barrait la joue. Mme Zaddor avait raison. On aurait dit un oiseau, bien que Tasha n'eût pu dire de quelle espèce. Mais une chose était sûre : c'était bien l'homme qui avait poussé Mme Mercer dans l'escalier. C'était lui qui avait tiré sur Evart Horstbueller. Il fallait qu'elle fasse quelque chose très vite, n'importe quoi, pour l'empêcher de nuire davantage.

Elle recula légèrement, saisit le canon du fusil de sa main droite, le fit pivoter et quand l'homme se retourna, elle lui en asséna de toutes ses forces un coup au visage. La crosse rebondit sur la tête de l'homme, qui chancela sous l'impact. Une masse de cheveux jaunes tomba sur le sol, et il fallut quelques secondes à Tasha pour comprendre qu'il s'agissait d'une perruque.

L'homme poussa un juron. Tasha serra les dents. S'il pouvait encore jurer, c'est qu'elle n'avait pas réussi à l'assommer. On n'était pas à la télé ! Mais l'homme s'effondra en lâchant son revolver, qui glissa plus loin sur le sol. Tasha plongea pour s'en saisir. Au même moment, Lucille se leva comme un ressort et se précipita vers un meuble où trônait un grand pot de faïence.

L'homme grogna, secoua la tête comme pour s'éclaircir les idées. Il rouvrit les yeux au moment même où Tasha se saisissait du revolver. Il poussa un rugissement et se redressa sur les mains pour se remettre debout.

Encore chancelant, il se tourna vers Tasha qui braquait sur lui le revolver à deux mains. Elle tremblait. Cette arme-là était chargée, et très dangereuse. Et si elle appuyait sur la détente ? Et si le coup partait ? Et si elle ne réussissait pas à atteindre l'homme qui s'avançait vers elle, et touchait quelqu'un d'autre... Lucille, ou Evart ?

La voyant hésiter, l'homme ricana d'un air méchant. Il tendit la main.

— Ça suffit. Donne-moi ce revolver, avant que tu te fasses mal.

Il y eut un bruit sourd. L'homme s'effondra soudain sur le sol, dans un fracas de faïence brisée. Lucille, stupéfaite, contemplait son œuvre. Elle avait réussi à abattre le géant.

Tasha regarda le revolver qu'elle tenait à la main, puis se tourna vers Evart. Il tendit la main, et elle alla lui remettre l'arme avec soulagement.

— Ligotons-le, dit-elle à Lucille, avant qu'il revienne à lui.

Le plancher de la véranda craqua, leur glaçant le sang. « Oh non ! pensa Tasha. Et si l'homme-oiseau n'était pas venu seul ? Avait-il un complice ? Et si celui-ci avait neutralisé Mike et s'apprêtait à entrer dans la maison, arme au poing ? Et si... »

— Mike ? appela Tasha prudemment. C'est toi, Mike ?

— Tash ? Tasha, tout va bien ?

Elle n'ouvrit pas la porte, pas tout de suite. Au cas où l'homme qui gisait sur le carrelage et que Lucille était en train de ligoter aurait eu un complice. Au cas où

Mike, le canon d'un pistolet sur la tempe, aurait été forcé de lui répondre.

— Et tout va bien pour *toi*, Mike? demanda-t-elle.

— Ouais. Est-ce que je peux entrer?

Tasha jeta un coup d'œil à Evart, qui devait avoir eu la même idée qu'elle, car il fixait la porte d'entrée en tenant fermement le revolver dans sa main valide.

— Il n'y a plus de danger, cria Tasha. Entre.

Elle retint son souffle. La porte s'ouvrit et Mike entra, seul. Il avait le téléphone portable à la main.

— J'ai appelé la police. Ils arrivent.

Il regarda l'homme étendu à terre, que Lucille finissait de ligoter.

— Tu te souviens, Tash, quand tu croyais qu'on était suivis? Il y a une Thunderbird noire garée plus loin. J'ai idée qu'elle appartient à ce type.

— C'est lui, souffla Evart d'une voix rauque. Natasha, c'est lui qui a tué ta mère!

Tasha baissa les yeux vers l'homme à la cicatrice. C'était un grand gaillard, avec un nez de travers comme s'il avait déjà été cassé, et des mains énormes et noueuses.

Des mains de tueur, pensa-t-elle... C'était lui. C'était l'assassin...

— Tash ?

La voix de Mike sembla lui parvenir d'un autre monde. Les murs se mirent à tournoyer autour d'elle.

— Tasha, tu es blanche comme un drap...

Elle se précipita soudain hors de la maison, traversa la cour à toutes jambes et alla vomir dans les hautes herbes tout ce qu'elle avait pu avaler dans la journée. Après quoi elle fondit en larmes.

16

Chaque fois que Tasha avait imaginé le scénario, et Dieu sait qu'elle l'avait souvent imaginé — elle en avait même rêvé —, les choses se passaient ainsi : elle trouvait enfin la preuve magique dont elle avait besoin, le fait incontestable qui obligeait les policiers à admettre que son père ne pouvait pas avoir commis le crime dont ils l'accusaient. Et à le relâcher *immédiatement*. Car tout devait se passer très vite dans son esprit. Son père était innocent. Et devait donc être libéré tout de suite.

Mais dans la réalité, les choses se déroulèrent tout autrement. Les inspecteurs Marchand et Pirelli lui posèrent un million de questions. Puis, ils voulurent interroger Evart Horstbueller seul. Ce qui prit une éternité. Tasha apprit plus tard qu'ils lui avaient fait répéter son histoire plusieurs fois. Finalement, sur la foi de son témoignage, ils ajoutèrent le chef d'accusation de meurtre à celui de tentative de meurtre qu'ils avaient déjà porté contre l'homme-oiseau. Ils envoyèrent quelqu'un chercher Denny Durant. Et ce n'est que des heures et des heures après que Tasha, Mike, Lucille Marcuse et Evart Horstbueller furent arrivés au poste de police avec l'homme-oiseau, qu'ils retirèrent toutes les accusations portées contre Leonard Scanlan.

— Et le troisième homme ? demanda Tasha. Il y avait deux hommes avec Denny ce soir-là au Café.

— M. Horstbueller nous en a donné une description, répondit l'inspecteur Marchand. Et j'ai dans l'idée qu'on n'aura pas de difficulté à convaincre Denny de collaborer avec la justice...

Tasha hocha la tête.

— Je voudrais voir mon père, dit-elle.

— Nous allons t'emmener à l'hôpital, proposa la policière.

— Je m'en charge, dit Mike. Je peux l'emmener.

L'inspecteur Marchand haussa les épaules.

— Comme tu veux, Tasha. Mais j'aimerais bien y aller avec toi. C'est moi qui ai arrêté ton père, et je voudrais être là quand il apprendra qu'il est un homme libre.

Elle pourrait vivre jusqu'à 102 ans et oublier jusqu'à son propre nom, Tasha savait qu'elle se souviendrait toute sa vie du moment où son père apprit qu'il n'était plus en état d'arrestation. Ses yeux, tristes et sans vie, s'allumèrent soudain comme un feu que l'on attise, et il réussit tant bien que mal à s'asseoir dans son lit. Il plongea ses yeux dans ceux de l'inspecteur Marchand pendant un instant, et prononça un simple mot :

— Merci.

— C'est votre fille qu'il faut remercier, répondit l'inspectrice. Elle n'a jamais voulu croire que vous étiez coupable. Et elle avait raison. Elle l'a prouvé.

Leonard Scanlan se tourna vers Tasha et ouvrit les bras. Elle s'y précipita et sentit une force nouvelle l'envahir tandis qu'il la serrait contre lui.

— Papa ?

Leonard Scanlan leva le nez de la sauce qu'il était en train de préparer. À l'autre bout de la cuisine, tante Cynthia coupait des légumes.

— Il y a quelque chose que je ne comprends pas.

Elle avait hésité à lui poser la question. Et s'il refusait de lui répondre ? Ne risquait-elle pas de réveiller encore des souvenirs douloureux et de le replonger une fois de plus dans la tristesse ? Elle ne supportait pas l'idée de lui faire de la peine.

— Et quoi donc ? demanda-t-il.

Elle voulait savoir — comme elle brûlait de le savoir ! —, mais n'allait-elle pas regretter d'avoir posé la question ?

— Quand tu as quitté la maison ce soir-là, tu m'as dit que tu avais roulé pendant des heures. Mais *où* es-tu allé ? Cherchais-tu Maman pour la convaincre de revenir ?

Leonard Scanlan demeura un long moment les yeux baissés.

— J'essayais d'imaginer comment j'allais faire sans elle, dit-il enfin. Ta mère et moi nous étions tant éloignés. Je pensais qu'elle avait peut-être trouvé quelqu'un d'autre, et que c'était pour cette raison qu'elle me quittait. Je ne savais vraiment pas comment j'allais pouvoir vivre sans elle.

Sa voix se brisa. Il se tut un moment, et Tasha se rendit compte qu'il essayait de ne pas pleurer.

— Je suis désolé de t'avoir laissée toute seule, reprit-il, mais j'avais besoin de réfléchir. Finalement, j'ai décidé de rentrer et d'attendre pour voir ce qu'elle allait faire. Et j'ai reçu ces lettres...

— C'est Denny qui les a écrites.

— Oui, je le sais à présent, dit-il, les yeux brillants de larmes. Et toutes ces années, j'ai été l'associé de quelqu'un qui était au courant, quelqu'un qui était mêlé à toute l'histoire et qui ne m'en a jamais dit un traître mot. Le meurtrier était un de ses anciens coéquipiers ! Toutes ces années...

— Comment aurais-tu pu savoir, Papa ?

— *Si seulement* j'avais écouté ta mère ! Si seulement j'avais, pour une fois, fait ce qu'elle voulait. Elle ne serait jamais allée au Café ce soir-là. Elle ne serait jamais tombée dans ce nid de vipères. Elle ne serait pas...

Si seulement, les mots les plus tristes au monde. Tasha se leva et s'approcha de lui.

— Tu ne pouvais pas savoir, Papa. Personne ne savait.

Son père secoua la tête, comme s'il ne voulait pas entendre ce qu'elle disait.

— C'est vrai, finit-il par dire avec réticence. Et je sais que même si je l'avais écoutée, elle ne serait pas nécessairement restée. Nous étions devenus étrangers l'un à l'autre. Elle serait peut-être partie, mais plus tard. Et les choses auraient été bien différentes pour toi, Tasha. Tu n'aurais pas passé cinq années de ta vie à te demander ce qui était arrivé et pourquoi elle n'avait jamais essayé de te revoir.

Tasha serra les paupières pour s'empêcher de pleurer.

— C'est fini, Papa, murmura-t-elle. C'est fini.

Ils restèrent un long moment dans les bras l'un de l'autre.

Plus de cinq ans après sa mort, Catherine Scanlan eut droit à une sépulture décente. Tasha s'attendait à ce que l'enterrement soit pour elle une épreuve terrible. Au contraire, elle ressentit une impression d'achèvement, et de soulagement aussi.

Elle et son père quittaient le cimetière lorsque les inspecteurs Pirelli et Marchand vinrent à leur rencontre.

— Tasha, Edith Mercer a repris conscience hier, annonça l'inspecteur

Marchand. Nous avons pensé que tu aimerais apprendre la nouvelle.

— Est-ce qu'elle va bien ? demanda Tasha.

— Son état est encourageant, répondit l'inspecteur Marchand en lui souriant gentiment. Les médecins pensent qu'avec un peu de chance, elle pourra se rétablir presque complètement. Et elle a confirmé la version de Mme Zaddor. Elle a effectivement été poussée dans l'escalier, par un homme qui avait une cicatrice en forme d'oiseau sur le visage.

— Le même homme qui a tué ma mère.

L'inspectrice hocha la tête.

— Ce soir-là, Mme Mercer était assise à sa fenêtre. Elle a vu ta mère arriver au Café en taxi. Et quelques minutes plus tard, un homme est sorti pour régler la course et renvoyer le taxi. Cet homme a levé la tête et l'a aperçue. Le lendemain, il l'a abordée dans la rue et lui a dit que la curiosité était un vilain défaut et qu'il valait mieux pour elle de ne pas se mêler de ce qui ne la regardait pas. À ce moment-là, Mme Mercer a pensé qu'il parlait de la faune peu recommandable qui fréquentait le Café. Et elle n'y a plus repensé jusqu'à ce qu'on découvre le corps de ta mère, et qu'elle voie le même homme, devant chez elle, qui la surveillait.

— L'homme-oiseau ?

La policière hocha la tête.

— Elle l'a vu deux fois. Elle a eu peur, parce qu'elle a commencé à comprendre ce dont elle avait été témoin cinq ans plus tôt.

— Mais si elle avait peur, pourquoi nous a-t-elle invités, Mike et moi, à venir chez elle ?

— Vous avez dû la prendre par surprise. Et elle avait probablement de la peine pour toi, vu ce qu'elle savait. Mais elle ne s'attendait pas à ce que tu lui poses des questions. Tu l'as vraiment déboussolée quand tu t'es mise à lui demander ce qu'elle avait vu ce soir-là. Et quand Denny t'a fait suivre et a appris que tu étais allée voir Mme Mercer...

— Il a voulu se débarrasser d'elle.

— Il a chargé l'homme-oiseau de la faire taire définitivement.

Tasha hocha la tête. Il restait encore une chose qu'elle ne comprenait pas.

— Pourquoi portait-il cette perruque, et pourquoi une couleur pareille ?

— Pour détourner l'attention de sa cicatrice, peut-être, et pour qu'on recherche quelqu'un aux cheveux jaunes. Et au fait, Tasha, j'avais raison à propos de Denny. Il n'est que trop disposé à collaborer. Il nous a dit qui était le troisième homme. On l'a arrêté ce matin.

Tasha hocha la tête. Sa mère pouvait enfin reposer en paix. Tout ce qu'il restait à faire, désormais, c'était de traduire en justice Denny Durant et ses amis.

— Que va-t-il arriver à monsieur Horstbueller ? demanda-t-elle.

L'inspecteur Marchand haussa les épaules.

— Il faut qu'il retourne en Hollande pour régler ses affaires. Les accusations qui pesaient contre lui ont été retirées il y a quatre ans, apparemment. Le vrai meurtrier aurait confié son crime à quelqu'un d'autre qui aurait prévenu la police.

—Vous voulez dire qu'Evart s'est caché pendant toutes ces années *pour rien* ?

— C'est apparemment le cas, répondit l'inspectrice. Mais il doit encore répondre à des accusations de fuite. Il y a aussi cette affaire d'immigration illégale au Canada, et le fait d'avoir simulé son décès. Mais j'ai l'impression qu'il va s'en tirer. Sa fille est bien établie ici, et c'est une bonne citoyenne, à part cette histoire de faux enterrement. Je crois qu'il pourra revenir ici.

Elle regarda Tasha droit dans les yeux.

— Tout est bien qui finit bien, je pense, conclut-elle.

Tasha acquiesça d'un signe de tête.

— Merci d'être venus nous dire tout ça, dit-elle aux deux policiers. Merci.

— Alors ? demanda Tasha en virevoltant dans sa nouvelle robe bleue. Comment tu me trouves ?

Tante Cynthia leva les yeux du chemisier qu'elle était en train de repasser et émit un sifflement admiratif.

— Irrésistible !

— Trop irrésistible à mon goût, si tu veux savoir, fit Leonard Scanlan. Et où vas-tu comme ça ?

— Je sors. J'ai un rendez-vous, répondit Tasha.

Son père leva le sourcil.

— Et peut-on savoir avec qui ?

Tasha se mit à rire.

— Tu ne devines pas, Papa ? Avec Mike.

Enfin ! se dit-elle. Ce soir, ils n'allaient pas au cinéma comme de vieux copains. Ce soir, ils sortaient vraiment ensemble, en amoureux et non plus en amis.

— Passe une merveilleuse soirée, dit tante Cynthia. Et arrange-toi pour être debout de bonne heure demain matin. J'essaie de dénicher un vol tôt demain, mais j'aimerais préparer un brunch du tonnerre avant de partir. Tu peux inviter Michael...

— Demain ? demanda Tasha en regardant son père. Mais je croyais...

Son père grimaça un sourire. Il entoura de son bras les épaules de sa belle-sœur.

— Il y a quelque chose dont j'aimerais te parler, Cynthia. Tu sais, je me retrouve avec trois restaurants sur les bras et j'ai perdu mon associé. Je me demandais si tu...

On sonna à la porte et Tasha se précipita pour répondre. Elle ne se faisait aucun souci pour son père et sa tante. Ils trouveraient bien une solution. En attendant, elle comptait bien passer la plus merveilleuse soirée de sa vie.

TABLE DES MATIÈRES